JOANNA FULFORD

Desafío a un vikingo

Editado por Harlequin Ibérica.
Una división de HarperCollins Ibérica, S.A.
Avenida de Burgos, 8B - Planta 18
28036 Madrid
www.harlequiniberica.com

© 2025 Harlequin Ibérica, una división de HarperCollins Ibérica, S.A.
N.º 87 - 2.7.25

© 2013 Joanna Fulford
Desafío a un vikingo
Título original: Defiant in the Viking's Bed
Publicada originalmente por Harlequin Enterprises, Ltd.

© 2014 Joanna Fulford
Rendida al vikingo
Título original: Surrender to the Viking
Publicada originalmente por Harlequin Enterprises, Ltd.
Estos títulos fueron publicados originalmente en español en 2014 y 2015

I.S.B.N.: 979-13-7000-810-9
Depósito legal: M-8056-2025
Impreso en España por: BLACK PRINT
Fecha impresión Argentina: 29.12.25
Distribuidor exclusivo para España: LOGISTA
Distribuidores para Argentina: Interior, DGP, S.A. Pienovi 211 - Avellaneda
Cap. Fed./Buenos Aires y Gran Buenos Aires, VACCARO HNOS.

MIXTO
Papel
FSC FSC® C159065

Para mi anterior tutor y mentor, Paul Kane, que me situó en el camino correcto para escribir y me salvó de mí misma con frecuencia. Gracias, Paul. No lo habría conseguido sin ti.

Nota de la autora

Mientras estaba documentándome sobre la Noruega del siglo IX, encontré una fuente de información muy valiosa en el *Heimskringla*, la crónica de los reyes nórdicos. Es muy buena para conocer el contexto histórico, y mejor, incluso, por los individuos tan interesantes que pueblan sus páginas. Personajes como Halfdan Svarti, Gandalf de Vingulmark y el guerrero Hakke son un regalo para cualquier novelista. Nunca he inventado mejores nombres que los suyos, ni me he imaginado ni la mitad de cosas que ellos hacen.

Aunque intenté ser fiel a la historia, a veces resulta práctico ser un poco flexible cuando los hechos no son conocidos. Me he tomado libertades tan solo en dos ocasiones: en primer lugar, Hakke perdió una mano y, más tarde, cayó sobre su espada cuando la herida se le gangrenó. Yo le he concedido un final más rápido, aunque por razones egoístas. En segundo lugar, alteré la escritura de su nombre. Originalmente era Hake, que significa «merluza», pero me pareció demasiado tosco incluso para un villano, así que lo suavicé con una letra extra.

Escribir esta trilogía ha sido muy divertido. Los vikingos tienen una personalidad y unas opiniones muy fuertes. He aprendido a escuchar a mis personajes y a saber cuándo debo replegarme. Creedme: es un grave error discutir con un guerrero en trance de batalla a quien no le gusta tu estrategia.

Uno

Leif Egilsson tiró de la empuñadura de su daga y observó, silenciosamente, el cadáver del guardia. Al otro lado del claro veía una gran hoguera y, alrededor del fuego, a una docena de hombres que reían y conversaban.

Sus armas estaban amontonadas a cierta distancia de ellos. Y, detrás del grupo, había una magnífica tienda en la que, sin duda, dormían el príncipe y sus hombres de confianza. Muy cerca había una tienda más pequeña, custodiada por dos guardias. Leif se fijó en ellos con satisfacción.

—Allí es donde la tiene Hakke, mi señor —murmuró.

Halfdan Svarti asintió.

—Vamos a entrar rápidamente en el campamento y atacaremos antes de que se den cuenta de lo que está pasando. Mientras, tus hombres y tú encontrad a Ragnhild y ponedla a salvo.

—Podéis confiar en ello.

Los dos hombres retrocedieron sigilosamente hasta los árboles, hasta el lugar en el que esperaban cincuenta guerreros armados. Halfdan los observó con suma atención.

—No hagáis prisioneros. En esta ocasión, debemos acabar con esto de una vez por todas.

Los hombres escucharon la orden con impaciencia. Leif miró a su hermano.

—¿Estás preparado?

Finn sonrió.

—Tan seguro como que Thor lanza rayos y truenos, ¿no es así?

—Sí. Hoy sí.

—Me alegro de oír eso, primo —dijo Erik—. Últimamente, la vida era un poco aburrida.

Detrás de él, un guerrero bien curtido acariciaba el mango de su hacha.

—Es cierto. No ha habido ni una sola escaramuza desde hace varias semanas. Mi hacha está sedienta.

—Hoy va a poder beber todo lo que quiera, Thorvald —dijo Leif.

El otro hombre se echó a reír en voz baja, y los demás sonrieron. Después se oyó el susurro siniestro de las espadas al salir de las fundas. Leif sonrió y agarró con fuerza la empuñadura de la suya, mientras tocaba el amuleto que llevaba al cuello.

—Vamos.

Avanzaron para salir de entre los matorrales y, con un rugido ensordecedor, salieron de su escondite y se lanzaron sobre el enemigo.

Astrid se incorporó de golpe, y su mirada de asombro se encontró con la de su señora, Ragnhild.

—¿Qué ha sido eso?

—No estoy segura. Parecía…

Alguien emitió un ensordecedor grito de guerra, y se oyeron exclamaciones de alarma y confusión. Después, los hombres comenzaron a correr y sonó el inconfundible choque del acero. Astrid se levantó rápidamente y se acercó a la entrada de la tienda para apartar las solapas y mirar al exterior. Se quedó asombrada.

—¡Por todos los dioses! ¿De dónde han salido?

Ragnhild se acercó a ella y miró también, con temor, la lucha que estaba librándose fuera.

—¿De quién son esos hombres? ¿Los distingues?

—No, pero está claro que son enemigos del príncipe Hakke, lo que significa que…

—¿Pueden ser amigos nuestros?

—Ojalá sea así, mi señora.

Astrid esperaba que sus palabras fueran ciertas y que no se vieran en una situación aún peor. Aquel ataque podía ser su salvación o su condena. Hakke no iba a ceder fácilmente a sus prisioneras; de hecho, lo más probable era que prefiriera asesinarlas antes que perderlas. Tragó saliva. No tenían armas para defenderse; les habían confiscado incluso los cuchillos del cinturón al capturarlas. Seguramente, el príncipe no quería correr el riesgo de que Ragnhild acabara con su vida antes de ceder a sus exigencias. Y ella no pensaba quedarse en aquella compañía después de la muerte de su señora. Algunas cosas eran peor que la muerte.

Leif esquivó el golpe que iba dirigido a su cabeza y se abalanzó sobre su oponente, haciéndolo retroceder varios pasos. El enemigo luchó desesperadamente, con una expresión feroz. Las hojas de las espadas entrechocaron y se deslizaron la una contra la otra. Leif flexionó la rodilla y golpeó con fuerza hacia arriba, y oyó un gruñido de dolor. Vio tambalearse a su oponente y, un segundo más tarde, le clavó la espada en el estómago. Tiró de la empuñadura para liberar el arma y miró rápidamente a su alrededor. Se fijó en un guerrero de figura conocida, cuyo casco lucía el penacho de plumas de un halcón. Estaba gritándoles furiosamente a sus soldados. Cuando su mirada se cruzó con la de Leif, su ira se transformó en malevolencia.

—¡Tú!

—Ya lo ves, Hakke.

—No voy a olvidar esto. Ni esto, ni la batalla de Eid.

—Espero que no.

—Vas a pagarlo caro, Leif Egilsson.

Antes de que pudieran decir algo más, uno de los hombres de Halfdan se interpuso en el camino de Hakke y desvió su atención. El príncipe y su oponente comenzaron a luchar y se perdieron en el caos. Leif vaciló. Aunque la tentación de perseguir a Hakke era muy fuerte, no podía olvidar la promesa que le había hecho al rey. De Hakke tendrían que ocuparse los demás. Él tenía una misión mucho más urgente.

El fragor de la batalla se acercó a ellas y, entonces, la vista desde la tienda quedó completamente bloqueada por los contendientes. Se oyó un grito de agonía y la sangre salpicó la tela de la tienda. Ambas mujeres jadearon y se apartaron al ver caer el cuerpo sin vida del guardia a través de la abertura. Entonces, las solapas se abrieron de par en par y apareció un hombre muy alto, cubierto de cota de malla y protegido con un yelmo que le cubría parcialmente la cara, con una espada ensangrentada en la mano. Iba acompañado por otros soldados. Las mujeres palidecieron y retrocedieron hasta el fondo de la tienda.

Al ver avanzar al intruso, Astrid tuvo que contener un grito. Él se detuvo a poca distancia, y las observó atentamente, con frialdad. Después, bajó la espada.

—No tengáis miedo. No vais a sufrir ningún daño.

La sensación de alivio fue tan intensa que ella se sintió mareada. Con esfuerzo, se sobrepuso y se encaró con él.

—¿Quién sois? —le preguntó—. ¿Qué queréis de nosotras?

—No quiero nada, mi señora, aparte de protegeros. Mi señor os explicará el resto en persona.

—¿Y quién es vuestro señor?

—El rey Halfdan.

Ambas mujeres lo miraron con absoluto asombro. Ragnhild se agarró del brazo de Astrid.

—¿Halfdan?

—Sí, mi señora.

—Oh, gracias a los dioses.

Astrid exhaló un suspiro y se giró hacia Ragnhild, que tenía la misma expresión de alivio que ella.

—¿El rey está aquí? —preguntó Ragnhild.

—No hay nada que hubiera podido impedirle venir, mi señora. Vuestra seguridad y vuestro bienestar son muy importantes para él.

11

—Como para mí los suyos —respondió Ragnhild—. ¿A quién debo agradecerle que me haya dado tan feliz noticia?

—Leif Egilsson, a vuestro servicio.

—Recordaré ese nombre.

—Mi señora, es un honor.

En aquel momento se oyeron unas voces en el exterior de la tienda. Una de ellas, más fuerte que las demás, exigió saber dónde estaba Ragnhild. Al instante, otro hombre entró en la tienda. Era moreno y tenía barba, y los rasgos duros como si fueran de piedra. Se detuvo y, al ver a Ragnhild, su expresión se suavizó. Aquella mirada fue suficiente. Ragnhild corrió hacia él y se echó en sus brazos.

—Pensé que no volvería a veros, mi señor.

—Ningún hombre me apartará de ti —dijo él, mirándola atentamente—. ¿Te ha hecho daño esa bestia?

—No, estoy bien.

—Le doy las gracias a Odín por ello.

Astrid los miró con el corazón alegre. Se sentía muy feliz de que las cosas fueran, para Ragnhild, tan distintas a como habían temido aquellos días.

La pareja abandonó la tienda para poder hablar en privado. Los hombres de Halfdan sonrieron al verlos marchar y, acto seguido, salieron también.

—Qué afortunado giro de los acontecimientos —comentó Astrid. Después, se giró hacia Leif—. Pero, sin vuestra oportuna intervención, no se habría producido. Yo también estoy muy agradecida.

Él hizo una pausa para limpiar la sangre de su espada con una de las solapas de la abertura de la tienda. Después, envainó el arma.

—No es necesario dar las gracias. Era un asunto sin terminar.

—Entiendo.

—Y, ahora, está terminado.

—Tal vez haya paz, por fin.

Él se desabrochó la correa del yelmo y se lo quitó.

—Tal vez.

A Astrid se le cortó la respiración. Por un momento, se preguntó si Baldur el Bello no habría adoptado la forma humana. El rostro de aquel guerrero era perfecto, de rasgos marcados y fuertes. Tenía una melena de pelo dorado pálido, y los ojos de un color entre el azul y el gris, como el mar después de una tormenta. Al darse cuenta de que se había quedado mirándolo embobada, ella volvió a concentrarse en la conversación.

—Si alguna vez es necesario dar las gracias, sabré a quien dirigirme.

Él sonrió vagamente.

—Tenéis ventaja sobre mí, señora.

—Soy Astrid, la dama de compañía de Ragnhild.

Él recorrió su figura y su cara con la mirada.

—Un nombre muy bello, y muy acertado para vos.

Su expresión era difícil de interpretar, y un poco desconcertante. ¿Acababa de hacerle un verdadero cumplido, o su tono había sido ligeramente burlón? Tal vez un poco de ambas cosas. Fuera cual fuera la verdad, Astrid era consciente de que se habían quedado a solas en la tienda, y de que ella tenía toda su atención. Aunque la atención masculina no era nada nuevo para ella, siempre hacía que se sintiera angustiada y le provocaba recuerdos desagradables, así que intentaba evitarla. Aquel hombre no la asustaba, como Hakke y sus mercenarios, pero tenía algo que le causaba inquietud. Decidió responder con firmeza.

—Yo soy la afortunada, por tener una señora tan bondadosa.

—Si no me equivoco, vuestra señora está a punto de convertirse en reina.

Ella sonrió.

—Creo que no estáis equivocado, aunque no es muy difícil sacar esa conclusión.

—Cierto.

—Creo que su matrimonio va a ser muy feliz.

—Eso los convertirá en una pareja afortunada y excepcional.

—¿Y por qué excepcional? Hay muchos matrimonios que son felices.

—Puede ser, pero está completamente alejado de mi experiencia.

—Entonces, ¿cómo podéis juzgar?

—Me refería a la última parte de vuestra frase, no a la primera.

—Ah.

La conversación se interrumpió, y se produjo un embarazoso silencio. Para Astrid cada vez era más difícil soportar su penetrante mirada azul. Era el momento de terminar con aquel encuentro.

—Hablando de mi señora, tengo que ir a su lado —dijo—. ¿Podríais llevarme con ella?

—Como deseéis.

El guerrero apartó las solapas de la tienda y le cedió el paso. Astrid se detuvo bruscamente con los ojos muy abiertos cuando salió, al ver el alcance de la matanza. La tierra estaba teñida de rojo, y el aire tenía un olor metálico a sangre. Con aquel olor había otros igualmente repugnantes. Tuvo que tragar saliva e intentó no inspirar el aire profundamente.

—La batalla no es bonita, ¿verdad? —preguntó él.

—No.

—Y, sin embargo, no habéis gritado ni os habéis desmayado.

—¿Era eso lo que esperabais?

—Si lo hubierais hecho, no me habría sorprendido.

Ella apartó la mirada rápidamente.

—La realidad de la batalla es mucho peor de lo que había imaginado.

—Uno se acostumbra.

—Creo que yo nunca podría acostumbrarme.

—Una mujer no debería tener que hacerlo.

Astrid no tenía intención de discutírselo. En vez de eso, miró a su alrededor en busca de Ragnhild, y la vio conversando con Halfdan y algunos de sus hombres.

Su compañero siguió su mirada.

—¿Queréis que vayamos con ellos?

—Sí, por supuesto.

Él le puso una mano bajo el codo para guiarla de manera que pudiera esquivar lo peor de la carnicería. Aquel contacto le transmitió un calor inquietante a través de la manga del vestido. Miró hacia arriba rápidamente, y lo vio sonreír. Era como si el momento embarazoso de unos segundos antes no hubiera existido. Astrid notaba el roce de la mano del guerrero hasta la punta de los dedos; apartó la mirada e intentó fijarse en el lugar al que se dirigían. Unos instantes después, se reunieron con los demás.

El rey tenía una expresión sombría. Astrid tuvo una punzada de aprensión y miró a Ragnhild.

—Hakke no está aquí, Astrid.

—No, el maldito no está —dijo Halfdan—. Cuando se dio cuenta de que lo superábamos en número, se escabulló en mitad de la lucha. Fuimos a buscarlo, pero algunos de sus hombres tenían unos caballos esperando cerca. Yo debería haberlo previsto.

—Eso es fácil saberlo después de que haya ocurrido —replicó Leif.

—Como habíamos dejado nuestros caballos en el bosque, los fugitivos nos sacaron ventaja. Ese hombre es más resbaladizo que una alimaña grasienta.

—Y muy traicionero, mi señor. Tenemos que acabar con él.

—He enviado a algunos hombres a buscarlo.

—Irá de camino a su barco. La costa está a pocos kilómetros de aquí.

—Eso he pensado yo también.

—Con vuestro permiso, reuniré a mis hombres y saldré en su persecución.

Halfdan asintió.

—Hazlo, y que el Padre Todopoderoso te conceda buena suerte.

Leif les hizo una reverencia a Ragnhild y a Astrid y se despidió cortésmente. Después, se alejó.

Astrid experimentó cierta tristeza al verlo marchar; sabía que no iba a olvidarlo. Él, por otra parte, la habría olvidado ya. Sin embargo, eso no tenía importancia, puesto que no era probable que volvieran a verse. Se envolvió bien en su capa y siguió a Half-dan, a Ragnhild y a los demás hacia los caballos.

Leif y sus compañeros llegaron a la costa a tiempo para ver el *drakkar* navegando hacia alta mar. Eso provocó en todos ira y una gran frustración.

—Hakke se va a su guarida a lamerse las heridas —dijo Finn—, pero volverá.

—Y con fuerzas renovadas, sin duda —añadió Erik.

—Bueno, ahora no podemos hacer nada —replicó Thorvald.

Los demás hombres permanecieron en silencio, porque estaban de acuerdo con él. Habían cabalgado hasta el límite de sus fuerzas y las de los caballos, solo para llevarse aquella decepción. Leif se contuvo para no proferir un juramento. Sabía que no iba a servir de nada.

Por fin, Finn lo miró.

—Va a anochecer. ¿Qué quieres que hagamos?

—Vamos a acampar aquí esta noche.

—Esperaba que dijeras eso. Estoy hambriento.

—Parece que los hombres de Hakke han estado aquí antes que nosotros —dijo Erik, al ver los restos de una hoguera a cierta distancia de ellos—. Parece que tenía previstas todas las posibilidades, ¿eh?

Thorvald siguió su mirada.

—Sí. Parece que han estado esperándolo un rato. Incluso nos han dejado algo de leña.

—Qué detalle —dijo Finn.

—No, seguramente han meado encima antes de irse.

—Seguro —dijo Leif—. Pero, aunque no lo hubieran hecho, esa leña no nos serviría más que para media hora —añadió, y se volvió hacia sus hombres—. Aun, Harek, Bjarni, Ingolf y Trygg, traed leña. El resto, que se ocupe de los caballos.

Mientras los hombres se ponían en movimiento, él desmontó para inspeccionar el resto del campamento. Al contrario de lo que pensaban, la leña estaba seca. Sin embargo, entre los restos de la hoguera apenas quedaban ascuas. Tendrían que empezar de nuevo. Se sacudió el hollín de los dedos y se marchó a buscar astillas.

Una hora después, ya tenían encendida la nueva hoguera, y habían apilado un montón de leña para alimentarla. El grupo se sentó a comer, pero no hablaron demasiado. Estaban fatigados, y también decepcionados por haber perdido a su presa. Así pues, en cuanto se estableció el turno de guardias, casi todos los hombres se acostaron.

Leif, pese al cansancio, no consiguió conciliar el sueño. La huida de Hakke era un duro golpe que, con toda seguridad, tendría consecuencias. Podría haberse evitado de no haber sido por la necesidad de proteger a las mujeres. Suspiró al darse cuenta de lo injusto que era aquel pensamiento. Ellas no tenían la culpa y, por supuesto, no se merecían que las dejaran en manos de Hakke. Lady Ragnhild era una dama muy bella, hija de un conde, que iba a convertirse en reina. Sin embargo, no era ella quien le quitaba el sueño.

No sabía por qué le había impresionado tanto Astrid. Era muy guapa, sí, pero él había conocido a otras jóvenes igualmente bellas, mujeres que habían intentado agradarlo con mucho más interés que ella. Sonrió al darse cuenta de que no había podido detectar ningún intento de coqueteo por su parte. Al contrario, sospechaba que su actitud hacia él no estaba influida por la simpatía. Ella había sido educada, y él había sido… grosero. Él siempre había evitado el tema del matrimonio porque le resultaba imposible ser imparcial, y aquellas conversaciones siempre sacaban a relucir su faceta más amarga. No obstante, recordó que, dado que Halfdan y Ragnhild iban a casarse, Astrid y él tendrían que acudir a la celebración. Aquello, al menos, no era desagradable. Tal vez pudiera, incluso, enmendar su comportamiento con Astrid…

La idea le dio más que pensar. Su relación con las mujeres durante los últimos años había estado reducida al intercambio de dinero por favores. Astrid no entraba en aquella categoría, y eso podía resultar peliagudo. Le sorprendía, incluso, el hecho de tener ganas de volver a verla, porque, normalmente, no se acordaba durante mucho tiempo de una mujer. En parte, aquel interés suyo podía deberse a la situación en la que se habían conocido. En parte. También había algo en aquella mujer que lo atraía sin que pudiera evitarlo. Su presencia haría que la fiesta fuera mucho más placentera.

Dos

La celebración de boda de lady Ragnhild con el rey Halfdan fue espléndida. Hubo un gran banquete, música y baile. Los novios estaban muy felices, y solo tenían ojos el uno para el otro. Astrid pensó que así era como debían ser las cosas, aunque rara vez lo fueran. Los matrimonios se arreglaban a menudo sin pensar en las inclinaciones personales de los contrayentes. Ella se alegraba por Ragnhild; una dama tan bella y tan bondadosa se merecía el amor de un buen hombre. Halfdan la trataría bien. Como había estado a punto de perderla, conocería bien el valor de lo que tenía.

El único detalle que empañaba un poco la fiesta era la noticia de que Hakke había conseguido llegar a Vingulmark, el baluarte de su poder. Allí todavía tenía apoyo, incluido el de su tío, que era un político astuto y que debía de estar rechinando los dientes a causa de los recientes sucesos. Al igual que su sobrino, el príncipe, que había perdido a su novia y había sufrido una derrota y cuya ira, seguramente, era muy grande. Hakke buscaría venganza por ello, y también por la muerte de sus hermanos, Hysing y

Helsing. Más tarde o más temprano, Hakke volvería a levantarse en armas…

—Parecéis preocupada —dijo alguien, a su espalda—, aunque no albergo la esperanza de que estéis pensando en mí.

Al darse la vuelta y ver a Leif junto a ella, se le aceleró el pulso. Llevaba una túnica verde con bordados de hilo de oro, y su camisa de lino blanco apenas asomaba por el cuello. Lucía un colgante que parecía un amuleto, parecido al martillo de Thor. En el cinturón de cuero llevaba prendida una preciosa daga. Su aspecto era imponente.

—No, no estaba pensando en vos —confesó ella.

—Me siento devastado.

Astrid se echó a reír.

—Estoy segura de que hace falta mucho más que eso para devastaros, mi señor. No obstante, lamento haber acabado con vuestras esperanzas.

—No estoy muy convencido de que lo lamentéis.

—En realidad, no mucho —replicó ella—, pero no quería herir vuestros sentimientos también.

A él le brillaron los ojos.

—Supongo que yo me lo he buscado.

—Estaba pensando en el príncipe Hakke, y en lo que va a hacer en el futuro. Estoy segura de que tendremos noticias suyas.

—Me temo que estáis en lo cierto.

—¿Y podrá reunir otro ejército?

—Me parece poco probable. El ejército del rey Gandalf sufrió una derrota muy dura en Eid. Los supervivientes no querrán volver a enfrentarse con Halfdan si pueden evitarlo.

—Así que estamos seguros.

—Yo no diría tanto, al menos mientras Hakke siga con vida.

—Fue muy desafortunado que consiguiera escapar.

—Sí, mucho.

Astrid abrió mucho los ojos.

—Oh, no quería insinuar que hubiera sido culpa vuestra.

Él frunció los labios.

—Me siento aliviado. No me gustaría que pensarais mal de mí.

—Oh, yo nunca podría pensar mal de vos, porque nos habéis prestado un gran servicio a mi señora y a mí.

Él la miró con recelo.

—Me siento aliviado —repitió.

Astrid percibió el tono de ironía de su voz, y se preguntó si lo había ofendido de verdad.

—Perdonadme. Me he expresado mal.

—No os preocupéis. Mi amor propio se recuperará. Dentro de uno o dos meses.

Ella sonrió sin poder evitarlo.

—Oh, estoy segura de que tardará mucho menos, mi señor.

Su sonrisa estaba llena de picardía y era muy seductora, aunque ella no se diera cuenta, como la mirada de sus ojos de color violeta. Leif se quedó mirándola fijamente, al darse cuenta de que no solo era bella, sino que también era inteligente. Aquella era una combinación rara; tal vez ese fuera el motivo por el que sentía tanto interés. Tomó dos copas de aguamiel que le ofreció un sirviente y le entregó una de ellas a Astrid.

—Contadme cómo entrasteis al servicio de la reina.

—Mi tío me colocó en la casa de su padre hace cinco años. Sigurd Hjort era aliado suyo en aquel entonces. Para mí era una situación ventajosa, teniendo en cuenta cuál era la familia y el círculo de mi señora. Con el paso del tiempo, nos hicimos buenas amigas.

—¿Vuestro tío? ¿Por qué?

—Él es mi tutor. Mi padre murió hace varios años —dijo ella, con un suspiro—. Mi tío siempre ha sido ambicioso, y le venía bien tener apoyos en dos bandos.

—¿En dos bandos?

—Vestfold y Vingulmark.

—Ah, entiendo. Bueno, no es el primer hombre que se protege así las espaldas.

—No. De todos modos, a mí me alegró poder alejarme de él. No es un hombre fácil para estar a su lado.

—¿Lo conozco?

—Seguramente, sí. Es el conde Einar de Ringerike.

Leif detuvo la copa a medio camino de los labios. Había calculado mal. Suponía que ella era de buena cuna, aunque fuera una pariente pobre a la que habían situado en una posición ventajosa. Nunca hubiera imaginado que pertenecía a una de las familias más importantes de Vestfold.

—Un hombre influyente —dijo.

—Tiene influencia —respondió ella—, y es rico. Sin embargo, parece que, cuanto más tiene, más quiere.

—Una queja bastante corriente.

—Eso creo. De todos modos, él es feroz a la hora de defender sus posesiones. Sus tierras están más allá de las que le concedieron al rey Halfdan. En aquella región hay muchas tensiones.

—Ya lo sé. Yo también tengo tierras allí.

—¿De veras?

—El rey se las concedió a mi familia como agradecimiento a nuestros servicios.

—Ah, entiendo.

—Así pues, casi somos vecinos.

—Yo no he vuelto nunca más allí, y no deseo hacerlo. Tampoco comparto las opiniones políticas de mi tío. Soy leal a la reina Ragnhild.

—Es comprensible, en estas circunstancias, pero tal vez no sea fácil mantener esa postura en el futuro.

—Supongo que os referís al hecho de que mi tío es mi tutor.

Exacto.

—Está demasiado ocupado como para acordarse de mí. En ese sentido, se parece a mi padre. A él solo le interesaban sus hijos.

—Pero las hijas son útiles para forjar alianzas. Y las sobrinas.

Era la verdad, pero a Astrid le resultaba muy difícil de aceptar.

—Ya cruzaré ese puente cuando llegue el momento.

—¿Os desagrada la idea?

—En principio, no, pero todo depende del hombre en cuestión.

—Por supuesto.

—¿Estáis casado, mi señor?

Su expresión cambió por completo.

—No, no estoy casado.

Astrid se dio cuenta de que había dado un paso en falso; tal vez él pensara que había hecho la pregunta con algún motivo oculto. Se sintió mortificada e intentó borrar aquella impresión. .

—Disculpad mi indiscreción, mi señor. He hecho la pregunta tan solo por curiosidad.

—No importa —dijo él—. Da la casualidad de que estuve casado, pero el matrimonio no tuvo éxito y terminó un año después.

Leif pensó que decir que su matrimonio no había tenido éxito era todo un eufemismo. Con solo mencionarlo, se le formó un nudo de angustia en el estómago. Era mejor dejar tranquilos a los fantasmas del pasado.

Astrid, por su parte, sabía que el divorcio era corriente en su sociedad, pero no creía que las cosas hubieran sido fáciles.

—Lo lamento —dijo—. ¿Tenéis hijos?

—No. Mi único hijo murió de pequeño.

Aquello iba de mal en peor.

—Lo siento.

—Fue hace mucho tiempo. Ahora llevo una vida independiente, y no volveré a casarme.

Aquella respuesta breve contenía una advertencia, y ella sería inteligente si la tenía en cuenta. Sin embargo, y por motivos que no conseguía explicarse, le entristecía.

—No obstante —continuó él—, eso no significa que no disfrute en compañía de las mujeres bellas.

—Seguro que habéis conocido a muchas.

—A algunas —dijo él, observándola—. ¿Y vos? ¿Estáis prometida?

—No.

—¿Por qué no? No puede ser que os falten pretendientes.

—Mi tío tiene asuntos más importantes en la cabeza.

—Es negligente.

—Puede que me esté reservando para un rey, y yo tenga una boda tan espléndida como mi señora.

Aunque lo dijo en un tono frívolo, no descartaba del todo aquella intención por parte de su tío. En realidad, no descartaba nada por parte de su tío.

A Leif le brillaron los ojos.

—¿Qué rey en su sano juicio rechazaría tal oferta?

—Los reyes se casan para obtener ventajas políticas. Me temo que yo no puedo ofrecer ninguna.

—Los reyes siguen siendo hombres. Aparte de la política, parece que vos tenéis mucho que ofrecer.

Astrid tomó un poco de aguamiel. Aquella conversación se adentraba de nuevo en territorio peligroso.

—Creo que exageráis mi atractivo en ese sentido.

—Hablaba por mí mismo.

—No puedo ofrecer nada, mi señor —dijo ella. Y, menos a un hombre que, claramente, no había superado la pérdida de su esposa y que no tenía ninguna intención de volver a casarse.

—No lo creo.

Antes de que ella pudiera responder, otro hombre se acercó a él. Era muy parecido a Leif, aunque tenía el pelo un poco más oscuro. Tenía la misma altura. Evidentemente, la belleza era una cosa de familia.

El recién llegado le hizo una reverencia a modo de saludo y, después, le murmuró algo a Leif. Ella vio que fruncía el ceño.

—Por favor, disculpadme un momento.

Astrid sintió un gran alivio.

—Por supuesto.

Cuando los dos hombres se apartaron para hablar en privado, Astrid aprovechó la oportunidad para alejarse entre la multitud de invitados. Era lo más inteligente que podía hacer, después de la conversación que acababa de tener. Leif era un hombre guapo y carismático, y a ella le resultaba muy atractivo. Por otra parte, estaba muy claro que solo buscaba algo de diversión. Supuso que un hombre así tendría muchas candidatas dispuestas a complacerlo. Sin embargo, ella no iba a formar parte de aquel grupo.

Cuando Leif volvió, un minuto después, Astrid ya se había marchado. Rápidamente, observó a la gente, pero no pudo encontrarla, y se sintió decepcionado y consternado. Después de su reciente conversación, no creía que ella hubiera desaparecido para aumentar su interés, pero eso era exactamente lo que había ocurrido. También estaba bastante claro que ella no iba a caer fácilmente en sus brazos. Aquella huida era un desafío inconsciente, desafío que él iba a aceptar.

—Qué muchacha más guapa —le dijo Finn—. ¿Quién es?

—La dama de compañía de la reina.

—Vaya, no es de las mujeres que tú frecuentas. ¿Estás seguro de que sabes lo que estás haciendo?

—Yo siempre sé lo que estoy haciendo.

—De todos modos, es terreno pantanoso, hermano. Te arriesgas demasiado.

—Te agradezco la preocupación, pero tú, precisamente, deberías saber que tus miedos no tienen base.

—Lo he dicho exactamente por ese motivo, porque yo he pasado por lo mismo.

Leif sonrió con ironía.

—Ya lo sé.

—Alguien tiene que guardarte las espaldas.

—Y yo no querría que lo hiciera nadie más que tú. Sin embargo, esto debo hacerlo yo solo.

—Ah, ¿de veras?

—Sí.

—Vaya, vaya. Así que esa chica te ha encandilado, ¿eh?

—Métete en tus cosas.

Finn se echó a reír.

—Me voy a tomar eso como un «sí» —dijo, y observó a Leif con atención—. Pero no me digas que la dama se resiste a tu cara y a tu encanto. No me lo creería.

—Yo le gusto mucho, pero ella todavía no lo sabe.

—Confío plenamente en tu poder de seducción. Sin embargo, mientras lo consigues, ahí tienes a una mujer mejor dispuesta. Esa belleza morena de ahí no te ha quitado los ojos de encima en toda la noche.

Leif siguió la dirección de la mirada de su hermano y vio a la mujer en cuestión. Ella le dedicó una sonrisa. Él la estudió durante unos segundos, pero luego apartó la vista.

—Te la dejo a ti.

—Después no digas que no te ofrecí la oportunidad.

Finn lo dejó y atravesó la sala. Un instante después, estaba hablando con la atractiva mujer morena. Leif siguió observándolos durante un minuto y, después, se bebió el resto de su aguamiel mientras se preguntaba el porqué de su propio comportamiento. Aunque hubiera sido muy fácil conquistar a aquella mujer, solo sentía indiferencia, cuando, pocos días antes, la habría considerado digna de sus atenciones. Se dio la vuelta y fue en busca de otra copa de aguamiel.

Astrid permaneció despierta durante mucho tiempo. No podía quitarse de la cabeza la conversación que había mantenido con Leif. Él no había intentado disimular sus intenciones; al contrario, había sido muy claro. Si ella aceptaba sus atenciones, se convertiría en su amante, no en su esposa. Aunque, en realidad, no tenía ganas de ser ninguna de las dos cosas. Hacía algún tiempo, la idea de casarse con un hombre así no le habría causado desagrado. Como el matrimonio era inevitable, todas las chicas querían tener un novio viril y guapo.

Antes nunca se le hubiera ocurrido cuestionar ninguna de aquellas cosas, ni tampoco en el presente. Y, de todos modos, sus dudas no hubieran tenido ningún peso, si las hubiera expresado: la última de las preocupaciones de su tío sería complacerla a ella cuando tuviera que buscarle un marido. Su prometido podría ser feo, viejo o cruel, o las tres cosas a la vez, y al conde Einar no le importaría lo más mínimo. Si era necesario, la casaría a la fuerza.

Tuvo una sensación de resentimiento muy familiar, e intentó imaginarse un mundo en el que las mujeres fueran libres para tomar aquellas decisiones, y no estuvieran sujetas al poder de los hombres. Era una fantasía muy agradable.

Mientras, mantener una aventura con Leif sería desastroso. Ya habían pasado juntos más tiempo del que era aconsejable, y ella no quería darle pie a que pensara que podía convertirse en su próxima conquista. Su opinión no debería importarle, porque solo eran unos conocidos que no iban a verse nunca más cuando terminaran las celebraciones. Aquello le dio un poco de alivio, pero también le produjo una punzada de consternación. Leif era muy guapo y agradable, y estaba lleno de vida. Sospechó que no iba a ser fácil de olvidar.

Tres

Dos días después, se marchó el primer grupo de invitados. La boda ya había terminado, y Astrid pensó que, a partir de aquel momento, sería más fácil volver a la cotidianeidad. Debería sentirse contenta por ello, pero, inexplicablemente, se sentía inquieta, aunque no tuviera ningún motivo para ello. Tal vez fuera una consecuencia normal de las emociones de las fiestas de aquellos últimos días. Cualquiera podía echarlas de menos cuando terminaban.

No tenía ganas de volver a la sala principal, ni a las dependencias de su señora, así que se dio la vuelta para salir de la casa y dar un paseo. Quería animarse un poco. Iba tan ensimismada que no se percató de que un hombre caminaba hacia ella hasta que lo tuvo delante y, para entonces, ya no pudo retroceder y escapar.

Leif sonrió.

—Qué sorpresa tan agradable.

—¿Sorpresa, mi señor?

—Está bien. Admito que os he seguido. O, más bien, me fijé en qué camino ibais a recorrer y tomé un atajo.

—¿Por qué?

—Porque echo de menos vuestra compañía.

—Eso me resulta difícil de creer.

—Es cierto. Además, no pudimos terminar nuestra conversación de la otra noche.

—Yo creo que sí.

—Si os he ofendido, lo siento mucho.

—Olvidadlo.

—Ojalá fuera tan fácil. No he podido pensar en otra cosa —dijo él—. Tenemos que hablar.

A ella se le aceleró el pulso.

—Ya hemos dicho todo lo que había que decir.

—No, no es cierto.

Leif la miró fijamente, esperando, y ella suspiró. Como no iba a poder convencerlo de que le permitiera continuar su camino, Astrid pensó que la manera más rápida de conseguirlo sería dejar que hablara.

—Está bien.

—Me disculpo, si mis modales os parecieron bruscos. Es por haber pasado tanto tiempo entre guerreros. Me falta práctica para conversar con más suavidad.

—Sí, es cierto, pero no importa.

—Bueno, en realidad, hay ciertas cosas que es mejor decir directamente.

—Decidlas, pues.

—Dentro de pocos días me marcho a mis tierras de Vingulmark. La casa está en manos de un administrador y hay asuntos que requieren mi atención.

Aquella noticia le causó a Astrid emociones inesperadas. Ya no iban a verse más, y ella se dio cuenta de que iba a echarlo de menos mucho más de lo que había pensado.

—Sí, lo entiendo.

—Venid conmigo.

Ella se quedó mirándolo anonadada.

—¿Cómo?

—Ven conmigo, Astrid.

—Debéis de estar loco.

—Tal vez. Lo único que sé es que no quiero dejarte aquí. Quiero que estés conmigo.

Entonces, Leif le rodeó la cintura con un brazo, y se le acercó. Ella notó su calor, y percibió su olor. Con el pulso acelerado, recibió un suave roce de los labios de Leif en los suyos; poco a poco, el beso se convirtió en algo más seguro, más seductor, y ella abrió la boca para permitir que sus lenguas se acariciaran. Astrid tuvo sensaciones desconocidas mientras él la estrechaba contra sí; el beso se hizo más y más íntimo, y ella notó el comienzo de su excitación. De repente, el deseo se transformó en algo parecido al pánico, y se puso muy tensa. Apartó la cabeza.

Él se retiró un poco para mirarla a la cara.

—¿De qué tienes miedo, Astrid? No puedes pensar que voy a hacerte daño.

Ella negó con la cabeza, pero sabía, por instinto, que aquel hombre tenía el poder de hacerle mucho daño. Ella no era la mujer a la que él deseaba realmente.

—Entonces, ¿qué ocurre?

—No voy a ir contigo a Vingulmark.

—¿Por qué no?

—¿Cómo puedes preguntar eso?

—Sabes lo que siento por ti, y creo que no te soy indiferente.

—Te equivocas.

—Se te da muy mal mentir, Astrid.

—No es una mentira.

—¿No? Entonces, mírame y dime que no sientes nada.

—Confieso que me gustas, y que lo he pasado bien en tu compañía, pero esto no tiene futuro. Lo sabes tan bien como yo.

—Lo único que sé es que no he podido dejar de pensar en ti desde que nos conocimos. Cuando estoy despierto, pienso en ti. Cuando estoy dormido, sueño contigo.

—No puedo hacer lo que me estás pidiendo.

—No tienes nada que temer. Yo te trataría muy bien. Te daré todo lo que desees, si está en mi mano.

—¿Me ofrecerás un matrimonio honorable, Leif?

—Por experiencia propia, sé que hay muy poco honor en un matrimonio, y no voy a hacer falsas promesas —dijo él, sin vacilar—. Creo que ya te lo había insinuado.

—Sí, es cierto, y te agradezco esa sinceridad.

—No quiero tu gratitud, Astrid. Te deseo a ti, pero no quiero que haya ningún engaño entre nosotros. Si vienes conmigo, será con los ojos abiertos.

—Ya los tengo abiertos, y no voy a ir contigo.

«Amas a otra mujer», pensó.

—No tienes por qué decidirlo ahora. Tómate un poco tiempo para pensarlo.

—No tengo nada que pensar. No voy a ser la amante de ningún hombre.

Entonces, Astrid siguió caminando apresuradamente por el pasillo. Leif la observó durante unos instantes, con la tentación de seguirla. Sin embargo, sabía que lo que quería de ella no podía obtenerlo a la fuerza. Su oferta había sido impulsiva, pero no se arrepentía de haberla hecho, aunque ella lo hubiera rechazado. Debería haberse preparado mucho mejor para eso. Además, también era absurdo que se sintiera tan decepcionado.

Astrid regresó al edificio un poco más tarde, y apenas se fijó en los caballos sudorosos ni en el grupo de hombres que había junto a la sala principal. No quería ver a nadie hasta que hubiera podido recuperar la compostura, así que se dirigió hacia la sala de la reina. El encuentro con Leif la había dejado agitada por muchos motivos. El principal era que él estaba en lo cierto: ella no sentía, precisamente, indiferencia. Seguía recordando su beso, y sabía que una atracción tan fuerte como la que él le había provocado solo podía llevar al desastre. Afortunadamente, había prevalecido el sentido común.

Cuando llegó a la sala de la reina, se lavó la cara y se peinó, y se sintió más calmada, más capaz de enfrentarse al mundo. Estaba a punto de salir de nuevo, pero Ragnhild apareció en la puerta. Al ver a Astrid, la reina sonrió.

—Esperaba encontrarte aquí.

—Perdonadme. He ido a dar un paseo.

—Entonces, no te has enterado.

—¿De qué, alteza?

—Tu tío acaba de llegar.

Astrid la miró con consternación.

—¿Mi tío? ¿Qué está haciendo aquí?

—Me imagino que te lo dirá él mismo. Quiere hablar contigo —dijo Ragnhild, e hizo una pausa—. Yo quería prepararte primero.

—Os lo agradezco. Ha sido muy amable por vuestra parte.

—Él está en la sala.

Astrid se detuvo en el umbral y observó con inquietud a los recién llegados. Había seis hombres que estaban calmando su sed con cerveza. Ella no tuvo problemas para distinguir la corpulenta figura de su tío. Era un hombre de estatura media, pero muy fornido, y a Astrid le recordaba a un oso.

Respiró profundamente y entró a la sala principal.

Su tío no la vio hasta que uno de sus acompañantes tosió discretamente para avisarlo de su presencia. Se giró hacia ella y la estudió con sus ojos oscuros, mirándola con frialdad. Después, asintió para dar su aprobación, casi de mala gana.

—Vaya, vaya. El polluelo se ha convertido en un cisne.

Ella hizo una reverencia.

—Vuestra visita es una sorpresa, mi señor.

—Sin duda.

—¿Puedo preguntaros qué os trae por aquí?

—Sí, puedes —dijo él. Apuró su copa de cerveza y se la entregó a un sirviente—. He venido para llevarte a Vingulmark.

A ella se le encogió el estómago.

—¿Mi señor?

—Te he encontrado un marido. Vas a casarte.

Fue como si le hubieran dado un puñetazo y, durante un momento, Astrid no pudo articular palabra.

—¿Por qué me miras así, chica?

Ella podría haber dicho muchas cosas, pero todas estarían llenas de ira, y crearía una escena en público. Intentó controlarse.

—Perdonadme. Es que… me ha pillado desprevenida, eso es todo.

Él gruñó.

—No me extraña. Seguramente, pensabas que me había olvidado por completo del asunto. Admito que debería haber ocurrido antes, pero estaba ocupado en otras cosas. Sin embargo, todo ha salido bien. Tu futuro marido pertenece a la familia más influyente de Vingulmark.

Astrid se humedeció los labios resecos.

—¿Puedo preguntar su nombre?

—Por supuesto. Vas a casarte con el *Jarl* Gulbrand.

Ella contuvo su resentimiento e intentó dominar también el pánico. Su tío había dicho la verdad: el conde Gulbrand estaba emparentado con la casa real. Era primo del príncipe Hakke y, como él, tenía mala reputación, tanto en el campo de batalla como en lo demás.

—¿Y cuándo se celebrará la boda?

—El mes que viene.

—Pero… si solo faltan dos semanas.

—Tiempo suficiente. Nos vamos mañana.

—No puedo marcharme tan pronto. Aquí tengo deberes.

Él entrecerró los ojos.

—Tus deberes aquí han terminado. Prepárate para salir al amanecer.

Era una despedida. Astrid escapó de la sala apresuradamente. Ragnhild la alcanzó en el pasillo.

—Lo siento muchísimo, Astrid. Yo también me he quedado horrorizada.

—¿No hay ningún modo de evitar esto?

—Ojalá lo hubiera, pero tu tío es tu tutor, no yo.

—¿Y no puede intervenir el rey?

—Tampoco tiene jurisdicción en esto.

Astrid pestañeó para que no se le cayeran las lágrimas.

—Entonces, estoy perdida.

Cuando Leif paseó la mirada por la sala principal, al día siguiente, no vio a la persona que buscaba. Se preguntó si Astrid no estaría evitándolo, pero pensó que no debía de ser así, puesto que Ragnhild tampoco estaba allí. Sin duda, Astrid estaba con ella.

Sin embargo, era frustrante para él. Su ausencia hizo que se diera cuenta de lo mucho que deseaba verla, hablar con ella y convencerla...

—En el nombre de Tyr, ¿qué está haciendo él aquí?

La pregunta de Finn lo sacó de su ensimismamiento. Siguió la mirada de su hermano y, al ver al conde Einar, frunció el ceño.

Las tierras del conde estaban muy cerca de las suyas, pero ese era la única vecindad que había entre ellos. Aunque nunca había habido hostilidad, era bien sabido que muchos de los amigos y aliados de Einar tenían relación con la casa real de Vingulmark. La derrota de Eid debía de haber sido un golpe. Él no podía haber previsto eso, ni el resto de los acontecimientos, cuando había puesto a su sobrina a servir de dama de compañía de lady Ragnhild, en casa de Sigurd Hjort, hacía varios años.

—Buena pregunta —respondió.

—No creo que nada bueno.

—No va a crear problemas aquí, eso tenlo por seguro.

—De todos modos, no me gustaría tenerlo a la espalda.

—En eso tienes razón —dijo Erik—, pero yo, como Leif, creo que no va a causar problemas aquí. Ha venido a recoger a su sobrina.

—¿Adónde la lleva?

—A Vingulmark. Parece que va a casarla.

Leif se quedó inmóvil.

—¿Que la va a casar?

Erik asintió.

—Sí.

—¿Y cómo lo sabes tú? —preguntó Finn.

—Ingolf se lo ha oído decir a uno de los hombres de Einar.

Finn miró a Leif.

—Parece que, entonces, no tienes nada que hacer.

Leif tomó su copa con despreocupación.

—Sí, eso parece.

—No importa. Hay muchas más aves en el cielo, ¿eh?

—Como tú digas.

Erik lo miró especulativamente.

—¿Te gustaba?

Aquello era un eufemismo, pero Leif no estaba dispuesto a confesarlo. Se encogió de hombros.

—Algunas veces se gana, y otras, se pierde.

—Sí, muy cierto. Además, Finn tiene razón. El mundo está lleno de mujeres bellas.

Finn sonrió.

—¿Os acordáis de aquella pelirroja de Alfheim que…?

Leif casi no lo oyó; todavía estaba intentando asimilar lo que acababa de oír. No se lo esperaba. Y tampoco se esperaba su propia reacción. Creía que iba a tener tiempo de sobra para convencer a Astrid. Sin embargo, ya no tenía tiempo para conseguir su objetivo, y eso le hizo sentir emociones inusitadas. Sonrió burlonamente para sí mismo. Había perdido, y eso sucedía a menudo. Lo único que ocurría era que nunca hubiera pensado que le importaría tanto.

A la mañana siguiente, Astrid se marchó con su tío y su séquito. Había sido muy duro despedirse de todo el mundo y, en particular, de Ragnhild.

—Voy a echarte de menos, Astrid.

—Y yo a vos, mi señora.

La reina la abrazó y, al oído, le murmuró:

—Si alguna vez me necesitas, ya sabes donde estoy. No lo olvides.

—No lo olvido.

Ragnhild dio un paso atrás y sonrió.

—Te deseo un buen viaje. Que los dioses te acompañen.

Después, el grupo salió a la calle. Los caballos estaban ensillados, esperando. Astrid montó con el corazón en un puño, y miró a su alrededor intentando grabarse aquella escena en la mente. Estaba segura de que no volvería a ver a su amiga, ni tampoco aquel lugar. Entonces fue cuando vio a Leif. Estaba a algunos metros de distancia, entremezclado con un grupo de curiosos. Por un instante, sus miradas se cruzaron, y ella vio que asentía levemente a modo de saludo. Astrid tuvo un sentimiento de pérdida y se entristeció aún más. Hizo acopio de valor y devolvió el saludo.

Aquel gesto de cortesía no pasó desapercibido.

—¿Qué interés tienes allí?

Astrid se sobresaltó al oír la voz de su tío, y la irritación desplazó unos instantes a su tristeza. Se controló, y dijo:

—No tengo ningún interés. Solo he saludado a un conocido.

Aquella mentira debió de satisfacer a su tío, porque gruñó y puso en marcha a su caballo.

—Vamos. Es hora de salir.

Entonces, la comitiva se puso en camino.

Leif los vio alejarse con el rostro impasible. Entonces, los hombres que estaban a su lado se marcharon también.

—Parece que todo el mundo se va de repente —dijo Harek.

Bjarni sonrió.

—La batalla ha terminado. La fiesta ha terminado. No hay muchos motivos para quedarse.

Leif convino en silencio con aquello, aunque por motivos muy distintos. Harek lo miró.

—¿Y ahora qué?

—Nos vamos a Vingulmark —dijo Leif.

—Sí. ¿Cuándo?

—En cuanto hayáis recogido vuestras cosas. Decídselo a los demás.

Mientras sus hombres se marchaban, Leif se quedó a solas. La comitiva casi había desaparecido de la vista, y él se permitió una sonrisa de ironía. Bjarni tenía razón: todo había terminado. Era hora de seguir adelante.

Cuatro

Tiempo después, Astrid recordaría pocas cosas de aquel viaje. Tan solo la sensación de aislamiento, que era cada vez mayor, y el miedo al futuro. Y la ira. ¿Estaba mal que quisiera ser la dueña de su destino, en vez de ser utilizada para favorecer las ambiciones políticas de los hombres? ¿Estaba mal que se rebelara ante el hecho de que un extraño la usara como yegua de cría? Además, la reputación del conde Gulbrand y de su familia no la tranquilizaba.

Su único motivo de alegría fue reencontrarse con Dalla, una sirvienta que la había cuidado cuando llegó a la casa de su tío, hacía seis años, hasta que ella misma se marchó a servir como dama de compañía de Ragnhild. Dalla era la única persona que le había demostrado algo de amabilidad y afecto. Aparte de algunas arrugas nuevas, Dalla no había cambiado. Saludó a Astrid con alegría y la ayudó a instalarse.

—Sé que no va a estar durante mucho tiempo con nosotros, mi señora.

—No, no mucho —respondió ella—. Es una pena.

Dalla la miró con perspicacia.

—Bueno, espero que podamos hacerle agradable la estancia.

—Seguro que sí, y me alegro mucho de verte.

—Y yo a vos, mi señora. Quién lo hubiera pensado, ¿eh?

—Sí, quién…

—Yo estaba segura de que lady… Perdonadme, la reina Ragnhild os habría encontrado ya un marido guapo.

Sin motivo alguno, le vino a la cabeza Leif, y su recuerdo fue muy vívido e inquietante. Astrid suspiró.

—Por desgracia, la reina no es mi tutora.

—Seguro que no ha sido por falta de pretendientes. Os habéis convertido en toda una belleza.

—Para lo que me va a servir…

—Vamos, vamos. Las cosas todavía pueden salir bien.

Astrid lamentó no poder compartir aquel optimismo.

Tal y como Leif esperaba, había muchas cosas que hacer a su llegada a Vingulmark, empezando por el cambio del sistema imperante. En ausencia del amo, el administrador y algunos de los sirvientes se habían vuelto negligentes. Rápidamente, Leif les explicó que las cosas no podían continuar así. Con el apoyo de Finn y Erik, y con la ayuda de otros treinta hombres acostumbrados a la acción, la situación cambió de la noche a la mañana. Cuando comprendieron que el trabajo descuidado y mal hecho iba a recibir un castigo, los remisos cambiaron inmediatamente de actitud. Además, nadie sabía cuándo iban a aparecer el amo o su familia, y no querían correr riesgos. A los pocos días, la finca se convirtió en un lugar tan activo como un hormiguero.

Leif no perdió el tiempo a la hora de familiarizarse con las tierras. Las recorrió a caballo, en compañía de Finn o de Erik, y comprobó que la mayor parte eran cultivables, y que también había una gran zona boscosa, cosa que Finn celebró.

—La caza debe de ser muy buena por aquí. Con tu permiso, tomaré a unos cuantos hombres mañana y vendré a investigar.

Leif asintió.

—Me parece bien. Nos vendrá bien la carne fresca.

—Eso pensaba yo. ¿Quieres venir?

—No, esta vez no. Tengo que atender otros asuntos.

—Bien —dijo Finn.

—A propósito, ten cuidado de cazar dentro de nuestros límites. No quiero que haya problemas con nuestros vecinos.

—¿Con el conde Einar?

—Entre otros.

—Como desees —dijo Finn, y siguió la mirada de su hermano hacia el arroyo que marcaba la frontera norte de sus tierras—. Hablando del conde Einar, ¿crees que nos enviará una invitación para la boda de su sobrina?

Sus compañeros sonrieron.

Lo dudo mucho —dijo Bjarni—. Y, de todas formas, ¿a ti te gustaría meter la cabeza en la boca del lobo?

—Ni a cambio de un trago gratis —dijo Ingolf.

—Exacto. Seríamos tan bienvenidos como la sífilis en una casa de putas.

Los hombres se echaron a reír y, mientras seguían cabalgando, el tema de conversación fue cambiando. Leif no participó en ella, porque estaba preocupado con otras cosas. La burlona pregunta de su hermano le había causado agitación. Aunque, desde su llegada, había estado ocupado de la noche a la mañana, no había conseguido quitarse a Astrid de la cabeza. Ella siempre aparecía en su mente, aunque él estuviera recogiendo heno con la horca o arreglando un vallado. Y volvía de noche, cuando ya se había acostado. Sus ojos de color violeta no le dejaban conciliar el sueño. Entonces, recordaba aquel breve beso robado, y su olor y su sabor…

—¿Estás bien? —le preguntó Finn.

Leif miró a su hermano.

—Claro. ¿Por qué?

—Estabas a kilómetros de distancia —dijo Finn, sonriendo, y señaló con la cabeza hacia el norte—. ¿A kilómetros en aquella dirección, tal vez?

La respuesta fue sucinta y profundamente insultante. Finn estalló en carcajadas.

Astrid evitó a su tío en la medida de lo posible; durante los primeros días después de su llegada, permaneció en la sala reservada a las damas de la casa y en las habitaciones contiguas. Sin embargo, aquel confinamiento terminó por hastiarla, y comenzó a dar un paseo diario para volver a familiarizarse con el lugar. Su tío le permitió hacer aquellas excursiones, pero siempre acompañada por dos de sus hombres. Su confianza en ella solo llegaba a ese punto, y eso no contribuía a mejorar el estado de ánimo de Astrid.

Por otra parte, ya se estaban haciendo los preparativos para la boda. Su tío estaba organizando una gran fiesta para la ocasión y, sin duda, para impresionar a los nobles invitados que iban a acudir a ella. Iban a asar tres cerdos enteros, venados y varias docenas de pollos. Los matarifes ya estaban trabajando. Los pescadores de su tío les proporcionarían carpas, tencas y lucios. Los panaderos estaban preparando hogazas, y los cerveceros preparaban cerveza y aguamiel.

Sin embargo, a Astrid no le mareaba el hecho de pensar en toda aquella comida. Lo que más le preocupaba era la noche de bodas, y el hecho de tener que soportar una intimidad no deseada. Cerró los ojos y volvió a ver el establo, el compartimento vacío y a su primo, con los pantalones abiertos, exhibiendo su miembro erecto. Ella se había quedado mirándolo con fascinación y horror. Él había sonreído.

—¿No te gustaría tener esto dentro? —le había preguntado.

Astrid había negado con la cabeza, espantada, y había retrocedido, pero él había conseguido agarrarla del brazo.

—Vamos, vamos, sabes que quieres.

Rápidamente, ella le había mordido en la mano. Él soltó una maldición, pero la soltó, y ella echó a correr.

Después de aquel incidente, Astrid no había vuelto

a hablar de ello. Habría causado un gran revuelo y, de todos modos, habría sido su palabra contra la de su primo. De todos modos, lo había evitado siempre que era posible y se había asegurado de no volver a quedarse a solas con él. Le resultaba difícil olvidar el disgusto y el miedo, pero poco a poco lo había relegado al fondo de su mente.

No estaba segura de por qué volvían a cobrar tanta fuerza aquellos recuerdos. Ella era una mujer adulta que conocía los acontecimientos de la vida, y el matrimonio era uno de ellos. Sin embargo, eso podía estar muy bien cuando ambos contrayentes daban su consentimiento, pero no cuando iban a tratarla como si fuera un mueble. Todo su ser se rebelaba contra aquello.

A su tío, todo aquello no iba a importarle en absoluto. Tenía la autoridad necesaria para decidir el futuro de su sobrina, y la obligaría a someterse de un modo u otro. La obligaría a casarse con Gulbrand. Ya no tenía más opciones.

¿Seguro? Por enésima vez, recordó la última ocasión que había hablado con Leif. «Si vienes conmigo, será con los ojos abiertos». Al oírlo, ella había adoptado una actitud muy moralista y había hablado de la honorabilidad del matrimonio, la misma institución que su tío iba a utilizar para convertirla en la prostituta de Gulbrand. Leif se divertiría mucho si lo supiera. A Astrid se le llenaron los ojos de lágrimas. Él nunca le hubiera prometido lo que no podía prometer y, seguramente, su tiempo juntos habría sido muy breve. Sin embargo, ella tenía la sensación de que unos meses a su lado habrían merecido mucho más la pena que toda la vida junto a Gulbrand. Si tuviera que elegir de nuevo…

Oyó el sonido de un galope y se detuvo muy sorprendida al ver una columna de jinetes que se aproximaba. Al menos, debía de haber cincuenta. Estaban demasiado lejos, pero su presencia la inquietó. ¿Podría ser que Gulbrand hubiera llegado con antelación? Era importante averiguarlo, así que entró en la cervecería, donde podía observar sin ser vista, y esperó.

El grupo se acercó. Sus armas y sus yelmos brillaban bajo el sol. Era una comitiva de nobles; tenía que ser Gulbrand. A Astrid se le formó un nudo en el estómago. No obstante, cuando pudo distinguir a los hombres se dio cuenta de que la comitiva iba precedida por Hakke. ¡Hakke! ¿Qué estaba haciendo allí? Ella no era tan ingenua como para pensar que había ido, tan solo, para asistir a la boda de su primo Gulbrand.

Los jinetes se detuvieron ante la casa. Hakke desmontó y el conde Einar se apresuró a darle la bienvenida. Los dos hombres conversaron brevemente y entraron en el edificio. Astrid se mantuvo escondida y, tras unos minutos, tomó el camino más largo para volver al edificio.

De repente, un sirviente se interpuso en su camino, y ella tuvo que desviarse ligeramente para evitar el choque. El hombre le hizo una reverencia.

—Disculpad, mi señora.

A ella se le aceleró el corazón al reconocer aquella voz. No podía ser cierto. Tenían que ser imaginaciones suyas. Observó con suma atención la vestimenta humilde del sirviente, pero, al ver la cara que había debajo del capuchón, y la inconfundible sonrisa, sus dudas se desvanecieron.

—¡Leif! ¿Qué estás haciendo aquí?

—He venido a verte.

Ella miró hacia atrás furtivamente, con la esperanza de que nadie los estuviera viendo.

—Debes de estar loco.

—Tal vez. Lo único que sé es que no consigo sacarte de mi cabeza. Tenía que verte.

—Corres un grave riesgo.

—No tan grave.

—¿Cómo has sabido dónde podías encontrarme?

—Llevo un par de días vigilando la casa, esperando la ocasión para poder hablar contigo.

—Es demasiado peligroso para ti.

—Entonces, ¿sería para ti un motivo de preocupación que me atraparan?

—Por supuesto que sí. ¿Cómo puedes preguntarme eso? —dijo ella, y miró de nuevo a su alrededor. Al no ver a nadie, sintió alivio, además de otras emociones confusas.

—Necesitaba saberlo —dijo él.

Dio un paso hacia ella y la tomó por la cintura.

A ella se le entrecortó la respiración.

—Por favor, dime lo que hayas venido a decir y sal de aquí mientras puedas.

—¿Quieres casarte con Gulbrand?

—Mi tío no me consultó para arreglar este matrimonio. Él es quien desea esta alianza.

—No has respondido a la pregunta.

A ella se le formó un nudo en el estómago.

—¿Astrid?

—No, no quiero casarme con él.

—Entonces, no lo hagas. Mi oferta sigue en pie.

—Esto no es justo, Leif.

—La justicia no tiene cabida con hombres como Einar y Gulbrand. Te casarán enseguida, si lo permites.

—Lo dices como si fuera una elección fácil.

—Es una elección fácil, pero solo tú puedes elegir.

Ella respiró profundamente, intentando calmarse para poder pensar. Hacía pocos minutos, estaba pensando que había perdido aquella oportunidad y lamentándose por ello, y en aquel momento volvía a presentársele. No tenía sentido dudar. O confiaba en él, o no. Hasta la fecha, Leif había sido sincero con ella, y había llegado la hora de que ella también fuera sincera consigo misma.

—Entonces, te elijo a ti.

Por un instante, él se quedó inmóvil, y Astrid tuvo la sensación de que se había quedado atónito. Entonces, Leif se inclinó y la besó de un modo gentil, a modo de saludo.

—Es un honor para mí —le dijo.

—¿Y ahora qué, Leif?

—Ahora, voy a organizarlo todo para sacarte sana y salva de aquí.

—¿Y adónde vamos a ir?

—A mis tierras de Agder.

—¿Por tierra?

—Solo hasta la costa. A partir de allí, iremos en barco.

—Si nos capturan…

—Eso no va a suceder. Tu tío no va a saber adónde has ido.

—No es solo él, Leif. El príncipe Hakke ha llegado hoy con una comitiva muy grande.

Leif frunció el ceño.

—¿Hakke está aquí? ¿Estás segura?

—Completamente. Lo reconocería en cualquier parte.

—Vaya, podría haber pasado sin esto.

—A mí tampoco me gusta. Todavía faltan cinco días para la boda. ¿Por qué ha venido tan pronto?

—Mantén los ojos abiertos y averigua lo que puedas.

Ella asintió.

—En cuanto todo esté listo, te mandaré aviso —continuó él—. En dos días, como mucho.

—Estaré preparada.

Leif volvió a besarla, y se marchó. Astrid lo miró hasta que lo perdió de vista entre los árboles. Entonces, comprendió la enormidad de su decisión. Estaba atemorizada, pero, al mismo tiempo, se sentía bien. Si le ofrecieran la oportunidad de retractarse, no lo haría. Su imaginación no llegó hasta el momento de compartir lecho con Leif; ya se enfrentaría a la situación cuando llegara el momento.

Cuando Leif llegó a su propia casa, buscó rápidamente a Finn y a Erik. Lo primero era contarles lo que se proponía; ellos lo escucharon en silencio, y se quedaron asombrados.

—¿Vas a robarle la novia a Gulbrand? —preguntó Erik.

—Exactamente.

Finn miró a su hermano con admiración.

—Tengo que admitirlo, Leif. En lo relacionado con las ideas descabelladas, tu imaginación no tiene límites, ¿eh?

—No tiene nada de descabellado. Voy a planearlo y a ejecutarlo todo minuciosamente.

—Más bien, a nosotros es a quienes van a ejecutar minuciosamente.

—¿Por qué?

—La casa real de Vingulmark todavía está furiosa por su derrota en Eid y por la muerte de dos de sus príncipes. A Hakke le robaron la novia, y ahora tú propones que le hagamos lo mismo a Gulbrand. ¿Lo dices en serio?

—Sí.

—Creía que habías renunciado a ella.

—Yo también, pero resulta que no puedo —dijo Leif.

Finn suspiró.

—Supongo que no hay nada que yo pueda hacer para que cambies de opinión, ¿no?

—No, nada —respondió Leif, e hizo una pausa antes de añadir—: Si no queréis formar parte de esto, lo entenderé.

—Soy tu hermano. Ya formo parte de esto.

Erik asintió.

—Somos familia, y la familia permanece unida. Además, hicimos un juramento de hermanos de armas.

—Cierto —respondió Finn—. Así pues, si tienes

algún plan según el cual podamos pasar entre los hombres de Einar sin que se enteren, recoger a la chica, vencer a los cincuenta guardias de Hakke y volver a Agder con el pellejo en su sitio, me gustaría oírlo.

Leif sonrió con ironía.

—De hecho, lo he estado pensando un poco.

—Oh, me alegro. Por un momento, he temido que tuviéramos que improvisar.

Cinco

Para alivio de Astrid, durante los dos días siguientes no le requirieron que fuera a atender a su tío ni a los huéspedes; Einar y Hakke permanecieron reunidos en privado durante la mayor parte del tiempo. Ella lo agradeció. Desde su conversación con Leif, vivía en un estado de nerviosismo y de tensión, y temía que su tío notara algo raro. Lo mejor era que pensara que ella se había resignado a su matrimonio con Gulbrand. Si las cosas ocurrían según el plan de Leif, ella estaría lejos antes de que nadie notara su ausencia.

No se había permitido el lujo de pensar más allá, de imaginarse cómo podría ser su vida después de huir. Si alguien le hubiera dicho alguna vez que iba a ser la amante de un hombre, y por elección propia, se habría quedado horrorizada. Y, sin embargo, en aquel momento le parecía lo único que podía hacer. Si tenía que pertenecerle a un hombre, elegiría a Leif y confiaría en que su instinto no la engañara.

Al darle su consentimiento, Astrid esperaba ver en su cara una sonrisa triunfal, pero eso no había sucedido. Leif no se había comportado como un hombre que hubiera conseguido los favores de una prostituta, sino como un caballero que estaba haciéndole la corte a una dama. ¿La trataría con la misma consideración en el lecho?

Aquella era la parte de su acuerdo a la que ella había quitado importancia, pero la realidad estaba a punto de alcanzarla. Tendría que entregarse a él y, probablemente, fingir placer. Y eso era lo que menos deseaba, porque no quería engañar a Leif. Tal vez el tiempo jugara en su favor. Tal vez se acostumbrara a él y a su nuevo papel…

La puerta se abrió, y Dalla entró en la habitación.

—Hay muchísimo trabajo, mi señora. Van a llegar más hombres del príncipe Hakke, y los sirvientes andan como locos, corriendo de un lado a otro.

A Astrid se le encogió el estómago.

—¿Más hombres del príncipe?

—Acaban de avistar dos barcos. Llegarán a la playa dentro de unos minutos.

—¿Y Gulbrand viene con ellos?

—No lo sé, mi señora.

—¿Podrías intentar averiguarlo?

—Por supuesto —respondió Dalla, cabeceando—. Parece que vuestro tío desea que esta sea una boda memorable.

Astrid frunció el ceño. Su tío nunca hacía nada sin un motivo, y ni siquiera la boda justificaba la presencia de tantos hombres.

Llegaron diez minutos más tarde; Dalla y Astrid los vieron acercarse, en columna, y a Astrid se le puso el vello de punta. Todos los guerreros iban protegidos con armadura y cota de malla, y armados hasta los dientes.

—Mercenarios —murmuró.

—¿Y qué hacen aquí?

—No lo sé, pero no creo que esto tenga nada que ver con la celebración de la boda.

—Sí, me parece que tenéis razón.

Cuando los soldados llegaron a la casa, Astrid comprobó que eran unos cien guerreros experimentados y curtidos. Su líder era un individuo musculoso con cara delgada y rasgos marcados, y llevaba la barba trenzada y adornada con una cinta roja.

—Ese hombre moreno es Steingrim —le dijo Dalla—. El bruto de un solo ojo que está a su derecha es Thorkill. Ya han estado aquí antes.

—No son el tipo de hombres que una querría encontrarse de noche.

—No, mi señora. Son hombres que matan y mutilan por puro placer.

Astrid se volvió hacia la sirvienta.

—Con estos hombres y los que trajo Hakke, aquí se ha reunido un pequeño ejército. ¿Qué está tramando?

—Seguro que nada bueno.

—Ve a ver qué puedes averiguar, Dalla.

La sirvienta volvió a última hora de la tarde. Al ver su expresión, Astrid se sintió aún más atemorizada.

—¿Qué ocurre?

—Teníais razón, mi señora. Su llegada no tiene

nada que ver con la boda. Han venido a quemar un poblado.

—¿Cómo?

—Algunos hablaban abiertamente sobre ello. Estaban impacientes por empezar.

—¿Qué poblado, Dalla?

—El de Leif Egilsson y su familia. El príncipe Hakke quiere saldar una deuda.

Astrid palideció.

—¿Cuándo?

—Esta noche.

Astrid se quedó sin palabras. Nunca se le había ocurrido pensar en aquella posibilidad y, al hacerlo, entendió lo grande que era la maldad de Hakke. Eso le causó un gran disgusto, y una gran preocupación por Leif.

—Eso no puede suceder.

—¿Y cómo vais a evitarlo, mi señora?

—Lo primero, enviándoles un mensaje a las víctimas.

Dalla arqueó una ceja.

—Eso sería correr un riesgo muy grande por un grupo de desconocidos.

—Leif Egilsson me hizo un favor una vez, y yo no olvido tales cosas.

Era una verdad a medias, pero tendría que servir. El resto era demasiado difícil de explicar, incluso para ella misma.

—Si el príncipe o el conde se enteran…

—No se van a enterar, si lo hacemos con cuidado. Algún hombre podría escabullirse y llevarles un mensaje —dijo Astrid—. Solo necesito a alguien de confianza.

—Conozco a una persona. Es el mozo del establo, Ari. Es muy reservado, pero es de fiar. Tal vez esté dispuesto a ir.

—No hay tiempo que perder. Ve a preguntárselo.

Mientras la doncella se alejaba apresuradamente, Astrid miró por la puerta abierta hacia la calle. Estaba anocheciendo. Ella exhaló una bocanada de aire. No iba a servirle de nada sucumbir al pánico; si conseguía enviarle el mensaje a Leif, todo saldría bien. Sus planes se verían alterados, seguramente; a menos, por supuesto, que él decidiera olvidarla y marcharse sin ella. No parecía el tipo de hombre que rompiera sus promesas, pero corría un gran peligro en aquella aventura. Sería mucho más fácil salvarse a sí mismo que salvarla a ella. Después de todo, a él no debía importarle nada si ella se casaba con Gulbrand; un hombre como Leif no tendría problemas a la hora de encontrar una amante. Astrid se mordió el labio. ¿Cumpliría él su promesa, e iría a buscarla?

Dalla volvió veinte minutos más tarde. En respuesta a la mirada inquisitiva de Astrid, asintió.

—Ha accedido a ir.

Astrid sintió un enorme alivio.

—Gracias a los dioses. Me voy a asegurar de que reciba una buena recompensa por esto.

—Esperemos que el aviso llegue a tiempo —dijo Dalla.

Leif tomó una rebanada de pan y partió un buen pedazo. Había pasado todo el día al aire libre, y tenía apetito. Aparte de sus tareas cotidianas, había tenido que poner sus otros planes en marcha, con la ayuda de su hermano, su primo y sus hombres. Si a alguien le sorprendió aquel viaje repentino, nadie lo comentó, y todos comenzaron los preparativos con poca conversación y mucha rapidez. También habían previsto dejar a un grupo de hombres fiables a cargo de las tierras. Así pues, todo estaba listo, y él solo tenía que ir a buscar a Astrid.

Su decisión de ir con él le había sorprendido mucho. Aunque hubiera sido completamente sincero con respecto al tipo de relación que le ofrecía, ella había preferido acompañarlo que casarse con Gulbrand. Era una decisión muy valiente, pero también suscitaba preguntas. ¿Acaso era solo el menor de los males para Astrid? Leif prefería pensar que no era así, que no se había imaginado la chispa que había entre ellos. Muy pronto tendría la respuesta, pensó con impaciencia. No recordaba haber deseado nada tanto como deseaba aquello. ¿Acaso el valor de una mujer aumentaba proporcionalmente al riesgo que entrañaba conseguirla? Si eso era cierto, la suya iba a ser una relación muy larga.

Una corriente de aire hizo bailar las llamas de las antorchas, y Leif alzó la vista hacia la puerta de roble de la sala principal. Era Trygg quien había entrado.

—Acaba de llegar un mensajero, mi señor. Se llama Ari, y dice que tiene noticias muy importantes.

Leif frunció el ceño y bajó la copa.

—Que pase.

—Pero ¿qué demonios quiere un mensajero a estas horas? —preguntó Finn.

—Buena pregunta.

Toda la conversación cesó en la mesa y, mientras esperaban, se miraron con desconcierto. Antes de que alguien más pudiera decir algo, Ari entró apresuradamente en la sala y se acercó a la mesa.

—Mi señor, me envía lady Astrid para transmitiros un aviso.

—¿Qué aviso?

—Que Steingrim y un ejército vienen hacia aquí.

—¿Steingrim viene hacia aquí?

—Sí, mi señor. Pretenden atacar esta noche y matar a todo aquel que encuentren.

Los hombres permanecieron en silencio y, durante varios minutos, solo se oyó el crepitar de las llamas de la chimenea.

—¿Y cómo averiguó esto tu señora? —preguntó Leif, con los ojos muy brillantes.

—Los hombres de Steingrim estaban hablando de ello sin tapujos.

—¿Cuántos hombres tiene?

—La tripulación de dos barcos, mi señor, pero Thorkill ha traído un tercero.

Aquellas noticias provocaron murmullos de ira entre los presentes. Leif apretó la mandíbula mientras lo asimilaba; no estaba solo en aquella situación.

—Hakke no se rinde, ¿eh? —dijo Finn.

Erik frunció el ceño.

—Teníamos que haber matado a ese canalla traicionero cuando tuvimos la oportunidad.

—Tendremos otra —dijo Leif—. Pero, por el momento, nos superan en una proporción de cinco a uno.

—Es una situación poco prometedora. ¿Qué vamos a hacer?

—No nos queda más remedio que irnos —dijo Leif, pensando rápidamente—. Nos separaremos. Steingrim no podrá seguirnos sin dividir sus fuerzas.

Finn asintió.

—Así será más fácil sorprenderlos cuando estemos listos.

—Elegiremos ese momento y ese lugar cuando seamos más —replicó Leif.

—Está bien. Voy a reunir a mis hombres —dijo Finn—. Iremos a Alfheimer. Allí tenemos amigos.

—Yo voy a Hedemark —dijo Erik—. El rey Sigelac nos debe unos cuantos favores, y es hora de pedir que nos los devuelva —añadió, y miró a Leif—. ¿Y tú?

—A mis tierras de Agder.

—¿Agder? Pero… ¿no dijiste que no ibas a volver nunca?

—Sí, ya lo sé, pero allí encontraré hombres suficientes.

—Sin duda.

—Enviad aviso en cuanto podáis —dijo Leif—. Y, ahora, vamos a prepararlo todo para marchar.

Los hombres dejaron la cena sobre la mesa y se levantaron rápidamente. Finn se detuvo y miró a su alrededor. Observó las columnas talladas y las vigas manchadas de humo, y su expresión se llenó de ira y resentimiento.

—Fue difícil ganar este lugar, y Steingrim lo va a quemar en una sola noche.

—Una casa puede reconstruirse —dijo Leif—, y nosotros viviremos para luchar un día más.

—Cuando llegue ese momento, le voy a cortar el cuello a Steingrim con mis propias manos.

—Y yo espero verlo.

En poco tiempo, todos los hombres estaban armados y listos para cabalgar. Leif abrazó con fuerza a Finn y a Erik.

—Buen viaje, primo. Nos veremos pronto, si los dioses lo quieren.

Erik asintió y le dio una palmada en la espalda.

—Que Odín nos ayude.

Finn y él montaron a caballo y, después de despedirse agitando la mano, se marcharon. Leif se giró hacia sus hombres.

—Id al *Sea Serpent* y preparad el barco para zarpar. Rodead el cabo hasta Gulderfoss. Yo me reuniré con vosotros allí.

Sus hombres lo miraron sorprendidos.

—Tengo que encargarme de una cosa antes. No tardaré —dijo él. Entonces, miró al mensajero—. Ari, tú vienes conmigo.

Hizo girar al caballo, comenzó a galopar y desapareció en la oscuridad. Thorvald se quedó mirándolo un instante; después, se volvió hacia los demás.

—Bueno, ya lo habéis oído. Vamos.

Leif tiró de las riendas de su montura y observó las siluetas de los edificios del poblado del conde Einar. La mayoría estaban a oscuras, salvo la casa principal, que contaba con la iluminación de varias teas sujetas a los muros. Él esperaba oír el sonido de la juerga en el interior, pero aquella noche todo estaba muy silencioso. Leif miró a Ari.

—Ve a buscar a lady Astrid y dile que se reúna conmigo en el lugar de costumbre.

Ari miró a su alrededor furtivamente.

—Es peligroso, mi señor. Si os encuentran aquí…

—No creo que nadie piense en verme. Además, parece que todo el mundo está ocupado esta noche…

—Pero, mi señor…

—Hazlo, y sé muy discreto si valoras tu vida.

Mientras el sirviente se marchaba en dirección a los edificios, Leif desmontó y ató las riendas del caballo al tronco de un árbol. Después, se encaminó hacia el cobertizo para encontrase con Astrid, escondiéndose entre las sombras. El silencio era muy intenso, tanto, que parecía que aquel lugar estaba vacío. Hakke debía de haber enviado a todos sus hombres al asalto de aquella noche. ¿Habría ido con ellos? ¿Y el conde Einar? Leif lo dudaba; seguramente, ambos estaban allí mismo, esperando a que Steingrim volviera para informarlos de lo ocurrido. Sonrió irónicamente: sin saberlo, le habían facilitado la tarea de sacar a Astrid de allí. Cuando se enteraran de lo que había pasado, ellos dos ya estarían lejos.

Cuando Ari le contó que había tenido éxito en su misión, Astrid sintió un gran alivio. El plan de Hakke había fracasado. Como mucho, sus hombres iban a quemar un poblado vacío. Leif y sus hombres vivirían para seguir luchando. Sin embargo, aquella huida tenía implicaciones. Con un gran esfuerzo, consiguió controlar su voz.

— ¿Te ha dado el conde Leif algún mensaje para mí?

—Sí, mi señora. Está esperando para hablar con

vos en este preciso momento. Dijo que os encontraríais en el lugar de costumbre.

A ella se le aceleró el corazón. No la había abandonado. Había cumplido su promesa. Le entregó a Ari una bolsita de monedas, le dio las gracias y se despidió de él. Después, miró a su alrededor para asegurarse de que no había nadie y se dirigió rápidamente hacia el cobertizo.

—¿Leif?

No fue más que un murmullo, pero obtuvo respuesta. Una alta figura se separó de una de las paredes y salió de entre las sombras.

—Estoy aquí.

—Has venido —dijo ella.

—¿Acaso lo dudabas?

—Esperaba que lo hicieras, pero no sabía si podrías.

—Yo siempre cumplo mis promesas —dijo él, e hizo una pausa—. Además, estoy en deuda contigo por haberme avisado. Te has arriesgado mucho.

—Yo me alegro de que mi mensaje llegara a tiempo.

—Sí. Mis hombres están a salvo.

—Me alegro —repitió ella.

—Ahora debemos irnos —dijo él, y posó las manos sobre sus hombros—. ¿Todavía quieres acompañarme?

—Por supuesto.

—Todavía puedes cambiar de opinión.

—No quiero cambiar de opinión.

—Entonces, vamos. Mi caballo está detrás del establo.

La tomó de la mano y la llevó hacia los árboles.

Astrid lamentó no haber podido despedirse de Dalla, pero no podía causar ningún retraso. Cada momento de más podía ser un peligro, así que siguió rápidamente a Leif, mirando de vez en cuando a su alrededor para asegurarse de que nadie los veía. El recinto estaba muy silencioso, de una forma casi sobrenatural, y Astrid se estremeció. Quería salir de allí cuanto antes.

Leif se detuvo en la sombra de un edificio y la miró.

—¿Estás bien?

Ella asintió.

—Sí.

—Vamos, entonces.

Atravesaron un claro y llegaron junto a los árboles. Astrid suspiró de alivio. Leif le apretó la mano, y ella se sintió más segura y, también, más emocionada.

—Ya no estamos lejos.

—Lo suficiente.

A Astrid se le encogió el corazón al oír aquella otra voz, y emitió un grito de aviso al ver a media docena de hombres armados que salían de entre las sombras. Leif se giró y echó mano a la empuñadura de la espada. Sin embargo, no tuvo tiempo de desenvainar el arma, porque uno de los hombres le golpeó con un palo en el hombro.

El resto de sus atacantes se abalanzó sobre él, batiendo las porras; aunque se defendió con valentía, eran demasiados.

Astrid gritó de horror al ver que caía al suelo bajo una lluvia de golpes. Quedó inmóvil, y ella se inclinó hacia él, temiendo lo que iba a encontrar. Sin embargo, un par de manos fuertes la agarraron por los brazos y, aunque forcejeó, no consiguió zafarse. Entonces, oyó de nuevo la misma voz.

—Llevadlo al salón. Y a la mujer, también.

Seis

Astrid continuó forcejeando, pero su resistencia no sirvió de nada. Sus captores la llevaron a rastras hasta la casa principal. Al abrirse las puertas, apareció un grupo de hombres en el interior, iluminado por la luz de las antorchas. Su terror aumentó al ver que eran unos treinta. Treinta hombres que no se habían marchado, y que nunca habían tenido intención de hacerlo.

La conversación se interrumpió, y todos se fijaron en ellos. Los soldados llevaron a los dos cautivos hasta la mesa, y tiraron a Leif al suelo. A la luz de las teas, Astrid vio que tenía una herida en la cabeza, y que la sangre le corría por el pelo y la cara. ¿Lo habían matado? Sintió ira y miedo, e intentó zafarse una vez más de las manos que la aprisionaban. Sin embargo, no lo consiguió, y treinta par de ojos la miraron con diversión. Ella ignoró las caras sonrientes. Solo había un hombre cuya opinión podía tener importancia para ella. Con el corazón encogido, miró hacia el sitio que su tío ocupaba en la mesa de la sala principal.

Einar observó la figura inconsciente de Leif un instante. Después, se giró hacia el hombre que estaba sentado a su lado.

—Vaya, vaya. Así que teníais razón, después de todo. Yo no creía que se arriesgara a venir.

—Deberíais ser más confiado, sobre todo cuando una trampa está tan bien tendida.

Astrid miró al interlocutor de su tío, y reconoció a Hakke. Como muchos de los presentes, tenía la apariencia impresionante de un gran guerrero: era delgado y musculoso. Sin embargo, su ropaje lujoso lo distinguía de los demás. Tenía un broche de granates rojos como la sangre sujetándole la capa. Su pelo era negro, y lo llevaba largo hasta los hombros. Podría haber sido guapo, pero tenía los labios muy delgados y los ojos como el acero helado. Observó a Astrid.

—Con un buen cebo, sí —comentó, con una sonrisa que no le llegaba a los ojos—. Estoy en deuda con vos, mi señora.

Astrid lo fulminó con la mirada.

—Decidles a estos bestias que me suelten.

Él la ignoró.

—Por favor, venid a sentaros a mi lado.

Sus palabras no eran una invitación. Astrid fue llevada ante él, y empujada a una silla. Enrojeció de rabia, y le lanzó una mirada asesina. Él sonrió aún más. A ella le hubiera gustado abofetearlo, pero sabía muy bien que no podía intentarlo. Si perdía el control, solo conseguiría empeorar las cosas para Leif. Lo miró con ansiedad; él seguía sin moverse. ¿Estaría herido de gravedad?

Hakke miró al prisionero y dio sus órdenes.

—Quitadle las armas y la cota de malla. Después, desnudadlo hasta la cintura y atadlo.

La tarea se llevó a cabo con una eficacia despiadada.

—Tomad un cubo de agua y despertadlo.

El conde Einar miró a su compañero con asombro.

—¿Y no sería más fácil dejarlo inconsciente?

—No, quiero que sea consciente de todo lo que le ocurre.

Aunque sonrió, su tono de voz le produjo un escalofrío a Astrid. No había ni rastro de compasión en los ojos de Hakke. Ella se agarró con fuerza a los brazos de la silla, con un nudo frío en el estómago.

Un momento después, uno de los hombres volvió con un cubo de agua, y se lo arrojó a Leif. Él gruñó y se movió. Astrid se mordió el labio. Se sintió muy aliviada al ver que seguía con vida, pero también muy ansiosa por lo que pudiera ocurrirle. Miró a los hombres que lo estaban rodeando; no conocía a ninguno. Sin embargo, no tardó más de un segundo en saber qué eran: lobos de mar, que luchaban solo por el dinero, y que vendían su lealtad al mejor postor. Todos miraban atentamente al prisionero, con una expresión de impaciencia cruel.

Leif despertó con el segundo cubo de agua y, por un momento, se vio desorientado. Solo sentía un intenso dolor en las costillas, en la cabeza y en la cara. Lentamente, fue percibiendo más detalles: notó las hierbas sucias del suelo en la mejilla, el olor a comida rancia y a perro. Intentó mover los brazos, pero no pudo.

—Ponedlo de rodillas.

Aquella voz le sonaba vagamente familiar, pero no sabía identificarla. Unas manos ásperas lo agarraron de los brazos y lo incorporaron. Él se estremeció de dolor a causa de las heridas.

—Me alegro de teneros de nuevo con nosotros, *Jarl* Leif —continuó el extraño—. No me gustaría que os perdierais nada de esto.

Leif frunció el ceño y miró al hombre que estaba hablando. Lo reconoció al instante.

—Hakke.

El príncipe sonrió.

—En efecto. Llevaba tiempo esperando este momento.

—Todos lo esperábamos —dijo el *Jarl* Einar.

Leif comenzó a entender la situación. Entonces, con horror, vio quién estaba sentada junto a Hakke. Astrid estaba pálida, pero, aparte de eso, parecía ilesa.

El objeto de su atención no pasó inadvertido para nadie.

—Tenéis buen gusto, mi señor, he de reconocerlo —dijo Hakke—. Y, claro, un pez gordo necesita un buen cebo —añadió, sonriendo a Astrid—. Habéis representado vuestro papel a la perfección, mi señora.

Ella abrió la boca para contestar, pero Leif se le adelantó.

—¿Qué papel? ¿De qué estáis hablando?

—Vuestro interés no ha pasado desapercibido. Una

mujer bella siempre es un buen señuelo. Bien hecho, mi señora. Sin vos, no habríamos podido traerlo aquí.

Leif frunció el ceño y miró fijamente a Astrid.

—¿Qué significa eso? —inquirió.

Ella palideció aún más.

—No significa nada, lo prometo.

—Significa que habéis caído en una trampa, señor, y muy fácilmente —dijo Hakke—. Aunque vos no sois el primero que se deja engañar por una cara bonita, y supongo que no seréis el último.

Leif lo miró con furia.

—¡Es mentira!

—Y, sin embargo, aquí estamos.

Ella negó con la cabeza.

—No lo creas, Leif.

Hakke arqueó una ceja.

—Sois demasiado modesta, mi señora. Después de todo, fue vuestro mensaje lo que le ha traído hoy aquí.

Ella se quedó blanca como una sábana al comprender el juego en el que, sin saberlo, había participado. Miró con angustia a Leif. En sus ojos leyó ira y algo que parecía la duda. ¿Se estaba creyendo aquellas mentiras? Debía de saber que ella nunca hubiera hecho algo así, que ellos la estaban usando para conseguir sus fines.

Negó con la cabeza.

—Eso no es…

—No es lo que él estaba esperando —dijo Hakke.

Leif bajó la cabeza con un gran dolor. Su mente se rebelaba ante lo que estaba diciendo Hakke. Astrid no podía haber cometido semejante traición. Ella quería marcharse, escapar de un matrimonio que no deseaba. Tenía que haber otra explicación.

—Después aclararemos vuestras suposiciones con respecto a lady Astrid —continuó Hakke—. Antes, tengo otros asuntos que tratar con vos, señor, empezando con la muerte de mis hermanos.

—Cayeron en el campo de batalla —respondió Leif—, y murieron con la espada en la mano.

—Cayeron por culpa de la avaricia de Halfdan Svarti. Quiere Vingulmark, y no le importa lo que tenga que hacer para conseguirlo.

—Si vuestros hermanos y vos no le hubierais tendido una emboscada e intentado matarlo, él no habría deseado tanto la confrontación.

—No hicimos más que defender lo que era nuestro —dijo Hakke, con un brillo metálico en los ojos—. A propósito de lo cual, hace poco me robasteis la novia.

—Una novia a la que secuestrasteis, y a la que pretendíais obligar a casarse con vos.

—Ragnhild era mía.

—Pues parecía muy feliz de haberse librado de ese destino.

La mirada de Hakke se volvió aún más fría.

—Os prometo que nada os va a librar del vuestro.

—Entonces, matadme ya, y acabemos con esto.

—No tengo ganas de mataros, señor. Ni mucho menos. Deseo que viváis mucho tiempo y que, cada día de vuestra vida, os acordéis de mí.

A Leif se le tensó el nudo del estómago.

—¿Qué os proponéis?

—Voy a entregaros al *Jarl* Einar, y seréis su esclavo.

—¡Nunca!

—Puede que haga falta ayudaros a asimilar vuestra nueva posición —dijo Hakke, y chasqueó los dedos—. Traed unas tijeras.

Un sirviente regresó con ellas. Eran de las que se usaban para esquilar las ovejas, muy afiladas. El sirviente se las entregó a uno de los guardias que custodiaban a Leif, Hakke asintió.

—Córtale el pelo de una forma más apropiada para un esclavo.

Aquellas palabras fueron recibidas con vítores y burlas, y con un grito de protesta de Astrid. Leif forcejeó con todas sus fuerzas, lleno de rabia y desesperación, pero no consiguió liberarse de las ataduras. Los guardias lo tiraron al suelo y lo inmovilizaron. Después, le cortaron la melena hasta dejarle, tan solo, un centímetro de pelo dorado en el cuero cabelludo. Los presentes golpearon la mesa para mostrar su aprobación.

Hakke asintió.

—Ahora, el collar.

—¡No! —gritó Astrid.

Sin embargo, los vítores volvieron a ahogar su voz. Intentó levantarse, pero una mano implacable la sentó de nuevo. Entre lágrimas, vio cómo le ponían un grueso collar de cuero en el cuello a Leif.

Hakke se levantó de la silla y se acercó al prisionero. Durante un momento, lo observó atentamente, en silencio. Después, sin prisas, se apartó la capa del costado y sacó de su cinturón el látigo. Al ver que lo agitaba, los demás silbaron y animaron ruidosamente al príncipe.

Astrid se giró hacia su tío.

—Parad esto, os lo suplico.

Él la miró con frialdad.

—No voy a hacer tal cosa. Se merece este castigo. Además, así entenderás lo que pasa cuando alguien me hace enfadar.

Hakke asestó el primer latigazo y dejó una marca rojiza en la espalda de Leif. Él se retorció, pero no emitió ninguna queja. Astrid apretó los nudillos hasta que los tuvo blancos.

Hakke dio una docena de latigazos más, y se detuvo a mirar a su víctima.

—Si solo fuera cosa mía, te flagelaría hasta que se te vieran los huesos —dijo—. Sin embargo, el *Jarl* Einar quiere que seas capaz de trabajar mañana.

Tiró el látigo al suelo y miró a los guardias.

—Encadenadlo en la perrera, con los otros perros.

Recogieron a Leif del suelo y se lo llevaron a rastras de la sala. Astrid estaba muy pálida. Einar se giró hacia el hombre que había junto a ella.

—Llevadla a las dependencias de las mujeres y poned a un guardia en la puerta —dijo. Después, miró con desdén a su sobrina—. Me encargaré de ti más tarde.

Los captores de Leif lo encadenaron por el tobillo a un grueso poste de madera, cerraron la puerta con llave y se marcharon. Había varios perros de caza enormes que le gruñeron, pero él los ignoró, apretando los dientes para soportar el dolor de las costillas y de la espalda. Sufría heridas y hematomas en la cara, y un ojo se le había hinchado tanto que lo tenía medio cerrado. El suelo estaba helado y lleno de orines y heces de perro.

Al principio, la ira que sentía mantuvo el frío a raya; sin embargo, a medida que pasaron las horas, comenzó a sentirlo en los huesos. Y comenzó, también, a sentir miedo por la situación en la que se encontraba. Sus hombres habrían empezado a preocuparse por él. Se preguntarían adónde había ido y por qué y, aunque sospecharan que algo había salido mal, no podrían hacer nada para ayudarlo. Eran muy pocos, y cuanto más esperaran, más peligrosa se volvería la situación para ellos. Cuando Steingrim encontrara el poblado y las granjas abandonadas, se dirigiría al fondeadero. Lo mejor que podía hacer su tripulación era zarpar sin él, escapar a la muerte e ir a Agder para reunir el ejército que necesitaban.

Por supuesto, eso les llevaría tiempo. Seguramente, pasarían semanas o meses hasta que pudieran organizarse y unirse a las fuerzas de Finn y Erik, suponiendo que Finn y Erik tuvieran éxito en sus misiones… De no ser así… Leif suspiró entrecortadamente. Se pasó una mano por la cabeza afeitada y palpó la sangre entre el pelo corto. Al notar el borde del collar de cuero en la yema de los dedos, volvió a sentirse furioso. Tiró de los extremos del collar con todas sus fuerzas, pero no sirvió de nada. Los remaches eran muy fuertes. Al final, soltó una maldición y se rindió.

Entonces, pensó en que aquello solo era una muestra de lo que sus enemigos tenían preparado para él. Recordó las palabras burlonas de Hakke: «Deseo que viváis mucho tiempo y que, cada día de vuestra vida, os acordéis de mí». El príncipe haría todo lo posible por evitar que lo rescataran, y no le resultaría difícil. Hakke tenía muchos aliados, y esos aliados estarían encantados de presenciar la desgracia de uno de sus adversarios. Lo único que tenía que hacer era ir cambiándolo de sitio cada cierto tiempo, hasta que se perdiera su rastro.

Leif sintió una punzada en el estómago y cerró los ojos para controlar el miedo. Eso no iba a ayudarle en nada. Tenía que pensar. Sus enemigos le habían tendido una trampa inteligente, pero, para conseguirlo, habrían necesitado información. ¿Y cómo la habían conseguido? La imagen de Astrid apareció en su mente. Solo ellos dos conocían sus planes, a menos que ella se lo hubiera dicho a alguien más. ¿Había sido la escena de la gran sala otra parte de su actuación? La idea de que ella hubiera podido traicionarlo le resultó tan dolorosa como una cuchillada. «No lo creas, Leif», había dicho ella. Pero Hakke había afirmado con una sonrisa burlona: «Y, sin embargo, aquí estamos».

Alguien estaba mintiendo y, le gustara o no, todo apuntaba a que la embustera era Astrid. Leif apretó los dientes. En aquel momento supo que, costara lo que costara, iba a averiguar la verdad. Y, si Astrid había sido cómplice de aquello, tendría que pagarlo.

Siete

Aquella noche fue la más larga de la vida de Astrid. Solo podía pensar en Leif, en su rabia y en su dolor, y en el hecho de que hubiera podido creer que ella le había traicionado. Tenía que conseguir demostrarle que todo lo que había dicho el príncipe Hakke era mentira. Mientras, Leif debía de estar sufriendo un tormento psíquico y físico. Aquella humillación tan cruel, en público, podía destrozar el corazón de un hombre, sobre todo de un hombre tan orgulloso y fuerte como Leif. Él no iba a aceptar fácilmente su nuevo estatus; tendrían que apalearlo y matarlo de hambre, ir reduciéndolo poco a poco para que perdiera las ganas de luchar y el ánimo. Y aquella idea le rompía el corazón a Astrid; sabía que la venganza de Hakke no sería rápida, pero sí sería completa.

Astrid se estremeció. El hermano de su madre, el conde Einar, había sido una figura lejana en su vida; lo había conocido más a través de las conversaciones que escuchaba sobre él que por el trato, porque el conde siempre estaba lejos, luchando en alguna guerra. No obstante, después de que murieran sus padres, Einar había entrado a formar parte de su vida. Sus hermanas y ella habían tenido que dejar la casa familiar y mudarse a la de su tío. Magda y Gunnhild eran gemelas y tenían, entonces, quince años. Él no había perdido ni un segundo a la hora de encontrarles marido entre sus aliados políticos. No les había ofrecido ninguna opción, y ellas no habían conseguido evitarlo ni con lágrimas ni con súplicas. Ambas habían contraído matrimonio, obligadas, con hombres mayores cuyas primeras esposas habían muerto, y que deseaban sustituirlas con candidatas más jóvenes y atractivas. Astrid, que solo tenía trece años, se quedó sola.

—Tú tendrás un matrimonio mucho mejor que el de tus hermanas —le había dicho el conde Einar—, porque eres más guapa que ellas. Cuando seas mayor, te casaré con un príncipe o con un rey.

Pocas semanas después, la llevó a casa de Sigurd Hjort, donde, bajo la tutela de la señora de la casa, aprendería los deberes de una buena esposa. Allí había conocido a Ragnhild, y las dos se habían hecho amigas. Ragnhild era una muchacha bella y alegre, y tenía muchos admiradores; entre ellos, Hakke de Vingulmark. Ella había rechazado su petición de matrimonio y, entonces, él la había secuestrado para casarse con ella por la fuerza. Sin embargo, le habían robado su trofeo, y Leif había desempeñado un papel primordial en aquel episodio. Por eso, Hakke quería vengarse. Astrid se estremeció. Debía proteger a Leif costara lo que costara. Protegerlo y ayudarlo a escapar.

Aparentemente, los demás habían previsto sus intenciones. A la mañana siguiente, Einar la llamó para que se presentara ante él. Astrid no se resistió, porque sabía que no iba a servirle de nada, y acompañó al guardia a la gran sala. Además, necesitaba averiguar cuáles eran los planes de su tío, e incluso cabía la posibilidad de que viera fugazmente a Leif. Aquello la llenó de esperanza y de anhelo.

Al final, se llevó una decepción. Leif no estaba por ninguna parte cuando llegaron a la sala. A excepción de la presencia de unos cuantos sirvientes, su tío estaba solo. La observó en silencio mientras se acercaba. Ella respiró profundamente y lo miró a los ojos.

—¿Cómo sabías que Leif iba a venir anoche?

—No lo sabía con seguridad. Lo suponía, basándome en la información que había recibido.

—¿De quién?

—Te he tenido estrechamente vigilada desde que llegaste, y mis hombres están atentos. Ellos tampoco toleran a los traidores.

Entonces, él la tomó del brazo, la hizo salir por una puerta lateral del edificio y la llevó hacia una zona abierta de campo. Delante de ellos había un viejo roble; a medida que se acercaban, Astrid vio una figura colgada de una de las ramas más bajas. Notó el sabor de la bilis en la garganta.

—Veo que reconoces al traidor.

—Ari no era un traidor. Solo era culpable de hacer lo que yo le pedí.

—Y, con sus acciones, me traicionó —replicó Einar—. Ha pagado el precio.

Ella apartó la vista. Se sentía enferma. Comprendió lo ingenua que había sido, y supo que nunca se libraría de la culpabilidad. En aquel instante, también comprendió el significado del odio.

—El único motivo por el que recibió una muerte relativamente rápida —continuó Einar—, es que me trajo a Leif Egilsson.

Astrid alzó la cabeza rápidamente.

—¿Qué has hecho con él?

—Está limpiando las pocilgas, bien custodiado, por supuesto.

—Quiero hablar con él.

—No vas a volver a hablar con él. No quiero que ni siquiera mires en su dirección. ¿Me entiendes?

—¿Por qué? ¿Me vas a flagelar por mi desobediencia?

—No, a ti no, muchacha. A él.

Astrid se sintió asqueada y volvió a apartar la mirada. Einar la agarró de la barbilla y la obligó a mirarlo.

—Le daremos de latigazos delante de ti. Por una segunda desobediencia, recibirá un castigo peor, y le retirarán la comida durante uno o dos días. ¿Entendido?

Estaba terriblemente claro. Astrid asintió.

Él se inclinó hacia ella, y le gritó:

—¿Entendido?

Ella tragó saliva.

—Sí, tío.

—Eso espero —dijo él, y la soltó—. Para asegurarme, os voy a tener vigilados a los dos, hasta que os marchéis.

—¿Los dos?

—Exacto. Él irá a otra parte después de la boda.

—Pero…

—¿Acaso creías que iba a quedarse aquí indefinidamente, para que sus aliados pudieran venir a rescatarlo?

Era exactamente lo que pensaba, y las palabras de su tío fueron como un jarro de agua fría.

—¿Y adónde… adónde lo vais a enviar?

—Eso no es de tu incumbencia. Es suficiente con decir que sus amigos no lo van a encontrar nunca. Leif Egilsson será esclavo hasta su muerte, y eso no va a ocurrir pronto.

—Nunca se someterá, hagas lo que hagas.

—Hasta el momento ha resistido, pero cuando terminemos con él, no será mejor que un animal miserable.

Astrid se estremeció. Quería gritar y rebelarse, decirle que nunca lo conseguirían, pero se tragó aquellas palabras. Cabía la posibilidad de que su tío las considerara un desafío, y que eso tuviera consecuencias para Leif.

—Tú, por otra parte, vas a casarte según lo planeado —continuó *Jarl* Einar—. Gulbrand te tendrá a raya. Necesita herederos, y tú se los darás.

—No voy a casarme con él.

—Oh, sí, claro que sí. Ya está arreglado.

—No me importa.

—Pero te importa Leif Egilsson, ¿no? —le preguntó Einar, en un tono contenido—. Así que, si no quieres que le cortemos la lengua y la nariz, harás exactamente lo que se te diga.

Astrid se esforzó por contener la furia y bajó la mirada. No podía seguir luchando. Estaba derrotada, y lo sabía.

—Haré lo que ordenes.

—Mucho mejor. Sinceramente, te casaría mañana mismo, pero el príncipe Gulbrand tiene asuntos importantes que resolver y no puede venir hasta finales de esta semana. Mientras, seguirás mis instrucciones al pie de la letra.

Leif se limpió el sudor de la frente y echó otra palada de estiércol al carro. Con cada movimiento, su cuerpo golpeado protestaba, pero la última pausa había llamado la atención de los guardias, que le habían dado un golpe de caña en la espalda. Era evidente que los dos hombres tenían órdenes de castigar todas las infracciones, pero no con demasiada severidad. Hakke quería que su enemigo siguiera con vida.

Leif siguió su tarea, intentando ignorar los gruñidos de su estómago. Llevaba trabajando desde el amanecer, pero, hasta el momento, no le habían dado comida ni bebida. Tampoco había visto a Astrid. Había pensado mucho en ella desde su captura. Pese a lo que había ocurrido, todavía no creía que ella lo hubiera traicionado, puesto que una traición no cuadraba con todo lo que había visto. Quería concederle el beneficio de la duda, escuchar su parte de la historia. Tenía que encontrar la manera de hablar con ella.

Sin embargo, aquel día no tuvo ninguna oportunidad. Lo mantuvieron ocupado hasta el anochecer. Para entonces, estaba agotado y sucio. Le dieron agua y volvieron a encadenarlo en la perrera. Cuando alimentaron a los perros, a él también le dieron un plato de sobras y un trozo de pan duro con queso mohoso. Se lo comió todo vorazmente, ajeno a la suciedad y al hedor que lo rodeaba. Aquella pequeña cantidad de comida no sirvió para saciar su hambre, pero, seguramente, eso era parte de la intención. Intentó no pensar en el efecto que iba a tener en él aquel régimen. En vez de eso, se concentró en Astrid.

Si cerraba los ojos, podía verla con claridad. Podía recordar la sensación de tenerla entre sus brazos, los detalles de su rostro delicado y de su pelo rubio claro, y lo brillantes que eran sus ojos violetas. No podía ser cierto que la sinceridad que había visto en ellos fuera fingida. Por experiencia, conocía la dificultad de las relaciones entre los sexos y sabía que lo que parecía fuerte y seguro podía convertirse en algo envenenado y podrido. Después de eso, había reducido sus relaciones a la satisfacción física, y guardaba una gran distancia emocional.

Sin embargo, Astrid le había parecido una mujer distinta a las demás, y no solo por su belleza. Tenía algo que le atraía profundamente, algo que él creía que había perdido para siempre, y que no sabía que todavía deseara. Por un momento, vio la cara de su esposa, con la expresión que ella tenía durante los primeros meses de su matrimonio, y el amor con que lo miraba. Él también la quería; el resto de las mujeres habían dejado de existir y, desde entonces, cuando las miraba, no esperaba encontrar calidez ni ternura en sus ojos. Y, de todos modos, sabía que no se podía confiar en aquellas emociones.

A pesar de todo, Astrid le había hecho sentir esperanza. Aunque él hubiera pensado que lo había superado rápidamente, no era cierto, y eso le causaba inquietud. ¿Acaso Astrid había percibido aquella debilidad y la había explotado para conseguir otros fines? ¿Lo había engañado desde el principio? La incertidumbre era peor que la certeza de algo nefasto. Necesitaba conseguir respuestas.

Al día siguiente, Astrid recibió el aviso de que debía reunirse con su tío en el establo y, aunque no sentía más que odio y nerviosismo, no se atrevió a negarse. Cuando llegó junto a él, vio dos caballos ensillados. Einar le señaló el animal más pequeño.

—Monta.Vamos a dar un paseo.

Astrid lo miró con inseguridad. Era la primera vez que requería su compañía, y ella sabía que no era por su deseo de hacer las paces. Y, sin embargo, Einar nunca hacía nada sin un motivo. Como no podía desobedecer, tomó las riendas y montó. Su tío hizo lo mismo, y le dijo:

—Vamos.

Se dirigieron hacia las edificaciones exteriores de la granja. Einar solo miró a Astrid cuando se acercaban a las pocilgas.

—¿Te acuerdas de lo que te dije ayer?

—Sí.

—¿Y recuerdas cuál es el castigo si desobedeces?

—Sí.

—Eso espero.

Ella apretó los dedos en las riendas. Al llegar a las pocilgas, vieron a tres hombres. Dos de ellos eran hombres de su tío. El tercero era Leif. Estaba desnudo hasta la cintura y muy sucio, pero la mugre no ocultaba los hematomas y las heridas que cubrían su cuerpo. Tenía los tobillos libres, pero llevaba grilletes en las muñecas. La cadena tenía la longitud suficiente para permitirle trabajar. Cuando se giró para echar una palada de estiércol en el carro, ella tomó aire bruscamente. Su rostro estaba amoratado, y tenía un ojo medio cerrado. La sangre de las heridas de la cabeza se le había secado y formaba una mancha oscura entre su pelo. Debería parecer patético y hundido, pero aquellas palabras no eran las adecuadas para describir su figura musculosa, delgada y poderosa: más bien, parecía un león recién capturado, enfadado, peligroso y depredador.

Einar tiró de las riendas para detener al caballo y le indicó a Astrid que hiciera lo mismo. Entonces, apoyándose relajadamente en la montura, les preguntó a los guardias:

—¿Ha trabajado bien el esclavo?

—Sí, mi señor —respondió uno de los hombres—. Si muestra pereza, le damos un golpecito de caña.

—Bien. Que siga así. Quiero que se termine este trabajo hoy mismo.

—Quedará terminado, mi señor, os lo garantizo.

Einar sonrió a Astrid.

—¿No te satisface que nuestro plan saliera tan bien, querida?

A ella se le encogió el estómago, pero le devolvió una sonrisa forzada a su tío, y respondió:

—Sí, mucho.

—Creo que voy a ponerlo a limpiar la perrera cuando termine aquí. Eso le enseñará a conocer su sitio. ¿Qué te parece?

—Una idea excelente.

Leif detuvo la pala y la miró con incredulidad y rabia. El *Jarl* Einar arqueó una ceja.

—No te atrevas a mirar a mi sobrina, zopenco. Está muy por encima de ti. Tus aspiraciones eran cómicas.

Entonces, miró significativamente a Astrid. Ella entendió lo que quería, y adoptó una expresión de altivez.

—Como si yo me fuera a rebajar tanto.

—Siento que tuvieras que fingir, querida, pero el fin justifica los medios.

—Sí, tío.

—Ahora puedes olvidarte de todo esto y concentrarte en tu boda —dijo Einar y, al ver la expresión de Leif, sonrió de oreja a oreja—. Sí, idiota, dentro de cinco días mi sobrina va a casarse con un hombre digno de ella.

Astrid se puso muy tensa, pero consiguió mantener su actitud fría.

—Estoy impaciente por ello.

—Paciencia, querida. Tu novio llegará muy pronto —dijo Einar, mirando a Leif—. Creo que el esclavo va a quedarse aquí hasta entonces. Seguro que al príncipe Gulbrand le gustará verlo.

—Seguro que sí.

—Muy bien. Después, cambiaremos a esta escoria de sitio. Lo enviaremos a algún lugar remoto.

—Envíalo donde quieras —dijo Astrid—, con tal de que yo no tenga que verlo más.

—Puedes estar segura de eso, querida.

Leif miró a Einar con desprecio. Después, su mirada se clavó en ella. Astrid estuvo a punto de desmoronarse, pero recordó lo que le iban a hacer a Leif si no representaba bien su papel. Alzó la barbilla y miró hacia otro lado, fingiendo indiferencia.

—Esto es tedioso. ¿Continuamos con nuestro paseo, tío?

—Dentro de un segundo. No me gusta la actitud del zopenco —dijo Einar, y se dirigió a los guardias—. Hay que enseñarle a respetar a sus superiores.

Uno de los hombres golpeó a Leif en los hombros. Astrid contuvo un grito, y tuvo que morderse la lengua mientras la caña descendía varias veces más. Leif se tambaleó. Astrid saboreó su propia sangre.

Einar alzó una mano.

—Ya es suficiente. Ahora, a trabajar.

Astrid no miró a Leif; seguramente, su expresión la habría delatado. Fingió aburrimiento, y eso debió de satisfacer a su tío.

—Vamos, sobrina.

Siguieron su camino en silencio. Einar miró a Astrid y asintió.

—No ha estado mal. Sin embargo, me encargaré de que esta representación se repita tantas veces como sea necesaria.

Ella bajó la cabeza para ocultar su odio y su ira, y respondió calmadamente.

—Como desees, tío.

—Así me gusta —replicó él.

Leif tomó la pala y siguió trabajando, sin notar apenas el dolor de los hombros. Solo podía pensar en

Astrid o, más bien, en la mujer que había creído que era Astrid. La persona a la que acababa de ver era una extraña. Su expresión, sus modales y su forma de hablar eran distintos. A aquella mujer, él no le importaba nada. Su frialdad y su desdén eran evidentes. Y la revelación de que iba a casarse con Gulbrand voluntariamente hizo que se diera cuenta de que aquello nunca había estado en duda. Era la última pieza del rompecabezas, la que no había conseguido encajar hasta aquel momento. Al ver con claridad cómo lo había engañado, le pareció que ninguno de los golpes que había recibido superaba a lo que estaba sintiendo ahora.

Durante un rato, le resultó muy duro pensar en todo aquello, y se alegró de tener todo aquel trabajo físico. Siguió moviéndose metódicamente, cargando palas de estiércol y echándolas en el carro, sin prestarle atención al hambre, ni a la sed ni a la fatiga, inmerso en la necesidad de hacer algo que mantuviera su cabeza alejada de la verdad.

Aquella noche, cuando estaba encadenado en la perrera, no pudo evitar pensar en todo ello de nuevo, y el dolor se convirtió en rabia contra sí mismo. ¿Acaso la experiencia no le había enseñado nada? Las únicas mujeres en las que podía confiar eran las prostitutas. Uno se acostaba con ellas, les pagaba, y todo terminaba así. Las emociones hacían que un hombre se volviera vulnerable, débil y tonto. Como él.

Se agarró los extremos del collar de cuero y, una

vez más, intentó abrirlo. Pese al esfuerzo, los remaches no cedieron, y a él se le escapó un grito de furia y frustración.

En la oscuridad de la noche, oyó una risa, y se giró. Hakke lo estaba observando desde la puerta.

—No os preocupéis —le dijo el príncipe—. Con el tiempo, os acostumbraréis a eso, y también a los grilletes, espero.

—No bajéis la guardia a partir de ahora —replicó Leif—, porque, algún día, cuando menos lo esperéis, os encontraréis conmigo.

Hakke fingió interés.

—¿Y cómo pensáis conseguirlo? A mí me parece bastante improbable.

Leif no respondió. Su torturador sonrió nuevamente.

—Los dos sabemos que eso no va a suceder —dijo Hakke—. Dentro de pocos días iréis a otro lugar, y vuestros amigos no podrán encontraros. Yo me voy a asegurar de eso. Os pasaréis el resto de la vida encadenado.

—No. Os sacaré el corazón del pecho.

—Fanfarronerías. De todos modos, admiro vuestro valor, de veras. Tal vez, por ese motivo, os permita asistir a la ceremonia de la boda de mi primo. ¿Os gustaría también estar presente en la ceremonia del lecho? Puedo arreglarlo.

Leif apretó la mandíbula, pero no respondió.

—¿No? Gulbrand la tendrá bien satisfecha. No me sorprendería que la satisficiera tres veces, como mínimo, y, después, todas las noches. Mi primo está muy bien dotado, y es inventivo. Además, posee un gran apetito en la cama. Lady Astrid no tendrá queja en ese sentido.

Leif siguió en silencio, y Hakke sonrió ligeramente.

—Os dejo con ese pensamiento. Que durmáis bien, Leif Egilsson.

Leif oyó sus pasos al alejarse, y soltó un juramento en voz baja. Le había resultado muy difícil contenerse ante las provocaciones de Hakke. La idea de que Astrid compartiera el lecho con otro hombre no debería importarle, pero le importaba. Era muy difícil de soportar, y Hakke lo sabía. Leif no descartaba que cumpliera su amenaza.

Por otra parte, también era muy angustiosa la idea de su reubicación. Sus enemigos elegirían un lugar que hiciera imposible la huida y el rescate. Leif apretó los puños, y la cadena tintineó suavemente. Aquel sonido empeoró su desesperación.

Ocho

La muerte de Ari había dejado horrorizada a Astrid y, además, temerosa de que Dalla pudiera estar en peligro. Sin embargo, la vieja sirvienta estaba impertérrita.

—Si vuestro tío supiera que he tomado parte en esto, me habría colgado con Ari —dijo.

—Ojalá tengas razón. Siento haberte hecho correr un riesgo como este.

—Semejante vileza debería estar por debajo de un hombre de la posición de vuestro tío.

—Disfrutó de ello —dijo Astrid—. Igual que disfrutará de verme casada con Gulbrand.

—¿Ya es algo seguro?

—Sí, muy seguro. Lo temo, pero no tengo elección. Si desafío a mi tío, se lo hará pagar a Leif —dijo Astrid, con los ojos llenos de lágrimas—. Le vi la cara cuando dije esas cosas, Dalla. Fue como si un cuchillo me atravesara el corazón.

—Hicisteis lo que debíais. De lo contrario, el *Jarl* Einar habría llevado a cabo sus amenazas y, si no él, Hakke se habría encargado de hacerlo.

—Lo sé, pero de todos modos me asqueó.

—Ellos me asquean a mí —dijo Dalla.

—Si Leif no escapa pronto, me temo que nunca podrá hacerlo, y no sé cómo ayudarlo. Está custodiado de día, y encadenado de noche. Y si yo me acerco a él, las consecuencias serán desastrosas.

—Tenéis razón. Sería la excusa perfecta que desea vuestro tío.

—Ojalá hubiera un modo de avisar a sus hombres, pero me temo que ya se habrán marchado.

—¿Lo sabéis con seguridad?

—Es lo más probable.

—Podríamos encontrar una forma. Aquí hay muchos que tienen buenos motivos para odiar a vuestro tío.

—Incluso suponiendo que pudiéramos confiar en ellos, no puedo pedirle a nadie que se arriesgue tanto.

—Es la única esperanza de Leif Egilsson.

—Ya lo sé.

—¿Y entonces?

—No puedo enviar a otro hombre a la muerte.

—No tendríais por qué. Las cosas se pueden hacer discretamente. Las noticias viajan muy rápido, y la quema de una casa entera no habrá pasado desapercibida. Yo tengo parientes cerca que sabrán qué ha ocurrido con los hombres de *Jarl* Leif.

—De acuerdo, pero ten mucho cuidado, Dalla. No quiero que te ocurra nada malo.

La sirvienta asintió.

—Tendré cuidado. Mientras, debe parecer que aceptáis la voluntad de vuestro tío. Que piense que os habéis resignado.

Lo último que sentía Astrid era resignación, pero entendía lo que quería decir Dalla.

—Lo haré para que Leif esté a salvo —dijo, e hizo una pausa—. Pero tiene que haber algo más que podamos hacer por él.

—¿El qué?

—Hakke quiere que Leif siga con vida. Utilizando eso, podría conseguirle más ropa y más comida.

—Si se lo sugerís a vuestro tío, se negará.

—Estaba pensando en algo más sutil.

—¿Como por ejemplo?

Cuando Astrid le explicó su idea a Dalla, la sirvienta sonrió.

—Puede que funcione.

—Tendré que comprobarlo, ¿no?

La oportunidad que esperaba Astrid llegó antes de lo esperado, porque aquella noche la llamaron para que bajara a la gran sala a servirles la cerveza a los nobles invitados. Aquella era una tarea de las mujeres, pero, hasta el momento, Astrid había estado exenta de cumplir con aquel deber, y pensó que era una humillación más por parte de su tío.

La idea de tener que pasar más tiempo con él le resultaba repugnante, pero necesitaba tener una actitud adecuada para conseguir su propósito. Todavía no podía aparentar que se había resignado completamente a cumplir con la voluntad del *Jarl* Einar, porque él sospecharía rápidamente. En vez de eso, adoptó una actitud malhumorada, aunque obediente, y comenzó a servir la cerveza en las copas de la mesa. El príncipe

Hakke la miró especulativamente un momento y, después, se giró hacia el *Jarl* Einar.

—Parece que vuestra sobrina ha aprendido a obedecer, por fin.

—Sí, mi señor. Será muy dócil —respondió su tío.

—Lo sé. Gulbrand se ocupará de ello.

Los dos hombres se echaron a reír. Astrid siguió sirviendo la cerveza con una expresión neutra.

—¿Le habéis dado de comer al esclavo? —le preguntó Hakke a su tío.

—No, todavía no —dijo Einar, y le dio una orden a una de las sirvientas—: Toma un plato para llenarlo de sobras, rápido.

Un par de minutos después, la sirvienta regresó con un plato vacío y comenzó a llenarlo de las sobras de la mesa. Puso en él un pedazo pequeño de pan y dos lonchas de grasa y cartílago. Einar asintió con aprobación.

—Llévaselo al esclavo a la perrera.

Astrid disimuló su consternación y sonrió con satisfacción. Su tío frunció el ceño desconfiadamente.

—¿Hay algo que te divierta, muchacha?

—Vaya, pues sí.

—¿El qué?

Astrid utilizó un tono sarcástico para responder.

—Dijisteis que queríais que Leif viviera mucho tiempo, y no le dais de comer lo suficiente.

—Vivirá. Se quedará mucho más delgado, eso es todo.

Ella puso cara de desdeño.

—No, morirá pronto, y yo me alegro.

Su tío la agarró del brazo y se lo apretó hasta que le hizo daño.

—Que se muera —le dijo Einar—. A mí no me importa.

—¡No! —exclamó Hakke—. Quiero que viva. No quiero que tenga una muerte rápida y fácil. Dadle un poco más de comida.

Por un momento, pareció que Einar iba a protestar. Después, debió de pensarlo mejor, porque se encogió de hombros.

—Como queráis.

—Vuestro esclavo va a morir de frío, o de enfermedad —dijo Astrid—, y vos sois demasiado tonto como para daros cuenta.

Einar le soltó el brazo y la abofeteó. Ella jadeó y se posó la mano en la mejilla dolorida.

—Eso, por tu insolencia. La próxima vez te daré una paliza.

Hakke se echó a reír.

—No será necesario. Podéis confiar en Gulbrand para eso.

—Me alegro de saberlo —respondió Einar—. Tendrá que domeñar a esta muchacha.

—Casi le envidio la tarea a mi primo.

Hakke volvió a observarla, como si la estuviera desnudando mentalmente. Astrid se estremeció. Sin embargo, permaneció en silencio y, al cabo de unos instantes, su tío le ordenó que se marchara. Ella obedeció gustosamente. Le dolía la mejilla, pero le había conseguido más comida a Leif.

Al día siguiente, Dalla buscó a su señora para decirle que, aunque se hablaba mucho de la quema de un poblado, nadie sabía nada sobre las víctimas. Se decía que habían huido antes del asalto, en barco.

—Entonces, todo ha terminado —dijo Astrid—. Leif está perdido.

—Lo he visto antes, a distancia, claro. Lo han puesto a cavar el nuevo pozo negro con los demás esclavos.

Astrid se mordió el labio. Tal vez le hubiera conseguido más comida, pero no había conseguido librarle de la humillación y el trabajo de la esclavitud. Se sentía muy culpable porque, indirectamente, ella era la causa de su desgracia. Si Leif no hubiera cumplido la promesa de ir a buscarla, seguiría siendo libre. Y lo peor de todo era que creyera que ella había formado parte de un complot contra él, un malentendido que Astrid quería aclarar. Tenía importancia, aunque apenas se conocieran. Por nada del mundo desearía que él siguiera pensando que era una traidora.

Muy pronto llegaría el príncipe Gulbrand y, entonces… Astrid se estremeció. Sus hermanas habían llorado al saber quiénes eran sus futuros maridos, pero la emoción dominante en ella no era la tristeza. Eran la rabia y la impotencia. No tenía más escapatoria que Leif.

Por su parte, Leif seguía trabajando sin prestarle atención a las miradas de curiosidad que recibía. Nadie hablaba con él, y él lo prefería así, porque tenía tiempo para pensar. Durante los últimos días habían cambiado algunas cosas: en vez de mantenerlo encadenado en la perrera, por las noches lo encerraban en un cobertizo. Estaba vacío salvo por un camastro, pero estaba razonablemente limpio. Además, le habían dado una túnica, y la cantidad de comida había aumentado. Verdaderamente, parecía que sus enemigos no lo querían muerto todavía.

Pensó en su última conversación con Hakke. Con sus provocaciones, en vez de debilitar su determinación, el príncipe solo había conseguido fortalecerla. Él no iba a pasar el resto de su vida en la esclavitud. De alguna manera, algún día, iba a escapar, y se reuniría con su familia y sus soldados. Cuando lo consiguiera, se vengaría del *Jarl* Einar y de Hakke. Y, después, se concentraría en Astrid. Ella ya estaría casada para entonces, así que tal vez tardara tiempo en encontrarla, pero al final la encontraría. Su venganza sería de una clase distinta, pero no menos completa. Y, después, se alejaría y la olvidaría. Ella, por otra parte, se acordaría de él durante el resto de su vida.

Oyó el galope de unos caballos y alzó la cabeza. Vio a un gran grupo de jinetes acercándose. Por su aspecto, eran mercenarios dirigidos por un noble que montaba un caballo zaino. Leif frunció el ceño; el noble le resultaba familiar, pero no pudo verlo con detalle. Los jinetes no miraron al grupo de esclavos, sino que pasaron junto a ellos dejando una nube de polvo y, finalmente, desaparecieron de su campo de visión.

—Problemas —dijo el esclavo que estaba a su lado.

—¿Por qué? ¿Quién es ese?

—*Jarl* Gulbrand. Es un canalla, por lo que dicen.

—¿Y cómo es que lo conoces?

—Lo he visto varias veces por aquí. Se va a casar con la sobrina del *Jarl* Einar.

Leif apretó el puño alrededor del mango de la pala.

—Son el uno para el otro.

—En mi opinión, ella no sabe en qué se está metiendo.

—Pues que lo averigüe, ¿no te parece?

Se giró y clavó la pala en el suelo una vez más. Estaba muy agitado. El esclavo tenía razón: ella no tenía ni idea de lo que estaba haciendo, pero, por Odín, pronto lo averiguaría. Aquel pensamiento le procuró a Leif un momento de salvaje placer. Sin embargo, por debajo de aquella emoción había otra que no sabía definir. «¿Te gustaría asistir a la ceremonia del lecho? Puedo arreglarlo», le había dicho Hakke. Apretó los dientes; claramente, no podía tener celos, porque ya no le importaba, pero podría ser que todavía se sintiera un poco posesivo. Lo superaría muy pronto.

A Astrid se le encogió el corazón, y miró a Dalla con espanto.

—¿Que *Jarl* Gulbrand ya está aquí? ¿Estás segura?

Dalla asintió.

—Ha llegado hace menos de media hora, con un grupo muy grande de hombres.

—Pero… si se suponía que no iba a llegar hasta finales de esta semana.

—Debe de estar ansioso por ver a su nueva esposa.

Astrid tomó aire e intentó calmarse.

—¿Y qué voy a hacer?

—Sonreíd y habladle de manera agradable —respondió Dalla—. Pase lo que pase, no debéis disgustarlo por nada del mundo. Si lo hacéis, después se vengará, podéis estar segura. Y, tal vez, no solo en vuestra persona.

—Leif.

—Exactamente. Hakke y sus hombres aprovecharán cualquier excusa para humillarlo más. Y tal vez vaya más lejos, ahora que Gulbrand está aquí. No podéis darles ningún motivo.

—Tienes razón. Lo sé. Lo que ocurre es que no sé si podré fingir tanto.

—Haced lo que podáis. Ahora tenéis que cambiaros de vestido. Debe parecer que queréis agradar a vuestro futuro marido.

Astrid asintió. Con ayuda de Dalla, se puso uno de sus mejores vestidos, de color lila, con bordados en el cuello y las mangas. Después, Dalla le hizo trenzas en el pelo y se las adornó con lazos del mismo color que el vestido.

La sirvienta se apartó para admirar su obra.

—Estáis muy bella.

—Espero que sirva.

—Servirá.

Con el corazón encogido, Astrid se sentó a esperar el aviso de su tío.

Una hora más tarde, apareció un sirviente con la noticia de que el *Jarl* Einar requería su presencia en la gran sala. Cuando llegó a la puerta, se detuvo un momento y observó a los presentes con angustia. Había unos treinta hombres que estaban tomando cerveza. Su tío estaba sentado junto al fuego, con Hakke y con otros dos invitados a quienes ella no conocía. Reunió valor y avanzó hacia ellos.

Al verla aparecer, Einar la observó con atención y, sorprendentemente, sonrió. Se giró hacia el hombre que estaba a su lado.

—Mi señor, ¿puedo presentaros a mi sobrina, lady Astrid?

Gulbrand recorrió su figura, de pies a cabeza, con la mirada. Entonces, él también sonrió, revelando una cruel dentadura blanca.

—Veo que los rumores sobre vuestra belleza no eran una exageración, mi señora.

Al igual que su primo, Gulbrand era alto y poderoso. Tenía los mismos labios delgados y la nariz aquilina que Hakke, pero tenía al menos diez años más que él, y estaba empezando a engordar. Tenía canas en el pelo, y una barba espesa y negra. Sus ojos, negros y pequeños, tenían un brillo de depredador.

—Ahora me alegro de haber terminado de resolver mis asuntos con antelación —continuó.

Astrid consiguió sonreír.

—Es un honor para mí, mi señor.

Aquella respuesta debió de agradarles a todos, porque su tío sonrió con el resto de los presentes. Después, le dijo a Gulbrand:

—Estamos encantados de veros tan pronto. En realidad, no os esperábamos todavía.

—Estaba impaciente por ver a mi novia.

—Y supongo que estarás aún más impaciente por convertirla en tu esposa.

Gulbrand sonrió.

—Tienes razón, primo. ¿Qué hombre no estaría impaciente por llevarse al lecho a una mujer tan bella? En eso no me va a encontrar falta. Quiero tener herederos.

A Astrid se le formó un nudo en el estómago. Cuando estuvieran casados, él podría tomarla cada vez que quisiera. Se convertiría en una pertenencia. Al pensarlo, sintió rabia.

—Os dará muchos hijos, mi señor —replicó Einar.

—Por supuesto.

—No tengo ninguna duda de que se esforzará por agradaros en todo.

—Bueno, pues no hay ningún motivo por el que debamos esperar una semana más, ¿no? —dijo Hakke—. ¿Por qué no adelantamos la boda?

A Astrid se le encogió el corazón, y le lanzó al príncipe una mirada fulminante. Él le devolvió una sonrisa maliciosa.

—Buena idea —respondió Gulbrand—. Me gustaría atarlo todo lo antes posible.

Einar sonrió encantado.

—Será como deseéis, mi señor. ¿Os parece bien dentro de dos días? Así tendremos tiempo para acabar los preparativos de la fiesta.

—Me parece muy bien —dijo Gulbrand, mirando de reojo a Astrid—. Verdaderamente bien.

—Entonces, ya está decidido. Dentro de dos días. Mi sobrina estará lista —dijo Einar, y le posó una mano en el hombro a Astrid, con un gesto aparentemente afectuoso que solo sirvió para ponerla aún más nerviosa—. ¿Podríais disculparnos un momento? Tengo que hablar de una o dos cosas con ella.

Entonces, su tío se la llevó aparte y le dijo, en voz baja:

—*Jarl* Gulbrand está contento. Lo has hecho muy bien. Tal vez puedas granjearte su afecto.

Ella no tenía ninguna gana de granjearse su afecto, suponiendo que él tuviera la capacidad de sentirlo, pero sería un grave error decirlo.

—Cumpliré mi deber, tío.

—Así se habla. Después de todo, ya conoces las consecuencias del fracaso. No obstante, quédate en las dependencias de las mujeres de ahora en adelante, a menos que a *Jarl* Gulbrand le apetezca tu compañía, en cuyo caso te mandaría aviso. ¿Entendido?

—Sí, entendido.

—Bien —dijo él, mirándola con frialdad—. Puedes marcharte.

Astrid regresó a su habitación furiosa. Dos días pasaban muy rápidamente y, entonces, tendría que casarse con Gulbrand. Recordó la sonrisa maliciosa de Hakke y supo que él conocía sus verdaderos sentimientos, y que disfrutaba de la situación con crueldad. Sintió un arrebato de ira y de impotencia y, por encima de todo, sintió miedo. Hacía muy poco, soñaba con escapar. Qué rápidamente quedaban reducidos a cenizas los sueños.

Nueve

Astrid hubiera permanecido en su habitación gustosamente, pero su futuro marido tenía otras ideas. Ella no se atrevió a rehusar su compañía, pero estaba muy tensa, sobre todo porque él no perdía ocasión de tocarla. En otras circunstancias, aquello habría sido considerado como un grado de atención muy halagador, pero, por debajo de la superficie, Astrid notaba la naturaleza depredadora de aquel hombre, y sentía repulsión por él. Cuando llegó la víspera de la boda, estaba aterrorizada, y solo conseguía soportarlo pensando en Leif. Haría lo que fuera necesario con tal de protegerlo, porque se lo debía. Además, muy pronto, Gulbrand se la llevaría a sus tierras, y no volvería a ver a Leif nunca más.

Aquella noche se retiró pronto. Nadie le negó su petición. Gulbrand sonrió.

—Sí, id a descansar, mi señora. Mañana será un día muy ajetreado para nosotros.

—Y seguro que dormiréis muy poco por la noche —añadió Hakke.

—No, no estaré pensando en dormir.

—Yo tampoco lo pensaría.

Los hombres se echaron a reír. Astrid enrojeció de vergüenza e indignación, pero no respondió y se marchó con toda el aplomo que fue capaz de demostrar, sabiendo que todas las miradas de la habitación estaban fijas en ella.

Después de las risotadas y las ruidosas conversaciones de la gran sala, su habitación fue como un santuario para ella. Era la última vez que dormiría allí. Al día siguiente tendría que compartir el lecho con Gulbrand y someterse a su voluntad… Por un momento, el pánico se apoderó de ella, y tuvo que contener las lágrimas. Llorar no le serviría de nada.

Leif se despertó sobresaltado, con la sensación de que ocurría algo extraño. Dentro del cobertizo, la oscuridad era absoluta, así que permaneció inmóvil, escuchando. A cierta distancia, oyó el ruido de la juerga de la gran sala, pero sabía que eso no era lo que le había despertado. Desde fuera del cobertizo oyó voces que susurraban, y el tintineo del metal. ¿Era otra trampa de Hakke? Si sus enemigos pensaban que lo iban a sorprender, estaban muy confundidos.

Un momento más tarde, la puerta se abrió, y él sintió el aire frío en la cara.

—¿*Jarl* Leif? ¿Sois vos?

A él se le aceleró el corazón.

—¿Thorvald?

—Sí, mi señor —dijo el soldado. Se dio la vuelta, y anunció—: Lo hemos encontrado.

Por un momento, Leif se quedó tan abrumado por

la esperanza que no pudo reaccionar. Después, consiguió hablar.

—Estoy encadenado, Thorvald.

—No os preocupéis. Hemos venido preparados.

Algunos de los hombres se quedaron haciendo guardia, mientras tres de ellos entraban al cobertizo y cerraban la puerta. Poco después, el pequeño espacio quedó iluminado con la suave luz de un farol pequeño. Leif pestañeó y esperó a que sus ojos se adaptaran al brillo de la llama. Sus hombres lo observaron de cerca. Cuando vieron lo que le habían hecho, y se dieron cuenta de que llevaba un collar, sus expresiones se volvieron rabiosas. Sin embargo, no había tiempo que perder, así que, en vez de hablar, se concentraron en las cadenas.

—Hemos encontrado esto en el bolsillo del guardia, después de cortarle el cuello —dijo Thorvald, y sacó una llave.

—Esa es la de la cadena de los tobillos —dijo Leif.

Thorvald le quitó con facilidad la cadena, pero no tenía llave para los grilletes de las muñecas, así que tuvieron que separar los eslabones de la cadena con una barra de hierro.

—Le quitaremos los grilletes después, mi señor —dijo Snorri—, pero, por lo menos, así tendrá libertad de movimientos.

Leif asintió, se levantó y miró la cadena rota con satisfacción. Después, todos salieron del cobertizo y se reunieron con los hombres que esperaban fuera. Thorvald le entregó a Leif una espada con cinturón.

—¿Cuántos somos? —preguntó.

—No los suficientes para salvaros —gruñó alguien, a su espalda.

Se giró rápidamente, y vio a tres hombres de Hakke, que hacían su ronda para vigilar al prisionero. Leif tuvo el tiempo justo de ver sus espadas antes de que lo atacaran. Sonrió forzadamente y se lanzó al más alto, contraatacando con un golpe feroz. Sin embargo, su oponente era rápido y esquivó la hoja de la espada. Leif sabía que tenía que acabar pronto con aquello, puesto que no estaban demasiado lejos del edificio principal de la granja, y podrían oírlos. Apretó la mandíbula y comenzó a atacar furiosamente, pero su adversario era un guerrero ágil y experto.

Leif retrocedió un par de pasos, invitando a su enemigo a atacar. Cuando el soldado arremetió contra él, Leif le dio un latigazo con el extremo de la cadena que colgaba de su muñeca, y le abrió la mejilla como si fuera una ciruela madura. El hombre rugió de dolor, medio cegado por la sangre, y Leif le atravesó el pecho con la espada sin perder un segundo.

De un tirón, liberó la hoja y miró el cadáver con una euforia silenciosa. A pocos metros yacían los cuerpos sin vida de los otros dos guardias. Habían sido eliminados con eficacia y rapidez.

—Tenemos que salir de aquí, mi señor —dijo Thorvald.

—Sí, es cierto —replicó Leif—, pero antes tengo que recoger una cosa.

Astrid se despertó con la sensación de que había oído algo raro, y se quedó muy quieta, escuchando con atención. Entonces, volvió a oírlo de nuevo. Era el sonido suave del cuero sobre la madera, de los pasos de alguien que estaba en su habitación.

—¿Dalla?

Alguien apartó la cortina que cerraba su cama, y Astrid vio una silueta grande y oscura.

—¿Quién…?

La pregunta fue interrumpida bruscamente cuando alguien le metió un pedazo de tela en la boca. Intentó gritar, pero solo consiguió emitir un gorgoteo ahogado. Presa del pánico, empezó a forcejear y dar puñetazos, pero unas manos fuertes la agarraron y la inmovilizaron. Al instante, estaba maniatada y amordazada. Después, la tomaron en brazos y, aunque ella pataleó y luchó, su secuestrador se la echó al hombro y la sacó de las dependencias de las mujeres.

Fuera del edificio esperaban varios hombres armados y, una vez conseguido su objetivo, todos se dirigieron hacia la oscuridad, avanzando rápida y silenciosamente. Astrid estaba furiosa y asustada, y dejó de forcejear hasta que sirviera de algo. No sabía en qué dirección marchaban, pero podía oler la tierra mojada y vio troncos de árboles. Minutos después, la echaron sobre una montura como si fuera un saco de harina. Después, notó la pierna de un hombre en el costado y un galope que le magulló todo el cuerpo. Tuvo la sensación de que duraba una eternidad.

Por fin, los jinetes se detuvieron, y su captor desmontó. Tomó a Astrid en brazos, y ella pudo ver la enorme silueta de un *drakkar* que los estaba esperando. Él subió a la pasarela y dijo:

—A la isla.

Al oír su voz, Astrid se dio cuenta de quién era.

Leif la depositó sobre la cubierta del *drakkar* y la dejó allí, sin desatarla ni quitarle la mordaza. Como tenía las manos atadas por delante, Astrid se incorporó y pudo sentarse. Intentó zafarse de la cuerda, pero los nudos resistieron todos sus tirones. Ninguno de los hombres se ofreció a ayudarla; más bien, la ignoraron. Oyó que echaban los remos al agua y, con un temor que aumentaba cada vez más, notó que la embarcación comenzaba a moverse.

Poco a poco fue amaneciendo, y el cielo se aclaró de modo que ella pudo discernir los detalles, tanto del barco de guerra como de los remeros. Sin embargo, su mirada pronto se centró en la figura alta y delgada que había junto al mástil. Y, como si hubiera notado que lo estaba mirando, Leif se volvió hacia ella.

A Astrid se le cortó la respiración. Él tenía el pelo muy corto, y pudo verle la cara perfectamente. Estaba lleno de hematomas. Todavía llevaba el collar de cuero al cuello, y los grilletes alrededor de las muñecas, con las cadenas colgando, pero, en vez de hacer que pareciera un esclavo, le conferían un aire diferente, bárbaro y peligroso. A ella se le secó la garganta al ver que en sus ojos no había calidez ni simpatía alguna, sino ira y una silenciosa promesa de venganza.

Durante el trayecto, Leif no habló con ella, ni tampoco ninguno de sus hombres. Era como si no estuviera allí. No le ofrecieron comida ni agua y, a la luz del día, recordó que solo llevaba un camisón de lino que le llegaba a media pantorrilla, y que dejaba a la vista una indecente cantidad de pierna. Aquello incrementó su sensación de vulnerabilidad. No sabía adónde la estaba llevando Leif, pero tenía un mal presentimiento y, a cada golpe de remo, su aprensión aumentaba.

Aquel mismo día, por la tarde, el *drakkar* entró a un fiordo. Las laderas escarpadas y cubiertas de abetos surgían de las aguas oscuras del mar. A medida que avanzaban, las laderas se convirtieron en acantilados, y Astrid vio unos cuantos islotes rocosos, habitados tan solo por las gaviotas y las golondrinas de mar. Solo se oían los cantos de las aves marinas y el chapoteo de las olas. Era como si estuvieran en el fin del mundo.

Su destino era una isla más grande que las demás, oculta tras un bosque de abetos y matorrales bajos. Al aproximarse a ella, Astrid vio un atracadero y, entre los árboles, atisbó el tejado de una construcción. Se le encogió el corazón. Los remeros recogieron los remos, y el barco se deslizó junto al embarcadero de madera. Un par de hombres saltaron a la orilla, y sus compañeros les lanzaron las cuerdas para amarrar el *drakkar*. La cubierta se llenó de actividad cuando el resto de los hombres se preparaba para bajar a tierra.

Astrid lo observó todo, pero no se movió. Entonces, la sombra de un hombre cayó sobre ella y, con aprensión, Astrid miró hacia arriba y vio a Leif a su lado. Él la levantó sin miramientos, y ella se tambaleó e hizo un gesto de dolor al mover los músculos entumecidos. Cuando Leif le quitó la mordaza, se humedeció los labios resecos, y preguntó:

—¿Qué es este lugar?

—Se llama Long Isle.

Aquel nombre no le decía nada. De todos modos, no tuvo tiempo de pensarlo mucho; él la llevó a través de toda la cubierta hasta el peto del barco.

—¿Y qué es?

—Vuestro nuevo hogar por una temporada, mi señora.

—No lo entiendo.

—Pronto lo entenderás.

Ni su tono de voz, ni su expresión, le inspiraron confianza, y Astrid retrocedió instintivamente. Leif no dijo nada. La levantó con una facilidad insultante y llamó a uno de los hombres que estaba en el embarcadero. A Astrid se le escapó un jadeo cuando Leif la lanzó por el aire y el soldado la atrapó con destreza. Leif saltó la borda y aterrizó en el embarcadero. De nuevo, tomó posesión de su carga y se la llevó por un estrecho sendero que había entre los árboles. Llevaba a un claro y, en medio de aquel claro, había una cabaña grande y otras más pequeñas. Él se dirigió hacia una de las pequeñas.

Cuando llegaron al umbral, Leif se detuvo, la posó en el suelo y abrió la puerta. Ella vio cestas y sacos, y se dio cuenta de que era un almacén. Antes de que tuviera tiempo de examinarlo con más atención, él sacó su daga y le cortó las ataduras. Después, la empujó por la espalda hacia el interior de la cabaña. La puerta se cerró tras ella, y se oyó el golpe de una gruesa barra de hierro colocada como tranca.

Ella corrió hacia la puerta y la golpeó con los puños.

—¿Leif? ¡Leif! ¡Déjame salir!

Él no respondió. Lo único que se oyó fueron sus pasos, alejándose.

Astrid posó la oreja en la puerta y escuchó.

—¡Maldita sea!

Estaba indignada, pero, a medida que pasaron los minutos, la aprensión fue apoderándose de ella. El guerrero que la había secuestrado era un completo extraño.

Su frialdad y su indiferencia eran aterradoras. No había en él ni un solo rasgo del hombre a quien había conocido. Su forma de tratarla revelaba que ya no pensaba en ella de aquella forma y, por lo tanto, solo había un motivo por el que la había llevado allí: que el papel que ella había tenido que representar para satisfacer a su tío había sido completamente convincente para Leif.

Astrid se estremeció. La traición, real o imaginada, era un crimen imperdonable y comportaba penas atroces. El hecho de que Leif la hubiera llevado allí solo podía tener un propósito.

Después de una hora, la puerta del almacén volvió a abrirse, pero en aquella ocasión no fue Leif quien apareció en el umbral.

Era un hombre enorme y fornido, casi tan ancho como el vano de la puerta.

—Tenéis que venir conmigo.

—¿Adónde? —preguntó ella.

—El jefe quiere hablar con vos.

Aunque estaba muy asustada, sabía que no podía evitar aquel encuentro de ninguna manera.

—Está bien —dijo.

—Por aquí.

Su escolta no la llevó a la cabaña más grande, sino a otra de las edificaciones más pequeñas. Todas eran de madera y tenían el tejado de teja. La recia puerta de madera estaba abierta. Astrid vaciló en la entrada, pero el hombre la empujó con firmeza al interior y cerró la puerta.

Por un momento, Leif y ella se observaron frente a frente, sin decir nada. Él se había cambiado de ropa; se había quitado la túnica sucia y se había puesto una camisa y una túnica de lana azul oscura, con un cinturón de cuero.

Ya no llevaba los grilletes en las muñecas, ni el collar de cuero. Había tomado un baño, puesto que ya no le quedaba ni un ápice de suciedad encima. Solo los hematomas y el pelo rapado podían dar alguna pista de la horrible experiencia que había tenido que soportar.

Él recorrió su figura de pies a cabeza, con una mirada fría de sus ojos azules, y ella recordó que apenas iba cubierta, porque solo llevaba el camisón de lino. En aquel espacio relativamente pequeño, Leif parecía mucho más grande de lo que ella recordaba, y resultaba intimidante. Astrid se negó a revelar su temor, y alzó la barbilla.

—¿Por qué me has traído aquí, Leif? ¿Para pedir un rescate por mí?

Él se le acercó, sin dejar de mirarla a los ojos.

—No me cabe duda de que tu prometido pagaría mucho para recuperarte. Sin embargo, a mí no me interesa el oro ni la plata.

—Entonces, ¿qué quieres?

—¿No lo sabes, Astrid? Yo creo que sí, por mucho que finjas.

A ella se le secó la boca.

—Venganza.

—Exacto.

—Entiendo por qué deseas vengarte, pero las personas que te hicieron daño no están aquí.

—¿Es que niegas que tomaste parte en ello?

—Sí, lo niego.

—Actuaste en connivencia con mis enemigos y accediste a ser el señuelo de la trampa que me tendieron.

—Yo no sabía nada de lo que habían planeado, Leif. Te lo juro.

—Eres una embustera. Me traicionaste, y ahora mientes para salvar el pellejo.

—No estoy mintiendo. La primera vez que supe que era una trampa fue cuando nos sorprendieron los hombres del príncipe, aquella noche.

—No. Estabas en ello desde el principio. No tenías ni la más mínima intención de dejar a Gulbrand —dijo él, atravesándola con la mirada—. Nunca tuviste ni la más mínima intención de renunciar a tan buen matrimonio para ser mi amante. Me pregunto cómo fui tan tonto de creérmelo.

—¡Yo sí quería irme! ¡No quería casarme con él!

—Mentira.

—¡Es la verdad!

—La verdad es algo extraño para ti. En todo caso, eres más traicionera que el resto de las mujeres.

A ella se le llenaron los ojos de lágrimas.

—No puedes pensar eso.

—Claro que sí. Tú disfrutaste tanto como ellos con mi humillación.

—Estás equivocado.

—Tal vez ahora vayas a decirme que me imaginé lo que vi y lo que oí.

—No, no te lo imaginaste, pero lo interpretaste erróneamente. Me vi forzada a decir esas cosas.

Él se echó a reír.

—Realmente, estás dispuesta a decir cualquier cosa, ¿eh?

—Si de verdad crees eso, ¿por qué no me has matado ya?

—Porque no quiero que mueras, querida —respondió él, en un tono suave—. Tengo planes distintos para ti. ¿No quieres saber cuáles son?

A ella se le aceleró tanto el corazón, que comenzó a dolerle el pecho. Sin embargo, siguió mirándolo fijamente.

—Dímelo.

Por un momento, a él se le reflejó algo parecido a la admiración en los ojos.

—Muy bien. Tú y yo vamos a invertir los papeles. A partir de ahora, tú me perteneces en cuerpo y alma. Harás todo lo que yo te ordene.

Astrid tuvo un arrebato de ira tan intenso que olvidó su miedo.

—¡No!

—¿Qué va a hacer falta para que te convenza de

que hablo en serio, Astrid? ¿La cabeza afeitada y un collar de cuero, con alguna que otra paliza?

—Eres lo suficientemente vil como para hacer algo así, ¿verdad?

—No lo dudes.

En aquel momento, ella no lo dudaba, y no quiso insistir más para no darle motivos. Contuvo su indignación y se obligó a permanecer inmóvil, sosteniéndole la mirada.

—¿Y cuáles serán mis deberes?

—Vas a hacer todas las tareas domésticas —respondió él—. Vas a limpiar mi habitación, a lavar y remendar mi ropa y preparar la comida, ir a buscar agua y a buscar leña. De vez en cuando, te ordenaré hacer otras tareas que sean necesarias.

—Entiendo.

—Y, por las noches, compartirás el lecho conmigo y harás lo que a mí me plazca.

Astrid se quedó sin aire.

—No puedes hablar en serio.

—Sí, te lo aseguro. Cuando te devuelva a Gulbrand, él va a saber lo mucho que me has complacido, querida.

—¿Es que vas a mandarme de vuelta?

—Al final, sí.

Al comprender el alcance completo de su venganza, Astrid se sintió devastada. No tenía nada que ver con el hecho de que tuviera que volver junto a Gulbrand, sino al hecho de entender lo mucho que la odiaba Leif.

Él se fue hacia la salida de la cabaña, y ella pensó que iba a dejarla allí para que pensara en todo lo que él le había dicho. Sin embargo, Leif cerró la puerta por dentro, y Astrid comprendió rápidamente lo que se proponía.

—¿Qué crees que estás haciendo?

—Creo que lo he dejado muy claro.

Ella palideció.

—Ni lo pienses.

Los ojos azules de Leif se volvieron del color de un mar tormentoso.

—Voy a hacer algo más que pensarlo, querida.

Diez

Leif avanzó hacia Astrid sin prisas, tranquilamente. Ella retrocedió y miró frenéticamente a su alrededor, en busca de cualquier cosa que pudiera utilizar como arma. Rodeó el hogar, tomó un tronco y se lo lanzó. Él lo esquivó, y el segundo, también. El tercero hizo blanco, pero fue como si le hubiera golpeado un almohadón. Astrid siguió retrocediendo, buscando objetos para arrojarle, pero no encontró ninguno más. Él siguió avanzando, dirigiéndola inexorablemente hacia la cama. Ella veía los muebles por el rabillo del ojo; la cama, el arcón de madera, las armas… la espada…

Se abalanzó sobre ella, agarró la empuñadura y la desenfundó. Se giró con ella en alto justo a tiempo para detener el avance de Leif. Astrid lo fulminó con la mirada.

—¡Aléjate de mí!

—¿Vas a matarme, Astrid?

—Si es necesario, sí. Aléjate.

Él se encogió de hombros y retrocedió un paso.

—No te serviría de nada. No hay forma de salir de esta isla, salvo el camino por el que has llegado.

—Me iré nadando.

—Sí, estoy seguro de que lo intentarías. Pero, primero, tendrás que pasar por encima de mí.

—Apártate.

—No.

—No quiero hacerte daño, pero si tengo que hacerlo, lo haré.

—Tienes demasiada confianza en tus habilidades.

¿Tú crees?

Astrid movió la espada, y él dio un salto lateral para esquivar la hoja.

—Tendrás que hacerlo mejor si quieres llegar a la puerta.

—Aunque tenga que matarte, saldré de aquí.

Volvió a mover la espada, y él volvió a esquivarla. Del marco de la ventana saltaron astillas, y Leif se echó a reír. Ella apretó los dientes y volvió a atacar, pero él esquivó los golpes con facilidad.

—Te vas a cansar antes que yo, querida.

—Ya lo veremos.

En vez de mover la espada, Astrid tiró una estocada. En aquella ocasión, se acercó mucho más, y a Leif le brillaron los ojos. Aquel fue todo el aviso que recibió por su parte; aprovechando el impulso que tomó para dar la siguiente estocada, él la agarró por la cintura y los dos cayeron al suelo. Astrid recibió el golpe de la madera en la espalda. Sin aliento, aplastada por el peso de Leif, intentó levantar el brazo. Sin embargo, él le agarró la muñeca y se la apretó hasta que ella tuvo que soltar la empuñadura. Astrid se retorció y pataleó, intentando clavarle las uñas de la mano libre en la cara. Entonces, él también le agarró esa muñeca, y se pasó ambas a la misma mano, mientras que, con la otra, tomaba la espada. Un segundo después, le había puesto la hoja en el cuello. El contacto del metal en la piel fue tan frío como la mirada de los ojos de Leif.

Astrid le devolvió aquella mirada fulminante.

—¿A qué esperas, Leif?

—Ya te he dicho que no vas a morir. Por lo menos, no como tú piensas —dijo él. Se puso en pie sobre ella, y le ordenó—: Levántate.

Ella obedeció lentamente. La punta de la espada se acercó a su pecho y la obligó a retroceder. Cuando llegó al borde de la cama, se detuvo.

Leif asintió.

—Eso está mejor. Ahora, quítate el camisón.

—No.

Él puso la punta de la espada en la base de su cuello.

—He dicho que te lo quites.

—Nunca.

La espada apretó un poco más, y una gota de sangre apareció en la piel blanca de Astrid.

—Hazlo.

Ella no se movió.

—Tendrás que matarme primero.

—¿La muerte antes que el deshonor, Astrid? ¿Es eso?

—No —respondió ella, con una ira contenida—: La muerte antes de que un hombre vuelva a hacerme eso.

Aquello era exagerar la verdad, pero estaban en guerra.

Él frunció el ceño.

—¿De qué estás hablando?

—Yo tenía doce años cuando un hombre decidió divertirse conmigo. Él era el doble de fuerte que yo, y no tenía reparos en hacerme daño. Luché entonces, y voy a luchar ahora, por los dioses —dijo Astrid. Se inclinó un poco más hacia la hoja de la espada, y la gota de sangre se convirtió en un pequeño reguero—. Así que, utiliza la espada si quieres, Leif, y tómame después. A mí no me importará, pero tu venganza será completa y podrás alardear de ella ante tus hombres. Incluso podrás enviar mi cuerpo a Gulbrand.

Él no se movió ni dijo nada. Después de unos segundos, lentamente, bajó la espada con una expresión de disgusto. Sin decir nada, abrió la puerta y salió.

Astrid se echó a temblar y se dejó caer sobre el borde de la cama con una exhalación. Leif era muy fuerte; le había dejado las marcas de los dedos en la muñeca. Podría haber hecho lo que hubiera querido, y ella no habría podido evitarlo. Ella solo tenía la inteligencia para defenderse. Le había dicho una verdad a medias, pero había conseguido su objetivo, y no se le había pasado por alto la expresión de disgusto de Leif antes de marcharse. Sin duda, aquella historia de su pasado solo había servido para empeorar la opinión que tenía de ella. No solo era una traidora sino que, además, estaba manchada.

¿Acaso aquello le parecía desagradable? ¿Acaso le parecía decepcionante no poder tomar a una virgen? Ella no lo había juzgado como un hipócrita, pero parecía que sí lo era. Antes se había sentido muy mal por engañarlo pero, en aquel momento, ya no podía lamentarlo. En una batalla, cualquier arma era útil. Por supuesto, todas las armas tenían un doble filo, porque, a partir de entonces, él se sentiría justificado para tratarla con desprecio. El castigo solo había sido pospuesto, no abandonado.

Leif volvió casi una hora después. Se quedó un instante en el vano de la puerta, bloqueando el paso de la luz. Astrid se levantó rápidamente y se alejó de la cama, mirando la espada desnuda que él llevaba en la mano. También recordó que ella estaba medio desnuda, y se dio cuenta de que Leif la estaba mirando fijamente. ¿Acaso había vuelto para terminar lo que había empezado?

Al principio, él no dijo nada. Entró en la cabaña, recogió la funda de la espada del suelo, envainó el arma y la dejó a un lado. Después, se acercó al arcón de madera que había junto a la pared, lo abrió y sacó una tela de color marrón. Entonces, con la daga, hizo una abertura en la parte central de la tela y se la arrojó a los pies a Astrid.

—Póntelo.

Astrid lo miró con desdén. Nunca se había puesto nada tan absurdo en su vida.

—¿Qué es?

—¿A ti qué te parece?

—No voy a ponerme eso.

Él arqueó una ceja.

—Tal vez quieras ayuda para vestirte.

Rápidamente, Astrid se agachó y recogió la tela. Después, metió la cabeza por la abertura. Era una especie de saco que le llegaba a los tobillos, y que no tenía mangas. Él le lanzó un cinturón.

—Usa esto.

Sin decir nada, ella se lo puso en la cintura para sujetar la prenda al cuerpo. A pesar de la fealdad de la prenda, por lo menos servía para cubrirla, y Astrid se sintió un poco menos vulnerable. No tenía zapatos, pero él no dijo nada. La observó con atención.

—Así está bien.

—Seguro que a ti te parece muy favorecedor.

—Una esclava desnuda me gustaría más, aunque tal vez a ti te pareciera humillante.

—Tú… tú… eres…

Él arqueó una ceja y esperó. Astrid se quedó en silencio, furiosa, sin atreverse a ponerlo más a prueba.

—Muy inteligente por tu parte —dijo él, y le señaló un cubo vacío que había junto a la puerta—. Ahora, ve a buscar agua, y date prisa.

Astrid contuvo las palabras que quería pronunciar, sabiendo que sería un grave error decirlas. Tomó el cubo y salió de la cabaña. Había un camino cubierto de hierba que llevaba hasta el fiordo. Lo siguió, y llegó a la orilla rocosa. Las piedras se le clavaron en los pies, y se estremeció de dolor, maldiciendo a Leif mentalmente. Después, bajó el cubo hasta el agua y dejó que se llenara, mientras miraba disimuladamente a su alrededor. Pudo averiguar que la isla tendría unos doscientos metros de largo por unos cien de ancho. Su captor no iba a necesitar cadenas, ni cuerdas, ni guardias: ella no podía ir a ninguna parte, y él lo sabía. No había ningún sitio donde pudiera esconderse y él no la encontrara a los diez minutos. Leif no podía haber elegido un lugar más seguro para llevar a cabo su venganza. Con el corazón encogido, Astrid alzó el cubo lleno de agua y se dirigió de nuevo hacia la cabaña.

A su vuelta, Leif la estaba esperando con una escoba.

—Ahora, barre el suelo —le ordenó—. Cuando termines, limpia el hogar y ve a buscar leña.

—No —dijo Astrid, y dejó el cubo en el suelo—. Si necesitas a alguien que haga estas tareas, busca a un sirviente. Yo no voy a aguantar este trato.

Él le dio un escobazo en el trasero. No lo hizo con demasiada fuerza, pero las ramitas actuaron como pequeños látigos, y Astrid dio un saltito y reprimió una exclamación.

—La próxima vez dolerá mucho más —le advirtió él.

A ella se le oscurecieron los ojos. Quería golpearlo; quería gritar; quería decirle que era un animal. La expresión de Leif daba a entender que estaba deseoso de que lo hiciera, y ella supo que lo que ocurriría después sería mortificante. Sin decir una palabra más, tomó la escoba y comenzó a barrer el suelo.

Leif se acomodó en una silla y estiró las piernas. Astrid apretó los dientes. El muy bruto estaba disfrutando mucho de su humillación. Además, su silenciosa observación fue inquietante para ella. Aunque no iba a darle la satisfacción de decírselo, ni de quejarse porque la obligara a hacer tareas de la servidumbre; tenía la sensación de que él lo estaba esperando.

Seguramente, lo pasaría muy bien dándole una paliza, así que, por mucho que le costara, Astrid supo que la única opción sensata que tenía por el momento era obedecer.

Cuando terminó todas las tareas, había anochecido. El olor de la comida le recordó que no había comido nada desde el día anterior, y su estómago emitió gruñidos como respuesta. Sin embargo, por orgullo, guardó silencio. Pasara lo que pasara, no iba a suplicar.

Leif, una vez que todo el trabajo estuvo terminado a su gusto, se levantó de la silla.

—Quédate aquí hasta que yo vuelva.

—¿Y adónde crees que iba a ir? —replicó ella.

Él arqueó una ceja y la miró con frialdad.

—Eres insolente, esclava. Si vuelves a contestar así, las consecuencias no te van a gustar.

—Ah, claro. Me vas a pegar, ¿verdad?

—Sí, y como no sabes lo mucho que disfrutaría, lo mejor será que no me pongas a prueba. De ahora en adelante, hablarás solo cuando te hablen, y no antes. Y, cuando te dirijas a mí, llámame «mi señor». ¿Entendido?

Ella apretó los puños pero, como no quería darle ningún pretexto para cumplir su amenaza, se contuvo.

—Sí, señor.

—Eso espero.

Y, con eso, se dio la vuelta y la dejó allí.

Mientras lo veía alejarse, Astrid soltó una imprecación, que solo le sirvió para desahogarse. Después, no pudo hacer otra cosa que esperar. La temperatura estaba disminuyendo mucho con la puesta de sol, así que se sentó junto al fuego, intentando reconfortarse con el calor.

Desde la cabaña central oyó risas y conversaciones. El olor de la comida cada vez era más fuerte, y ella cada vez tenía más apetito, pero no creía que fuera a comer nada aquel día. Había muchas formas de castigar y de obtener obediencia. En aquel momento, ella no sabía lo que era peor: si el hambre, o el presentimiento de lo que podía ocurrir cuando volviera su captor.

Leif terminó su comida y, después de rellenar su copa, se acomodó en la silla y se relajó por primera vez desde su llegada. Era la primera oportunidad que tenía de pensar en el giro del destino que le había devuelto la libertad. Era muy afortunado, y lo sabía. Sin la lealtad de sus hombres, su vida habría sido muy diferente. No sabía cómo se las habían arreglado para encontrarlo; solo sabía que estaba muy agradecido por que lo hubieran hecho. Ciertamente, Odín le favorecía.

El dios le había concedido otro regalo inesperado: una forma de vengarse. Y debería haber resultado mucho más sencillo, porque tenía a Astrid en sus manos. Era suya, y podía tomarla cuando quisiera. Entonces, ¿por qué no lo había hecho? No estaba seguro de la respuesta. En parte, tenía que ver con su valor. Astrid había luchado contra él, incluso había tenido la desfachatez de atacarlo con su propia espada. No podía evitar respetarla por ello.

Sin embargo, lo que más le había afectado había sido su estallido, junto con el dolor que había visto en sus ojos. «Yo tenía doce años cuando un hombre decidió divertirse conmigo». Lo que había estado a punto de hacer él no era distinto, y las palabras de Astrid habían sido como un jarro de agua fría del fiordo. Hasta ese momento, no entendía lo cerca que estaba de perder el control. Era como si la crueldad de sus captores le hubiera despojado de su humanidad y lo hubiera convertido en un animal salvaje. Era, exactamente, lo que deseaba conseguir Hakke.

Leif apretó con fuerza la copa. Pensaba que era más fuerte, que estaba por encima de semejantes actos, y le inquietaba mucho comprobar lo cerca que había estado de permitir que el animal arrinconara su parte noble. La reacción de Astrid no había sido fingida, y a él le llenaba de disgusto pensar que ella hubiera podido identificarlo, para siempre, con aquella primera violación. Eso le había servido para recuperar el sentido común, y se había marchado de repente. Nunca había violado a ninguna mujer, y no había furia ni ira que justificara aquel crimen.

Después de calmarse, se había dado cuenta de que, en parte, su comportamiento se debía a las ilusiones perdidas, al hecho de saber que la relación que esperaba tener con ella nunca iba a convertirse en realidad. Eso también le angustiaba. En su trato con las mujeres, la decepción ya no tenía lugar; o, al menos, no la había tenido hasta aquel momento. Era muy desconcertante tomar conciencia de que no tenía inmunidad ante los encantos femeninos, como se había imaginado, y que sus actos no solo estaban dictados por la sed de venganza. Había otras formas de someter a Astrid. Ella se resistiría, por supuesto, como había hecho antes. A su pesar, sonrió al recordarlo. No habría sido humano si no hubiera disfrutado de aquella pequeña muestra de desafío.

Pasó una hora, y otra, y Astrid comenzó a acusar la fatiga. Solo quería echarse a dormir, pero no se atrevía. Leif ya tenía demasiada ventaja como para concederle más. Se estremeció, y no solo por el frío.

Al cabo de unos minutos, la puerta se abrió, y ella se puso en pie rápidamente, con el corazón en un puño. Leif entró en la habitación y le entregó un plato de madera.

—Toma.

Ella lo tomó y miró el contenido: una rebanada gruesa de pan y un pedazo de pescado. Era una comida poco elaborada, pero era suficiente. Ella, temiéndose que fuera un truco, miró desconcertadamente a Leif.

—Come, esclava. No quiero que te debilites.

Tuvo la tentación de responderle, pero se dominó y se concentró en comer, antes de que él cambiara de opinión. Leif la observó un momento; después, fue a cerrar la puerta con la barra de madera. El suave golpe de la barra al caer angustió más aún a Astrid. Era como estar encerrada con un león grande y enfadado. De repente, perdió el apetito, pero siguió comiendo de todos modos. Cuando terminó, dejó el plato.

Mientras, Leif se quitó el cinturón y la daga, y se sacó la túnica y la camisa por la cabeza. A la luz del fuego, ella vio los moretones de sus costillas; el negro se había aclarado un poco y, en algunas partes, se había convertido en hematomas verdosos. Sin embargo, sus brazos musculosos y su torso seguían transmitiendo una impresión de poder.

Él atravesó la habitación y abrió el arcón de madera. Sacó una delgada colchoneta y la desenrolló. La sacudió y la tendió en el suelo, a los pies de la cama.

—Esta noche dormirás ahí.

Astrid guardó silencio; casi no se atrevía a tener la esperanza de que Leif hablara en serio. Él terminó de desnudarse lentamente, y ella tragó saliva. Leif desnudo era mucho más intimidante. Ante su mirada de angustia, él desenvainó la espada y la puso al alcance de su mano. Después, se acostó.

Ella vaciló, sabiendo que la estaba vigilando. Entonces, al ver que no había nada más que hacer, se tendió en el colchoncillo. Él no le había ofrecido ninguna manta, y él no iba a pedírsela, aunque lejos del hogar, el frío era cada vez más intenso. Durante un rato, permaneció inmóvil, intentando captar todos los sonidos. Sin embargo, Leif se quedó dormido rápidamente y, enseguida, solo se oyó el sonido de su respiración suave. Astrid se sintió aliviada y cerró los ojos.

Después, durmió intermitentemente. El suelo era muy duro, y el colchoncillo no amortiguaba su dureza ni su frialdad. Tras unos minutos, se despertó temblando y, con cautela, se incorporó y se abrazó a sí misma. Miró hacia el fuego. Ya solo quedaban algunas ascuas, pero decidió arriesgarse y, con todo el sigilo que pudo, se levantó, se tumbó junto al hogar y se acurrucó para conservar el calor. No añadió más troncos al fuego por miedo a despertar a Leif. Solo los dioses sabían lo que podía hacer si ella le despertaba. Lo menos grave sería, seguramente, una paliza. Cerró los ojos y rezó para que llegara el sueño.

Leif, en realidad, tenía el sueño muy ligero, como todos los soldados. Sus sentidos filtraban los sonidos nocturnos normales, pero le avisaban cada vez que surgía algo inusual. El suave crujido del colchoncillo lo despertó e, instintivamente, alargó el brazo para tomar la espada. Sin embargo, el sonido se alejó de la cama. A la débil luz del fuego, vio que Astrid se había levantado e iba a tenderse junto al hogar. Entonces, volvió a relajarse. A él no le importaba que durmiera junto al fuego. Sin embargo, la idea de que pudiera tener frío le causó una punzada de culpabilidad. La reprimió. El frío era la menor de las preocupaciones de Astrid.

Entonces, se tapó bien con la manta, se dio la vuelta e intentó conciliar el sueño de nuevo.

Al final, Astrid se quedó dormida de puro cansancio. Poco tiempo después, un pie la despertó empujándola suavemente por las costillas.

—Levántate, esclava. Ya ha amanecido.

Miró hacia arriba y vio a Leif. Él ya estaba vestido y preparado para empezar el día. Ella se incorporó rápidamente y tuvo que contener un gruñido. Tenía el cuerpo entumecido, rígido y frío. La expresión de Leif no tenía mucha más calidez.

—Guarda el colchón. Después, sal a buscar leña y enciende el fuego.

Ella se puso de rodillas y comenzó a enrollar el colchoncillo, pero, con los dedos fríos, no pudo hacerlo con diligencia.

—Date prisa. No quiero esperar todo el día.

El día anterior, ella le habría contestado de una manera igualmente sarcástica, pero aquel día era muy consciente de su situación, y eso, unido a que apenas había dormido, solo sirvió para empeorarle el ánimo. Terminó la tarea tan rápidamente como pudo y se puso de pie torpemente.

—Dámelo.

Ella le entregó el colchón enrollado sin decir nada. Cuando él lo tomó, sus dedos le rozaron la mano, y frunció el ceño. Después, le señaló la puerta con un movimiento de la cabeza. Todavía estaba cerrada y, cuando ella se acercó para quitar la tranca de madera, él emitió una exclamación de impaciencia a su espalda.

—¡Por la sangre de Thor! Apártate, muchacha.

Ella se hizo a un lado y lo vio quitar la barra y apoyarla contra la pared. Después, posó la mano en el pomo, pero una mano más grande se cerró sobre la suya y mantuvo la puerta cerrada. Leif la miró con frialdad.

—De ahora en adelante, cuando me levante quiero que el fuego esté encendido, que haya agua para lavarme y que la comida esté lista. ¿Entendido?

Ella tragó saliva.

—Sí, mi señor.

Él estaba tan cerca que sus cuerpos casi se tocaban, tan cerca que ella sentía su calor. Sin embargo, nada de aquello se reflejaba en su actitud. Su ira era casi palpable.

—No te haré más advertencias, esclava. Ahora, vete.

Para su horror, a Astrid se le llenaron los ojos de lágrimas y, rápidamente, bajó la mirada para que él no se diera cuenta. Tal muestra de debilidad solo serviría para aumentar su sensación de triunfo.

Entonces, Leif se apartó y la dejó pasar. Astrid abrió la puerta y, preparándose para el aire helado de la mañana, salió apresuradamente. Leif la observó mientras se alejaba. Al contrario de lo que ella pensaba, él sí había visto sus lágrimas cuando la había reprendido, y le habían tomado por sorpresa. El hecho de que ella estuviera a punto de llorar debería ser una satisfacción para él, pero la sensación que le provocaba era completamente distinta. Si hubiera llorado abiertamente, o le hubiera suplicado, o hubiera gimoteado, él habría sabido cómo reaccionar. De aquel otro modo, él se sentía confuso, y eso no le ayudaba a mejorar su mal humor.

Necesitaba distanciarse de todo aquello durante un rato, así que le dio a Astrid una lista de instrucciones y se marchó. La compañía masculina le ayudaría a recuperar la perspectiva. Cuando llegó a la cabaña principal del poblado, recibió el saludo de Thorvald.

—Algunos hombres se preguntan si podríamos salir a cazar pronto, mi señor. Cambiar del pescado a un venado o un jabalí asado sería muy agradable.

Leif asintió.

—¿Por qué no?

—¿Mañana, entonces?

—Sí, mañana.

Una jornada de caza sería una buena distracción. Así, podría pensar en algo distinto a Astrid. Aquella pequeña arpía traicionera se le había metido en la cabeza, más de lo que él imaginaba. Por suerte, ahora conocía a su enemiga, y el atractivo que ella hubiera podido tener para él en el pasado había desaparecido.

—¿Va todo bien, mi señor?

Thorvald lo sacó de su ensimismamiento. Leif sonrió.

—Por supuesto.

—Si salimos pronto, tendremos casi todo el día para cazar.

—Nos dividiremos en dos grupos. Así tendremos más oportunidades de éxito.

—Como queráis. ¿Vais a dejar a un contingente de guardia? —preguntó Thorvald, e hizo una pausa—. Estaba pensando en la mujer.

—Ella no va a ninguna parte.

—Sí, es cierto.

—Se quedará aquí hasta que volvamos.

—Mi señor, con vuestro permiso, ¿qué pensáis hacer con ella?

—Al final, se la devolveré a Gulbrand. ¿Por qué?

—A mí me parece que la venganza sería más adecuada.

Antes de que Leif pudiera responder, Snorri entró a la sala con Bjarni e Ingolf. Saludaron respetuosamente a su líder y miraron a Thorvald.

—Bueno, ¿qué? —preguntó Bjarni—. ¿Hay caza, o no?

Thorvald sonrió.

—Sí.

La noticia fue recibida con amplias sonrisas, y la conversación se centró con entusiasmo en los planes para el día siguiente.

La lista de instrucciones que le había dejado Leif a Astrid aquella mañana le ocupó todo el día. Para su alivio, él no volvió a acercársele. Lo vio a lo lejos un par de veces, pero él no la miró, porque estaba muy concentrado hablando con sus hombres. No regresó a la cabaña hasta la noche; ella estaba remendándole una camisa, pero se levantó rápidamente cuando él entró.

Leif la miró en silencio y, después, miró a su alrededor. La habitación estaba inmaculada.

—¿Has terminado todas las tareas que te encomendé?

—Casi todas, mi señor —respondió ella—. Todavía no he terminado de coser la camisa.

—Muy bien. Termina. Después, puedes comer.

Ella se sentó de nuevo y retomó el trabajo. Él dejó un plato de comida junto al fuego, y se dirigió al otro extremo de la habitación. Astrid oyó que abría un baúl y, por el rabillo del ojo, le vio sacar algo. Entonces, él regresó.

—No tienes que esperarme despierta esta noche. Sin embargo, mañana saldré a cazar muy temprano. Ocúpate de que todo esté preparado.

—Sí, mi señor.

—Necesitarás esto cuando te retires.

Le entregó lo que había sacado del baúl: era una manta de lana. Astrid pestañeó. La aceptó con vacilación, como si esperara que él se la arrebatara. Al ver que no lo hacía, la vacilación se transformó en desconcierto. Leif se dio cuenta, y sonrió burlonamente.

—No quiero que enfermes a causa del frío. Eso echaría mis planes por tierra.

Y, con aquellas palabras, la dejó.

Cuando la puerta se cerró tras él, ella exhaló una bocanada de aire. Aquello no se lo esperaba. Fueran cuales fueran sus motivos para darle la manta, se sentía muy agradecida, porque temía pasar otra noche sin dormir a causa del frío. Miró la comida. Era pescado y pan otra vez, pero no le importó. Después de toda una jornada de trabajo, tenía un apetito voraz. Terminó de remendar la camisa todo lo rápidamente que pudo y, después, la guardó. Se le ocurrió pensar que él podría haberle hecho esperar hasta que volviera para llevarle la comida, pero no lo había hecho. Sin embargo, no pensó que fuera un detalle de amabilidad por su parte, sino, más bien, que su bienestar le importaba solamente porque aumentaba sus posibilidades de venganza.

Once

Cuando Leif se despertó, a la mañana siguiente, encontró el fuego ardiendo en el hogar y a Astrid echando agua en una palangana para que él se lavara. Se levantó y se puso los pantalones antes de lavarse la cara y las manos. Después, terminó de vestirse. Entonces, comenzó a dar órdenes.

—Friega y ordena la habitación durante mi ausencia y trae leña y astillas. Después, lávame la camisa y las que haga falta lavar. Les preguntaré a mis hombres.

Astrid apretó los dientes.

—Como deseéis, mi señor.

—Muy bien.

Entonces, se marchó.

Ella tuvo que contenerse para no darle una respuesta sarcástica, porque no quería caer en sus provocaciones. Tomó la escoba y, para mitigar algo de su indignación, comenzó a barrer.

Sin embargo, Leif volvió un cuarto de hora más tarde y dejó una brazada de camisas a sus pies.

—¿Y qué se supone que tengo que hacer con esto?

—Lavarlas, como te he dicho, esclava. En el almacén encontrarás jabón.

—No.

Él arqueó una ceja.

—¿Cómo?

—He dicho que no. Si creéis que voy a ser la lavandera de todos vuestros hombres, estáis confundido.

—Harás lo que te ordene. A no ser que quieras que te suba la falda y te dé una buena azotaina en el trasero.

Ella lo miró con rabia.

—Tú eres un completo…

—Si no has salido por esa puerta antes de que cuente hasta tres, no podrás sentarte durante una semana.

—Cuánto te odio.

Sin apartar la vista de ella, Leif comenzó a remangarse.

—Uno…

—¡Bestia!

—Dos…

Astrid palideció y, con una prisa frenética, recogió todas las camisas y se aferró a ellas como si fueran un talismán protector. Después, se dirigió hacia la puerta.

—¡Está bien! ¡Ya me marcho!

—Sigo pensando que una buena azotaina te ayudaría a concentrarte…

Leif dio un paso hacia ella. Astrid huyó.

Le llevó toda la mañana lavar las camisas y colgarlas en los arbustos para que se secaran. Para entonces, tenía un horrible dolor de espalda, y las manos enrojecidas y despellejadas de tanto frotar la tela con el jabón de sosa.

Sin embargo, tuvo que comenzar las demás tareas, puesto que no se atrevía a dejarlas sin hacer. Leif cumpliría su amenaza gustosamente y, con solo pensarlo, ella se echaba a temblar.

Cuando terminó, exhaló un suspiro de alivio. Se miró el traje improvisado con disgusto, y se sintió sucia y cansada. No había podido lavarse ni peinarse desde que la habían llevado a la isla. Miró el fiordo con anhelo, y decidió correr el riesgo de ir a bañarse. La mayoría de los hombres se habían marchado a cazar y no volverían hasta más tarde, y los tres que se habían quedado en el poblado estaban jugando al *tafl* en la cabaña principal. Apenas la habían mirado en todo el día. Nunca iba a tener una oportunidad mejor que aquella.

Astrid tomó la toalla de lino que había usado Leif aquella mañana y su peine, y se encaminó hacia un extremo de la isla, en el que la orilla estaba oculta detrás de unos arbustos. Allí se desnudó y se metió en el agua. Se bañó minuciosamente, lavó su camisón, y lo puso a secar en un arbusto. Después, se secó y se puso el vestido sobre el cuerpo desnudo. La tela de lana le picaba en la piel, pero merecía la pena con tal de sentirse limpia de nuevo. Después, se sentó en una roca caliente para que se le secara el pelo. Allí se sintió en paz y pudo descansar del trabajo y de la compañía.

Cuando el barco se deslizó junto al embarcadero, Leif sonrió. La caza había sido fructífera y llevaban un buen ciervo para cenar aquella noche. Después, sin duda, dormirían muy bien.

Al pensar en dormir, sin poder evitarlo pensó también en Astrid. El recuerdo de su despedida de aquella mañana le provocó otra sonrisa. Ella tenía un carácter fuerte, y era inteligente, porque sabía exactamente hasta dónde podía llegar sin arriesgarse. A su pesar, Leif se divirtió recordándolo todo. Si Astrid hubiera sabido lo mucho que se había acercado al límite de su paciencia, se habría preocupado mucho más.

Cuando el barco estuvo amarrado, dio órdenes para que bajaran la carne a tierra y saltó por la borda al embarcadero. Iba camino de la cabaña, pero no había recorrido ni veinte metros cuando se sorprendió al ver la gran cantidad de camisas que había colgadas en los arbustos. Al verlas, se sintió culpable. ¿Realmente eran tantas? No se lo había parecido al verlas todas juntas en un montón. Además, estaba buscando a Astrid, y no a las camisas.

Continuó apresuradamente hacia la cabaña. La puerta estaba abierta, y la habitación, impecable. También estaba vacía; allí no había ni rastro de Astrid. La sonrisa se le borró de los labios. ¿Se habría escapado? No, no era posible salir de aquella isla sin una embarcación. Tenía que estar en algún sitio, así que salió a buscarla.

La isla se estrechaba mucho en uno de los extremos, y no ofrecía demasiados lugares para esconderse. Sin embargo, al no hallar a Astrid, Leif volvió a preocuparse. «Si es necesario, me iré nadando», le había dicho ella. Astrid había proferido la amenaza en un ataque de ira; no era posible que lo hubiera dicho en serio. Entonces, recordó la espada en su cuello, y el pequeño hilillo de sangre que había brotado cuando ella se había inclinado hacia delante… Y, de repente, ya no estaba tan seguro. Miró el agua oscura. Era muy profunda y muy fría, y la otra orilla estaba a un kilómetro de distancia. Si lo había intentado…

Su inquietud aumentó. Y, entonces, por el rabillo del ojo, detectó movimiento detrás de los arbustos. Apretó los dientes y caminó en aquella dirección. Lo que vio hizo que se detuviera en seco.

Astrid estaba sentada en el borde de una roca. Solo llevaba la túnica improvisada que él le había dado, y la prenda se abría por ambos lados y dejaba a la vista su pierna esbelta, que llegaba hasta su cintura. Por encima, Leif atisbó la suave curva de uno de sus pechos. Tenía el pelo dorado y suelto por la espalda, casi hasta las caderas. Leif vio que se rehacía la trenza y se la ataba con una cinta. Después, Astrid se levantó y se acercó a recoger su camisón. Cuando se quitó la túnica para ponerse la ropa interior, él se quedó sin aliento, absorto en aquella visión de la realidad que superaba todas sus expectativas. Sin saber que la observaban, Astrid se vistió sin prisas, con movimientos delicados, y él no dejó de mirarla hasta que, por fin, se anudó el cinturón para cerrarse la túnica. Aquella vestimenta era absurda y tenía la intención de humillar y degradar, pero, de algún modo, ella se las arreglaba para evitarlo.

Leif frunció el ceño y cortó aquel pensamiento de raíz. Era una tontería y una sensiblería. Astrid era muy bella, pero también era traicionera, y él no debía olvidarlo. Si percibía alguna debilidad en él, no dudaría en usarla para su provecho. Lo que él pensara de ella antes ya no tenía importancia; ya solo era una esclava, y una esclava que necesitaba que le recordaran quién era el amo.

La vio recoger una toalla y un peine; los suyos. Entonces, ella se giró hacia el campamento, y Leif salió a su encuentro. Astrid se sobresaltó y lo miró mientras tomaba aire.

—Esperaba encontrarte en mi habitación —dijo él.

—Os pido perdón, mi señor. Es solo que… quería bañarme.

—Ya lo veo —dijo él—. ¿Quién te dio permiso?

—Nadie, mi señor, pero…

—¿Pero qué?

—Me… me pareció una buena oportunidad.

—Sin duda.

—Terminé todo el trabajo antes de venir, lo prometo.

Él ignoró aquello.

—¿Y te he dado permiso para usar mi peine y mi toalla, esclava?

Astrid tragó saliva.

—No, mi señor. Perdonadme.

—Si tomas mis cosas sin mi conocimiento, lo consideraré un robo. El castigo para ese delito es severo.

Ella palideció.

—Yo no pretendía robarlo. Tenéis que saberlo.

—Yo no sé nada. Ya me has traicionado, ¿por qué no ibas a robarme?

—Iba camino de la cabaña, a devolver las cosas, y no os he traicionado nunca.

—Te concedo el beneficio de la duda en lo primero, pero, en lo segundo, no tengo ninguna.

—Porque no queréis tenerla.

—No es cierto —replicó él—. Incluso cuando estaba encadenado en la perrera, quería estar equivocado. Sin embargo, vos misma revelasteis la verdad.

—No. Yo dije lo que me obligaron a decir, representé el papel que me ordenaron.

—¿De veras? Pues fuiste de lo más convincente.

—Tenía que ser convincente. Tenía que conseguir que me creyeran, o...

—¿O qué, Astrid?

—Os hubieran cortado la nariz y la lengua. El más mínimo signo de desobediencia por mi parte os hubiera costado otra paliza a vos, y yo no podía soportarlo. Así pues, cumplí sus órdenes e hice lo que me decían.

Leif se quedó inmóvil, tan pálido como ella.

—¿Y esperas que crea eso?

—No queréis creerlo porque entonces no tendríais excusas para tratarme como lo hacéis. No queréis creerlo porque estáis disfrutando de todo esto. Os sirve cualquier chivo expiatorio para desahogar vuestra ira, y yo soy el más adecuado. Estáis tan obsesionado con la venganza que os habéis quedado ciego y sordo ante todo lo demás.

—Y, sin embargo, tú misma acabas de admitir que tus dotes para la actuación son excelentes.

—Yo dije lo que ellos querían oír. Habría dicho cualquier cosa con tal de protegeros.

—Qué conmovedor.

—Vos no podéis conmoveros. No tenéis corazón.

—Por fin te has dado cuenta. Debes de arrepentirte mucho de haber hecho tantos esfuerzos en mi nombre.

—No, no puedo arrepentirme de eso —respondió ella—. Solo me arrepiento de haber confiado en vos.

A él le ardieron los ojos de furia.

—Yo fui a buscarte esa noche. Cumplí la promesa que te había hecho.

—Y yo cumplí la mía.

—En eso no estamos de acuerdo.

—Pero no cambia la verdad.

—Esta conversación ha terminado —dijo él, y señaló con la cabeza hacia el poblado—. Vete.

Astrid se marchó sin decir una palabra más.

Durante un rato, él siguió observándola. Ella no miró hacia atrás y, finalmente, su figura se perdió entre los árboles. Leif se quedó allí, agitado, intentando controlar sus emociones. No había duda de que Astrid había mentido; era experta en el engaño. Él no había podido detectar ni una vacilación en su actitud, ni una nota de insinceridad en su voz. Al menos, la ira que había demostrado era genuina. Tenía que admitir que la arpía tenía valor, eso sí. Y sus acusaciones habían dado en el blanco: «Estáis obsesionado con la venganza que os habéis quedado ciego y sordo ante todo lo demás». Por supuesto, la intención de Astrid era causarle agitación; las palabras eran armas con más filo que las espadas. Para desahogarse, Leif tomó una piedra y la lanzó al agua con todas sus fuerzas. Astrid era muy habilidosa con las palabras, y sus palabras eran mentiras.

Poco a poco, fue relajándose, y dejó de lanzar piedras. Se sentó en una roca junto a la orilla. Para cualquiera que lo viese, él habría estado admirando el paisaje; sin embargo, solo veía unos ojos de color violeta llenos de ira y dolor.

Leif frunció el ceño y se quitó aquella visión de la cabeza. Astrid estaba mintiendo. Tenía que estar mintiendo.

Astrid volvió a la cabaña de Leif y dejó el peine y la toalla en su sitio. No quería permanecer allí, así que fue en busca de las camisas y las recogió con energía, tratando de desahogarse de su indignación. Después, las puso sobre una piedra adecuada y comenzó a doblarlas. Aquella tarea mecánica le dio algo que hacer, en vez de tener que sentarse y esperar a que Leif pagara su descontento con ella. Sus palabras sarcásticas le habían hecho daño, y tenía una aguda sensación de injusticia; se preguntó cómo era posible que, una vez, hubiera querido huir con él. Debía de estar loca.

Cerca de allí, los hombres estaban asando un venado en una hoguera. El olor de la carne y del fuego era muy apetecible, y su estómago gruñó de hambre para recordarle que no había comido nada en todo el día. Sin embargo, no debía albergar la esperanza de que le dieran carne asada para cenar, y ella no tenía intención de pedirla, por mucho apetito que tuviera. Eso solo le causaría a Leif más diversión.

Mientras seguía plegando las camisas, pensó un poco más en su encuentro… Ella acababa de vestirse cuando él había llegado… Astrid se quedó inmóvil al ocurrírsele que había otra posibilidad. ¿Cuánto tiempo llevaba Leif allí, escondido, antes de que ella se percatara de su presencia? ¿La había visto vestirse? ¿La había visto desnuda? Enrojeció violentamente. Leif no había dejado entrever nada de eso, pero, de todos modos, era una idea muy inquietante.

Terminó su trabajo, recogió la colada limpia y la dejó sobre la cama de la cabaña. Después podrían entregarle cada camisa a su dueño. Entonces, echó algunos troncos al fuego; estaba atardeciendo, y la noche se acercaba. Pronto estaría encerrada de nuevo en la jaula del león y, en aquel momento, era una perspectiva que no podía soportar.

Leif no volvió hasta el anochecer. Astrid estaba sentada junto al hogar, observando las llamas. Alzó brevemente los ojos cuando él entró, y volvió a mirar al fuego. Él se fijó en la pila de camisas que había sobre la cama.

—¿Qué demonios está haciendo todo esto aquí?

—No me dijisteis lo que tenía que hacer con ellas cuando estuvieran lavadas, mi señor.

—Tenían que ser devueltas a sus dueños, por supuesto.

—No sé de quién son, mi señor, y no quería equivocarme. Si a alguno de vuestros hombres le faltara la camisa, podría ser acusada de robo.

Él frunció el ceño.

—Ten cuidado, esclava, no me hagas perder la paciencia.

Ella apartó la mirada de nuevo, sin decir nada. Leif se acercó a la cama.

—Ven aquí, y toma las camisas —le dijo a Astrid.

Ella obedeció en silencio.

—Ahora, llévalas a la casa principal.

Astrid alzó la barbilla y se dirigió hacia la puerta. Leif la siguió, clavándole una mirada siniestra en la espalda.

Cuando llegaban, los hombres interrumpieron sus conversaciones y se quedaron mirándolos. Astrid se sintió azorada con toda aquella atención y se abrazó a las camisas mientras continuaba andando. Cuando entraron en la cabaña, se detuvo junto a la puerta. Otro grupo de hombres los miró con interés. Leif le señaló un banco cercano.

—Deja ahí las camisas.

Ella las depositó cuidadosamente sobre el banco y se irguió. Él la miró un instante, en silencio, y asintió.

—Ahora, ve a mi cabaña y quédate allí.

—Seguro que no va a tardar mucho —dijo una voz cercana.

Otro bromista añadió:

—Puede calentarme la cama cuando quiera.

Mientras los hombres se reían, Astrid enrojeció. Leif sonrió ligeramente y miró hacia atrás.

—La única cama que va a calentar es la mía, Harek.

Aquello fue recibido con otras cuantas risotadas. Astrid fulminó a Leif con la mirada y dijo:

—Cuando las ranas críen pelo.

Él la agarró del brazo y la sacó a la calle. Cuando los hombres reanudaron su conversación, él se detuvo e hizo girar a Astrid para que lo mirara a la cara.

—¿Es que crees que, como todavía no me he acostado contigo, no voy a hacerlo? —le preguntó—. El trato original todavía está en pie.

Ella se ruborizó aún más.

—Cuánto os odio.

—Eso hará más picante la relación.

—Ah, sí, seguro que ya estáis imaginándoos la diversión que vais a tener antes de mandarme de vuelta a casa.

—Sí, llevo imaginándome eso una buena temporada —respondió él—. En cuanto a lo demás, puede que, finalmente, no te envíe de vuelta. Tal vez me quede contigo.

Astrid se quedó sin habla. Sin embargo, su expresión fue más elocuente. A él le brillaron los ojos.

—No parece que estés muy contenta.

—¿Acaso creíais que iba a ponerme contenta?

—Tal vez no. Yo, por otra parte, lo encuentro muy satisfactorio.

—No me esperaba otra cosa.

Él la observó de pies a cabeza.

—De cualquier modo, no será aburrido.

Astrid pensó que aquello era cierto, aunque no respondió. Aquellas palabras de Leif la habían puesto muy nerviosa. ¿Estaba hablando en serio, o solo estaba jugando con ella? En cualquier caso, las consecuencias serían funestas.

Leif le soltó el brazo.

—Puedes marcharte. Enseguida te llevo algo de comida.

Ella pestañeó; acababa de quedarse atónita por segunda vez en pocos minutos. A Leif se le daba muy bien mantener su desconcierto, pero, en aquella ocasión, no iba a discutir con él. Fue un alivio poder marcharse, y tenía muchísima hambre.

Leif tomó aire profundamente para intentar calmarse. ¿Cómo se las arreglaba Astrid para provocarlo siempre con tanto éxito? ¿Y por qué, cada vez que discutían, él le decía cosas que no quería decirle? Astrid era valiente, y podía usar las mismas armas que él: su inteligencia y una lengua letal. Sin embargo, aquella rebeldía le causaba más agrado de lo que nunca podría haberle proporcionado su sometimiento.

La verdad era que nunca había podido considerarla una esclava. Estaba impaciente por tener aquellos encuentros porque eran estimulantes de muchas maneras. Desafortunadamente, también tenía consecuencias negativas. Él nunca debería haberle dado a entender que iba a acostarse con ella sin su consentimiento. Sabiendo lo que sabía, eso había sido una mentira indignante. Sin embargo, sí la deseaba. La deseaba cada vez más, lo cual le ponía muy difícil mantener el control de la situación.

El venado estaba delicioso, y Leif le había llevado una buena ración, además de un pedazo de pan y un cuenco de verduras cocinadas con ajo silvestre. Astrid se lo comió todo y dejó el plato limpio.

Después de la discusión que habían tenido, se preguntaba si él iba a dejarla sin cenar a modo de castigo. Sabía que su tío lo habría hecho, y Hakke también.

No sabía por qué se le había ocurrido aquella comparación, pero era todo un contraste. El poder de Leif sobre ella era absoluto, pero, hasta el momento, él había mantenido una contención que ellos no tenían. Hasta el momento.

Se preguntó cómo habrían sido las cosas entre ellos si todo hubiera salido según lo planeado. Habrían podido escapar, y él la habría llevado a su cama. Ella habría tenido miedo, pero no habría incumplido su parte del trato. El Leif que había conocido entonces habría sido paciente, gentil, y quizá ella hubiera podido acostumbrarse a la intimidad con él.

Ahora, mantener relaciones con ella no sería más que un acto de venganza por parte de Leif. Y, por lo que parecía, iba a ser una venganza prolongada en el tiempo.

Astrid suspiró. De repente, se encontró muy cansada, física y emocionalmente. El sueño iba a proporcionarle el olvido que tanto necesitaba. Leif no le había ordenado que se quedara despierta, y la manta y el colchoncillo estaban sobre el baúl. Los recogió y se acomodó junto al fuego.

Cuando Leif regresó, un poco más tarde, el fuego ardía suavemente y la habitación estaba muy silenciosa. Puso la tranca en la puerta y observó la escena, escuchando el sonido de la respiración constante de Astrid. Parecía que llevaba un buen rato dormida.

Silenciosamente, pasó por delante de ella hacia la cama, y se acostó. Sin embargo, no consiguió conciliar el sueño, porque estaba pensando en su conversación. Le había tenido obsesionado todo el tiempo; ni la cerveza, ni la amistad de sus hombres habían podido quitársela de la cabeza. Ni podía olvidar la mirada de Astrid, ni la acusación que le había hecho. «No queréis creerlo…». Suspiró. Las pruebas que habían captado sus sentidos habían sido completamente convincentes y, sin embargo, ella le había dado una versión de los hechos que los contradecía de una manera absoluta. Al principio, la historia le había parecido una fantasía, pero no había podido dejar de pensar en ella.

¿Acaso era imposible creer que Einar y Hakke hubieran ideado un engaño como aquel? ¿Era imposible creer que hubieran manipulado a Astrid y se hubieran asegurado su obediencia de una manera tan cruel? Einar era muy ambicioso, y Hakke era despiadado y vengativo. Recientemente le habían arrebatado a la mujer con la que quería casarse, y quería vengarse. Astrid era leal a Ragnhild, al rey que las había rescatado y, por extensión, a todos los que habían participado en el rescate. ¿La venganza de Hakke no incluía también a las mujeres? Leif frunció el ceño. Con lo que sabía de él, todo era posible.

De repente, lo que antes creía ciegamente comenzó a parecerle cuestionable. ¿Era posible que la rabia le hubiera cegado tan completamente? ¿Le estaba diciendo Astrid la verdad?

Las dudas lo acosaban.

Durmió mal aquella noche, y se despertó temprano. Todavía no había amanecido, pero no podía quedarse en la cama. Así pues, se levantó y se vistió. La habitación estaba muy fría; el fuego estaba apagado. Astrid estaba dormida y, para no molestarla, quitó la tranca de la puerta sigilosamente, salió y miró el paisaje que se extendía ante él. Las aguas del fiordo estaban negras y quietas, y la orilla estaba cubierta de bruma. Desde la rama de un árbol se oyó el canto de un pájaro.

Escuchó los sonidos durante un rato, y dejó que el aire fresco le aclarara la cabeza. Después de utilizar el retrete, volvió a la cabaña. Astrid se movió, pero no se despertó. La manta se le había caído del hombro, dejando a la vista los bordes deshilachados de su túnica. Uno de sus pies, descalzo y polvoriento, asomaba por el borde de abajo. Tenía una mano bajo la mejilla, y la otra enrojecida por el trabajo. Al mirarla, a Leif se le pasó por la cabeza la imagen de una flor arrojada al suelo. Tenía un halo de inocencia y de vulnerabilidad, y Leif frunció el ceño. Como necesitaba algo para distraerse de aquellos pensamientos, se puso a encender el fuego.

Astrid se despertó lentamente, con una sensación de calor y bienestar. Se giró hacia el hogar, y vio que en él ardía alegremente el fuego. Durante un segundo o dos, se quedó mirándolo, hasta que comprendió su significado y se despertó por completo. Se incorporó horrorizada, mirando a su alrededor. Había una pila de leña cerca, y la jarra de agua de la habitación estaba llena. Se le encogió el estómago. Debía de haberse quedado dormida. Leif iba a ponerse furioso.

Ya le había hecho una advertencia; en aquella ocasión, seguro que iba a darle una azotaina como castigo a su pereza. Se puso en pie, dobló la manta y enrolló rápidamente el colchón. Entonces, se abrió la puerta, y ella se quedó inmóvil.

Leif se detuvo en el umbral un instante, para observar la escena del interior de la cabaña. Después, entró y cerró la puerta. Ella tomó aire.

—Lo siento, mi señor. No quería seguir durmiendo hasta tan tarde.

—No es tarde —respondió él—. Es que yo me he levantado muy temprano.

—Ah.

—El resto de los hombres no se ha levantado aún.

—Pero el fuego… el agua…

—Quería hacer algo.

Ella lo miró con asombro. No parecía que estuviera furioso; por el contrario, parecía que estaba relajado. Sin embargo, las apariencias podían ser engañosas. La mitad del tiempo, no sabía lo que él estaba pensando.

—Voy a empezar a limpiar ahora mismo.

—No hay prisa. Como ya te he dicho, es muy temprano todavía.

—¿Y qué otras tareas queréis que haga hoy, mi señor?

Él negó con la cabeza.

—Ninguna.

Astrid pestañeó.

—¿Ninguna?

—Solo ocúpate de que la habitación esté ordenada, como de costumbre.

—Sí, mi señor.

Desconcertada, Astrid tomó la escoba de una esquina y comenzó a barrer. Él la observó durante un rato y después se marchó. Astrid sintió un alivio tan grande que le temblaron las rodillas. No sabía por qué había sido tan benevolente, pero era un cambio tan inesperado como grato. Sin embargo, no era aconsejable dar por sentado su buen humor, así que Astrid siguió trabajando rápidamente.

Leif se alejó sumido en sus pensamientos. Inevitablemente, había presenciado la consternación de Astrid cuando había pensado que se había quedado dormida. Habría sido divertido para él, de no ser por la mirada de temor que había detectado en sus ojos; seguramente, esperaba un castigo, algo como la azotaina que él había mencionado el día anterior. En el momento de hacer aquella amenaza, él estaba muy enfadado y había proferido una amenaza que no tenía ninguna intención de cumplir. No obstante, a juzgar por la reacción de Astrid, su actuación había sido de lo más convincente.

Aquello le suscitaba otra pregunta: si él había sido capaz de hacerle creer aquello de sí mismo, ¿no era posible que la supuesta traición de Astrid hubiera sido, también, una representación convincente? ¿Era posible que lo hubiera interpretado todo de una manera tan errónea? Cuanto más pensaba en ello, más lo creía. «Te habrían cortado la nariz… y la lengua…». En aquel momento, con más calma, lo creía. Sería típico de unos hombres como Einar y Hakke, y su intención era destruirlo a él. Astrid no era la culpable, pero él estaba tan cegado por la ira y el resentimiento que se había tragado las mentiras de Hakke.

—Disculpad, mi señor…

La voz de Torvald lo devolvió a la realidad, y miró hacia arriba rápidamente.

—¿Qué sucede?

—Los hombres se preguntaban cuánto tiempo vamos a permanecer en la isla. Tenemos víveres para unos cuantos días más, pero vamos a necesitar aprovisionarnos pronto. Y, además, está el asunto de Hakke.

Leif asintió.

—No me había olvidado de él. Saldremos para Agder hoy mismo. Allí tendremos todo lo que necesitamos, y es un buen lugar para reunir hombres.

—Como digáis, mi señor —dijo Torvald, e hizo una pausa—. ¿Queréis que se lo diga a los hombres?

—No, yo mismo hablaré con ellos. Convoca a todo el mundo.

Una vez que la decisión estuvo tomada, Leif se sintió mejor. La isla era un magnífico refugio temporal, pero había llegado el momento de moverse. Cuanto antes llegaran a Agder, antes podrían poner sus planes en marcha. La próxima vez que se encontrara a Hakke, sería con una espada en la mano, y ese día sería el último de su enemigo.

Mientras, tenía que resolver el asunto de Astrid, que era mucho más problemático.

Doce

Astrid fue hacia la puerta. Después de haber limpiado la habitación, se preguntó cómo iba a ocupar el resto del día. Sin embargo, al llegar al umbral, se quedó sorprendida. La isla bullía de actividad. Los hombres pasaban de un lado a otro portando su equipaje, y sus voces se oían por todas partes. Era evidente que se marchaban a otro lugar, y para una larga temporada. ¿La llevarían con ellos, o la dejarían allí? Cualquiera de las dos cosas le producía desasosiego, pero la última era la peor.

No tuvo que preguntárselo durante mucho tiempo, porque Leif regresó a los dos minutos. Ante la mirada confusa de Astrid, se abrochó el cinturón y le entregó su escudo y su lanza.

—Lleva esto al barco —dijo, y tomó el baúl de madera—. Yo volveré a recoger el resto de las armas.

Astrid lo siguió hasta el embarcadero, donde los hombres estaban subiendo al barco y colocando sus baúles como asiento para remar. Leif le dio el suyo a uno de ellos y tomó el escudo y la lanza de manos de Astrid para entregarlos también. Ella se apartó para no obstaculizar a los demás. Era muy consciente de que los hombres la miraban especulativamente, con curiosidad y diversión. Debían de considerar que era propiedad de Leif, su esclava, su prostituta. Eso ya era lo suficientemente malo para ella, pero era peor pensar que su venganza pudiera ser distinta a la que había imaginado…

Pocos minutos más tarde, Leif había vuelto con el resto de sus cosas. Después de entregárselas a otro de sus hombres, se volvió hacia Astrid.

—Ven.

—¿Mi señor?

—Nos vamos a Agder.

—¿Yo también?

Él arqueó una ceja.

—¿Es que creías que te iba a dejar aquí?

—No habláis de vuestros planes conmigo, mi señor.

—Es verdad. De todos modos, tú deberías saber que una esclava es una posesión muy valiosa y no merece la pena prescindir de ella tan a la ligera.

El alivio se mezcló con la irritación.

—Me alegro de que mi valor sea tan grande a vuestros ojos.

Él frunció los labios.

—Todavía tengo que descubrir cuán grande es ese valor, pero, sin duda, lo sabré poco a poco.

Las implicaciones de aquello no la tranquilizaron. Astrid tuvo la sospecha de que él estaba divirtiéndose a sus expensas.

—Me halaga ser el objeto de tal interés.

—Yo no hablo para halagar —replicó él—, y siempre protejo mis intereses.

Sin darle tiempo para responder, la tomó en brazos y llamó a uno de sus hombres. Entonces, fue arrojada al otro lado de la borda, y recogida con la misma facilidad insultante, antes de que la dejaran en pie en la cubierta. Leif saltó la borda y se acercó a ellos. Tomó a Astrid del brazo y la llevó hacia la popa.

—Siéntate aquí.

Ella obedeció y vio a los hombres ocupar sus puestos, notando la presencia del hombre que estaba a su lado, del hombre a cuyos pies estaba sentada en aquel momento. La imagen debía de estar muy clara para todos.

Trató de no pensar en lo que él le había dicho antes, ni en cómo iba a cambiar las cosas entre ellos aquel viaje a Agder. «Que no me haya acostado contigo todavía no significa que no vaya a hacerlo». Fueran donde fueran, el poder de Leif sobre ella sería absoluto.

—¡Soltad amarras!

Su voz la devolvió al momento presente, y ella alzó rápidamente la cabeza. Sin embargo, él estaba atento a otras cuestiones. Su orden fue obedecida, y el *drakkar* comenzó a alejarse del embarcadero.

Cuando estuvieron en aguas más profundas, la tripulación guardó los remos y desplegó la vela, que se hinchó con el viento e impulsó al *Sea Serpent* hacia mar adentro. Astrid apoyó la espalda en la traca, cerró los ojos e inspiró el olor de la madera y las cuerdas. El sol calentaba agradablemente y, pese a todo, consiguió relajarse un poco y disfrutar de aquella ilusión de libertad.

—Hay mucha paz aquí, ¿verdad? —le preguntó Leif.

Ella miró hacia arriba.

—Sí, casi como si fuéramos los únicos seres vivos del mundo.

—Si lo fuéramos, no tendríamos que preocuparnos por gente como Hakke y Einar.

—¿Estáis preocupado?

—En este momento, no. Ni siquiera ellos me seguirían hasta Agder. Aunque pueden intentar impedirme que llegue, claro.

Astrid se incorporó.

—¿Creéis que pueden estar esperando para atacar el barco?

—Es posible, pero poco probable. Nuestra estancia en la isla les habrá hecho perder el rastro.

—Entonces, habéis usado esta estratagema más veces.

—Una o dos veces, sí.

—Es un escondite muy útil.

—Sí, la isla es útil por muchos motivos —respondió él.

—¿Y qué haréis en Agder?

—Reunir un ejército.

—¿Lo suficientemente grande como para luchar contra Hakke?

—Lo suficientemente grande como para vengarme de Einar. Cuando me haya encargado de él, iré a buscar a Hakke.

—Entonces, más guerra y derramamiento de sangre.

—No tenemos otra opción. Son ellos, o nosotros.

—Esa guerra no terminará ahí, mi señor.

—Sí terminará, cuando no tengamos enemigos para continuarla.

Astrid se estremeció.

—Y, sin embargo, vos tuvisteis una vida pacífica, una vez.

—Una vez. En otra vida.

—Podría ser así de nuevo.

—La vida familiar fue… decepcionante.

—¿Por qué?

Leif frunció el ceño.

—Una esclava no hace preguntas. No lo olvides.

—Os pido perdón, mi señor. No quería tocar un tema delicado.

Él no respondió, y se sumió en el silencio. Astrid apartó la vista, haciéndose reproches a sí misma. «¿Cuándo aprenderás?». Su pregunta había sido casi un acto reflejo, y la había formulado antes de darse cuenta. No se había dado cuenta de que podría molestarlo, pero lo había hecho de todos modos.

Leif respiró profundamente; estaba molesto consigo mismo por su reacción. Y más mortificante era aún percatarse de que Astrid tenía razón: el pasado era un tema delicado, más de lo que él pensaba. Astrid tenía el don asombroso de dar con sus puntos débiles. Tenía una forma encantadora de dirigirlo hacia la conversación, y él no advertía el peligro hasta que se había metido de lleno en él. Aquella respuesta suya había sido un método de defensa. Algunas heridas no podían curarse, y él no tenía intención de revisar los oscuros recuerdos relacionados con aquellas heridas.

Astrid se había quedado asombrada. Tal vez no hubiera querido que la pregunta resultara impertinente, y su propia reacción no había sido el mejor modo de arreglar las cosas entre ellos. Ya no podía culparla por lo que habían hecho Einar y Hakke, y tenía que decírselo. Ya no podía seguir tratándola como a una esclava. Y, como no tenía ningún motivo para mantenerla prisionera, lo más lógico sería liberarla. Y, sin embargo, él sabía que no podía dejarla marchar.

Como era peligroso navegar de noche, aquella noche fondearon en una playa. Astrid miró la curva de la bahía y observó que continuaba con un talud de hierba y arbustos y, más allá, con un acantilado que impedía cualquier intento de huida. Aunque hubiera podido escalarlo, no tenía adónde ir; además, con solo pensar en la respuesta de Leif, se estremecía.

Los hombres fueron a recoger leña y encendieron una hoguera. Repartieron las raciones de comida y comenzaron a cenar y a charlar. Ignoraron por completo a Astrid. Leif le llevó algo de comida y, después, se reunió con los demás. Ella comió y, después, se puso a mirar a su alrededor. Tenía que hacer sus necesidades y, como los hombres no le prestaban atención, pensó que la oportunidad era muy buena. A unos veinte metros de allí había un grupo de arbustos. Se levantó sigilosamente y se alejó.

Leif terminó su cena y miró despreocupadamente hacia donde había dejado a su prisionera. La sonrisa se le borró de los labios, y se puso en pie rápidamente. No podía haber ido lejos, en aquella playa, pero…

Torvald lo miró y sonrió.

—¿Habéis perdido a vuestra esclava?

—No puede estar lejos.

—Yo la mantendría siempre cerca de mí.

—Y cuanto más cerca, mejor, diría yo —añadió Harek.

Hubo risotadas, pero Leif los ignoró a todos. Captó un movimiento en los arbustos, y vio una melena dorada. Apretó los dientes. Pocos momentos después, Astrid salió de entre los arbustos; al comprender el significado de su excursión, Leif se relajó un poco. Se había acostumbrado tanto a la compañía de los hombres que no había pensado que las necesidades de una mujer eran distintas. Aunque ella no se había quejado, aquel pequeño incidente lo dejó más confundido aún. Con un suspiro, volvió a sentarse.

Cuando llegó la hora de acostarse, Astrid miró a su alrededor con incertidumbre. Hacía mucho frío, y su vestimenta no era suficiente para protegerla durante la noche, si no contaba con una manta. Sin embargo, no iba a quejarse. A Leif le encantaría poder recordarle su estatus de esclava.

Miró con anhelo la hoguera, alrededor de la cual, todos los hombres estaban preparando su lugar de descanso. Suspiró y se abrazó a sí misma, en un intento de entrar en calor.

Cerca, crujieron unos guijarros. Alzó la vista y, rápidamente, se puso en pie.

—¿Mi señor?

—Ven conmigo.

—¿Adónde?

—Haz lo que te digo, y no preguntes.

Astrid lo siguió, y tuvo que reprimir un grito de dolor al clavarse una piedrecita en el pie. Eso le daría una satisfacción a Leif. Ella todavía albergaba la esperanza de que las plantas de los pies se le curtieran. Cuando los guijarros dejaron paso a la hierba, sintió un gran alivio. Sin embargo, las siguientes palabras de Leif lo echaron todo por tierra.

—Vas a dormir aquí, conmigo —dijo él, y le señaló las pieles que había preparado en el suelo.

A ella se le hizo un nudo en la garganta.

—¿Aquí? ¿Con vos?

—Sí.

Astrid tragó saliva y, de repente, sintió mucho más frío. Lo miró con ojos suplicantes.

—Por favor, mi señor.

—Túmbate.

Astrid obedeció, temblando, y se tendió sobre las pieles. Él se unió a ella un minuto después, y los tapó a ambos con una piel de foca. Astrid cerró los ojos, sin poder respirar. Una mano grande se cerró sobre la suya.

—Por los dioses, estás helada, mujer. ¿Por qué no te has sentado más cerca del fuego?

—Yo… no creí que fuera mi lugar.

—Tu lugar está donde yo diga —dijo él—. Vamos, túmbate de costado.

—¿Por qué?

—Haz lo que te he dicho.

162

Ella obedeció de mala gana. Leif también cambió de posición, y se acurrucó a su alrededor. Astrid no se movió; su cuerpo estaba tenso como un arco. Un brazo de acero la estrechó contra él, y ella cerró los ojos, sin aliento, esperando el asalto. Pasaron diez segundos sin que ocurriera nada más y, después, otros diez. No pasó nada, salvo la transferencia de calor. Ella lo notó en el cuerpo, extendiéndose por sus miembros helados. Lentamente, dejó de temblar.

—¿Mejor? —le preguntó él.

—Yo… sí.

—Bien. Sería un inconveniente que enfermaras de fiebres.

Aquel comentario antipático irritó a Astrid, y tuvo que contener una respuesta. No quería provocarlo; tal vez Leif estuviera de un humor benevolente en aquel momento, pero su poder no había cambiado. Y, si decidía usarlo… Ella respiró profundamente e intentó ignorar la sensación de mareo que tenía en el estómago.

Sin embargo, parecía que Leif no tenía intención de ejercer su poder con ella. Pasaron varios minutos sin que intentara conseguir más intimidad entre ellos. Tal solo, compartió su calor. Astrid comenzó a relajarse. La piel de foca era suave, y olía ligeramente a pino y a sal. Más inquietante era el olor de Leif, una mezcla embriagadora de lana, humo y almizcle que revivió recuerdos de otro momento, cuando él la había tomado entre sus brazos, antes de la traición y de la venganza. «Entonces, tal vez hubiéramos podido tener una oportunidad». Al pensar que esa oportunidad se había perdido, Astrid se sintió muy triste, pero aún así, en aquel momento, protegida de la oscuridad y del frío, casi podía fingir que él no había dejado de sentir algo por ella, y que la estaba abrazando porque le importaba.

Leif notó que ella perdía algo de su tensión, pero siguió inmóvil para no hacer nada que pudiera angustiarla de nuevo. Sabía bien que su temblor no era solo consecuencia del frío. Su comentario irónico sobre las fiebres solo era una parte de la verdad. Además, había otros motivos más difíciles de explicar. Quería reparar el daño que le había hecho; quería recuperar el tiempo perdido. La deseaba. Aquello nunca había cambiado. Y, sin embargo, la distancia entre ellos había crecido tanto que él apenas podía ver el otro lado.

Aquella noche había sido una oportunidad para remediarlo. Por supuesto, tenía que seguir creyendo que era una esclava, pero, en aquella ocasión, sus motivos eran buenos. Leif solo quería darle calor, no obligarla a nada. No iba a provocar que lo identificara con aquel primer violador. A partir de aquel momento, ella dormiría en su cama, pero lo haría sin miedo. Aprendería que podía confiar en él. A partir de aquel momento, las cosas iban a ser distintas.

Astrid durmió profundamente, y no se despertó hasta el amanecer. Se estiró y sonrió al notar calor y bienestar, y abrió lentamente los ojos. El cielo todavía estaba grisáceo, pero el campamento ya se estaba despertando. Al recordar la noche anterior, se giró

164

hacia Leif, pero él no estaba a su lado. No sabía cuándo se había levantado, ni por qué no la había despertado, pero se sentía muy agradecida de todos modos. Le agradecía que no la hubiera dejado arreglárselas sola la noche anterior, y que no la hubiera obligado a nada, salvo a aceptar su calor. Si hubiera querido forzarla, nadie se lo hubiera impedido. A ojos de todos, era una esclava, y sus derechos sobre ella eran absolutos. Y, sin embargo, él había dejado a un lado aquellos derechos por un simple acto de bondad. Porque, aunque Leif lo negara, se trataba de eso.

Astrid se puso en pie y, después de colocarse la ropa, comenzó a doblar la manta de piel. No oyó que Leif se acercaba.

—Has dormido bien —afirmó él.

—Sí, gracias —respondió ella—. No me habéis despertado.

—Estabas durmiendo tan plácidamente...

—Ah —murmuró Astrid. El hecho de que él la hubiera estado observando le produjo varias emociones, y ninguna era fácil de identificar.

—De todas formas, me he despertado muy pronto.

Ella siguió doblando las pieles.

—¿Vamos a llegar hoy a Agder?

—Sí, si todo sale según lo planeado.

—Yo nunca he estado allí.

—Es una zona muy bonita. Hay grandes praderas, y bosque también.

—Y, entonces, ¿no os molesta ausentaros durante tanto tiempo?

—Las tierras están en buenas manos. Aron era uno

de los soldados de mi padre, hasta que perdió una pierna. Ahora se ocupa de la granja y supervisa a los trabajadores. Hay varias casas alrededor, todas de familiares, en las que puedo conseguir el apoyo que necesito. Mientras, allí estaremos a salvo.

—¿Sí?

—No tengas miedo. No permitiré que te pase nada.

Ella lo miró a los ojos.

—Ah, sí, vos siempre protegéis vuestros intereses, ¿verdad?

—Exacto.

—¿Y eso debería tranquilizarme?

—Sí, porque significa que ningún otro hombre te va a tocar.

Las ramificaciones de aquello fueron suficientes para que Astrid se ruborizara. Debería sentirse asqueada, pero al recordar lo que había sentido entre sus brazos aquella noche, y al ver su expresión en aquel momento, la sensación fue muy distinta. No pudo pensar en ninguna respuesta, así que apartó la mirada y continuó recogiendo el resto de la improvisada cama.

Trece

La granja de Agder era grande y próspera. Cuando el barco entró en la ensenada, Astrid divisó varias edificaciones de madera y, más allá de sus tejados de teja, praderas en las que pastaban las vacas y los caballos. Sobre las praderas había abedules, en la falda de las colinas y, más arriba, pinos. Después, las pendientes se hacían más pronunciadas y continuaban ascendiendo hasta los picos distantes de rocas grises, cubiertos de neveros.

Su llegada no había pasado inadvertida. Cuando la quilla del barco tocó el embarcadero, varios hombres se acercaron apresuradamente para recibirlos. Uno o dos gritaron saludos que fueron respondidos con alegría. La tripulación saltó rápidamente a tierra y, pronto, el aire se llenó de voces masculinas. El ambiente era de bienvenida.

Astrid, en mitad de la multitud, se sintió aislada y, más que nunca, fue consciente de su aspecto harapiento, que dejaba bien claro su estatus de sirvienta. Supuso que su vida de esclava iba a comenzar de verdad. Era un pensamiento deprimente.

—Vaya, vaya. ¿Qué tenemos aquí?

Miró hacia arriba rápidamente, y se encontró con un extraño. Era grande y corpulento, con pelo y barba morenos. También eran oscuros sus ojos, con los que la estaba estudiando atentamente. Ella apartó la mirada, pero una enorme mano la tomó de la barbilla y la obligó a mirar a quien hablaba.

No está mal —dijo el hombre—. No está nada mal.

Él se rio suavemente.

—Y con genio. Mejor que mejor. Seguro que es muy animada en la cama.

—Especula todo lo que quieras, Gunnar —dijo Leif—, pero la única cama que ella va a compartir es la mía, y será mejor que no lo olvides.

—No quería ofenderos, mi señor. Solo estaba admirando el género.

Aquella respuesta suscitó grandes sonrisas y a Astrid se le pusieron muy rojas las mejillas. Sin embargo, controló su ira, porque sabía que no debía demostrarla. Leif estaba impertérrito.

—Puedes mirar —respondió.

El resto no hizo falta decirlo. Nadie comentó nada, aunque los hombres se miraron con ironía. Gunnar se echó a reír, y el momento pasó.

Poco después, todo el grupo se dirigió hacia uno de los edificios que Astrid había visto desde el barco. Como no había nada que pudiera hacer, fue con ellos.

A medida que se acercaban, se quedó muy sorprendida. Aquella era, sin duda, la casa de un hombre rico. Debía de tener treinta metros de largo, y las puertas principales estaban flanqueadas por columnas talladas. Por el agujero central del tejado surgían volutas de humo que ascendían hacia el cielo.

En cuanto llegaron a la sala principal, un hombre apareció en la entrada. A juzgar por su pelo y su barba canos, tendría unos cincuenta años, pero, aparte de llevar una pata de palo, tenía un aspecto saludable y fuerte. Al ver a los recién llegados, emitió una exclamación de alegría y se apresuró a saludarlos. A Leif le dio un gran abrazo.

—¡Bienvenido, mi señor! ¡Ha pasado mucho tiempo!

Leif sonrió y le dio una palmada en el hombro.

—¿Qué os trae por aquí?

—Una serie de percances.

La sonrisa de Aron se apagó un poco, y miró a Leif con los ojos entrecerrados.

—Parece que tenéis mucho que contar.

Leif asintió.

—Sí, pero me llevará un buen rato.

—No importa. Mientras, venid a tomar una jarra de cerveza.

Entraron a una gran sala donde las mujeres estaban cocinando en un hogar central. El olor de la comida era delicioso e impregnaba todo el espacio, Astrid recordó que llevaba varias horas sin comer. Como no quería que la sorprendieran observando ansiosamente la comida, paseó la mirada a su alrededor. Había unos bancos de madera anchos para dormir, que recorrían las paredes de la habitación. Los sirvientes de la casa dormían allí, seguramente. La parte trasera del edificio estaba reservada al conde y a su familia.

—¡*Jarl* Leif! —exclamó una mujer.

Astrid se giró y vio a una señora de mediana edad que entraba por una puerta lateral. Su figura era algo rellena y su pelo oscuro, encanecido. Sin embargo, su rostro era muy bello.

—Bienvenido —dijo la recién llegada.

—Ingrid —dijo Leif, sonriendo—.Tienes buen aspecto.

—Estoy bien, muchas gracias —dijo la mujer, devolviéndole la sonrisa. Entonces, al fijarse en su aspecto cambiado, la sonrisa se le apagó un poco.

—Habéis estado en la guerra, o me equivoco.

—No, no te equivocas. He estado en demasiadas guerras.

—Bueno, pues aquí tendréis un descanso de la batalla.

—Pero solo un descanso. Tengo que encargarme de mis enemigos.

—Vuestros enemigos son los nuestros, mi señor.

—No te quedes ahí parloteando, mujer —dijo Aron—. Ve a buscar cerveza para el *Jarl* Leif y sus hombres.

—¡Por supuesto que iba a buscar cerveza! —replicó ella—. ¿Por quién me has tomado?

Y, con aquellas palabras, salió apresuradamente. Aron cabeceó.

—Cada día tiene la lengua más afilada.

Leif sonrió.

—Es una mujer estupenda, y lo sabes.

Aron se rascó la barbilla reflexivamente.

—Tiene sus momentos —dijo—. Y, hablando de mujeres estupendas, ¿de dónde habéis sacado a esta?

—La saqué de una casa.

—Ah, sí, por supuesto. Sería bien recibida en la cama de cualquier hombre.

—No me la llevé solo para que me calentara la cama. Es muy importante para mis planes.

—¿De veras? —preguntó Aron, mirándola con curiosidad—. Vaya, vaya. Estoy impaciente por oír la historia.

En aquel momento, Ingrid volvió a la sala acompañada por dos esclavas que portaban jarras de cerveza, y el tema de conversación cambió. Cuando los hombres hubieron calmado la sed, Aron les indicó dónde podían guardar las armas. Entonces, Leif llamó a Ingrid y habló con ella en privado. La mujer lo escuchó en silencio, y asintió.

—Como deseéis, mi señor —dijo, y miró a Astrid—. Ven conmigo.

Astrid miró a Leif, pero él se limitó a mover la cabeza hacia un extremo de la sala.

—Vamos, vete.

Astrid respiró profundamente y siguió a la mujer, preguntándose qué tareas iban a asignarle. La mujer la guio hacia la parte trasera del edificio, pasando por varias habitaciones con compartimentos para dormir separados por cortinas, y salió a la calle, hacia otro edificio más pequeño. Para asombro de Astrid, resultó ser el baño.

—Aquí puedes lavarte —le dijo Astrid—. Hay jabón, agua y un peine. Mientras, yo voy a buscarte ropa limpia.

Sin esperar respuesta, la mujer se marchó de nuevo. Astrid miró a su alrededor con desconcierto. Sin embargo, a los pocos segundos decidió aprovechar la oportunidad y comenzó a quitarse la túnica. Era todo un lujo tener jabón de buena calidad: ceniza de madera de haya y grasa de cabra, en vez de sosa. Se frotó bien, hasta que se le puso la piel de color rosa, y se peinó el pelo antes de utilizar la toalla de lino.

Ingrid volvió con varias prendas de ropa y un par de zapatos de cuero.

—Pruébate esto. Creo que es de tu talla.

Astrid le dio las gracias y se fijó en la ropa. Había una combinación blanca de lino y un vestido de lana amarilla, y una especie de sobrevesta de color rojo oscuro, con bordados de color verde en los puños y el cuello. Los zapatos eran ligeramente grandes, pero no incómodos, y una gran mejoría con respecto a ir descalza.

Ingrid la observó curiosamente.

—Mucho mejor.

—Sí. Me siento mucho mejor.

—Podrías haber pasado por una esclava, de no ser por el pelo largo.

Astrid se estremeció. Lo que le había dicho la sirvienta era cierto. A los esclavos de ambos sexos se les rapaba la cabeza para demostrar su bajo estatus. Leif podría haberla humillado mucho más de lo que la había humillado.

—Mi túnica era lo mejor que pudo conseguirse en esas circunstancias —dijo. Era una verdad a medias, pero no quería entrar en detalles. Lo sucedido todavía estaba demasiado cercano, demasiado crudo—. Gracias por la ropa.

—Dale las gracias al *Jarl* Leif. Se hizo por orden suya.

Astrid apenas pudo disimular la sorpresa. No sabía por qué lo había hecho, pero de todos modos estaba muy agradecida. Hasta su reciente pérdida de libertad, no le daba importancia a la buena ropa; era algo que formaba parte de su estatus de mujer de la nobleza. Sin ella, no había nada que la distinguiera de los más humildes. Y, vinculada a eso, estaba la cuestión de la autoestima. Si se humillaba a alguien durante el tiempo suficiente, esa persona terminaba por convertirse en lo que quería su perseguidor. Se estremeció, intentando no pensar en lo que le habría sucedido a Leif si sus hombres no hubieran ido a rescatarlo.

Ingrid vio que temblaba, y frunció el ceño.

—Tienes frío. Ven a sentarte fuera, al sol, hasta que se te seque el pelo.

Después de dejarla sentada en un banco detrás del edificio principal, Ingrid se marchó a seguir con sus tareas. Astrid cerró los ojos y giró la cara hacia el sol para disfrutar del calor y de aquel momento de soledad y calma. A distancia, oía las voces de los hombres, pero no entendía lo que estaban diciendo. Sin duda, los recién llegados estaban relatando sus aventuras. Cuando los demás supieran de dónde provenía ella, empezarían a mirarla con desconfianza y hostilidad. La lealtad familiar era muy fuerte, y también el vínculo del juramento de los siervos a su señor. Era preferible morir que violar aquel juramento, porque el hombre que lo hacía se convertía en un *nithing*, un apestado. Si un hombre traicionaba a otro, los traicionaba a todos, y la venganza era rápida. «Ella es muy importante para mis planes», había dicho Leif. Astrid suspiró. La venganza adquiría muchas formas.

—¿Te queda razonablemente bien la ropa?

La voz de Leif la sacó de su ensimismamiento, y Astrid se levantó rápidamente.

—¡Oh! Sí, me queda bien.

—El color te favorece —dijo él, mirándola de pies a cabeza—. Creo que es una gran mejoría.

—Sí, claro que sí. Aparte de a vos, ¿a quién tengo que darle las gracias por tanta amabilidad?

—No es necesario dar las gracias.

—Pero esta ropa debe de ser de alguien.

—Ya no. La dueña se marchó.

—¿Y no va a volver?

—No, no va a volver.

Astrid tuvo una súbita intuición.

—Eran de vuestra esposa.

Por un momento, ella vio que el dolor se le reflejaba en los ojos. Después, desapareció.

—Las dejó aquí cuando el matrimonio… se rompió. Yo no lo sabía, y no me enteré hasta un tiempo después. Cuando encontré sus cosas, ordené que pusieran el arcón en el almacén, y allí ha estado desde entonces.

Astrid se quedó asombrada. La mayoría de los hombres habrían hecho una hoguera con la ropa, pero, claro, Leif no era como la mayoría de los hombres; su comportamiento no era predecible. En aquel caso, sin embargo, solo podía haber un motivo lógico:

—Vos esperabais que volviera.

Su expresión se endureció.

—No había posibilidad de arreglar las cosas entre nosotros.

—Lo siento.

—No malgastes tu lástima en ese asunto, y no te preocupes por la ropa. En el fondo, no es más que un pedazo de tela.

Y, con eso, Leif se dio la vuelta y volvió a la sala principal. Astrid se sentó en el banco, con la mente muy agitada. No había sido su intención hurgar en el pasado de Leif, pero las preguntas habían surgido naturalmente. Y era obvio que se trataba de un asunto doloroso y difícil para él. Ella se había quedado con ganas de saber más, de entender lo que había ocurrido. Si entendía aquello, quizá estuviera más cerca de entender al hombre. No debería importarle, pero Astrid sabía que sí le importaba.

Leif atravesó la sala principal y continuó caminando. Dejó los edificios atrás y llegó al borde de la pradera. Allí, se detuvo y se apoyó en un vallado de madera para observar al ganado que pastaba tranquilamente. Sin embargo, estaba pensando en otras cosas. Aunque hubiera fingido lo contrario, su conversación con Astrid lo había dejado muy inquieto. Astrid era muy intuitiva, y él debería haber previsto que iba a preguntarle cuál era el origen de los vestidos. Y la conversación posterior era lo que, realmente, le había dejado tan dolido, porque los recuerdos todavía tenían el poder de hacer daño. Él había pensado que era más fuerte, que el pasado ya no podía afectarle. El tiempo había ayudado mucho, pero no había erradicado todo el dolor. Él nunca hablaba de aquello con nadie, y quienes conocían lo sucedido respetaban su silencio al respecto. Era mejor así. Si hubiera podido, nunca hubiera vuelto a aquel lugar, pero no podía evitarlo: Agder formaba parte de su vida. No debería sorprenderse: las *nornas* tenían un sentido del humor cruel.

Su mirada viajó hasta el final de un camino flanqueado por árboles, y a la pequeña zona que había al final, rodeada por una valla. No había vuelto allí desde hacía diez años, desde que había enterrado a su hijo. ¿Qué encontraría allí, si iba a ver su tumba? Un pequeño montículo cubierto de hierba y una lápida, como recuerdo de una noche de horror. Se le encogió el estómago y, por un momento, revivió el dolor asfixiante. Cerró los ojos y respiró profundamente, esperando a que pasara aquella sensación. Al final, pasó, como siempre. Se dio la vuelta. El pasado había acabado. Lo que tenía que hacer era mirar hacia el futuro.

Cuando se sintió mejor, fue a buscar a Aron. Estaba junto a la sala principal, dándole órdenes a un esclavo. Al ver que Leif se acercaba, despidió al sirviente y esperó.

—Tengo que hablar contigo —le dijo Leif.

—Como deseéis.

Caminaron un poco para alejarse y tener privacidad, y Aron miró a la cara a su señor. Interpretó correctamente su expresión.

—No puede haber sido fácil venir aquí.

—No, no ha sido fácil —respondió él—, pero no tenía más remedio.

Entonces, le explicó a su amigo los eventos más recientes, omitiendo solo lo relacionado con Astrid.

Como ya no creía en su culpabilidad, no quería implicarla. Sería suficiente con que Aron supiera que se la había llevado como parte de su venganza contra Einar; además, eso concordaba con lo que también creía su tripulación. Aron lo escuchó todo en silencio.

—Tendréis todos los hombres necesarios, no lo dudéis —dijo Aron—. Los traidores deben pagar con su sangre.

—Así es.

—¿Y la sobrina de Einar?

—Se quedará aquí por el momento.

—Fue muy astuto por vuestra parte llevárosla. Os habéis asegurado de que vuestros enemigos quieran enfrentarse con vos.

—Exacto.

—¿Y qué vais a hacer con ella? ¿Enviarles su cabeza?

Leif frunció el ceño.

—No voy a usar mi espada contra una mujer.

—No, o vuestra esposa habría muerto hace mucho tiempo. Habríais tenido justificación más que de sobra.

—No, no había justificación para eso.

—¡Por Odín! Trató de mataros, mi señor.

—No estaba en sus cabales en ese momento.

Aron suspiró.

—Bueno, lo pasado, pasado está. Las mujeres son unas criaturas muy difíciles.

—Sí, es cierto. Pero esta, como he dicho, es muy importante para mis planes.

—Entonces, lo mejor es tenerla cerca.

—Eso voy a hacer.

Su interlocutor sonrió.

—¿Día y noche?

—Día y noche.

—Ah. Pensáis enviarla a casa con un niño en el vientre.

A Leif se le borró la sonrisa de la cara. No era una suposición descabellada, pero, de todos modos, le removió por dentro.

—Se me pasó por la cabeza —dijo.

Desde entonces, las cosas habían cambiado, pero no iba a darle todas aquellas explicaciones a Aron.

—Entonces, estáis dispuesto a armar jaleo, ¿verdad? —preguntó Aron—. ¿O esto es algo más que venganza?

—¿A qué te refieres?

—Tal vez no seáis completamente indiferente a vuestra bella cautiva.

Para su irritación, Leif se dio cuenta de que enrojecía. Abrió la boca para protestar, pero terminó suspirando. No serviría de nada mentirle a Aron.

—No, la deseo. La he deseado desde el primer momento en que la vi.

—Entonces, es una suerte que esté en vuestro poder. Así podréis cumplir vuestra voluntad. Tomadla, y a menudo. De ese modo, podréis olvidarla más pronto.

Qué fácil parecía, pensó Leif. Y, para un espectador, seguramente lo fuera. Después de todo, las esclavas eran utilizadas cotidianamente de ese modo por sus captores. Los motivos por los que eso no iba a suceder en aquella ocasión eran difíciles de explicar.

—Es un buen consejo —dijo.

—Bien, bien —respondió Aron, dándole un golpecito en el hombro—. En cuanto al resto, tengo que enviarles aviso a Hammerstoft y a Borgshafen para celebrar una reunión. Creo que no va a ser difícil conseguir hombres para vuestra causa.

Catorce

Aquella noche, todos los hombres se reunieron en la gran sala, y el aire se llenó de risas y voces. Astrid se mantuvo en un segundo plano; no quería llamar la atención. Desde su conversación de aquella tarde, Leif no había vuelto a acercarse a ella. Ingrid le había dado carne, pan y una copa de cerveza, pero como su papel no había sido concretado, no le había asignado ninguna tarea. Por el momento, Astrid se conformaba, porque de ese modo podía mantenerse apartada de la compañía. A medida que avanzaba la noche, las risas se habían hecho más sonoras y las bromas más rudas.

Al día siguiente, se ofrecería voluntariamente para trabajar. Así podría mantener la cabeza y las manos ocupadas y no pensar demasiado en el futuro. Miró al otro extremo de la sala, a Leif. Sin embargo, él estaba inmerso en una conversación con otros hombres y no se dio cuenta. Astrid siguió mirando a su alrededor, por la sala, y sus ojos se cruzaron con los de Gunnar.

Lo vio sonreír. Recordó su primer contacto con él

y apartó la vista rápidamente. Por nada del mundo hubiera querido aumentar su interés.

Leif miró al otro lado de la sala y se fijo en Gunnar porque, al contrario que el resto de los presentes, no participaba en ninguna conversación. Su atención estaba fija en otra parte. Siguió la dirección de su mirada y frunció el ceño. ¿Acaso sus palabras no habían sido claras antes, o solo estaba mirando? Esperaba que fuera lo segundo. No parecía que Astrid se diera cuenta de que era el objeto de sus miradas, o tal vez hubiera preferido ignorarlo. Y con mucha inteligencia, pensó Leif; ella le pertenecía, y no tenía ninguna intención de permitir que nadie cruzara el límite. Tal vez tuviera que reiterar el mensaje.

Astrid contuvo un bostezo y miró la puerta abierta que había a su espalda. En la sala hacía calor, olía a comida, a cerveza y a sudor masculino. Todos estaban conversando, así que era poco probable que se dieran cuenta de su ausencia. Se levantó silenciosamente y salió.

Fuera reinaba el silencio, y el aire era frío y olía a pino y a hierba. La luna se había levantado por el horizonte, y las estrellas brillaban suavemente. En otra ocasión, habría disfrutado de las vistas; en aquel momento, la quietud solo servía para poner de relieve su aislamiento y su cansancio. Ingrid todavía no le había dicho dónde iba a dormir, pero, después de un día tan largo, la idea le parecía cada vez más apetecible. Seguramente debería preguntárselo.

Se dio la vuelta para volver a la sala, pero, al ver una figura muy alta en la puerta, se detuvo en seco.

—Mi señor.

Él se acercó.

—¿Qué estás haciendo aquí?

—Dentro hace mucho calor. Necesitaba tomar aire fresco.

—No deberías marcharte sola.

—¿Pensabais que iba a escaparme?

—No. Te encontraría muy pronto, y lo sabes.

—Sí. Por lo tanto, nos ahorraré la molestia a los dos.

—Muy sabio.

Astrid permaneció en silencio. Todo su cuerpo era consciente de la presencia de Leif, de su cercanía, y el pulso se le aceleró. El mismo aire estaba cargado de electricidad, como si hubiera una tormenta de verano. Tenía una sensación de peligro y de emoción a la vez.

—¿Has cenado esta noche? —le preguntó él.

—Sí, gracias. Ingrid me ha dado la comida antes.

—Bien, no quiero que adelgaces. A mí nunca me han gustado las mujeres delgaduchas.

—¿De veras? ¿Y cómo os gustan las mujeres, exactamente?

—Con curvas suaves. Con el pecho y las caderas proporcionadas, una cintura delgada y las piernas bonitas —dijo Leif, y la recorrió con la mirada—. Como tú, de hecho.

Ella se ruborizó.

—¿Se supone que debo sentirme halagada?

—No lo he dicho para halagarte, sino para responder a tu pregunta. Por supuesto, uno no puede evaluar por completo a una mujer hasta que está desnuda.

—Claro, cómo no ibais a pensar eso vos.

—Estoy seguro de que la mayoría de los hombres estarían de acuerdo conmigo.

—Puede ser. Mi experiencia con los hombres es limitada.

—Y lo que has experimentado no te ha impresionado, ¿verdad? —le preguntó él, suavemente.

Astrid apartó la mirada. No quería tocar aquel tema.

—Se está haciendo tarde, y estoy cansada —dijo—. Estaba a punto de entrar a preguntarle a Ingrid dónde voy a dormir esta noche.

—Yo puedo decírtelo.

—Ah.

—Vas a dormir conmigo. Y vamos a buscar la forma de proporcionarte una experiencia completamente distinta.

Astrid notó que enrojecía aún más. Abrió la boca para protestar, pero no consiguió emitir ningún sonido, solo exhalar un suspiro. Entonces, él la tomó por la cintura y la llevó hacia sí. Su contacto le quemó en el cuerpo. Le acarició el cuello con los labios, y el roce le causó un temblor por todo el cuerpo. Leif se enrolló el pelo en la mano e hizo que inclinara la cabeza hacia atrás, y continuó dándole besos cálidos en el cuello y la garganta. De repente, Astrid no podía pensar.

—Mi señor, yo…

Sus palabras fueron interrumpidas por un beso

apasionado, que no atendió a las protestas ni a la resistencia. Y, poco a poco, la resistencia fue desapareciendo y Astrid se dejó llevar, y el beso se hizo más profundo y persuasivo, y todo desapareció salvo el cuerpo musculoso que se estrechaba contra el suyo y el olor y el sabor de Leif.

—Eres muy bella, Astrid. Bella y deseable.

Él se inclinó, la tomó en brazos y la llevó hasta el lugar donde iban a dormir. La dejó en el suelo y cerró la cortina tras ellos. Con el corazón acelerado, ella lo vio acercarse hasta que solo los separaban unos centímetros. Leif no apartó la mirada de ella, pero no dijo nada; en vez de hablar, le quitó la ropa con cuidado, hasta que solo quedó cubierta con la camisa de lino. Entonces, la abrazó y la besó de nuevo, con más suavidad, buscando su respuesta. Astrid notó el calor de sus manos a través de la tela, y se estremeció. Leif lo percibió y se apartó para observarla, y ella leyó la pregunta en su semblante.

Dio un paso hacia atrás; él no hizo ademán de impedírselo, y su expresión no se alteró. Sin embargo, la mirada de sus ojos azules era elocuente. La deseaba, pero no iba a forzarla. Lo que ocurriera después sería decisión suya. El corazón le golpeó el pecho. Lentamente, se quitó el camisón y lo dejó caer. Leif tomó aire bruscamente, y aquel sonido le provocó una sensación de poder, al igual que su mirada de sorpresa. Alzó la barbilla y, poco a poco, se soltó el pelo y lo agitó para que le cayera por los hombros.

Cuando terminó, se reunió con él. Leif hizo ademán de desabrocharse el cinturón, pero ella le agarró ambas manos.

—No. Déjame a mí.

Él dejó caer las manos a ambos lados del cuerpo, mientras ella le desabrochaba el cinturón. Después, Astrid tomó el bajo de su túnica, y él alzó los brazos y se inclinó un poco para que ella pudiera sacársela por la cabeza. Después, le siguió la camisa. Desabrochó también los cierres de su pantalón, y le bajó la tela por las caderas. Él se descalzó y sacó las piernas de las perneras.

Entonces, la agarró por la cintura, y Astrid le rodeó el cuello con los brazos y se estrechó contra él. Inmediatamente, ella sintió su miembro excitado y, por un momento, su memoria se reactivó. Con firmeza, se apartó los malos recuerdos de la mente. Aquello no tenía nada que ver con la otra vez. No había ningún motivo para tener miedo ni sentir rechazo. Ella deseaba aquello. Lo deseaba a él.

Inclinó la cabeza para poder recibir sus besos. Él la abrazó con más fuerza, y su beso se volvió más íntimo. Ella se rindió, dejó que sus lenguas juguetearan. Él caminó hacia atrás, llevándola hacia la cama; sin embargo, en vez de empujarla hacia atrás y tenderse sobre ella, Leif maniobró para que sus posiciones quedaran invertidas. Para su sorpresa, él se tumbó primero, y le tendió la mano a modo de invitación. Ella la tomó y se tendió a su lado. Entonces, él volvió a besarla y le acarició el cuerpo lentamente, con unas caricias firmes y seguras que le provocaron un cosquilleo en la piel. Le rozó el cuello y el pecho con los labios, antes de cerrar la boca sobre el pezón y succionar suavemente, proporcionándole unas sensaciones tan deliciosas que a ella se le cortó la respiración.

Astrid había pensado que sabía lo que iba a ocurrir, que conocía las cosas de la vida y que, por lo tanto, estaba preparada. Leif no iba a hacerle daño. Lo que no había imaginado era su contención, aquella ausencia total de prisas y coacción. Se relajó un poco e intentó seguir su ritmo, devolverle las caricias y disfrutar de las suyas. Leif la acariciaba de una manera experta, seductora y excitante. Nadie la había acariciado así nunca, y por dentro se le encendió algo que no sabía que existiera.

Él movió la mano por su cintura y sus nalgas, y acarició toda la longitud de su muslo antes de deslizarle la mano entre las piernas. Ella se puso muy tensa; de repente, se sintió insegura. Cuando él continuó, ella se rebeló. Lenta y pacientemente, él volvió a acercársela y siguió con sus caricias. En aquella ocasión, ella se lo permitió. Al ver que no ocurría nada terrible, se relajó un rato y confió en él. Las caricias eran suaves y no desagradables, y le permitieron atisbar intimidades que no había sospechado nunca. A medida que él continuaba, se creó un delicioso calor en el centro de su pelvis. La sensación era cada vez más placentera e, instintivamente, ella relajó los muslos para que él continuara. Leif guio una de sus manos hasta su erección; No estaba segura de lo que quería, así que cerró los dedos a su alrededor y lo acarició tímidamente. Al oír que Leif gruñía, vaciló.

—No pasa nada —susurró él—. No pares.

—¿No te hago daño?

—No, no me haces daño.

Obedientemente, ella continuó, y oyó que él tomaba aire. En su interior, el calor siguió aumentando, y la respiración se le aceleró. La idea de tenerlo en su cuerpo ya no le parecía alarmante; era excitante. Él deslizó los dedos por su sexo resbaladizo y, como respuesta, ella notó un nudo de tensión. Se estremeció de placer y arqueó el cuerpo contra él, presintiendo que había algo más allá de todo aquello, algo que quería, pero que no conocía.

Él le separó los muslos y entró en su cuerpo. Astrid esperó el dolor, pero no lo experimentó; solo tuvo una ligera incomodidad. Tampoco sintió miedo; tan solo, deseo.

Él frunció el ceño.

—¿Estás bien, cariño?

Astrid asintió. Y, sin embargo, él se tomó su tiempo, se movió con delicadeza, conteniéndose para no hacer nada que pudiera alarmarla o disgustarla. Astrid cerró los ojos y dejó que su cuerpo se moviera con él.

—Pon las piernas a mi alrededor.

De nuevo, ella obedeció, y tuvo la sensación de que era algo natural; era natural acercarse a él, rendirse a su voluntad y no retener nada. El ritmo aumentó, y la tensión creció dentro de ella. Cerró los ojos e intentó alcanzarlo, intentó atraerlo, pero lo que buscaba la eludió, atormentándola.

Leif se dejó llevar y comenzó a hundirse en ella profundamente, con fuerza; la necesidad lo dominó, y quiso poseerla por completo. Astrid lo sintió estremecerse y gruñir y, después, notó su espasmo antes de liberar su simiente dentro de ella.

Con la respiración acelerada, él la mantuvo así durante unos momentos, como si no quisiera soltarla. Su mirada se quedó atrapada en la de ella; era una mirada ardiente, feroz, posesiva. Entonces, lentamente, la expresión desapareció de su semblante, y Leif se retiró y se tendió a su lado. Astrid cerró los ojos, Estaba lánguida, saciada, y todo su ser resonaba con él. Leif había sido mucho más considerado de lo que ella esperaba; en realidad, toda aquella experiencia había sido mejor de lo que esperaba. ¿Había sido aquella su intención? ¿Había sido su consentimiento más satisfactorio para él de lo que hubiera sido una violación? Entre ellos siempre había habido una atracción muy fuerte y, una vez, ella había albergado la esperanza de que se convirtiera en algo más que deseo físico.

Pero eso era antes de que se convirtiera en el objeto de su venganza.

Leif se quedó inmóvil, esperando a que los latidos del corazón se calmaran. Todos sus sentidos estaban concentrados en la mujer que había a su lado. Había pensado que iba a disfrutar con ella; lo que no se imaginaba era aquella emoción que acababa de experimentar. Sentía un cosquilleo en el cuerpo, y su cabeza ya estaba imaginando otras deliciosas posibilidades.

«Tomadla, y a menudo. De ese modo, podréis olvidarla más pronto», le había dicho Aron. Leif frunció el ceño. Aunque la primera parte de su consejo era fácil de seguir, la segunda parte no era tan sencilla. En vez de romperse la magia, la gratificación del deseo lo había hecho aún más fuerte. El desencanto que normalmente seguía al sexo no había aparecido en aquella ocasión. No solo seguía deseando a Astrid, sino que quería tomarla hasta que ella le pidiera piedad, hasta que hubiera conseguido quitarle todas las demás cosas de la cabeza. Ella no había alcanzado el éxtasis en aquella ocasión, pero iba a suceder. Astrid iba a ser suya en cuerpo y alma.

Se le pasó por la cabeza que aquello podía tener consecuencias. Era muy posible que ella quedara encinta y, entonces, ¿qué? Frunció aún más el ceño, el pensar que debería haberse retirado de su cuerpo antes de soltar su simiente. Sin embargo, no quería ser sensato y, de todos modos, no estaba muy seguro de haber podido demostrar tanto control. El placer que acababa de experimentar era muy poco común y él, lejos de sentirse cauteloso, se sentía hambriento de más.

Al ver su expresión, a Astrid se le formó un nudo en la garganta. ¿Lo había decepcionado? ¿Lo había irritado de algún modo? ¿Significaba aquella consumación que el interés de Leif había terminado? Tal vez, si ella tuviera más experiencia, habría sabido complacerle mejor, y él hubiera sopesado la posibilidad de quedarse con ella. Eso sería mucho más preferible que la alternativa. Ella había perdido su valor como novia, y no le serviría de nada al *Jarl* Einar, así que se libraría de ella de la forma más rápida: le cortaría el cuello y la arrojaría a una zanja. No podía volver. La única amiga que tenía en el mundo era Ragnhild, y ella estaba demasiado lejos como para ayudarla.

Se estremeció.

—Tienes frío —dijo Leif. Se movió para tomar el

la manta y, al mirar las sábanas, vio unas manchas de sangre—. Creo que vas a empezar con tu menstruación, cariño.

—¿Eh? —preguntó ella; siguió su mirada y se ruborizó—. Pero si todavía me quedan diez días…

Al darse cuenta de lo que implicaba eso, Leif entrecerró los ojos.

—¿Así que lo que me contaste no es verdad?

—Es verdad hasta cierto punto.

—¿Hasta cierto punto?

—Un hombre intentó violarme cuando tenía doce años, pero yo conseguí escaparme antes de que lo consiguiera —dijo ella y, después de vacilar un momento, le explicó—: Dejé que creyeras que me habían violado porque tenía miedo de que me… bueno, tú estabas allí, tú sabes por qué.

—¡Por los dioses, Astrid! —exclamó él, frunciendo el ceño—. ¿Te he hecho daño ahora?

—No.

Él se relajó.

—De todos modos, hubiera preferido que me lo dijeras.

—¿Estás enfadado?

—No, enfadado no. Sorprendido. No vuelvas a mentirme —le dijo Leif—, ni siquiera por omisión.

—Siento que fuera necesario.

—Y yo. En el futuro, intentaré no volver a crear una situación en la que tengas que recurrir a ese ardid.

Era lo más parecido a una disculpa por su parte, aunque ella ni siquiera esperaba que cediera tanto.

—Está bien.

—Sí, está bien —dijo él, y la tapó con la manta—. Ven aquí, antes de que te resfríes.

Ella sonrió para darle las gracias, y se acurrucó en la cama. Pese a lo embarazoso de aquellos últimos minutos, se alegraba de que la verdad hubiera salido a la luz. Tal vez, a partir de aquel momento, pudieran continuar adelante. Después de aquella primera experiencia sexual tan increíble, su imaginación se había llenado de posibilidades; sabía por instinto que había más que descubrir, y que Leif era la clave para hacerlo.

Sin embargo, no parecía que quisiera continuar. Ella había oído decir que los hombres mostraban a menudo indiferencia después de saciar su deseo, pero esperaba que, con él, las cosas no fueran así; que acurrucara su cuerpo contra el de ella y la abrazara, como había hecho la noche anterior.

Esperó, pero él no hizo ademán de tocarla. Aquello le confirmó la sospecha de que, aunque no estuviera enfadado, ya no tenía interés en ella. Astrid se tendió de costado y cerró los ojos, luchando contra la desilusión.

Pasó media hora, y Leif siguió sin moverse. Estaba muy sorprendido, aunque era cierto lo que le había dicho a Astrid: no estaba enfadado. Por el contrario, le agradaba saber que no hubiera habido ningún hombre antes que él. Y se alegraba mucho de haberse tomado las cosas con calma y no haberle hecho daño. Astrid debería haberle dicho la verdad, pero él entendía por qué no lo había hecho. Su comportamiento anterior no le hacía merecedor de ello. Por supuesto, había que tener en cuenta que en aquellos momentos estaba muy enfadado, pero la ira no era su único acicate. Ese era el problema.

Si la acariciaba, las cosas no iban a detenerse ahí ni por asomo; con solo pensarlo, su deseo había despertado de nuevo, y era demasiado pronto para darle rienda suelta. Aquella noche era el primer paso de un viaje muy largo, pero él le había demostrado que aquellas relaciones no tenían por qué estar teñidas de violencia, que en ellas podía haber placer para la mujer tanto como para el hombre. Había muchas cosas que pensaba enseñarle pero, para eso, necesitaba tener una alumna dispuesta. La próxima vez que la tomara, quería que estuviera impaciente y llena de curiosidad.

La imaginación alimentó su deseo, y Leif tuvo que apretar los dientes y reprimir un arrebato de calor entre las ingles. ¡Por los dioses! Con solo pensar en lo que quería hacer con ella, se excitaba insoportablemente. Medio minuto más, y sus buenas intenciones habrían acabado.

Se apoyó en un codo y le dio un beso en el pelo.

—Buenas noches, preciosa.

Ella se giró un poco hacia él y lo miró a los ojos con una expresión interrogativa, casi suplicante.

—Buenas noches —dijo.

Él miró un instante su hombro desnudo, visible entre los mechones de pelo dorado. Quería acariciárselo, enroscarse su pelo en la mano y tirar suavemente de su cabeza para volver a besarla y, entonces…

Leif contuvo sus pensamientos. Con un esfuerzo supremo, se tendió de costado y cerró los ojos, contando mentalmente hasta cien.

Quince

A la mañana siguiente, cuando Astrid se despertó, el otro lado de la cama estaba vacío. La ropa de Leif no estaba, ni tampoco su espada ni su daga. Ella se levantó y se vistió apresuradamente, y fue en busca de Ingrid.

—El *Jarl* Leif ha salido muy temprano con media docena de hombres. Ha ido a visitar a unos parientes que viven cerca.

Astrid recibió la noticia con inquietud, pero no con sorpresa.

—Quiere reunir un ejército, ¿verdad?

—Seguro que sí —respondió Ingrid con un suspiro—. Siempre tiene que haber lucha y sangre.

—A mí me parece que ahora no tiene elección. Hasta que no se enfrente a sus enemigos, siempre tendrá que estar vigilante y no tendrá sosiego.

Ingrid asintió.

—Los hombres hacen la guerra y las mujeres se quedan en casa esperando a que vuelvan.

—Yo no puedo quedarme sentada esperando —respondió Astrid—. Tiene que haber algo que pueda hacer.

—Hay mucho trabajo, si estás dispuesta.

—Sí, lo estoy.

—Muy bien. Puedes empezar con estas camisas, que están para remendar. Parece que la pila crece y crece por las noches.

—Dame aguja e hilo, y empezaré enseguida.

Tomó la cesta de costura y se la llevó al banco que había fuera, donde había luz suficiente y podía trabajar tranquila. Fue un alivio tener algo que hacer, y la tarea mecánica de dar puntadas le resultó relajante, en cierto modo. Sin embargo, no consiguió distraerla por completo; no dejaba de preguntarse qué estaba haciendo Leif. Los hombres satisfacían sus necesidades físicas y continuaban adelante sin sentir ningún vínculo emocional. Para las mujeres, las cosas eran distintas.

La noche anterior, ella había hecho el amor por primera vez, con él, y aquella experiencia permanecería grabada en su alma para siempre. Se había convertido en su amante de verdad, y él la conservaría a su lado durante todo el tiempo que fuera de su agrado. Cuando se cansara de ella, la dejaría y la olvidaría. Aquella sería su venganza. Y, ¿no sería mucho más completa si ella fuera tan tonta como para permitir que Leif conquistara también su corazón? Por lo menos, sí tenía el poder de prevenir aquello.

Casi envidiaba a Einar y a los demás: encontrarían la muerte al final de una espada, rápida y repentinamente. La suya iba a ser larga y dolorosa. Compartir el lecho con Leif tendría consecuencias, al final, y él era perfectamente consciente de ello. ¿Acaso era parte de su plan que ella quedara encinta antes de echarla?

¿Podía tener tanta sangre fría? De repente, el sol ya no calentaba tanto como antes.

Para apartarse el futuro de la cabeza, siguió trabajando diligentemente toda la mañana y, poco a poco, la pila de ropa remendada fue aumentando.

Ingrid volvió al mediodía, con un plato de pan con queso y una jarra de cerveza. Todo lo colocó en el banco, junto a Astrid.

—Es para calmar un poco el hambre —dijo.

Astrid le dio las gracias y dejó a un lado su tarea. Ingrid miró con cara de aprobación las puntadas.

—Coses muy bien.

—Es algo muy necesario, como hilar y tejer —dijo Astrid, con una sonrisa de ironía—. Una vez, mi madre me dijo que ningún joven querría casarse con ninguna mujer antes de haberse asegurado de que era capaz en esas tareas.

Ingrid asintió.

—Es cierto, y todavía sirve. Por lo menos, en la parte donde yo me crie —dijo, y se sentó en el banco, mirando a Astrid con curiosidad—. ¿Vive todavía tu madre?

—No. Mis padres murieron cuando yo era pequeña.

—Aaron dice que eres de buena cuna.

—Sí.

—También dice que el *Jarl* Leif te raptó. ¿Es eso cierto?

—Sí, también es cierto.

—Y que se ha acostado contigo.

Astrid sabía que negarlo no iba a servir de nada. Lo más probable era que todos supieran dónde había dormido la noche anterior. En una comunidad tan pequeña, era imposible mantener en secreto aquel asunto. Aunque las zonas de dormir se separaban con cortinas para procurar un poco de privacidad, el sonido seguía viajando. Seguramente, los demás los habían oído.

—Sí, eso también.

Ingrid cabeceó.

—No me extraña que quisiera hacerlo, pero no debería tratar así a una mujer noble. Debería casarse contigo.

Astrid detuvo la mano sobre el plato.

—No creo que tenga intención de hacerlo.

—Tuvo una mala experiencia en ese sentido, y eso influye mucho en su forma de actuar. De todos modos, ahora debería cumplir con su deber.

—Me ha dicho que su primer matrimonio no salió bien. Que terminó en divorcio.

—Es cierto, aunque, al principio, fue un matrimonio feliz, bendecido por ambas familias. Me han contado que Thora era muy atractiva, y que el *Jarl* Leif estaba muy enamorado de ella.

—¿Y qué ocurrió?

—No conozco los detalles, porque yo no estaba casada con Aron todavía, y no vivía aquí. Parece que todo iba muy bien, hasta que Thora tuvo un hijo. Entonces, ella cambió radicalmente y comenzó a volverse muy extraña. Ocurrieron cosas que…

—¿Qué cosas?

—Aron no me las contó, y los que vivían aquí en

aquel tiempo tampoco quieren hablar de ello —dijo Ingrid—. Bueno, supongo que a veces es mejor no remover el pasado.

Astrid se quedó pensando en aquella conversación cuando Ingrid se hubo marchado, porque le había proporcionado información sobre el pasado de Leif, sobre los sucesos que habían formado su personalidad. Claramente, no era incapaz de amar ni de sentir dolor; sin embargo, lo que hubiera sucedido le había afectado mucho. ¿Era aquel el motivo por el que sus relaciones con las mujeres siempre eran pasajeras? Aquello no era un buen augurio para ella. «Debería casarse contigo». Sonrió con tristeza, porque sabía que el matrimonio era lo último que él tenía en la cabeza.

Astrid terminó de coser a última hora de la tarde, y fue a entregarle la cesta de ropa a Ingrid.

—Llevo demasiado tiempo sentada. Voy a estirar un rato las piernas —dijo, e hizo una pausa—. Y, antes de que alguien me lo pregunte, no, no voy a escaparme.

Ingrid asintió.

—Como quieras.

Entonces, Astrid se alejó y paseó por el límite del prado. No tenía duda de que la estaban vigilando a distancia. Miró hacia atrás y confirmó sus sospechas: había un hombre al final del establo, y otro junto al cobertizo del telar. Leif no iba a correr ningún riesgo. Él le había concedido bastante libertad, y ella no iba a darle ningún motivo para cambiar de opinión.

Se dio la vuelta, se apoyó en la cerca de madera, y observó el ganado y los caballos que estaban pastando tranquilamente la hierba de principios de verano. Resultaba difícil creer que en un sitio tan bonito hubiera podido ocurrir una desgracia. ¿Le habría resultado a Leif muy difícil volver allí? Si él prefería tener una vida errante, tal y como le había dicho, no podía culparlo. El problema era que el pasado siempre acababa por alcanzar a las personas.

Paseó la mirada por todo el paisaje y divisó un camino que recorría el borde de la pradera y que llegaba hasta una zona vallada, junto a un bosquecillo. Sintió curiosidad y siguió aquel camino. Al llegar al final, se dio cuenta de que era un pequeño cementerio. Había tres tumbas cubiertas de piedras, identificadas con una sencilla lápida. ¿Eran de la familia de Leif?

Una sombra cayó sobre la hierba y, al darse la vuelta rápidamente, Astrid se encontró con uno de los hombres que la estaba vigilando.

—Debería volver a la casa, señora.

El tono era cortés, pero sus palabras no eran una sugerencia, y ella no tenía ninguna intención de mostrarse combativa.

—Muy bien —dijo, y comenzó a caminar hacia la granja—. ¿De quién son esas tumbas? ¿Lo sabes?

—No, mi señora. Es la primera vez que vengo aquí.

—Entonces, no llevas mucho tiempo con el *Jarl* Leif.

—Cuatro años.

—¿Y él no ha venido en todo ese tiempo?

—No, mi señora.

Ella no respondió, sino que asimiló la respuesta en silencio. Aquel tiempo era muy largo, demasiado largo, como para no volver a casa, incluso para un aventurero. De no ser porque ese aventurero hubiera elegido voluntariamente no volver. El hombre que la acompañaba no volvió a hablar, y ella no insistió.

A medida que se acercaban a la casa principal, oyó el sonido de los cascos de unos caballos, y las voces de unos hombres que saludaban. Ella aceleró sus pasos y entró al edificio principal; atravesó las dependencias privadas y llegó hasta el salón. Allí, Ingrid estaba diciéndoles a los sirvientes que llevaran cerveza para Leif y sus hombres.

Astrid se detuvo en la entrada de la sala, buscando a un hombre con la mirada. Leif estaba conversando con Aron, de espaldas a ella, pero a Astrid se le aceleró el pulso solo con verlo. Un sirviente ofreció a los dos hombres una copa de cerveza, y continuó sirviendo a los demás. La conversación continuó. Ella no oía lo que decían, pero parecía que estaban relajados, así que las cosas debían de haber ido bien.

Entraron varios hombres más, y saludaron a sus amigos. Con ellos iba Gunnar, que se detuvo y miró por la sala. Al verla, sonrió. Ella hizo caso omiso de su sonrisa, con la esperanza de que él captara su mensaje.

—¿Te importaría ayudarme? —le preguntó Ingrid, y señaló con un gesto de la cabeza la bandeja que llevaba en las manos—. Me vendría bien un par de manos más.

—Por supuesto que sí.

Astrid tomó la bandeja y se alejó. Mientras rellenaba las jarras de los hombres, algunos le sonrieron. Era un gesto pequeño, pero ella se sintió un poco más aceptada. En aquel momento, Leif la vio y se giró hacia ella.

—Muy oportuna, mi señora, porque tengo sed.

Astrid le rellenó la jarra de cerveza.

—Espero que vuestro viaje haya sido fructífero, mi señor.

—Sí, lo ha sido —dijo él, y le pasó un brazo por la cintura—. ¿Me has echado de menos?

—Por supuesto. No he hecho otra cosa que pensar en ti durante todo el día.

Él sonrió y enarcó una ceja.

—Aunque me gustaría mucho que eso fuera cierto, me resulta difícil de creer.

Ella fingió que lo pensaba detenidamente.

—Bueno, ahora que lo mencionas, también he remendado una pila de ropa.

—Si he ocupado el segundo lugar después de una pila de ropa, voy a tener que esforzarme más por llenar tu pensamiento.

—Yo no he dicho que hayas ocupado el segundo lugar.

—No, pillina, pero seguro que es cierto de todos modos.

—No es cierto, no —protestó ella—. Estoy segura de que he pensado tanto en ti como tú en mí.

A él le brilló la mirada.

—Eso lo dudo mucho.

—Tú estabas demasiado ocupado reclutando un ejército como para pensar en otra cosa.

—Pero tú tienes el don de quedarte en la cabeza de uno…

—Sigo sin creerte —replicó ella, e hizo ademán de alejarse. Sin embargo, él la agarró con fuerza y se lo impidió.

—Quédate.

No podía hacer otra cosa. Además, no quería hacer otra cosa. Nunca lo había visto de tan buen humor, con aquel brillo tan pícaro en los ojos. Leif ya tenía el suficiente atractivo, pero, combinado con su calor y su cercanía, lo convertía en un hombre carismático y peligroso. Un peligro que ella no quería evitar.

Tampoco parecía que él quisiera separarse de ella cuando los hombres continuaron su conversación. Cualquiera que los viera pensaría que eran una pareja enamorada, pero, en realidad, ellos dos sabían que eso estaba muy lejos de la realidad.

Leif terminó su cerveza y le entregó la jarra a un sirviente. Después se retiró a su dormitorio, llevándose a Astrid.

—Me gustaría lavarme antes de cenar. Llevo encima todo el polvo del camino.

—Voy a traerte un poco de agua.

—Dentro de un momento —dijo él—. Primero, quiero un beso.

—¿Puedo decir algo al respecto?

—No.

Leif la tomó de la cintura y la estrechó contra su pecho antes de besarla. Astrid notó que tenía un agradable sabor a cerveza, y que se mezclaba con olores masculinos a cuero, caballo y almizcle. Y, como si tuvieran voluntad propia, sus brazos ascendieron para rodearle el cuello, y su cuerpo se apretó más contra el de Leif, y su boca le devolvió el beso apasionadamente. Él la abrazó con fuerza y el beso se hizo más y más profundo. Por fin, Leif gruñó suavemente y se retiró un poco.

—Ten cuidado, pillina, o te vas a ver sobre la cama, con la falda por la cintura.

Ella sonrió.

—Tal vez sea mejor que vaya a buscar el agua.

—Tal vez, sí.

Entonces, Astrid se alejó de él y fue a buscar una palangana de madera. Después, salió.

Leif exhaló un largo suspiro. Notaba el comienzo de una incómoda erección contra el pantalón; un minuto más y habría llegado a un punto en el que no hubiera podido controlarse. Aquella situación le resultaba a la vez erótica e inquietante. Pese a que había mantenido un tono de broma en su conversación con Astrid, era cierto que había estado pensando en ella durante todo el día, recordando la noche que habían pasado juntos y sintiendo una agradable impaciencia por volver a verla. «De ese modo, podréis olvidarla más pronto». Negó con la cabeza, porque sabía que todavía estaba muy lejos de poder olvidarla.

Leif no se entretuvo en la sala principal aquella noche. Había pasado todo el día sobre la montura y quería estar a solas con Astrid, así que retirarse temprano era una opción atractiva.

Una vez más, hizo el amor con ella y, una vez más, se tomó su tiempo para escuchar, observar y prestar atención al lenguaje de su cuerpo. En aquella ocasión, ella se entregó sin persuasión alguna, dejándose guiar y aprendiendo las cosas que le agradaban a él. Sin embargo, todavía no estaba lo suficientemente relajada para que él pudiera llevarla hasta el clímax; Leif se prometió que lo conseguiría. Aquella combinación de sensualidad y vulnerabilidad era una experiencia nueva para él, algo que avivaba su imaginación y le provocaba un fuerte sentimiento de protección. Sus favores eran solamente para él.

Aquel pensamiento le suscitó cuestiones que necesitaban respuestas. Se apoyó en un codo y la miró a la cara.

—El hombre que intentó violarte, Astrid, ¿quién era?

A ella le sorprendió que le formulara una pregunta tan directa, y pestañeó. Hubiera preferido no tocar aquel tema, pero sospechaba que él no iba a rendirse. Ella había sido la que lo había mencionado en primer lugar, así que lo mejor sería contárselo todo de una vez por todas.

—Se llamaba Ozur. Era un primo mayor que había venido a casa de mi padre a formarse como guerrero. Yo no tenía relación con él, porque era cinco años mayor que yo y, además, era muy callado, y la mayor parte de las veces estaba de mal humor. No era una persona fácil. Pero, a medida que pasó el tiempo, empezó a prestarme más atención —dijo Astrid. En aquel momento, hizo una pausa y respiró profundamente. Después, continuó—: Yo lo sorprendía mirándome muy a menudo. Nunca dijo ni hizo nada que pudiera acarrearle críticas ni reproches, solo mirar. Entonces, un día, cuando yo volvía de dar un paseo a caballo, me estaba esperando en el establo. Se exhibió desnudo y me agarró, pero yo conseguí morderle y él tuvo que soltarme. Me escapé.

—¿Se lo contaste a alguien?

Astrid negó con la cabeza.

—Sabía que, si lo contaba, le causaría unos horribles problemas. Además, todo aquel incidente fue tan desagradable que me daba vergüenza hablar de ello.

—La vergüenza era suya, no tuya.

—Sí, ahora ya lo sé, pero en aquel momento tenía doce años y no sabía que un hombre pudiera comportarse de ese modo. Y tenía miedo de que él se vengara de mí, si lo acusaba. Tenía ese carácter.

—¿Qué le ocurrió?

—Murió en una pelea de taberna, dos años después, creo que por una partida de dados. Perdió los estribos con la persona equivocada y acabó con un cuchillo clavado en el vientre.

—Supongo que no lo lamentaste mucho.

—No. Lo único que sentí fue alivio por no tener que volver a verlo —dijo ella, con un suspiro—. Pero, aún así, no puedo olvidarme de él.

—Los recuerdos no son fáciles de desterrar, ¿eh? —preguntó él, con un suspiro—. Ojalá lo fueran.

Aquel suspiro salió de su alma, y Astrid hubiera dado cualquier cosa por saber cuáles eran los recuerdos que le dolían tanto. Sin embargo, si se lo preguntaba, él podía enfadarse, y eso echaría por tierra el estado de ánimo que tenían en aquel momento.

—El tiempo ayuda, pero nunca olvidamos.

—No —dijo él—. Nunca olvidamos.

Leif la rodeó con un brazo y la estrechó contra sí. Ambos quedaron en silencio. Aunque no lamentaba haber conocido la verdad, tenía emociones contradictorias. Él había conocido a algunos hombres como Ozur, brutos peligrosos con el temperamento de una víbora, que no eran capaces de sentir piedad. Y le inquietaba mucho pensar lo cerca que había estado de ceder a sus más bajos instintos. Si no se hubiera dominado, no habría sido mejor que Ozur.

Miró a Astrid; ella tenía los ojos cerrados y respiraba tranquila y regularmente. Con cuidado de no despertarla, tomó el borde de la manta y los tapó a los dos.

Le agradaba que ella hubiera confiado en él y le hubiera contado lo ocurrido; se sentía honrado. Además, sabía por experiencia que cada vez era más difícil revelar los secretos que uno había guardado durante mucho tiempo. Si pudiera encontrar las palabras, ella sería la persona con la que hablaría. La persona a la que le habría confiado la verdad.

Dieciséis

Durante las semanas siguientes, Leif estuvo mucho tiempo ausente de la granja. Visitó a los miembros de su clan y a sus aliados, a todos aquellos en los que podía confiar, y reunió lentamente el ejército que necesitaba. Aquello no fue difícil, porque había hombres dispuestos a luchar. Sin embargo, esos hombres necesitaban equipamiento y adiestramiento, porque tenían que formar un grupo unido. Por eso, hubo también largas conversaciones con los herreros y los fabricantes de armaduras, y muchos días de entrenamiento.

En ausencia de Leif, Astrid también estuvo muy ocupada. Las tareas más duras estaban reservadas a los sirvientes y a los esclavos, pero, de todos modos, había trabajo suficiente para ella. Echaba de menos a Leif cuando él se marchaba, y esperaba su regreso con impaciencia.

Aunque no fuera sabio por su parte, no había podido evitar que sus sentimientos hacia él fueran cada vez más intensos; ya no podía negarlo. No tenía ni la más mínima idea de lo que él sentía por ella, si de veras sentía algo. Aunque la trataba bien, nunca le contaba lo que pensaba, ni le había sugerido que ella fuera algo más que una amante.

Aparte de eso, Astrid cada vez se sentía más inquieta por todos los preparativos para la batalla. Entendía que Leif debía enfrentarse a sus enemigos, pero ¿y si el ejército contrario resultaba ser más fuerte? ¿Y si era Leif quien caía en la batalla? Aquella posibilidad le causaba terror.

Además, también tenía que enfrentarse a la posibilidad de que, después de enfrentarse a sus enemigos, si vencía, tal vez no tuviera ningún motivo para seguir reteniéndola. Su venganza ya se habría completado…

Se apartó aquellos sombríos pensamientos de la cabeza y volvió a concentrarse en el telar. Era la última hora de la tarde, y los débiles rayos del sol entraban por la ventana y la puerta. Los hombres estarían pronto de vuelta, cansados, hambrientos y deseosos de tomar la comida cuya preparación estaba supervisando Ingrid, en el edificio comunal. Astrid pensó que todavía tenía tiempo de terminar unos cuantos centímetros más de tela antes de dejar el trabajo de aquella jornada. Para entonces, se alegraría de tomar una buena cena y tener compañía.

Siguió trabajando un buen rato, hasta que un ruido la distrajo. Detuvo el telar y se dio la vuelta; una gran figura bloqueaba el paso de la luz en el vano de la puerta. Por un momento, pensó que era Leif, pero la sonrisa se le borró de los labios al ver que se trataba de Gunnar.

—¿Qué estás haciendo aquí?

—He venido a verte.

—Ahora ya me has visto. ¿Qué quieres?

—¿No lo sabes, Astrid?

Su tono de voz, al igual que su expresión, alarmó a Astrid. De repente, se dio cuenta de que estaban aislados, de que él era muy grande y de que estaba entre la salida y ella. Su única esperanza era controlar aquella situación hablando.

—No sé de qué estás hablando.

—Yo creo que sí.

—Yo creo que deberías irte.

—¿Por qué eres tan antipática? —preguntó él, y dio otro paso hacia ella—. No quiero hacerte daño.

—Claramente, tenemos conceptos diferentes de lo que significa eso.

—No te estoy pidiendo nada que no le hayas dado ya a un hombre.

A ella se le puso la piel de gallina, pero mantuvo su mirada.

—Sal de aquí. Si te vas ahora, tal vez no le diga nada al *Jarl* Leif.

Él sonrió y continuó caminando hacia ella.

—A Leif no le va a importar nada compartir los favores de una puta.

Ella se apartó todo lo posible de él, con el corazón en un puño.

—Aléjate de mí.

—¿Que me aleje de ti? —preguntó Gunnar, y dejó de sonreír—. Te voy a dar tu merecido, fulana.

Sin apartar la mirada de ella, se desabrochó el pantalón y dejó a la vista su erección. Astrid trató de rodearlo en un último intento desesperado de llegar hasta la puerta. Sin embargo, él reaccionó rápidamente, la agarró por la cintura y la levantó del suelo. Astrid gritó, pataleó y forcejeó, pero no pudo evitar que él la llevara hasta un extremo de la habitación y la golpeara contra la pared. Ella le arañó la mejilla y le dejó una línea de arañazos rojos, y él, enfurecido, la golpeó con fuerza en la cara y le rompió el labio. Después, le agarró la falda del vestido y ella gritó, luchando como un gato acorralado. Gunnar ahogó su grito apresándole la garganta con una mano y apretando con fuerza. De repente, Astrid no pudo respirar, y se dio cuenta de que veía puntos de color delante de los ojos.

—Suéltala.

Gunnar se quedó inmóvil. Aflojó la mano y la soltó. Astrid jadeó, tomó una bocanada de aire, y vio al hombre que estaba detrás de su atacante. Al comprobar que era Leif, sintió un inmenso alivio; intentó hablar, pero no pudo emitir ningún sonido.

Leif mantuvo la punta de la espada contra las costillas de Gunnar.

—Dame un solo motivo por el que no deba atravesarte ahora mismo.

—Era solo un poco de diversión, mi señor. Nada más.

—¿Diversión? —preguntó Leif, y apretó un poco más la punta de la espada—. ¿Acabas de decir «diversión»?

Antes de que Gunnar pudiera responder, Harek, Ingolf y Trygg entraron corriendo en el telar. Al ver a Leif, se detuvieron e intercambiaron miradas de incertidumbre. Entonces, Harek carraspeó.

—Perdonad, mi señor, pero hemos oído gritar a

una mujer y hemos pensado que sería mejor venir a investigar.

Leif asintió.

—Sí, habéis oído gritar a una mujer. A mi mujer.

Aquellas palabras causaron un silencio lleno de estupor. Los hombres miraron a Astrid y advirtieron que tenía la garganta llena de marcas y un corte en el labio. Con los ojos entrecerrados, se volvieron hacia Gunnar.

Él se humedeció el labio inferior.

—No es más que una puta. ¿Qué tiene de malo…

No pudo terminar, porque Leif le golpeó en la cabeza con la empuñadura de la espada. Gunnar cayó inconsciente en el suelo, y Leif observó con frialdad su forma inmóvil.

—Atadlo y llevadlo a la sala.

Ingolf miró la entrepierna desnuda de Gunnar.

—¿Le cortamos también los testículos, mi señor? No sería ningún problema.

Leif negó con la cabeza.

—No, solo quitadlo de mi vista. Me ocuparé de él dentro de unos minutos.

Mientras los hombres se marchaban, él se giró hacia Astrid y la miró fijamente. Ella quería hablar, pero no podía. Todo su cuerpo temblaba. Él no dijo nada; se limitó a abrazarla y a acariciarle el pelo hasta que el temblor cesó.

Cuando Astrid estuvo un poco más calmada, él la llevó al dormitorio y la sentó en una silla. Tomó agua, un trapo y un pequeño cuenco de bálsamo, y comenzó a curarle el labio. El agua fría hizo que ella se estremeciera de dolor, pero no se quejó y se sometió dócilmente a sus cuidados.

—No es un corte profundo, pero la hinchazón tardará un par de días en desaparecer —le dijo él. Después, observó su labio y añadió—: Mucho mejor.

—Sí, ya me siento mejor. Muchas gracias.

—De nada —dijo Leif—. Pero todavía estás pálida. Túmbate un rato y descansa.

—Ya estoy bien, de veras.

—¿Cuándo vas a aprender a hacer lo que se te dice, pillina?

Él le dijo aquellas palabras con una sonrisa, pero, por su mirada, Astrid supo que no serviría de nada protestar. Así pues, cedió.

—Está bien, pero solo un rato.

Entonces, ella se tumbó, y él la tapó con la manta y le dio un beso en la mejilla.

—Descansa.

Astrid lo vio alejarse hacia la salida, pero Leif se detuvo junto a la puerta y se giró hacia ella.

—Siento lo que ha ocurrido hoy. Ten la seguridad de que Gunnar va a recibir un castigo por su delito.

—¿Qué vas a hacerle?

—Eso no debe preocuparte.

Ella se incorporó y se apoyó en un codo.

—Leif…

—Gunnar recibió una advertencia, pero optó por hacer caso omiso de ella.

—Lo que ha hecho está mal, pero no creo que…

La expresión de Leif se volvió fría y dura como el acero.

—Ningún hombre ignora mi autoridad y queda impune —replicó—, y ningún hombre toca lo que es mío.

Con aquellas palabras, se marchó. Astrid se tendió en la cama y cerró los ojos. Le dolían el labio y la garganta, y tenía a flor de piel el recuerdo de lo que había querido hacerle Gunnar. Si Leif no hubiera llegado a tiempo... Todo aquel asunto hacía que tuviera ganas de vomitar. Sin embargo, ¿estaba de acuerdo ella con que le quitaran la vida a un hombre en castigo por aquel delito

Exhaló un suspiro tembloroso, sabiendo que tal vacilación se consideraría una flaqueza. Gunnar había roto un tabú, y lo pagaría con la vida. Leif no iba a tener piedad y, si la tuviera, sus hombres no lo respetarían. En aquel momento, todos los habitantes de aquel poblado sabrían lo que había sucedido y esperarían que su señor impusiera una justicia rápida y sumaria.

Además, Leif también estaba enviándole un mensaje a todos los demás: «Nadie toca lo que es mío». Después de aquello, nadie volvería a ponerle una mano encima. No era solo una medida para protegerla; también quería mantenerla a salvo para poder llevar a cabo su venganza. Ella estaba reservada solo para su placer. Aquel pensamiento no sirvió, precisamente, para levantarle el ánimo.

Aquella noche, el ambiente en la sala principal era sombrío. Las conversaciones eran apagadas. Aquellos que miraban a su señor percibían su mal humor y lo dejaban tranquilo, absorto en sus pensamientos. Thorvald, sin embargo, no tuvo reticencias a la hora de dirigirse a él.

—Habéis hecho lo que teníais que hacer. Nadie lo cuestiona.

Leif asintió.

—Ya lo sé, pero, de todos modos, este asunto deja muy mal sabor de boca.

—Podría haber sido mucho peor.

A Leif no le apetecía pensar en lo que habría podido pasar si él hubiera llegado a la granja un poco más tarde. Lo que había visto al entrar en el cobertizo del telar le había provocado una furia incontenible. «No es más que una puta». Apretó con fuerza la mandíbula. Él nunca había podido ver a Astrid de ese modo, como tampoco la consideraba una esclava. Le resultaba intolerable que otro hombre pensara que estaba disponible para su entretenimiento. Hasta entonces, Leif no se había preocupado demasiado de la reacción de los demás; lo sucedido aquel día le había revelado que su forma de pensar había cambiado mucho sin que él se diera cuenta.

—El hecho de que no fuera peor es el motivo por el que Gunnar ha recibido una muerte rápida y limpia —replicó él.

—Algunos pueden pensar que su castigo ha sido demasiado ligero.

—Pueden pensar lo que quieran, pero, si son inteligentes, no volverán a mencionar su nombre.

Thorvald entendió la indirecta y cambió de tema. Durante un rato, hablaron de cuestiones militares, pero Leif no estaba de humor para mantener una conversación muy larga; tras unos minutos, se levantó y se marchó.

Sin embargo, no fue directo a su dormitorio. Salió del edificio principal, porque necesitaba tomar el aire. Hacía frío y las nubes cubrían las estrellas. Olía a lluvia.

Respiró profundamente y exhaló una bocanada de aire, y sintió que, poco a poco, iba relajándose. Aquella calma le resultaba conveniente para ordenar su cabeza. Tal vez lo sucedido aquel día hubiera sido inesperado y desagradable, pero había conseguido que se concentrara en un problema que llevaba molestándolo durante semanas. Había dejado que las cosas siguieran su curso, pero eso ya no servía. Tenía que tomar una decisión.

Cuando se retiró, un buen rato después, encontró a Astrid profundamente dormida, así que se desnudó en silencio y se acostó a su lado sin molestarla. Parecía que ella estaba muy calmada; dentro de pocos días, los moretones y las heridas habrían desaparecido y no quedarían más señales externas de la agresión. Sin embargo, todavía había que comprobar si Astrid tenía heridas más profundas. A él no le habría extrañado que hubiera sufrido un ataque de histeria después de lo ocurrido, pero ella había demostrado que era muy fuerte y muy valiente.

No obstante, cuando abrazó a Astrid, Leif se dio cuenta de lo mucho que temblaba, y eso hizo que tomara conciencia de lo vulnerable que era y de su propio instinto de protección hacia ella. También sintió unos celos que nunca hubiera imaginado. Unas horas antes, su furia había sido tan grande que no podía hablar. Además, ¿habría podido decir alguna palabra que no sonara a hueco? No podía cambiar lo que había sucedido, pero sí podía asegurarse de que no volviera a ocurrir, ni a Astrid, ni a ninguna otra mujer. Gunnar había tenido un final muy benévolo, después de todo.

Diecisiete

Durante algunos días después de aquella horrible experiencia, Leif no hizo ningún intento de mantener relaciones con Astrid. Se conformaba con abrazarla cuando se habían retirado al dormitorio. Solo la besaba en la mejilla o en la frente, y evitaba su labio herido.

Aquella paciencia y aquella consideración le mostraron a Astrid una nueva faceta suya, una faceta inesperada y cautivadora. En muchos sentidos, Leif era una paradoja y, sin embargo, el señor de la guerra y el amante eran la misma persona. Aunque, pensó ella con tristeza, Leif no la quería, y nunca la había querido. En eso siempre había sido sincero con ella. Lo máximo que podía esperar de él era aquel grado de consideración.

Con todo, aquella consideración que mostraba Leif hizo pensar a Astrid que podía abordar la cuestión más importante: ¿qué iba a hacer con ella al final? ¿Le permitiría ir junto a Ragnhild, o la enviaría a casa de su tío, a una muerte segura? ¿Tendría piedad de ella? Las preguntas eran angustiosas, pero era mejor saber que vivir en la incertidumbre, y eso significaba que debía hablar pronto con él. Debía encontrar el momento más apropiado.

Leif y Aron estaban al borde de la pradera, donde pastaban tranquilamente una docena de yeguas.

—Son unos animales magníficos. Mejorarán la cabaña, sin duda.

Leif asintió.

—Sí —dijo, y miró a su alrededor con satisfacción. Los cercados estaban bien mantenidos, los cultivos prosperaban y el ganado era sano—. Has cuidado bien de la granja, Aron, y te doy las gracias por ello.

Su interlocutor sonrió ligeramente.

—Solo sirvo para esto, ahora que mis días en la mar han terminado.

—El mar no es la única forma de ganarse la vida.

—No, pero es la más emocionante.

—Lo echas de menos.

—Algunas veces. Sobre todo, cuando Ingrid me molesta, o uno de los caballos tiene un cólico, o algún zorro entra en los gallineros. Pero vos ya sabéis todo esto. Antes de convertiros en marino, erais granjero.

—En otra vida.

—¿Y volveréis a esa vida algún día?

—¿Quién sabe? Los dioses guían nuestro destino de manera caprichosa.

—Cierto. Yo no pensaba que fuera a casarme nunca más, pero las circunstancias cambian.

—No sabía que hubieras estado casado antes.

—Pues sí, lo estuve. Mi mujer y yo tuvimos tres hijos. Entonces, un verano llegó la fiebre y se llevó a toda mi familia. Después, yo me quedé sin nada y me eché a la mar. Estuve así doce años, hasta que perdí la pierna en una batalla.

—Y mi padre te dejó a cargo de esta granja.

—Era un buen señor, y se portaba bien con sus siervos. Entonces, en un *Yuletide*, conocí a Ingrid. Su marido había muerto, así que ella también estaba sola —dijo Aron. Hizo una pausa, y continuó—: La soledad le hace daño a un hombre, al final. Convierte su corazón en una piedra y retuerce su mente. Yo lo he visto. Y no me gustaría que eso os sucediera a vos.

—No me va a pasar eso.

—Todavía sois joven como para empezar de nuevo, para tener una esposa nueva y formar una familia. Podríais tener unos hijos estupendos y continuar vuestro linaje. Yo ya no puedo tener todo eso, pero vos sí.

—Si alguien tiene hijos estupendos para continuar nuestro linaje, será Finn, o tal vez Erik.

—Y sin embargo, compartís vuestro lecho con Astrid.

—Eso es distinto.

—Ah, claro. Solo queréis sacárosla de la cabeza antes de enviarla de vuelta a su casa.

Leif lo atravesó con la mirada.

—Tú fuiste quien me dio ese consejo.

—Es cierto, y por un buen motivo. Entonces estará embaraza de un hijo vuestro, y vos necesitaréis sentir indiferencia por ella. Sobre todo, cuando Einar le corte el cuello.

Aquellas palabras golpearon con fuerza a Leif, y lo dejaron sin habla.

—¿Qué? —le preguntó Aron—. Eso no puede sorprenderos. Vos debíais de saber lo que le haría Einar. Era parte de vuestra venganza, ¿no es así?

A Leif se le encogió el estómago. ¿De veras había tenido él una idea como aquella? ¿Había sentido un odio tan profundo como para no poder distinguir la justicia de la brutalidad? Sus enemigos eran Hakke, Gulbrand y Einar, no Astrid. ¿Cómo había podido pensar en condenarla a una muerte tan cruel? Él le había perdonado la vida, incluso, a una mujer que había tratado de matarlo; sin embargo, en aquella ocasión, todavía sabía lo que era la piedad. Cerró los ojos, intentando recuperar la compostura.

—Todavía no lo he decidido —respondió.

Pero era una mentira, y él lo sabía. Había tomado una decisión mucho antes, pero sus motivos eran demasiado complicados como para explicarlos.

Aron asintió.

—A mí me parece una mala elección. Además, enfureceríais mucho más a Einar si os la quedarais. Por supuesto, eso está en vuestras manos —dijo. Entonces, miró al otro lado de la pradera, por donde caminaba un esclavo que se dirigía a ordeñar las vacas—. Ah, ahí va Ulf. Necesito hablar con él sobre una vaca que tiene las ubres agrietadas. ¿Me disculpáis?

Sin esperar respuesta, se alejó, y Leif se quedó a solas, rumiando la conversación. Hasta aquel momento, solo había pensado en vengarse, y no había mirado más lejos. Sin embargo, las palabras de Aron le habían mostrado los años venideros. ¿Cómo iba a llenarlos?

Comenzó a caminar, pensando en que la vida de un vikingo en el mar era muy emocionante, pero también era una vida muy dura; una vida para un hombre joven. Él todavía no había cumplido treinta años y era muy fuerte, pero no siempre sería así. ¿Qué ocurriría cuando envejeciera? Hubo un tiempo en el que estaba seguro de la respuesta: vería crecer a sus hijos y les enseñaría a cultivar la tierra y a luchar. Sin embargo, los dioses se reían cuando los hombres tenían la certeza de algo.

Estaba tan ensimismado que no se dio cuenta de que llegaba al pequeño cementerio. Por un momento, vaciló; había jurado que nunca volvería a visitarlo. Sin embargo, también había jurado que nunca volvería a la granja, y allí estaba. Apretó la mandíbula, respiró profundamente y atravesó la pequeña puerta del recinto.

La tumba le pareció incluso más pequeña que antes. El montículo original había disminuido por la acción de los elementos y por el paso del tiempo, y estaba cubierto de hierba. Era un espacio diminuto y sin embargo contenía la mejor parte de su vida, una parte que había tenido que enterrar. Al parecer, no la había enterrado con la suficiente profundidad: el fantasma seguía llamándolo. Su viaje no había sido lineal, sino circular. Había vuelto al lugar donde había comenzado. ¿Y para qué le había servido aquel viaje? En aquel momento, no tenía ni la más mínima idea.

Se sentó despacio junto a la tumba y cerró los ojos mientras intentaba recordar la cara de su hijo. Era como querer atrapar un puñado de niebla. Cuanto más se esforzaba, más le eludía la imagen y, al final, abandonó el intento, quedándose con una sensación cada vez más grande de cansancio y desolación.

Astrid terminó de coser el roto de una túnica, dobló la prenda y la añadió a la pila de ropa remendada. Se puso en pie y estiró el cuerpo. Llevaba allí sentada desde por la mañana, y tenía la vista cansada. Era hora de parar a descansar un rato.

—Voy a dar un paseo.

Ingrid alzó la vista de su tarea.

—Como quieras. Yo casi he terminado, también.

Astrid se alejó hacia la pradera. Solo se oían la brisa y los cantos de los pájaros, y resultaba muy agradable, aunque supiera que su paseo estaba siendo vigilado. Leif no confiaba completamente en ella.

Llegó hasta el cercado y continuó caminando un poco por el camino, observando a los caballos que pastaban en la hierba. Entonces, se dio cuenta de que estaba acercándose al cementerio, y pensó que, cuando llegara a aquel punto, daría la vuelta. Si intentaba ir más allá, sus guardias intervendrían; tal vez, aquella infracción le costara una disminución de libertad, y aquel no era su deseo.

Estaba a punto de volver a la granja cuando vio que había alguien sentado junto a la tumba más pequeña. No se esperaba ver allí a Leif, y se quedó desconcertada. Además, él estaba tan inmóvil que tuvo la sensación de interrumpir un momento personal, privado. Así pues, intentó retirarse con sigilo.

Él la vio enseguida y, con el ceño fruncido, se puso en pie con agilidad.

—Astrid. ¿Qué estás haciendo aquí?

Ella tragó saliva.

—Estaba paseando.

—¿Paseando? Estás un poco lejos de la granja, ¿no te parece?

—Estaba a punto de volver.

—Ya.

—Te pido perdón. No quería molestar. No sabía que estabas aquí.

Él la observó en silencio, y se relajó un poco.

—Bueno, no importa.

Astrid retrocedió un par de pasos.

—Te dejo tranquilo.

—Quédate. Tú no has hecho ningún mal —dijo. Se alejó de la tumba y caminó hacia ella—. Volvamos juntos.

Empezaron a andar en silencio. Astrid lo miró a hurtadillas, pero no consiguió descifrar la expresión de su rostro. La curiosidad superó a la cautela, y preguntó:

—¿De quienes son esas tumbas?

—De tres generaciones de mi familia: mi abuelo, mi padre y mi hijo.

—¿Del hijo de quien habéis hablado en alguna ocasión?

—De él.

—¿Cómo se llamaba?

—Sigurd.

—¿Y cuánto tiempo tenía?

—Once meses.

Aquella edad tan temprana no sorprendió a Astrid: muchos niños morían cuando todavía eran bebés. Sin embargo, el dolor de semejante pérdida no podía conocer límites, ni mitigarse con el tiempo.

—Si hubiera vivido, cumpliría diez años este verano —dijo Leif, y agitó la cabeza—. Los hijos no deberían morir antes que sus padres.

—No, no deberían —dijo ella—. Aunque creo que Sigurd nunca estará muerto para ti.

«Ni tu esposa tampoco. ¿Sería la muerte del niño el motivo por el que ella se marchó? Tal vez no pudo soportarlo…».

—Enterrar a alguien no acaba con nada.

Volvieron a quedarse en silencio mientras caminaban, y ella no trató de hacerle hablar más. El dolor de Leif era casi palpable y Astrid se dio cuenta de que no era invulnerable; el hecho de que pudiera querer tanto a un niño le proporcionaba la imagen de alguien muy distinto al guerrero implacable que él ofrecía al resto del mundo.

—Yo sufrí mucho tiempo después de perder a mis hermanas —dijo.

Él la miró de reojo.

—¿Qué les ocurrió?

—Mi tío las casó con hombres mucho más viejos que ellas, para conseguir sus fines políticos. Mis hermanas lloraron y le suplicaron que no lo hiciera, pero él no cedió. Sus maridos se las llevaron muy lejos. Nunca he vuelto a verlas y, posiblemente, nunca volveré a verlas.

—Así es la vida —dijo él.

—Sí, pero mi dolor no fue menor por eso.

—Tu tío tiene muchos pecados que expiar.

Astrid le posó una mano en el brazo.

—No me envíes con él, Leif. Quiero decir, cuando termine todo esto. Permíteme que vaya con Ragnhild.

Él se detuvo y la miró a los ojos.

—No vas a volver ni con tu tío ni con Ragnhild.

A ella se le secó la garganta.

—¿Me vas a matar tú mismo?

—Si quisiera matarte, ya lo habría hecho.

Astrid notó una punzada de dolor en el estómago al entender cuál iba a ser su venganza.

—Prefiero que me mates a espada que ser vendida como esclava.

—Es comprensible —respondió él—. Sin embargo, no tengo intención de hacer ninguna de esas dos cosas.

—Entonces, ¿qué va a pasarme?

—Vas a quedarte conmigo.

Astrid se quedó sin habla. En otras circunstancias, aquellas palabras le habrían causado una gran felicidad, porque él era el hombre a quien ella hubiera elegido como compañero. Sin embargo, en aquella situación, la sugerencia le parecía monstruosa.

—No es posible que lo digas en serio.

—Pues así es.

—Sabía que estabas enfadado, y que querías vengarte, pero nunca hubiera pensado que ibas a ser tan cruel.

Él arqueó una ceja.

—Siento que lo pienses ahora.

—Tampoco me había dado cuenta de que me odiaras tanto.

—No te odio, Astrid. Por el contrario, tu compañía cada vez me resulta más agradable, en el lecho y fuera de él.

Astrid contuvo su enfado, porque sospechaba que él se divertiría mucho si ella perdía los estribos.

—Ya has tomado lo que querías. Podrías dejarme marchar.

—Te equivocas en ambas cosas.

—Leif, piensa…

—Ya he pensado, y esa es mi decisión. No voy a cambiarla.

Ella apretó los puños.

—Puede ser tu decisión, pero tú solo eres la mitad de esta… esta relación.

—Sí, pero yo soy la mitad que tiene el poder.

Astrid alzó la barbilla y le lanzó una mirada fulminante.

—¿Tienes idea de lo insoportablemente arrogante que eres?

—¿Tienes idea de lo atractiva que te pones cuando estás enfadada?

La respuesta fue un gruñido ahogado de Astrid. Ella se dio la vuelta y se alejó. Leif la vio marcharse y sonrió.

Dieciocho

Astrid caminaba de un extremo a otro del salón. Estaba furiosa. Leif había disfrutado mucho de aquella conversación y, más aún, cuando le había dado el golpe definitivo. Aquel bruto había estado jugando con ella. Una vez, había mencionado que iba a quedársela, pero ella lo había interpretado como una provocación. ¿Cuánto tiempo hacía que había tomado la decisión? ¿Cuánto tiempo lo había mantenido en secreto, dejando que ella lo pasara mal pensando que iba a enviarla a casa de su tío, cuando tenía planeado otra cosa? Había temido lo primero, pero lo segundo no le parecía mejor: mantener una relación de por vida era una cosa, pero mantenerla solo por venganza era otra muy diferente.

A medida que su furia se enfriaba, se abrían paso la tristeza y el miedo. Claramente, Leif nunca había tenido la menor duda de que ella había formado parte de la conspiración para destruirlo, y pensaba hacérselo pagar durante toda la vida. Su plan era pavoroso: no iba a hacerle daño físico, sino un daño mucho más sutil e infinitamente peor. Ya debía de saber que ella había comprometido sus emociones; ¿acaso siempre había querido enamorarla para demostrarle después una completa indiferencia? ¿Podría ser tan cruel?

Durante el resto de la tarde y de la noche, Astrid se mantuvo alejada de él con varias excusas, pero al acostarse, la reunión era inevitable.

Ella ya estaba en su dormitorio cuando él llegó, pero no le dijo nada en absoluto. Se desvistió pero, en vez de tenderse en la cama, se acercó y tomó la colcha.

Leif arqueó una ceja.

—¿Qué crees que estás haciendo?

—Voy a dormir en el suelo.

Los ojos azules de Leif destellaron peligrosamente.

—Vas a dormir conmigo, esta noche y todas las demás noches.

—Claro, claro. Se me había olvidado. Tú eres el que tienes el poder en esta relación.

—Efectivamente —dijo él.

Le arrebató la colcha y volvió a ponerla sobre la cama. Después, agarró a Astrid por la cintura.

Astrid intentó resistirse, pero no sirvió de nada.

—Suéltame, Leif.

—Ya he dicho que no.

Ella siguió resistiéndose.

—Cuánto te odio.

—No, no es verdad —dijo él, y le acarició el cuello y la garganta con la nariz—. Por mucho que quieras odiarme.

Ella se estremeció, y los ojos se le llenaron de lágrimas, porque sabía que era cierto.

—Quiero odiarte. Quiero odiarte tanto como tú me odias a mí.

Leif frunció el ceño y se apartó de ella para mirarla a la cara.

—Yo no te odio, Astrid. Creía que ya te lo había dicho.

—Entonces, ¿por qué haces esto? ¿Por qué no me dejas marchar?

—Porque tienes que estar a mi lado.

—Querrás decir que tengo que obedecerte.

—Si quieres decirlo así… No va a cambiar nada. Aunque te dejara marchar, ¿crees que Ragnhild iba a poder protegerte cuando tu tío se enterara de dónde estás?

—Estoy dispuesta a correr ese riesgo.

—Yo no.

—Porque estropearía tu plan de venganza, ¿no?

—¿De qué estás hablando?

—Lo sabes muy bien. ¿Acaso no has descrito recientemente el castigo que quieres imponerme? ¿Es que tengo que agradecerte que no me reserves la muerte ni la esclavitud, sino que vayas a destruirme lentamente, día a día? Sabes que no siento indiferencia por ti. Ojalá pudiera. Siendo así las cosas, tu tarea va a ser muy fácil.

Leif palideció y la soltó.

—¿Es eso lo que piensas?

—¿Qué otra cosa voy a pensar?

—Que quiero quedarme contigo por ti misma.

—¿Con una mujer a la que consideras culpable de traición? No.

—No fuiste tú quien me traicionó. Ya lo sé.

Ella se quedó mirándolo con incredulidad.

—¿Y cuándo te diste cuenta?

—Hace tiempo.

—No me lo dijiste.

—Pensaba que era evidente.

—Para mí no.

—Bueno, pues ahora ya hemos resuelto el malentendido. Y, ya que estamos hablando de ello, puedes olvidarte del asesinato, de la esclavitud, de la tortura, de la mutilación o de otras formas de brutalidad que te haya sugerido tu activa imaginación.

A Astrid se le oscureció la mirada.

—¿Y te sorprende que me imaginara esas cosas?

—Bueno, admito que al principio puede que tuvieras razón.

—¿Que puede que tuviera razón? Me dijiste que yo era tu esclava, y me obligaste a hacer tareas de sierva, y me hablaste como si fuera escoria.

Él carraspeó.

—Sí, bueno… Es que… Al principio estaba muy enfadado.

—¿Y eso es excusa para tu comportamiento?

—No, no es excusa. Lo que digo es que eso pertenece al pasado, y que ahí se va a quedar. Tú acabas de decirlo —respondió él, e intentó agarrarla de nuevo.

Ella no se lo permitió.

—No es suficiente, Leif.

—¿Por qué? ¿Qué más hay?

—Si no lo sabes, entonces no me quieres por mí misma. No tienes ni idea de quién soy.

—Sé todo lo que necesito saber. Lo que importa.

—Sí, sigue diciéndote eso a ti mismo. Tal vez acabes por convencerte de ello.

—¿Qué significa eso?

—Significa que quiero ser más que la mujer con la que te acuestas.

—Eres más que eso. Si no lo fueras, no te tendría a mi lado.

—Me vas a conservar a tu lado porque te conviene, y porque detestas no salirte con la tuya.

—Cuestiona mis razones, si quieres. No va a cambiar el resultado de las cosas.

—Seguramente, no.

Entonces, ella se acostó. Leif apagó el farolillo y se tendió a su lado. No hizo ademán de tocarla, pero ella notó que la ira fluía de él. Se hizo un silencio tenso, y a ella se le formó un nudo en la garganta. Una vez, hubiera dado cualquier cosa por escuchar aquellas palabras de sus labios, por creer que Leif quería realmente estar con ella. Sin embargo, aquello era un deseo sin esperanza. Él había perdido a la mujer a la que realmente quería, y eso era lo que le causaba aquella ira. Como mucho, ella podría ser el segundo plato, y creer otra cosa sería una ingenuidad por su parte. Leif ya tenía demasiada ventaja, y no iba a darle más.

Leif permaneció despierto mucho tiempo, mirando a la oscuridad. No esperaba que Astrid recibiera con júbilo la noticia de que él no iba a dejarla marchar, pero nunca se hubiera imaginado el significado que ella le había dado a sus palabras. ¿Realmente creía que él era tan monstruoso como para querer pasar el resto de su vida destruyendo la suya?

No sabía cómo, pero tenía que quitarle aquella idea de la cabeza. Nunca hubiera pensado que Astrid iba a creerse todo lo que él le dijera.

De todos modos, iba a quedarse con él, quisiera o no. A su lado, sus enemigos no podrían hacerle daño.

Exhaló un suspiro, porque sabía que no solo se trataba de su seguridad, por muy importante que fuera. Ya no podía estar sin ella. Después del horrible fracaso de su matrimonio, no pensaba que pudiera volver a sentir tanta atracción por alguien, pero desde que había conocido a Astrid, no había podido apartársela de la mente. No tenía intención de casarse, tal y como le había dicho, pero tampoco quería que su relación con ella fuera pasajera.

Astrid se le había metido en el alma, y quería que ella fuera lo primero que veía al despertar cada mañana, lo último que veía antes de dormirse por las noches. En algún momento, el deseo se había fundido con la necesidad. Iba a quedársela porque ella tenía que estar a su lado, y debía conseguir que lo comprendiera.

«Alguien apartó las solapas de la entrada de la tienda, y una ráfaga de aire frío pasó al interior mientras entraba un hombre. La luz del farol se reflejó suavemente en su casco, y en la espada que llevaba en la mano. Astrid se incorporó y se apoyó en un codo, con el corazón acelerado, mientras él avanzaba hacia la cama. Al llegar junto a ella, se detuvo y la miró. A ella se le secó la garganta. Quería huir, pero entre aquel intruso y ella solo había una manta de piel y, bajo la manta, estaba desnuda.

Con los ojos muy abiertos, lo vio envainar la espada y quitarse el casco, aunque la luz había quedado a su espalda y no pudo distinguir su rostro. Le resultaba familiar, pero…

Él se desabrochó el cinto de la espada y lo dejó caer al suelo y, poco a poco, fue despojándose de la ropa hasta que quedó desnudo y se unió a ella bajo la manta. Ella se deslizó al otro lado de la cama, pero él la tomó por la cintura y se la acercó, mientras ahogaba sus protestas con un beso. Poco a poco, ella se rindió a sus labios y abrió la boca para aceptar su lengua. Él le acarició la piel con sus manos cálidas y excitantes, y la exploró de una forma cada vez más íntima, hasta que llegó a su sexo. Pasó un dedo, con delicadeza, por su carne resbaladiza, y ella jadeó al sentir el calor de la pasión…».

Astrid abrió los ojos y percibió la luz grisácea del amanecer. La tienda había desparecido, y las sombras también, pero el hombre no. En aquella ocasión, cuando lo miró a la cara, sí supo quién era.

—Leif.

Su mente empezó a despertar y a separar el sueño de la realidad. Aquel cuerpo duro y musculoso estaba presente en ambos, como la cama y la manta. La notó en la piel desnuda, y frunció el ceño. La noche anterior, cuando se había acostado, llevaba su combinación, pero en aquel momento no. Al verse desnuda, la confusión se convirtió en indignación.

Leif no tuvo ningún problema para interpretar su expresión.

—La enagua estorbaba, así que te la he quitado.

—Pero… Tú…

Astrid se quedó sin aliento al notar que él atrapaba uno de sus pezones con los labios, y se lo succionaba suavemente.

—¿Leif?

—¿Ummm?

—No va a funcionar —dijo ella, y tuvo que contener un escalofrío mientras el pezón se endurecía bajo la lengua de Leif—. Si piensas que voy a... que yo... —entonces, jadeó y el resto de su frase se convirtió en un murmullo incoherente.

Él deslizó los labios hacia arriba, hacia su cuello, y le besó la garganta. Allí donde la rozaban sus labios, Astrid sentía un calor ardiente. Mientras, sus deliciosas caricias continuaron.

Astrid tragó saliva. Aquel hombre era un desvergonzado sin conciencia. No podía permitir que se saliera con la suya. Él le tiró suavemente del lóbulo de la oreja y le causó un escalofrío por todo el cuerpo. Debía resistir, hacer que parara.

Él encontró con los dedos el pequeño botón que estaba buscando, y se lo acarició suavemente. A ella se le aceleró la respiración y, de repente, ya no quiso que parara. El calor se intensificó en su cuerpo y se convirtió en un nudo tenso. La sangre comenzó a correrle a toda velocidad por las venas, y ella cerró los ojos e intentó alcanzar una sensación escurridiza que había notado antes. La tensión aumentó y comenzó a extenderse en ondas, e hizo temblar todo su cuerpo. Fue seguida por otra oleada de placer, más fuerte en aquella ocasión. Astrid jadeó mientras su cuerpo se estremecía bajo la mano de Leif.

—¡Por todos los dioses!

Entonces, él entró en su cuerpo, despacio, deslizándose poco a poco; pero ella estaba impaciente y hambrienta de algo que quería alcanzar. Por instinto, cerró las piernas alrededor de su cuerpo e intentó atraparlo más profundamente. Sin embargo, él la hizo esperar, jugueteando y seduciéndola para que el fuego aumentara en su interior, para llevarla consigo. Astrid se retorció y se arqueó contra él, clavándole las uñas en la espalda.

—Leif, por favor... te lo ruego...

Las palabras se le quedaron en la garganta, pero su mirada oscurecida de deseo transmitió lo que ella no podía decir. El ritmo aumentó, y Leif comenzó a acometer más y más profundamente. Ella notó un calor exquisito en la pelvis y alcanzó el clímax cuando la tensión explotó dentro de ella y la recorrió en ondas de increíble placer. Por un momento, Leif le clavó su mirada azul y abrasadora y, al instante, ella notó que se estremecía al llegar al éxtasis. Entre jadeos, Astrid cerró los ojos, sintiéndose saciada, pero también ardiente, con un asombro enorme por la respuesta que él le había arrancado. En aquella ocasión, todo había ido más allá de la posesión física. En aquella ocasión, él le había robado el alma, y ella estaba irremediablemente perdida.

Sin embargo, sabía que las emociones de Leif no estaban comprometidas. Sabía que él amaba a otra mujer, y deseaba con todas sus fuerzas que no fuera así.

Leif miró a la mujer que dormitaba entre sus brazos, y cerró los ojos, como ella, para abandonarse momentáneamente a aquella languidez. Hacía mucho tiempo que había entendido que Astrid tenía una naturaleza muy sensual, y se había propuesto avivarla. Al tomarla por sorpresa, totalmente relajada, había superado toda su resistencia, tal y como esperaba, pero la experiencia había superado todas sus expectativas. Todo su ser reverberaba de satisfacción y, sin embargo, el deseo no se había aplacado. Muy al contrario…

Poco después, Astrid despertó al notar una caricia en la espalda. Abrió los ojos y vio que Leif la estaba mirando con una expresión inconfundible. Aquella expresión le produjo un cosquilleo en la piel, pero también despertó nuevamente todas sus dudas. Él era un amante experimentado y, si se había esforzado tanto por complacerla, era por un motivo concreto. Tenía que saber cuál iba a ser el resultado, la agitación mental que iba a provocarle. Aquello no podía haber sido accidental.

—¿Por qué estás haciendo esto, Leif?

—Deberías haberlo comprendido ya.

—¿Es que no tienes compasión?

A él le brillaron los ojos.

—No.

Astrid se puso muy rígida. Se hubiera alejado, pero él se lo impidió. La miró con sorpresa.

—¿Qué te pasa? ¿Ocurre algo malo?

—No voy a hacer esto, Leif.

Él sonrió.

—¿Quieres apostarte algo?

—Lo digo en serio —replicó ella, y se incorporó, tapándose el pecho con la manta de piel—. Ya te has divertido lo suficiente.

A él se le apagó un poco la sonrisa.

—Me ha dado la impresión de que también ha sido divertido para ti.

—Esa no es la palabra que yo utilizaría.

—¿De veras? ¿Y cuál utilizarías?

—Podría decirte unas cuantas: increíble, maravilloso, conmovedor… Ha sido todas esas cosas. Pero también ha sido cruel y malintencionado.

Leif se incorporó y se apoyó en un codo.

—¿Disculpa?

—No lo niegues: lo has hecho a propósito.

—Claro que lo he hecho a propósito. Quería proporcionarte placer. ¿Por qué es eso cruel y malintencionado?

—Ya sabes por qué.

—No, no lo sé. Explícamelo.

—Deja ya esto, Leif.

Astrid intentó darse la vuelta, pero él la agarró del hombro y se lo impidió.

—¿Dejar qué? ¿Qué significa esto?

—¿Es que vas a fingir que no sabías cuál iba a ser el efecto? ¿Vas a decirme que todo esto no ha sido más que una manipulación emocional?

—El efecto ha sido exactamente el que yo esperaba que fuera, aunque nunca había oído esa descripción.

—Querías fortalecer mis sentimientos hacia ti.

—Exacto —respondió él, y la tendió sobre el colchón, sujetándola—, y antes de que termine, tus sen-

235

timientos serán tan fuertes que nunca vas a volver a mirar a otro hombre. Me pertenecerás en cuerpo y alma.

Ella forcejeó.

—Eso es lo que te gustaría, ¿verdad?

—Por encima de todo.

—Claro.

Él frunció el ceño.

—¿Te importaría explicármelo?

—Qué maravilloso debe de ser que tu cautiva se enamore de ti. Qué gratificante. Y, sin embargo, no vacilarás a la hora de romperle el corazón después.

Él palideció, y su mirada le causó un aleteo en el estómago a Astrid.

—Me gustaría pensar que tengo el poder de romperte el corazón, pero no soy tan ingenuo.

—Tú no estás interesado en mi corazón. Ya perdiste el que te interesaba.

—¿De qué estás hablando?

—De tu esposa. Es la mujer a la que no puedes olvidar.

Entonces, él la soltó bruscamente.

—En eso tienes razón. No puedo olvidarla, por mucho que lo intente.

Astrid se sentó.

—Nunca has vuelto a casarte por ella, ¿verdad? Por eso evitas cualquier relación duradera con las mujeres.

—Eso no es de tu incumbencia.

—Diez años es mucho tiempo.

—No lo suficiente.

—¿Por qué te dejó, Leif?

—Déjalo, Astrid .

—¿Fue después de que muriera Sigurd?

—Estás hablando de algo que no sabes —respondió él. Entonces, se levantó y comenzó a vestirse.

—¿Me he acercado demasiado a la verdad?

Él la fulminó con la mirada.

—No digas una palabra más.

Ella se quedó callada al darse cuenta de que había ido demasiado lejos. Leif terminó de vestirse y se marchó.

Astrid se desplomó sobre la cama, con el corazón en un puño. No era su intención provocarle tanto, pero no había podido evitarlo. Sabía que le había causado dolor, pero ese mismo dolor había confirmado sus sospechas: Leif seguía enamorado de su mujer. Eso nunca iba a cambiar.

Hasta aquel momento, nunca había sentido celos, pero tampoco había amado. Había pasado mucho tiempo luchando contra la atracción y no había querido llamarla por su nombre. Sin embargo, después de la noche anterior no podía seguir engañándose a sí misma, y se sentía más vulnerable que nunca.

Leif salió del edificio para tomar un poco de aire fresco. La mañana era fresca y tranquila, al contrario que el lecho de espinas que acababa de dejar. ¿Cómo era posible compartir tanta intimidad y, al momento, estar completamente enfrentado con una mujer? Las acusaciones de Astrid le resonaban en los oídos. Le había dolido mucho que ella lo creyera capaz de intentar manipularla de una forma tan despiadada. Y, además, sentía una punzada de culpabilidad, porque, al principio sus actos habían estado motivados por la ira, y él estaba completamente convencido de que actuaba con justicia…

Desde entonces, las cosas habían cambiado gradualmente, y él casi no se había dado cuenta de que los cambios eran tan profundos….

Con respecto a lo demás… Astrid tenía el don de encontrar sus puntos débiles. Parecía que sabía, exactamente, dónde debía clavar el cuchillo. Leif suspiró; sus heridas estaban cerradas solo en la superficie, y ese era el motivo por el que había reaccionado de una manera tan destemplada. Había pretendido enterrar el pasado y no volver a hablar de él, pero no había conseguido dejar descansar a los fantasmas. Astrid lo había percibido, aunque se hubiera equivocado en todo lo demás.

Volvió a exhalar un suspiro. Aquella situación estaba empezando a escapar de su control y, poniéndose a la defensiva, con ira, no iba a solucionar nada. Tomó una decisión y volvió hacia la casa.

Astrid todavía estaba en la cama, aunque no estaba dormida. Lo miró con asombro al verlo entrar, y él se sintió satisfecho. Por una vez, no estaba mal tenerla desconcertada. Por lo menos, podría decir lo que necesitaba decir antes de que ella le hiciera otra retahíla de acusaciones.

Tomó su ropa y se la arrojó sobre la manta.

—Vamos, levántate.

Diecinueve

Astrid lo miró con temor. Nunca le había parecido tan severo como en aquel momento, ni tan frío. No podía ignorar su orden, por muy arrogante que fuera. Se puso la enagua y la túnica y se levantó. Entonces, se puso los zapatos, y él la tomó del brazo.

Cuando salieron, ella lo miró a la cara.

—¿Adónde vamos?

—Ahora lo verás.

Aquella respuesta no era muy tranquilizadora, ni tampoco la fuerza con la que le agarraba el brazo, ni su paso rápido por el sendero que llevaba hasta el cementerio. Astrid sintió miedo.

—Leif, ¿qué pretendes?

Él no respondió, sino que continuó caminando. La hizo entrar por la puertecilla del cementerio y la situó junto a la tumba de Sigurd. Ella se estremeció.

—¿Para qué me has traído aquí?

—Tengo que decirte unas cuantas cosas, y quiero que me escuches.

Astrid se humedeció los labios.

—¿Qué cosas?

239

—Quiero aclarar algunos errores tuyos sobre mi pasado.

—Leif, yo no quería…

Él la atravesó con la mirada.

—Querías saber lo que ocurrió con mi esposa y mi hijo, ¿no?

Astrid asintió. Sabía que había entrado en un terreno peligroso, pero quería escuchar lo que Leif tuviera que contarle, quería entender la situación. Además, ya era demasiado tarde para retroceder.

Leif le soltó el brazo y se calmó.

—Te conté que mi matrimonio fue por amor, y es cierto. Al menos, hubo amor durante un tiempo. El primer año, Thora y yo fuimos muy felices, y cuando me dijo que estaba embarazada, la felicidad fue completa. Parecía que los dioses nos habían bendecido en todo: ella tuvo un niño sano, precioso.

—Sigurd.

—Sí. Sigurd. Era perfecto. Yo pensé que ningún hombre había tenido nunca un hijo tan maravilloso.

Astrid asintió.

—Sin embargo, después de que naciera el bebé, todo empezó a cambiar. Thora se hundió en la melancolía. Las mujeres mayores dijeron que, a veces, eso ocurría después del nacimiento de un niño, y que lo superaría. Pero no fue así —dijo Leif, y suspiró—. Yo no podía hacer nada para ayudarla. Al final, comenzó a sentir aversión por mí y por nuestro lecho. No podía soportar que la tocara. Y también comenzó a detestar al niño.

—¿Al niño?

—No quería tomarlo en brazos cuando lloraba.

No quería atenderlo, ni jugar con él. No quería ama-mantarlo. Preguntaba que por qué había de darle su leche, cuando él ya había tomado su sangre.

Astrid se quedó mirándolo con horror.

—¿Y qué hiciste tú?

—Las otras mujeres me ayudaron en todo lo po-sible. El niño terminó tomando leche de cabra, pero parecía que crecía sano.

—He oído estas cosas antes —dijo ella.

—Yo tenía la esperanza de que Thora se recupe-rara y todo volviera a la normalidad, pero ella cada día estaba peor. Yo no me di cuenta de lo mal que es-taba hasta que envenenó mi comida.

—¿La envenenó?

—Sí. Cuando empecé a sentir los dolores de es-tómago, pensé que era una indigestión, pero el dolor se agudizó mucho. Thora me dijo lo que había hecho, y yo conseguí beberme una jarra de agua con sal. Lo hice varias veces y vomité como un perro, pero ex-pulsé la mayor parte del veneno. Thora huyó —dijo él. Entonces, exhaló un suspiro tembloroso, y aña-dió—: En aquel momento, se me ocurrió ir a ver al bebé…

Astrid palideció.

—Oh, no.

—Por desgracia, el veneno había actuado muy rá-pidamente en él.

—¡Por los dioses!

—Yo desenvainé la espada y fui en busca de Thora. Pese al dolor y la enfermedad, los dioses me dieron fuerzas y la alcancé. Tenía intención de ma-tarla, pero no pude hacerlo, porque era evidente que no estaba en su sano juicio. Además, yo nunca he utilizado la espada contra una mujer.

—Así que te divorciaste de ella.

Leif asintió.

—Su familia se hizo cargo de ella, y la enviaron con unos parientes del norte. No he vuelto a verla desde entonces, ni deseo hacerlo —dijo, y miró la pequeña tumba—. Enterré a mi hijo y me marché, creyendo que nunca volvería. Sin embargo, los dioses tenían otros planes para mí.

—Leif, lo siento muchísimo.

—¿Qué es lo que sientes?

—Haber sacado conclusiones tan estúpidas.

Él se quedó en silencio durante unos segundos. Entonces, suspiró.

—Solo conocías parte de la historia.

—Ojalá me lo hubieras dicho, aunque entiendo por qué no lo hiciste.

—No quería hablar de ello nunca más. Solo quería empezar una vida nueva y dejar atrás el pasado. Tenía que haberme dado cuenta de que no iba a ser posible…

—Yo creo que no podemos dejar el pasado atrás. Tenemos que reconciliarnos con él.

—Puede ser. Eso todavía está por ver. De todos modos, tenemos que aclarar una cosa más.

—¿Qué cosa?

—Has hecho otros comentarios que no me han gustado demasiado.

—¿Qué comentarios?

—Los comentarios sobre la manipulación emocional.

—¿Vas a decirme que estoy equivocada?

—Sí, eso es lo que voy a decirte.

—Sin embargo, hasta hace muy poco hablabas de venganza.

—Mi venganza solo incumbe a los hombres y a las espadas.

—Ibas a violarme, Leif, ¿o es que lo has olvidado?

Él apretó la mandíbula.

—No, no lo he olvidado, ni tampoco he dejado de avergonzarme por ello. Permití que la ira me cegara, y eso no debería haber sucedido.

—También hablaste de una posesión distinta: de la de mi cuerpo y de mi alma, creo.

—Sí. Todavía quiero eso, pero quiero que me lo concedas libremente.

Astrid lo miró a la cara, buscando la sinceridad en su semblante, y la encontró. Entonces, ella sintió dudas, confusión, culpabilidad. ¿Era posible que hubiera interpretado las cosas de un modo tan erróneo?

—Quiero creerte.

—Y yo quería creerte a ti, creer en ti. Por eso te concedí el beneficio de la duda. ¿No puedes hacer tú lo mismo por mí?

—Si… Si confío en ti, ¿tendré que arrepentirme?

—Habrá tiempo de sobra para que lo averigües, ¿no crees?

—Sí, supongo que sí, si tus enemigos no te matan antes.

—No es fácil acabar conmigo. Mientras, tú y yo tenemos que llegar a un acuerdo.

—¿Quieres una tregua?

—Sí, algo así. Podemos empezar olvidando lo de

la manipulación emocional. No voy a volver a tocarte hasta que tú no me lo pidas.

Astrid no esperaba aquello, y se sorprendió mucho.

—¿Y si nunca te lo pido? —le preguntó.

—Eso significaría que yo estoy equivocado con respecto a lo que ocurrió anoche —respondió él—. Pero creo que no estoy equivocado. Creo que tú me deseas tanto como yo a ti. La diferencia es que tú todavía no lo has admitido.

Astrid enrojeció. Sabía que Leif estaba en lo cierto; además, el deseo físico era solo una parte de la verdad, al menos para ella. Si, alguna vez, él averiguaba lo comprometidos que estaban sus sentimientos, su poder sobre ella sería absoluto.

—Al final, el deseo muere —dijo—. Para que una relación sea valiosa, necesita algo más.

—Está claro que entendemos de manera distinta la palabra «valiosa». Para mí, esta relación ya es valiosa. De lo contrario, no estaríamos teniendo esta conversación.

—Entiendo.

—Al principio te dije lo que podías esperar de mí. Eso todavía tiene validez, pero no esperes nada más.

—No vas a hacer falsas promesas. Lo recuerdo.

—Bien. Nunca fue mi intención engañarte.

De repente, las dudas desaparecieron, y Astrid no tuvo problemas para creer todo lo que él le decía. Su relación era todo lo valiosa que podría ser para Leif.

—Lo entiendo ahora —repitió ella.

—Me alegra eso.

Durante un instante, ambos permanecieron en silencio. Astrid no sabía lo que podía estar pensando

Leif, y tampoco estaba cómoda con lo que pensaba ella; lo único que quería era marcharse.

—¿Hay algo más que quieras decirme?

—No, nada más.

Ella asintió y se dio la vuelta. Leif se quedó donde estaba, aunque Astrid sentía que la estaba mirando mientras recorría el sendero de vuelta a la granja. Tenía los ojos llenos de lágrimas, pero no sabía por quién: por sí misma, por una madre enloquecida, por un niño asesinado o por el padre, que había enterrado su corazón con él.

Durante los dos días siguientes, Leif estuvo ausente de la granja la mayor parte del tiempo y, cuando volvía, pasaba las veladas nocturnas con Aron y el resto de los hombres. Al retirarse, Astrid ya estaba dormida. Se movía un poco cuando él se acostaba, pero no despertaba. Él se quedaba mirándola un rato, suspiraba y apagaba la luz.

Se quedaba despierto un buen rato, notando su presencia y su calor, recordando lo maravillosa que había sido la última noche en que habían hecho el amor. Tenía la tentación de romper su promesa, pero se contenía con gran esfuerzo. La próxima vez que tomara a Astrid, sería por petición suya. No iba a hacer ningún daño esperar unos cuantos días. Si estaba en lo cierto, ella sentiría muy pronto la falta de relaciones, y tanto como él.

Sin embargo, pasaron tres días, y aquella invitación no llegó. Astrid era muy cortés y obedecía sin protestar, pero no daba señales de desear más intimidad. Cuando pasó una semana, él empezó a dudar. ¿Y si nunca se lo pedía? ¿Acaso era aquello una forma de venganza hacia él? De ser así, tenía que admitir que Astrid era muy poderosa, más de lo que él hubiera pensado.

Leif intentó paliar su frustración con el ejercicio físico, cabalgando y haciendo prácticas de combate con sus hombres. Al final del día estaba sudoroso, sucio y dolorido, así que solía darse un baño en el fiordo, con la esperanza de que el agua le enfriara la sangre. Nadaba un rato y, después, se tumbaba en una roca plana para secarse. Entonces, recordaba su estancia en la isla, aquella vez en que había visto a Astrid vestirse después de un baño.

Últimamente, solo podía pensar en ella. En algún momento, el deseo físico se había convertido en una necesidad que le causaba dolor. Y, por si eso fuera poco, no sabía qué iba a hacer al respecto.

Astrid estaba ayudando a Ingrid a preparar la cena. Trabajaban en silencio, cortando y troceando metódicamente las verduras para la olla. De vez en cuando, Ingrid miraba de reojo a su compañera, pero Astrid estaba demasiado ensimismada como para darse cuenta.

Al principio, estaba demasiado distraída con la situación como para notar la falta de su último periodo, pero eso, combinado con otros cambios, había acabado llamándole la atención. El embarazo la había dejado asombrada, sin saber si llorar o reír. Al final, había hecho ambas cosas.

Durante varios días había oscilado entre la euforia

y la tristeza: la primera, porque estaba embarazada de Leif, y la segunda porque temía su reacción. No creía que recibiera la noticia con alegría, y sabía que no podía esperar que le ofreciera matrimonio. Sin embargo, Leif tenía derecho a saber que iba a ser padre de nuevo, y ella debía decírselo antes de que su embarazo se hiciera evidente.

Quería hablar con él a solas, tan lejos de la granja como fuera posible.

Cuando terminó de preparar las verduras, salió y buscó a Leif. Aron le indicó que el amo se había marchado en dirección al fiordo, y ella se dirigió hacia allí. Al principio, parecía que la zona estaba desierta, pero al mirar bien, atisbó a un hombre sentado en una roca plana. Estaba desnudo; su ropa estaba apilada junto a él. Se preguntó si estaba dormido y, como no quería despertarlo, se sentó a esperar en la ladera cubierta de hierba que había junto a la peña.

Llevaba diez minutos allí cuando Leif comenzó a moverse. Se puso en pie, y a ella se le cortó la respiración al ver su magnífico cuerpo. Tenía los hombros anchos y la cintura y las caderas delgadas, y las piernas muy largas. No había ni un gramo de grasa a la vista, solo músculos duros. Él fue vistiéndose poco a poco y, cuando se hubo calzado y se dio la vuelta, la vio por primera vez. Se sorprendió, pero se recuperó pronto y se acercó a ella. Astrid respiró profundamente y se puso en pie.

—Qué sorpresa —dijo él—. ¿Cuánto tiempo llevas aquí?

Ella sonrió.

—Oh, un rato.

Leif arqueó una ceja.

—¿Cuánto rato, exactamente?

—Lo suficiente para poder admirar la vista. El paisaje de esta parte es verdaderamente magnífico.

A él le brillaron los ojos.

—¿De veras?

—Sí —dijo ella, mirándolo con una expresión de inocencia—. Creo que es por la combinación de las rocas, los árboles y el agua.

Él sonrió.

—Pero no has venido aquí solo para admirar el paisaje.

—No, he venido a buscarte.

—Eso me agrada. Estaba empezando a pensar que mi compañía se te había hecho pesada.

—¿Cómo? —preguntó ella, mirándolo con confusión—. ¿Por qué pensabas eso?

—No importa. ¿Por qué querías verme?

Astrid respiró profundamente y se lo dijo. Durante unos segundos, él se quedó inmóvil, y su expresión se volvió indescifrable. A Astrid comenzó a latirle el corazón con mucha fuerza, golpeándole el pecho, de miedo y de esperanza a la vez.

—Bueno —respondió Leif, por fin—. Supongo que eso tenía que suceder, al final.

—Sabías que sucedería. ¿Cómo no iba a suceder?

Claramente, él asumió que la pregunta era retórica, porque no respondió. Le miró la parte delantera del vestido, pero aún no había ni la más mínima señal de vida en su vientre.

—¿Estás segura?

—Sí.

—¿Cuándo nacerá el niño?

—En primavera.

Él asintió, e hizo una pausa.

—Entonces, no está muy avanzado todavía.

—No, ¿por qué?

—Si te desagrada la idea de estar embarazada, hay formas de evitarlo. Hay mujeres sabias que pueden proporcionarte pociones.

Astrid se encogió como si acabara de golpearla.

—¿Qué?

—Solo quería decir…

—Sé lo que querías decir, Leif, y la respuesta es no. Puede que este niño sea una molestia para ti, pero yo no voy a hacerle ningún daño.

—No estoy hablando de molestias.

—¿No?

—La maternidad les hace cosas a las mujeres, Astrid. Les retuerce la mente hasta que se convierten en completas extrañas, incluso para su familia.

En aquel momento, la máscara cayó del rostro de Leif, y ella vio un profundo dolor en sus ojos. Al reconocer el motivo, su ira se aplacó. Astrid buscó las palabras que necesitaba.

—Lo que le ocurrió a Thora fue horrible, pero no tiene por qué volver a suceder. Su caso fue poco corriente y trágico. La mayoría de las mujeres se sienten felices cuando dan a luz, y adoran a sus bebés.

—Puede ser. Yo no lo sé.

—Pero lo sabrías, al final, si…

—¿Si qué?

—Si quisieras que me quedara.

Él frunció el ceño.

—Ya te he dicho que quiero que te quedes. Esto no cambia las cosas.

—Esto va a cambiar mucho las cosas, Leif. Yo quiero que mi hijo conozca a su padre.

Lo reconoceré.

Aquellas palabras le proporcionaron un gran alivio, pero todavía había un problema sin resolver. Ella lo miró a los ojos.

—No quiero que nuestro hijo sea bastardo, Leif. ¿Vas a convertirme en tu esposa, y a darnos un lugar honorable a mi hijo y a mí en el mundo, en tu vida?

—¿De veras crees que es el matrimonio lo que convertiría esta relación en algo honorable?

—El pasado no tiene por qué dictar lo que ocurra en el futuro. Me gustaría demostrártelo.

—No hay nada que puedas enseñarme sobre el matrimonio, y quienes no aprenden de los errores del pasado son tontos. Yo no voy a repetir los míos.

A ella se le encogió el corazón.

—No tienes por qué decidirlo ahora. Lo único que te pido es que pienses en lo que te he dicho.

—Ya te dije cómo iban a ser las cosas, Astrid, y así es como van a ser. Para el mundo, tú eres mi mujer, y yo reconoceré al niño. Confórmate con eso.

—No puedo. Ahora tengo que pensar en alguien más que en mí, y el niño no tiene por qué sufrir por causa de algo que no es culpa suya.

—El niño no va a sufrir.

—Eso no es verdad, Leif, y tú lo sabes. Llevará el estigma durante toda su vida.

—Un hombre se hace su propia fama. Eso es lo que queda después de él, no los detalles de su nacimiento.

—Puede que sea una niña. Y entonces, ¿qué? ¿Cuál será su fama?

—Una buena dote.

—No pensaba que fueras tan cínico.

—No soy cínico. Sé cómo funciona el mundo.

—¿De verdad? Pues yo creo que no sabes nada, por lo menos, de lo que es realmente importante.

Entonces, Astrid se dio la vuelta y se marchó hacia la granja.

Leif la vio marchar y soltó una maldición en voz baja. Pese a lo que le había dicho a Astrid, la noticia le había tomado por sorpresa, y despertó de nuevo una serie de recuerdos dolorosos. También despertó el miedo.

Una parte de su mente sabía que lo que ella había dicho era cierto: lo que había ocurrido con su mujer y con su hijo no era normal. Por un momento, vio a un niño precioso y sano sonriéndole desde la cuna. Sin embargo, aquella imagen fue sustituida por otra, en aquella ocasión la de un niño inerte, con los labios azules, que no reaccionó a ninguno de sus intentos de resurrección. Leif tuvo un espasmo de dolor familiar en el estómago y cerró los ojos para esperar que pasara.

Se dijo que todo aquello había quedado en el pasado. No era probable que se repitiera, pero ¿y si se repetía? ¿Y si Astrid se distanciaba de él? ¿Y si ella también empezaba a mirarlo con odio? ¿Y si rechazaba su lecho y sus caricias? Le había negado su cuerpo durante toda la semana anterior; tal vez aquello fuera el comienzo de todo.

Tuvo náuseas, y vomitó. Cuando su estómago quedó vacío, se tendió en la hierba hasta que pasó el dolor. Una vez más calmado, pudo pensar mejor. Todavía estaban al inicio del embarazo, así que era demasiado pronto para crearse esperanzas o tener miedo. Lo que tuviera que suceder, sucedería. Mientras, tenía que ocuparse de otros asuntos, de cosas que lo mantendrían distraído y apartado de la oscuridad.

Veinte

La conversación con Leif había dejado a Astrid a punto de llorar, pero se negó a hacerlo. Las lágrimas no iban a cambiar la situación, ni servirían de ayuda. Además, aunque no hubiera conseguido que él accediera a formalizar la situación, las cosas podrían haber sido peores. Al menos, no la había echado de la granja, ni se había negado a reconocer al niño.

Por otro lado, tampoco había podido disimular sus sentimientos. La sugerencia de que abortara le había causado espanto, aunque sabía que la motivación de Leif no era librarse de algo que le molestara, sino el miedo. Hasta aquel momento, ella no se había dado cuenta de lo mucho que le había marcado el pasado.

Teniendo en cuenta las heridas de Leif, su petición había sido una estupidez: estaba claro que no iba a casarse con ella. Tenía demasiado miedo de que el desastre anterior se repitiera. Aunque pensaba tenerla a su lado, sería con sus condiciones. Astrid suspiró; Leif se lo había dejado claro desde el principio, y ella había sido una ingenua al pensar en que podría cambiarlo. Mientras tuviera su protección, todo iría bien, pero ¿y si la perdía? ¿Y si él moría en alguna batalla?

No sabía cómo enfrentarse a aquella situación. Las lágrimas y los ruegos no iban a servir. La ira y la frialdad solo servirían para alejarlo de ella y empeorarlo todo. Después de haber sufrido el rechazo cruel de la persona a la que más quería en el mundo, Leif había endurecido su corazón para protegerlo de otras posibles heridas. Ella tenía que conseguir que volviera a confiar y a amar. Sin embargo, el amor no podía conseguirse con órdenes, ni iba a crecer en un ambiente de frialdad y recriminación. Para recibir amor, había que dar amor.

Para su sorpresa, cuando Leif llegó aquella noche al dormitorio, Astrid no mencionó la conversación anterior, ni se comportó de una manera fría o resentida con él. Lo saludó amablemente. Él vio que ya se había desvestido y que se estaba cepillando el pelo antes de acostarse; la melena le caía por los hombros como una cortina de oro pálido. La combinación de lino le dejaba ver las pantorrillas y los tobillos, e insinuaba las curvas de su figura. Él apretó los dientes y comenzó a quitarse la ropa.

Llevaba un rato en el lecho cuando ella terminó de peinarse; durante aquel tiempo, él se había puesto tenso de impaciencia y deseo. Tuvo la tentación de agarrarla, tenderse sobre ella y salirse con la suya. Sin embargo, había hecho una promesa y, además, Astrid estaba embarazada. Si se dejaba llevar por sus instintos, cabía la posibilidad de que le hiciera daño.

Por fin, Astrid dejó el cepillo en la mesa; apagó el farol y se acostó. Al hacerlo, le rozó la pierna con la suya; solo fue un contacto ligero, pero aumentó la tensión de su vientre. Leif cerró los ojos y contuvo un gruñido.

Ella se tendió de costado.

—Buenas noches —dijo.

Leif apretó los dientes y consiguió murmurar una respuesta. Era evidente que ella no tenía intención de hacerle la invitación que él esperaba, pero, al menos, ya sabía cuál era el motivo, y no era por capricho ni por venganza, sino porque estaba embarazada. No había ninguna hostilidad hacia él todavía, pero llegaría. Mientras, ella ya había empezado a rechazarlo.

Se quedó despierto durante un largo rato, escuchando la respiración tranquila de Astrid, hasta que se sumió en un sueño inquieto.

Cuando Astrid se despertó, era temprano, y todo estaba en silencio. Giró la cabeza para mirar a su compañero, pero él seguía dormido. Tenía una expresión tranquila, casi de niño. Se deleitó con los rasgos marcados de sus pómulos y su mandíbula, con la boca carnosa, con la sombra de la barba que tenía en la barbilla. Los hematomas ya habían desaparecido, y el corte de la cabeza se había convertido en una cicatriz pálida. Estaba empezando a crecerle el pelo. Al final, sería igual que era antes de caer en las garras de Hakke, al menos exteriormente. Ojalá los recuerdos pudieran borrarse con tanta facilidad.

Dejó que su mirada se deslizara un poco más,

hasta el lugar en el que su cuello se unía con su hombro, un lugar que parecía hecho para que sus labios lo besaran. Aquel pensamiento dio lugar a otros, y al recuerdo de la última vez que habían estado juntos, y Astrid sintió un repentino calor en lo más profundo del su cuerpo. De repente, todas las preocupaciones empezaron a desvanecerse, y solo quedó el hombre que estaba a su lado. «No voy a volver a tocarte hasta que tú me lo pidas».

Lo miró dubitativamente. Quería despertarlo. No, quería excitarlo. ¿Tendría aquel poder? ¿Qué ocurriría si daba rienda suelta a lo que se le estaba pasando por la cabeza? ¿Se enfadaría Leif si alteraba su sueño? ¿Seguiría deseándola, ahora que estaba embarazada? Se mordió el labio, atrapada entre la duda y el deseo. Entonces, recordó que no habían hecho el amor desde hacía una semana, y que, si quería superar sus defensas, tendría que aprovechar todas las oportunidades disponibles. No sabía cuál iba a ser su reacción, pero solo había un modo de averiguarlo…

Leif sonrió y se movió en un sueño delicioso. Tenía el vientre tenso, y sintió un arrebato de calor entre los muslos bajo una caricia delicada pero persistente. Tomó aire y se dio cuenta de que estaba erecto. Las caricias se intensificaron. Abrió los ojos, y se dio cuenta de que Astrid lo estaba observando.

—Buenos días, mi señor.

Él pestañeó. Cuando trató de hablar, solo consiguió emitir algo similar a un graznido. Antes de que se le aclarara la cabeza, Astrid apretó el cuerpo contra el suyo, y comenzó a acariciarle la espalda y las nalgas mientras le besaba el cuello y el pecho. Él notó que le tiraba suavemente del lóbulo de la oreja con los dientes, y comenzó a temblar.

—Ten cuidado, porque estás jugando con fuego.

Astrid no respondió; lo tendió boca arriba y se sentó sobre él a horcajadas. Sin embargo, en vez de permitir que él entrara en su cuerpo, tal y como él esperaba, se inclinó hacia delante y le rozó el pecho con los senos. Él tuvo que contener un gemido, y el corazón se le aceleró. Notó un arrebato de calor en el vientre, donde se le estaba formando un nudo de tensión. Ella repitió el movimiento, y a él se le cortó la respiración.

—Por todos los dioses, ¿es que no tienes piedad?

Astrid lo miró atentamente y le devolvió una sonrisa llena de picardía.

—No, no tengo piedad.

Él se arqueó hacia ella, y ella sonrió y adaptó la posición para acogerlo en su cuerpo. Él se estremeció y gruñó, y aquella reacción le dio ánimos a Astrid, que comenzó a moverse lentamente. Leif, con la respiración entrecortada, la agarró de las caderas para hundirse más en ella, pero vaciló.

—¿Te hago daño?

—No, no me haces daño.

De todos modos, tuvo cuidado, se movió con delicadeza y controló el deseo para saborear el momento. Notó sus músculos apretándole el cuerpo, proporcionándole una sensación exquisita. Él alzó las manos hasta sus pechos y se los acarició. Astrid jadeó, y él sintió que se estremecía. Se hundió más profundamente, aumentó el ritmo y se abandonó un poco más al placer. Aquello provocó una serie de estremecimientos en Astrid y, entonces, para él fue imposible contenerse más. Leif alcanzó el clímax y arrastró a Astrid consigo.

Con el corazón acelerado, él cerró los ojos, intentando conciliar sus miedos con lo que acababa de suceder. Nunca se lo hubiera esperado; había sido asombroso, maravilloso. Aquella experiencia había hecho que se sintiera completo de nuevo.

Notó la caricia del pelo de Astrid en la piel, y el roce de sus labios en la boca antes de que ella se acurrucara a su lado. Él sonrió y abrió los ojos para mirarla. Era una persona polifacética, y esa era una parte de su atractivo; resultaba impredecible. Podía ser una seductora, una mujer servicial y una gata salvaje. Por mucho que aprendiera de ella, siempre quedaba algo nuevo por descubrir. Aquello le intrigaba y le deleitaba.

Ella sonrió y apoyó la cabeza en su pecho. Entonces, un nuevo pensamiento se cruzó por la cabeza de Leif: ¿Acaso aquella seducción podía tener una segunda intención, un propósito oculto? Fueran cuales fueran sus motivos, ella lo había cautivado. Sin embargo, todavía estaban en los primeros días de su relación. ¿Sobreviviría la pasión al embarazo y el parto? A él se le encogió el corazón. No sabía qué le resultaba más doloroso, si la esperanza o el miedo.

Sin embargo, durante las siguientes semanas, el comportamiento de Astrid no cambió, y Leif no detectó ninguna de las señales de alteración mental que había percibido en Thora. Durante el día, él estaba muy ocupado, y Astrid también. Por las noches, charlaban; él le contaba cómo había pasado el día y ella escuchaba con atención y hacía preguntas muy oportunas, cuyas respuestas comentaba acertadamente. Leif se dio cuenta de que tenía una mente ágil e inteligente. Además, sabía escuchar, y era muy fácil hablar con ella. Cuando se retiraban, hacían el amor, y ella correspondía a su pasión. Además, se ocupaba de su bienestar: procuraba que su ropa estuviera limpia y remendada, y que su dormitorio estuviera limpio y ordenado. Él sabía que, además, contribuía en el funcionamiento de la granja llevando a cabo varias tareas y aliviando a Ingrid de algunas de sus cargas. Aunque nunca había vuelto a mencionar aquel asunto, Astrid estaba adoptando calmadamente el papel de una esposa. Eso no desagradaba a Leif, puesto que indicaba que había aceptado su decisión. Aquella forma de vida era muy buena, y ningún voto matrimonial podría mejorarlo.

Un día, llegó un *knörr* de Sogn. Comparado con las líneas esbeltas de un *drakkar*, el barco de guerra, el *knörr*, que era la embarcación propia del comercio, parecía un escarabajo gordo. Se impulsaba principalmente a vela, tenía cubierta de proa y de popa y mucho espacio para la carga. Aquella embarcación era del hermano de Ingrid, Harald, que comerciaba por toda la costa y se dirigía a Vestfold con un cargamento de pieles, hierro y ámbar. Sus hombres y él visitaban frecuentemente la granja, y recibieron una cálida bienvenida. Aparte de los productos que transportaban para vender, siempre les llevaban noticias de todas partes.

Leif esperaba saber algo de Finn y de Erik, pero Harald no sabía nada de ellos.

—Bueno, la falta de noticias es una buena noticia —dijo Aron.

Leif asintió.

—Seguramente, tienes razón.

—Si Steingrim o Thorkill los hubieran alcanzado, lo sabríamos. Un enfrentamiento así no habría pasado desapercibido.

—¿Enfrentamiento? —preguntó Harald—. ¿Me he perdido algo?

Su cuñado le hizo un breve resumen.

—Si me entero de algo, seréis los primeros en saberlo —dijo Harald.

—Te lo agradecería —respondió Leif.

—Espero que vuestros familiares acaben con esos canallas, mi señor. Mucha gente se alegraría, yo incluido. Steingrim y sus hombres me robaron un cargamento de hierro hace un par de años, así que les estaría bien empleado.

Leif entendía aquel razonamiento, puesto que conocía el precio del hierro. Era un lujo escaso, así que resultaba caro. Debía de haber sido una pérdida grave para Harald.

—Mis muchachos son hábiles con las armas —dijo Harald—, pero solo somos siete, y ellos eran treinta. No tuvimos más remedio que entregarles la carga, pero nos costó, os lo aseguro.

—Me sorprende que os dejaran con vida.

—Seguramente nos habrían matado, pero apareció otro barco, así que se marcharon antes de que alguien pudiera enfrentarse a ellos.

Aron asintió.

—Steingrim y los de su calaña no luchan a menos que estén seguros de que van a ganar.

—Pues recibirán lo que se merecen —dijo Leif—, como el resto de nuestros enemigos.

—Brindo por ello —respondió Harald.

Aparte de cumplir con su parte de las tareas domésticas, Astrid comenzó a coser la ropa del bebé y, mientras lo hacía, había comenzado a formularse preguntas. ¿Querría tanto Leif a aquel niño como a su difunto primogénito? ¿Le ayudaría el niño a curarse las heridas del pasado, o sería su presencia un constante recordatorio de la desgracia que había sufrido? ¿Y si enviaban a su hijo a criarse a otro lugar? Aquella posibilidad le helaba la sangre. Leif había dicho que iba a mantener al niño, pero eso no era lo mismo que quererlo.

Además, el niño iba a ser ilegítimo, y eso tendría repercusiones. ¿Cómo había podido ser tan ingenua para pensar que una relación informal con un hombre reemplazaría la seguridad del matrimonio? Se había convertido en una mujer más adulta, y más sabia. Y, sin embargo, si tuviera que hacerlo todo otra vez, ¿estaría dispuesta a casarse con Gulbrand? No. Para bien o para mal, Leif era el dueño de su corazón. El amor debería ser una pasión llena de alegría, pero, cuando no era correspondido, solo servía para hacer daño y causar tristeza.

Ingrid se fijó en la ropita que estaba cosiendo, y se acercó a observarla en silencio. Entonces, miró fijamente a Astrid.

—Estás embarazada.

—Sí.

—Entonces, él debería hacer lo que es honorable. No hay nada que se lo impida.

—Dice que reconocerá al niño.

Ingrid soltó un resoplido.

—Es lo menos que puede hacer. Pero, a ti, eso no te servirá de nada. Una mujer necesita la seguridad del matrimonio.

Aquello era exactamente lo que había pensado ella.

—Dice que me voy a quedar a su lado.

—Ese comportamiento es vergonzoso. Ya se ha divertido contigo. Ahora debe cumplir con su responsabilidad.

—Yo no tengo poder para conseguir eso, y tampoco tengo ningún pariente varón que actúe en mi nombre. Por lo menos, ningún pariente que quiera verme casada con Leif.

—Entonces, él debería apiadarse de tu condición.

Astrid se mordió el labio. No era piedad lo que quería.

—Mi única esperanza es que cambie de opinión.

—Alguien debería obligarle a que cambie de opinión —puntualizó Ingrid.

—No quiero que se case conmigo por obligación —dijo Astrid, y bajó la cabeza avergonzada.

—Estás enamorada de él, ¿verdad?

—Sí. Creo que siempre lo he estado.

Ingrid suspiró.

—El amor la pone a una en una terrible situación de desventaja.

—Lo sé, pero no puedo hacer nada al respecto.

—Bueno, creo que él no siente indiferencia por ti. He visto cómo te mira. Lo que pasa es que el muy bobo todavía no se ha dado cuenta, eso es todo.

Ojalá fuera tan sencillo.

Antes de que pudieran decir algo más, oyeron que un caballo se acercaba a galope a la granja. Las dos mujeres se miraron, dejaron la costura y se levantaron para investigar. Salieron por la puerta principal y vieron a un jinete que desmontaba de un salto y se acercaba a Aron apresuradamente.

—¿Qué te trae por aquí?

—Debo hablar inmediatamente con el *Jarl* Leif —respondió el jinete.

Astrid observó la escena con inquietud. Aquello no podía ser bueno, estaba bien segura. Pocos minutos después apareció Leif y comenzó a hablar con el hombre. Ella no oía sus palabras, pero la expresión de su cara solo sirvió para aumentar su inquietud.

Veintiuno

Hasta aquella noche, Astrid no supo cuál era la noticia. Leif había permanecido en la sala principal hasta entonces, hablando con sus hombres. Astrid se quedó despierta, esperándolo.

—Creía que ya estarías acostada —le dijo él.

—No habría podido dormir. ¿Qué ocurre?

—Parece que Gulbrand quiere venganza por la vergüenza de Vingulmark. Ha reunido un ejército y ha desafiado a Halfdan.

—¿Ha desafiado al rey? ¿Está loco?

—Es la locura del guerrero —respondió él.

—El ejército de Vingulmark quedó diezmado en la batalla de Eid. No es posible que Gulbrand tenga hombres suficientes.

—Si está tan seguro como para lanzar un desafío, es porque espera refuerzos de otra parte.

Astrid palideció.

—Mi tío.

—Entre otros. Me temo que va a llevarse una decepción.

—¿Por qué?

—Yo ya estoy preparado. Mi ejército está listo, y voy a volver a Vingulmark.

A ella se le encogió el estómago.

—¿A Vingulmark? Por favor, dime que no estás hablando en serio.

—Claro que sí. ¿Qué crees que he estado haciendo durante todas estas semanas?

Astrid sabía muy bien que había estado haciendo los preparativos y los planes para la venganza, pero el momento en que iba a llevarla a cabo nunca había sido especificado, hasta aquel instante.

—¿Y qué pretendes hacer?

—Matar a Einar y a sus hombres, y quemar su casa.

Astrid se estremeció de temor.

—No sabes cuántos hombres tiene, Leif.

—Yo tengo más que suficientes para enfrentarme a él. Además, no espera en absoluto mi presencia.

Ella tuvo que cerrar los ojos durante un momento para contener el pánico.

—¿Y si mi tío te mata?

—¿Acaso tienes tan poca fe en mi capacidad como guerrero?

—Sé que tienes una buena reputación en el campo de batalla, pero Einar es traicionero y astuto. Recurrirá al juego sucio si es necesario.

—Eso ya lo sé. Lo he experimentado en persona, ¿no te acuerdas? De todos modos, seré yo quien ponga fin al juego sucio de Einar de una vez por todas.

—Sus hombres son mercenarios, Leif. Matan por placer.

—Y, en esta ocasión, yo también.

A ella se le puso la piel de gallina. Aquel era un

aspecto desconocido de la personalidad de Leif, y no hacía que se sintiera cómoda.

—No lo hagas, por favor.

—Sé que esto no es fácil para ti, y que Einar es de tu familia. Sin embargo, no puedo olvidar ni perdonar su ultraje.

—No estoy pidiéndotelo porque Einar sea mi tío. Es malvado y odioso, y te hizo una gran ofensa. A mí también, y de una forma que tampoco puedo perdonarle —dijo ella, y se puso las manos sobre el vientre—. Hablo así porque no quiero que mi hijo pierda a su padre, incluso antes de nacer.

La expresión de Leif se suavizó un poco.

—Volveré. Tengo buenos motivos para hacerlo.

—Pero no lo suficientemente buenos como para impedir que te marches.

—No tengo intención de pasarme el resto de la vida en estado de alerta. Para evitarlo, tengo que terminar con Einar y sus aliados. Y, cuando me haya ocupado de él, iré a por Gulbrand.

A Astrid se le encogió el estómago.

—Quieres reunirte con Halfdan.

—Exacto.

—El rey puede ocuparse solo de este asunto, Leif.

—No lo dudo, pero de todos modos quiero estar allí. Gulbrand fue cómplice en la trampa que me tendieron, y lo pagará. Su muerte no será rápida, pero va a desearla más que nada en el mundo, y voy a mirarle a la cara mientras todo suceda. Va a saber quién le lleva al final de su destino.

Ella tragó saliva.

Le faltaba el aire, y estaba un poco mareada.

—Eso es algo más que venganza, Leif. Es una obsesión.

—Se convirtió en una obsesión para mí el día que me afeitaron la cabeza, me golpearon y me ataron en la perrera. Gulbrand va a morir, y Einar también. Les daré su cadáver apestoso a sus propios perros.

—Y, cuando hayas terminado, ¿qué? ¿En qué te habrás convertido?

—Seré un guerrero victorioso. Mi venganza se habrá completado.

—Pero no serás mucho mejor que ellos.

Leif frunció el ceño.

—¿Me igualarías a ellos?

—Un hombre no puede realizar semejantes actos sin que haya consecuencias para él. Una parte de esa maldad manchará su alma para siempre. No lo hagas, Leif. No permitas que suceda eso. Tú tienes un futuro distinto por delante: un hogar, una familia y la oportunidad de ser feliz. Lo único que tienes que hacer es tomarlo.

Leif no respondió, pero su mirada hablaba por él. Astrid se encogió como si la hubiera abofeteado.

—No quieres tomarlo, ¿verdad? Ese es el motivo por el que quieres marcharte.

—Tengo que cumplir mi juramento.

—Qué conveniente para ti.

—No tiene nada que ver con eso.

—¿No? Yo creo que la verdad es que prefieres irte a la batalla que quedarte aquí.

Él apretó la mandíbula.

—Cuando todo esto termine, volveré.

—Pero ¿para cuánto tiempo?

—Mi destino es correr aventuras, Astrid, no establecerme en un lugar. Siempre lo has sabido.

—Sé que es una forma de huida muy útil.

—No estoy intentando huir.

—Llevas intentándolo durante diez años. Tal vez ya es hora de que pares.

—Ahora, mi vida está en el mar.

—Y es más importante que la vida que podrías llevar conmigo y con tu hijo.

—No quería decir eso. Deja de poner palabras en mi boca.

—No es necesario. Tu boca ya lo hace bastante bien por sí misma.

Astrid se dio la vuelta; sabía que había perdido. Hacía tiempo que él le había explicado cuáles eran las condiciones de su relación, y no habían cambiado con el tiempo. Él no la quería, y saberlo era muy amargo.

Con el corazón encogido, Astrid se desvistió y se acostó. Leif hizo lo mismo y, durante un rato, permanecieron tendidos en silencio. Entonces, él se giró.

—No quiero que nos separemos enfadados, Astrid.

A ella se le formó un nudo en el estómago.

—Yo tampoco.

—Entonces, voy a despedirme a mi manera.

La abrazó, y ella cerró los ojos. No quería pensar en la batalla ni en ninguna otra cosa, así que se concentró en él y, durante un rato, en la oscuridad, pudo fingir que él la amaba.

Al día siguiente, Leif se levantó antes del amanecer y recogió su equipamiento de guerra: la cota de malla, el cinturón de la espada, el yelmo, el escudo y la lanza. Astrid lo observó en silencio. No tenía nada más que decirle y, de todos modos, no habría podido disuadirlo.

Cuando Leif estuvo listo, se giró hacia ella.

—No te preocupes, pillina. Nos veremos muy pronto.

—Que todo vaya bien, Leif.

—Si es voluntad de los dioses…

Se inclinó y la besó en los labios. Ella cerró los ojos y atesoró aquel momento para siempre. Él se retiró y, durante un segundo, la miró a los ojos. Después, sonrió débilmente y se dio la vuelta para salir.

Astrid siguió a los hombres, bajo el cielo gris de la madrugada, por el sendero que descendía hasta la cala en la que estaba fondeado el *drakkar*. Justo al lado del *Sea Serpent* había otra embarcación en la que iban a viajar los soldados recién reclutados. La mayoría eran de su clan, o le habían jurado lealtad, o ambas cosas. En total, eran unos ciento veinte hombres. Se oyeron saludos y risotadas en el silencio de la noche, mientras la tripulación del *Sea Serpent* embarcaba con sus baúles. Se sentaron y tomaron los remos. Lentamente, los barcos comenzaron por la cala.

Astrid permaneció inmóvil, observando su avance hacia la salida del fiordo, con el corazón encogido en el pecho, preguntándose cuántos de aquellos hombres volverían con vida. La venganza era el terreno de Vidar, un dios poderoso y despiadado que solo se sentía aplacada con la sangre. Contra aquella deidad, ella no tenía ningún poder. Tampoco tenía el poder de atar a Leif con el amor. Sus vidas se habían cruzado una vez, pero nada más. El efecto había sido breve y, muy pronto, él lo olvidaría todo. Su atención se desviaría hacia otras mujeres, y él obtendría placer con ellas y seguiría su camino. Con el paso de los años, la carcasa que protegía su corazón no haría otra cosa que endurecerse más y más. Ella había creído que podría llegar a él, que él correspondería a sus sentimientos. Sin embargo, era un anhelo sin esperanza. Era mejor estar sola que estar con un hombre que no podía amar.

Permaneció observando los barcos hasta que se perdieron en el horizonte. Para entonces, ya había decidido lo que iba a hacer. Lentamente, volvió hacia la granja y fue a ver a Ingrid para exponérselo.

—Necesito tu ayuda.

—¿En qué?

—Quiero que hables con tu hermano para que me consiga un pasaje en el *knörr* cuando vuelva a Vestfold.

Ingrid se quedó mirándola fijamente.

—¿Y qué vas a hacer en Vestfold?

—Allí tengo una amiga que me ayudará.

—No es fácil lo que pides.

—Lo sé, y no te lo pediría si pudiera evitarlo. Pero yo no puedo hacer esto sola.

Ingrid asintió, pero tenía una expresión preocupada.

—¿Estás segura de que esto es lo que quieres?

—No he tomado la decisión a la ligera.

—Leif se va a llevar un gran disgusto si no estás aquí cuando vuelva.

—Se repondrá rápidamente —respondió Astrid—, si es que vuelve.

—Volverá. Es un superviviente.

Astrid suspiró.

—Espero que tengas razón, y que los dioses le permitan volver sano y salvo. Sin embargo, las cosas entre nosotros no van a cambiar, y yo no las acepto tal y como son.

—Los hombres pueden llegar a ser muy tontos. Debería haberse casado contigo.

—No quiso, y tampoco quiso dejar esta última aventura cuando se lo pedí. Su corazón está dominado por el deseo de venganza, y eso ha matado lo que el pasado no consiguió matar.

—Me pregunto si el *Jarl* Leif conoce de verdad su corazón.

—En él no hay sitio para mí ni para su hijo. Al final, se cansaría de nosotros, y yo prefiero terminar ahora que ver cómo sucede eso.

Ingrid asintió lentamente.

—Lo entiendo, pero, al mismo tiempo, preferiría que te quedaras.

—No puedo —dijo Astrid, y le puso una mano sobre el brazo—. ¿Me vas a ayudar?

—Sí. Hablaré con Harald.

Cuando el *knörr* salió aquella mañana, Astrid estaba a bordo. Embarcó en el último momento, y se refugió en una esquina, junto a la carga, para pasar desapercibida. Ingrid le había dado una capa para abrigarse, comida y un poco de dinero para el viaje.

Después, se había despedido de ella con un abrazo. Por suerte, no había mucha gente por la zona para presenciar la marcha de Astrid, puesto que la mayoría de los hombres se habían marchado con Leif. De todos modos, observó la playa por si percibía señales de persecución mientras el barco salía a mar abierta; aunque no las detectó, se sintió inquieta hasta que el *knörr* tomó la curva del fiordo y la granja desapareció de su vista. Entonces, pudo respirar un poco más tranquila.

En cualquier otra situación, habría admirado las colinas cubiertas de vegetación y las praderas verdes, pero en aquel momento solo podía ver a Leif. Él iba a enfurecerse cuando supiera que se había marchado, porque no iba a tolerar que una mujer tomara tal decisión por sí misma. Sin embargo, ella tenía que hacerlo por respeto a sí misma. No era una esclava, y no tenía por qué obedecerle. Se le formó un nudo en la garganta, pero contuvo las lágrimas. No debía desear algo que no podía tener. Leif pertenecía al pasado, y ella tenía que mirar al futuro por su hijo.

Veintidós

Leif dio el alto a sus hombres al borde del bosque, y miró hacia el poblado de Einar: la casa principal, la casa de las mujeres, el establo, el granero, las perreras y los almacenes eran islas en un mar de tranquilidad. Entre la noche y la madrugada, el sueño era muy profundo pero, para aquellos que tenían que vigilar, proporcionaba luz suficiente. Leif se giró hacia sus compañeros.

—Nuestra batalla no es contra los esclavos ni los sirvientes. Si no ofrecen resistencia, dejadlos marchar indemnes. Nuestros objetivos son todos los demás —dijo, y miró a Harek y a los cuatro hombres que estaban más cerca de él. Vamos a ahumar a esas víboras para que salgan.

Harek se adelantó con una rama encendida en la mano. Sus cuatro compañeros llevaban odres llenos de aceite. Salieron del bosque y corrieron sigilosamente hacia la edificación principal del poblado; los demás siguieron su rastro. Mientras el grueso de los hombres rodeaba la casa con las espadas desenvainadas, sus compañeros rociaron la base de las paredes de madera con el aceite. Entonces, Harek tocó el aceite con la rama encendida y se retiró. La madera se prendió al instante y las llamas empezaron a devorar las paredes. Todos esperaron en silencio, con satisfacción.

Durante unos minutos no ocurrió nada, pero el fuego empezó a crecer violentamente, y el aire se llenó de un humo oscuro y acre. Los ocupantes del edificio empezaron a gritar y se oyeron voces de alarma y de confusión, mezclados con juramentos y con toses. Los sirvientes, desconcertados y asustados, comenzaron a salir por la puerta lateral. Al encontrarse con un muro de hombres armados, muchos de ellos retrocedían espantados, atrapados entre las llamas y las espadas. Una mujer se echó a llorar.

Entonces, Leif gritó:

—¡Marchad! ¡No queremos mataros! —se giró hacia sus hombres, y les ordenó—: Dejad que pasen.

El cordón se abrió y, por un momento, los fugitivos vacilaron con incredulidad y esperanza.

—¡Idiotas! —gritó Thorvald—. ¿Os vais o no?

Un hombre, más valiente que el resto, corrió hacia el agujero. Al ver que nadie intentaba detenerlo, los otros salieron corriendo tras él. Después, el anillo volvió a cerrarse.

Dentro del edificio, alguien quitó la tranca de la puerta principal y abrió de par en par. Las primeras figuras comenzaron a salir entre el humo.

—Ya vienen —dijo Thorvald.

Leif asintió.

—Matad a todos los que podáis, pero recordad que Einar es mío.

Algunos hombres, al salir y comprender cuál era el origen del peligro, gritaron para avisar a los demás. La mayoría habían tomado la espada, pero el resto de sus cosas estaban dentro del edificio, que estaba llenándose de humo a toda prisa. Durante un segundo, vacilaron, pero al ver que no tenían otra elección, se lanzaron al ataque. La lucha fue feroz, brutal. Los mercenarios de Einar luchaban con un valor nacido de la desesperación, tal y como Leif había previsto. Sin embargo, no tenía intención de perder a sus propios hombres si podía evitarlo. Ellos iban completamente equipados y tenían a su favor el elemento sorpresa, y él iba a aprovechar aquella ventaja.

Las paredes estaban ardiendo completamente, y el calor se había intensificado, empujando a los fugitivos hacia el enemigo que esperaba. Leif alzó la espada y la dejó caer hasta que suelo estuvo lleno de cadáveres, y el arma, llena de sangre. Luchó sin descanso hasta que, al mirar a su alrededor, divisó al hombre a quien había estado buscando.

—¡Einar!

El grito sobrepasó el fragor de la lucha y del fuego, y Einar lo oyó y miró hacia él.

—¿Te acuerdas de mí? —preguntó Leif.

Einar no respondió. Emitió un gruñido salvaje y se arrojó hacia su adversario. Aunque tenía veinte años más que él, era fuerte y rápido, y arremetía con fuerza tratando de matar a su oponente con rapidez. Sin embargo, Leif le devolvió golpe por golpe y, gradualmente, Einar comenzó a cansarse, a sudar y a resoplar a causa del calor del fuego y del enorme esfuerzo de la lucha. Sus miradas se cruzaron y, al ver el semblante de Leif, su desafío se transformó en desesperación. Se humedeció los labios secos.

Leif mantuvo la presión, hasta que el cansancio hizo que Einar tropezara. Entonces, Leif le hizo un corte en el brazo. La sangre brotó a través de la tela rasgada y tiñó de rojo su túnica. Leif le hizo otra herida en las costillas; Einar se llevó la mano al costado y se tambaleó. Leif siguió luchando ferozmente, y Einar intentó resistir, mirándolo con odio.

—Debería haberte matado cuando tuve la oportunidad.

—Sí, deberías haberlo hecho —replicó Leif.

—¿Qué has hecho con mi sobrina?

—Me la llevé al lecho y le di placer. Ahora está embarazada de mí.

—Entonces, se ha llevado un justo castigo por su desobediencia —dijo Einar, y soltó un juramento cuando la espada volvió a cortarle la carne del brazo—. Espero que esa zorra muera en el parto.

A Leif le brillaron los ojos y, sin piedad, hundió la espada en el hombro de Einar. El conde cayó de rodillas y soltó su arma. Leif le agarró del pelo y le echó la cabeza hacia atrás, mientras ponía el filo de la espada en su cuello.

—¿Qué desobediencia? —preguntó Leif—. ¿Acaso no fue ella la que me llevó a tu trampa?

Pese a todo, Einar sonrió maliciosamente.

—Sí, lo hizo, y de buena gana. En realidad, se alegró cuando Hakke le contó su plan.

—Supongo que tanto como se alegró al saber que iba a casarse con Gulbrand.

—Exacto.

276

—Mentiroso.

Einar se echó a reír.

—Siempre te lo preguntarás, ¿no?

Leif flexionó hacia atrás el brazo de la espada, y la risotada de Einar se transformó en un borboteo de sangre.

—No —dijo—, ahora ya estoy seguro.

Después, con disgusto, soltó el pelo de Einar y dejó caer al suelo su cadáver.

—¿Mi señor?

Leif miró a Thorvald.

—¿Y bien?

—Se terminó.

Leif se fijó en los cadáveres que los rodeaban y en el edificio que ardía violentamente. Después, observó a sus hombres y asintió.

—¿Bajas?

—De los nuestros, no. Media docena de heridos, y ninguno de gravedad.

Bien.

—¿Y ahora?

—Ahora hacemos una fosa para enterrar a los muertos.

Thorvald pestañeó.

—¿No se los dejamos a los zorros y a los cuervos?

—No. Si hacemos eso, habría una gran pestilencia, y vamos a necesitar este lugar, porque estoy seguro de que Steingrim y sus hombres destruyeron el nuestro.

—Entiendo.

—Aquí estaremos bien mientras reconstruimos lo

que ellos quemaron. Dejaremos un pequeño contingente para que cuide de todo mientras nosotros nos enfrentamos a Gulbrand.

—Bien.

—Mientras, cuando hayamos enterrado a los muertos, yo iré a ver qué es lo que ha quedado de mi poblado.

Estaba en lo correcto en cuanto a sus suposiciones: de su casa y de los demás edificios del poblado solo quedaban cenizas negras. Por todas partes había brotado la maleza, y había carcasas de animales, completamente limpias por cortesía de los buitres y de otros carroñeros. Solo quedaba la tierra, intacta, inalterada.

—Steingrim fue muy concienzudo —dijo Thorvald, mientras inspeccionaba aquella devastación.

—Lo va a pagar bien caro —respondió Leif—, si es que no lo ha pagado ya. Lo van a pagar todo.

Muy pronto, al cabo de uno o dos días, llegarían al palacio de Morkestein. Entonces, su ejército se sumaría al del rey, y aplastarían a Gulbrand de una vez por todas. «Un hombre no puede realizar semejantes actos sin que haya consecuencias para él». Al recordar aquellas palabras, Leif frunció el ceño. La consecuencia sería la libertad de sus enemigos. Iban a morir con honor en el campo de batalla, como Einar, y ese era un final mucho más noble que el que ellos le habían reservado a él. Cuando había pronunciado aquellos otros excesos, estaba furioso y había permitido que sus más bajos instintos dominaran su voz.

Si lo hubiera dicho en serio, Astrid tendría mucha razón en sentir consternación.

Al pensar en ella, sintió una aguda punzada de culpabilidad. No recordaba haberse sentido nunca tan inquieto. No podía negar que muchas de las cosas que ella le había dicho eran verdad y, cuando volviera a casa, tendrían que hablar. No sabía cuáles eran las respuestas, pero iba a encontrarlas. Aunque no podía engañarse a sí mismo diciéndose que iba a ser fácil.

Cuando Harald hubo despachado toda su carga, dejó a sus hombres al cuidado del *knörr* y acompañó a Astrid durante la última parte de su viaje hasta el palacio de Halfdan en Morkestein. Tal y como ella había previsto, el rey había dejado a su esposa en un lugar seguro mientras iba a luchar contra los rebeldes.

Ragnhild recibió a su amiga con sorpresa y alegría y, rápidamente, la llevó a un lugar apartado para conversar con ella en privado. Entonces, escuchó a Astrid sin interrupción mientras le contaba toda su historia. Astrid se ciñó a los hechos y omitió solo aquellos detalles que eran demasiado íntimos. De todos modos, la revelación de su embarazo hablaba por sí misma. La reina expresó su comprensión y su enfado hacia Leif.

—Cuando tu tío vino a buscarte, pensaba que no íbamos a vernos nunca más. No puedo decir que lamente que no te casaras con Gulbrand.

—Yo tampoco. Es el único aspecto positivo de todo esto.

—Gulbrand está sentenciado. Lo mejor para él será que muera en el campo de batalla; el rey no tiene contemplaciones con aquellos que se oponen a él.

Astrid asintió. En realidad, el destino de Gulbrand no le interesaba en absoluto. Estaba pensando en otro hombre.

—¿Hakke vive todavía? —preguntó Ragnhild.

—Sí; y, mientras él siga con vida, existirá el peligro de la venganza.

—Después de todo lo que me has contado, Leif Egilsson no puede hacer otra cosa que vengarse por las afrentas que ha sufrido. Lo exige su honor.

—Lo sé —dijo Astrid—. Y entiendo su ira, pero las cosas han ido mucho más allá.

—Algunas cosas hay que cobrarlas con sangre. Es el código del guerrero, y no hay nada que haga conformarse a un hombre hasta que ha castigado a sus enemigos. Mi esposo me ha enseñado eso.

—Es una lección que yo también he aprendido últimamente. Intenté convencer a Leif para que no fuera.

—Eso es como decirle al viento que no sople.

—Admito que fui tonta, pero no podía soportar la idea de que le ocurriera algo.

Ragnhild la miró con suma atención.

—Estás enamorada de él, ¿verdad?

—Sí, pero no me sirve de nada. Su corazón es inalcanzable.

—Pero no es indiferente.

—No, no por completo, pero no le importo lo suficiente como para que se case conmigo y le dé su nombre a nuestro hijo —respondió Astrid, con un suspiro—. Ya no desea tener una vida familiar.

—¿Qué significa que ya no lo desea?

—Su primer matrimonio acabó desastrosamente.

Astrid le explicó de manera sucinta los detalles de lo que había sucedido. Ragnhild lo escuchó todo en silencio, con espanto, y agitó la cabeza.

—Tiene miedo.

—Demasiado miedo como para volver a comprometerse.

—Solo él puede superarlo y, si no está preparado, tú estás mejor sin él.

—Lo sé —dijo Astrid—. Pero ojalá no me doliera tanto.

Veintitrés

Leif y sus hombres llegaron a Morkestein dos días después. Él fue directamente a la residencia del rey y pidió audiencia. Sin embargo, no fue Halfdan quien salió a recibirlo, sino Ragnhild. Ella lo saludó con cortesía y escuchó atentamente mientras le explicaba sus intenciones. Entonces, la reina asintió.

—Me temo que llegáis tarde, *Jarl* Leif.

A él se le encogió el corazón.

—¿Tarde?

—Mi esposo se marchó hace una semana —explicó ella—. He recibido la noticia de que su ejército luchó contra los rebeldes y venció.

Leif se quedó en silencio un momento, dividido entre la alegría y la decepción. Después, reaccionó.

—¿Y Gulbrand?

—Muerto, como casi todos sus hombres.

—Me complace saber de la victoria del rey, aunque esperaba tomar parte en ella.

Ragnhild sonrió.

—Vuestra lealtad es loable, mi señor. Y os ha costado cara. Nos enteramos del ataque a vuestras tierras.

—Mi reina está bien informada. Sin embargo, los culpables han muerto.

—Bien. Quizá ahora pueda recuperarse el orden en el territorio.

—Comparto vuestra esperanza, mi señora.

—Mi señor envió la noticia de que volverá pronto. Estoy segura de que le complacerá mucho veros y conocer vuestras nuevas. Hasta ese momento, vuestros hombres y vos sois bienvenidos. Os proporcionaremos alojamiento y comida.

—Muchas gracias, mi señora.

La reina sonrió e inclinó la cabeza.

—Adiós por ahora, *Jarl* Leif.

Él inclinó la cabeza y se retiró, mientras asimilaba lo que acababa de oír. Aquellas noticias también crearon revuelo entre sus hombres.

—Bien —dijo Thorvald—. Me alegro mucho de que Gulbrand haya muerto, aunque sea una pena que nos perdiéramos la batalla.

—Sobre todo, teniendo en cuenta que ya estábamos preparados —añadió Ingolf.

—Así es la vida.

—Todavía quedan Steingrim y Thorkill. Es decir, si Finn y Erik no los matan antes.

—Hay muchas posibilidades de que sí —replicó Thorvald.

Ingolf frunció el ceño.

—Tiene que quedar alguien para luchar.

Leif sonrió con tristeza y se alejó, mientras sus hombres seguían hablando. Aunque era decepcionante no haber participado en la batalla final, él tampoco podía lamentar la muerte de Gulbrand. Sin duda, muy pronto conocerían todos los detalles; los bardos cantarían la historia en la fiesta que iba a celebrarse cuando volviera el rey. Después, el *Sea Serpent* pondría rumbo a Agder. Leif suspiró, porque, aunque la guerra hubiera terminado, sus problemas no.

Astrid miró a su amiga con asombro.

—¿Que Leif está aquí, mi señora?

—Sí, exacto. Acabo de hablar con él —respondió Ragnhild.

Después, le relató la conversación que había mantenido con él. Astrid no se sorprendió al conocer la noticia de la muerte de su tío, y tampoco la lamentó; sintió alivio. El poder de Einar sobre ella había terminado. Y, lo más importante de todo, Leif estaba sano y salvo.

—Sus hombres y él van a quedarse unos días —dijo la reina—. Halfdan querrá hablar con él.

Astrid sintió un aleteo en el estómago.

—Oh, sí, por supuesto.

—No temas, tú no tienes que verlo a menos que quieras —le dijo su amiga—. Tú decides.

—Ojalá no quisiera verlo. Ojalá pudiera sentir tanta indiferencia por él como él por mí.

—Tal vez debiéramos poner a prueba esa indiferencia aparente.

—¿Cómo, mi señora?

—No reveles tu presencia aquí. Deja que vuelva a Agder y se entere de que te has marchado.

Astrid abrió unos ojos como platos.

—¡Por todos los dioses! Se pondría furioso.

—Eso es un buen comienzo.

—¿De veras?

—Sí, por supuesto. Ningún hombre que sienta indiferencia de verdad reaccionaría así. Eso significa que vendrá a buscarte.

—Si siente ira, será porque se ha visto frustrado, nada más.

—También es bueno que los hombres se sientan contrariados de vez en cuando. Eso impide que se vuelvan displicentes. Creo que debes esperar mucho más que la ira de parte del *Jarl* Leif. Creo que, con esa poderosa emoción, está escondiendo otras. Se está engañando a sí mismo.

—¿Y si no es así?

—Entonces, no habrás perdido nada. De cualquiera de las dos formas, sabrás la verdad.

Astrid se quedó en silencio. Si accedía a llevar a cabo aquel plan, la verdad saldría a relucir, pero tendría que enfrentarse a la posibilidad de que el resultado no fuera el que esperaba. No obstante, Ragnhild tenía razón. Ya no tenía nada que perder.

—Está bien, mi señora.

La reina sonrió.

—Bien. Ya es hora de que este hombre entre en razón.

El rey fue recibido con un gran alborozo, y su victoria se celebró con una fiesta. Astrid permaneció en las dependencias de mujeres durante todo el tiempo. Siguiendo las instrucciones de Ragnhild, nadie habló de su presencia, y menos a Leif. Tal y como la reina pensaba, Halfdan recibió con afecto a su amigo, y le expresó su pesar porque no hubiera participado en la batalla.

—Lo habrías pasado bien. Todos disfrutamos —dijo Halfdan, con una sonrisa—. Sobre todo, cuando le corté la cabeza a Gulbrand y la clavé en una pica.

Leif sonrió con agradecimiento.

—Siento mucho habérmelo perdido, mi señor. Por desgracia, mis hombres y yo nos retrasamos…

Entonces, le hizo un resumen de los acontecimientos recientes al rey. Halfdan escuchó con atención, y sonrió aún más. Cuando terminó la narración, le dio una palmada en el hombro a Leif.

—Así que Einar también ha muerto, ¿eh? Eso se merece un brindis.

La fiesta continuó toda la noche, y durante el día siguiente. Leif y sus hombres participaron en la celebración con entusiasmo, pero él, aunque estaba sinceramente alegre por la victoria, también sentía una curiosa insatisfacción. Sus enemigos habían muerto, con la posible excepción de Steingrim y Thorkill, y cuando Finn y Erik tuvieran hombres suficientes, se encargarían de aquella tarea. Leif se conformaba con dejárselo a ellos; él había obtenido su venganza.

Sin embargo, había un vacío en su vida. Por primera vez, comenzó a pensar en qué iba a hacer después. Tenía un barco y una tripulación, y la vida en el mar lo estaba esperando. Tenía que reconstruir una casa y un poblado. Había mucha madera y tenía mano de obra capacitada para hacer el trabajo. Se imaginó una preciosa casa, establos, graneros y campos cultivados. Sería un nuevo comienzo, un lugar alejado de Agder y de todos los recuerdos dolorosos. Podría llevar a Astrid consigo.

Aquello le complacía, pero todavía existía el obstáculo del embarazo.

«La mayoría de las mujeres son felices con sus bebés». ¿Y si eso ocurría de verdad? ¿Y si sus palabras resultaron ser ciertas? Después de todo, ella le había dicho la verdad con respecto a todo lo demás. Aquel pensamiento reavivó su sentimiento de culpabilidad, y Leif frunció el ceño. En cuanto volviera a Agder, hablaría con ella. No iba a ser una conversación fácil, pero era necesario. Sin aquella conversación, no podrían seguir adelante, y él se había dado cuenta de que era eso lo que quería. En algún momento, ella se había convertido en alguien necesario para él. Ya sabía que no iba a poder echarse al mar y olvidarla, pero había otros modos de perder a una mujer, había cosas que no podían evitarse. Aquella sombra oscura era sigilosa y furtiva, e iba apoderándose de todo inexorablemente. Si sucedía una segunda vez… No, no podía ser. Los dioses no podían ser tan crueles. Se aferró a aquella esperanza, porque la alternativa le causaba espanto.

Pocos días después, sus hombres y él se marcharon. Astrid recibió la noticia con pesar. Vivir tan cerca de Leif y no poder verlo ni hablar con él había sido un tormento, y volvió a preguntarse, por enésima vez, si había hecho lo más adecuado. Solo el tiempo podría darle la respuesta. Se puso una mano en el vientre y cerró los ojos, intentando no pensar en los años vacíos y largos que tenía por delante.

Ragnhild había sido buena y había intentado animarla por todos los medios. Astrid se lo agradecía; sin ella, aquellos días habrían sido demasiado sombríos.

—Eres bella y de buena cuna —le había dicho la reina—, y ahora eres una heredera. Mi esposo ha decretado que las tierras de Einar en Vingulmark sean para ti. Con una dote tan espléndida, no te faltarán buenos pretendientes. No tienes por qué temer al futuro.

Astrid se esforzó por sonreír. A cambio de aquella recompensa, muchos hombres estarían dispuestos a casarse con ella, aunque tuvieran que aceptar a un hijo bastardo. Seguramente, habría algunos que la tratarían con bondad, pero nunca podrían ganarse su corazón. Su corazón pertenecía a un solo hombre, y siempre sería así.

Al llegar a la cala y ver su poblado, Leif sintió una agradable impaciencia. No sabía exactamente qué iba a decirle a Astrid; lo único que sabía era que anhelaba verla; cada día que pasaba, aquel anhelo era mayor. No era como otras veces para él; la familiaridad con ella no le había causado desdén, solo un sentimiento de felicidad y de pertenencia.

El poblado estaba muy tranquilo; en él reinaba un ambiente de paz y prosperidad. Leif sonrió. Solo había estado fuera unos días, pero tenía la sensación de que había sido mucho más tiempo. Una vez le habría resultado imposible creer que iba a desear volver allí.

Aron se acercó a recibirlos. Claramente, estaba sorprendido de que regresaran tan pronto.

—Pensaba que estaríais más tiempo fuera.

—Llegamos demasiado tarde para participar en la batalla —explicó Thorvald—. Cuando terminamos con Einar, el ejército del rey ya había vencido a los rebeldes.

—Entonces, ¿Einar y Gulbrand han muerto?

—Sí.

Aron asintió.

—Bien.

Todos entraron en la casa principal, dejaron sus baúles y pidieron cerveza.

Aron miró a su señor con inquietud.

—¿Ocurre algo? —preguntó Leif.

—La mujer se ha marchado.

Leif frunció el ceño.

—¿Astrid? ¿Se ha marchado? ¿Adónde?

—Creo que será mejor que habléis con Ingrid.

La conversación acabó con el buen humor de Leif.

—¿Tú has participado en esto? —preguntó—. ¿Le has permitido que se marchara?

Ingrid palideció, pero no apartó la mirada.

—Yo no podía prohibírselo. Astrid no es una esclava. Es una mujer libre, y puede ir adonde quiera.

—Su lugar está aquí, a mi lado.

—Tal vez deberíais habérselo dicho.

Él apretó la mandíbula.

—Ella lo sabe muy bien.

—¿De veras?

—¿Qué significa eso?

—Vos la secuestrasteis de su casa, la dejasteis embarazada y no quisisteis casaros con ella. ¿Por qué iba a querer quedarse?

Leif también palideció.

—¿Adónde ha ido?

—A casa de una amiga.

Él dio un paso hacia delante.

—¿Adónde?

Ingrid tragó saliva.

—A Vestfold. Con la reina.

Él se quedó mirándola con estupefacción.

—¿A casa de Ragnhild?

—Dijo que son muy amigas.

—Hablé con la reina hace dos días. Ella no me dijo nada de que Astrid estuviera allí.

—Tal vez Astrid le pidió que no lo hiciera.

A Leif le daba vueltas la cabeza. ¿Había estado Astrid en Morkestein durante todo el tiempo, sin que él lo supiera? El palacio era muy grande, y no sería fácil esconderse, sobre todo si contaba con la complicidad de Ragnhild. Las órdenes de la reina serían obedecidas sin cuestión, y la reina no daría aquellas órdenes si Astrid no se lo pidiera.

De repente, nada de aquello le parecía increíble. Se pasó una mano por el pelo, intentando pensar. Astrid había elegido bien la oportunidad, había esperado a que él estuviera ausente para huir y, después, le había evitado deliberadamente en Morkestein. No podía ser por miedo a su furia, porque ella sabía que él no le haría daño. Eso significaba que no quería verlo.

La noche anterior a su partida, ellos dos habían

discutido, pero después se habían reconciliado. Él no quería que se despidieran enfadados, y ella le había dicho que tampoco lo deseaba. Sin embargo, para Astrid, la despedida significaba algo distinto. Ya debía de tener planeada su marcha.

—A ninguna mujer le gusta que le resten importancia —dijo Ingrid—. Astrid no tiene por qué conformarse con eso. Es de noble nacimiento y muy bella, y tiene amistades.

Él la fulminó con la mirada.

—Astrid es mía, y si se cree que puede librarse tan fácilmente, está confundida.

—Tiene la protección de la reina. No podéis llevárosla por la fuerza.

—Eso ya lo veremos. Mañana me voy a Vestfold. Cuando vuelva, Astrid vendrá conmigo.

Durante el resto del día y de la noche, Leif estuvo furioso. Cuando se retiró, empezó a sentir otras cosas, como la pérdida y el dolor. Se dio cuenta de que la ausencia de Astrid dejaba un enorme vacío; perderla había sido como perder la mano derecha. Tenía que recuperarla. Y, pese a lo que le había dicho a Ingrid, sabía que la fuerza no era la respuesta. No quería retenerla obligatoriamente, quería que estuviera a su lado por voluntad propia.

Era cierto que no la había tratado como debía, pero podría compensarla si ella se lo permitía. Tenía que convencerla, conseguir que comprendiera lo mucho que la necesitaba.

Veinticuatro

De vuelta a palacio, fue recibido nuevamente por Ragnhild. Ella lo saludó amablemente, antes de preguntarle cuál era el motivo de su regreso. Leif fue directamente al grano.

—Creo que sabéis por qué estoy aquí, mi señora.

—Tal vez. ¿Tiene algo que ver con Astrid?

—Sí.

—Le preguntaré si desea veros.

—No me marcharé hasta que hable con ella.

Ragnhild arqueó una ceja.

—Entonces, puede que paséis aquí una buena temporada.

Leif respiró profundamente para contener la impaciencia.

—Debo hablar con ella, mi señora.

—¿Que debéis hablar con ella? No creo que estéis en situación de hacer exigencias, mi señor.

Por un momento, Leif tuvo la tentación de ignorar a la reina, entrar en las dependencias de las mujeres y buscar a Astrid en persona. Sin embargo, sabía que se organizaría un revuelo y que los guardias lo echarían de palacio rápidamente. Se impuso el sentido común.

—Os pido perdón. No tengo intención de exigir nada, mi señora. Es solo que se trata de un asunto urgente.

—¿Urgente? ¿Y por qué?

Él se controló para no zarandearla.

—Se lo explicaré a Astrid.

—Si ella accede a veros.

Leif se agarró las manos a la espalda.

—Tal vez tuvierais la amabilidad de preguntárselo, mi señora.

Ragnhild inclinó la cabeza y se marchó del salón. Pasaron varios minutos, durante los cuales, él se paseó de un lado a otro con ansiedad. ¿Y si Astrid se negaba a hablar con él? Y, ¿qué podía decirle él? Todos los discursos que había preparado se le habían borrado de la cabeza.

Oyó unos pasos ligeros y se giró rápidamente; entonces, se quedó paralizado. Astrid llevaba una túnica de color azul claro y un brial azul oscuro, adornado con bordados en rojo y sujeto sobre los hombros con unos broches de esmalte. Llevaba el pelo suelto por la espalda. Podría haber sido la hija de un rey.

Leif la vio acercarse desde el otro extremo de la sala; aunque todavía no detectaba ninguna señal del embarazo, no podía negar que Astrid estaba resplandeciente.

Con esfuerzo, consiguió hablar.

—Estás maravillosa.

—Gracias.

Ambos quedaron en silencio. Ella tenía una expresión contenida, difícil de interpretar.

—Te he echado de menos.

En sus ojos apareció un destello de emoción.

—¿De veras?

Él suspiró.

—Ojalá no te hubieras marchado, Astrid.

—Pensé que era lo mejor.

—Siento que lo hicieras. En realidad, siento muchas cosas.

—Yo también.

—Tú no has hecho nada de lo que tengas que disculparte.

—Sí, sí lo he hecho. No estuvo bien que intentara disuadirte de que llevaras a cabo tu venganza, cuando te lo exigía el honor. Ahora lo entiendo.

—Yo también entiendo por qué lo hiciste.

—Bueno, de todos modos, ya tienes tu venganza. Tus enemigos han muerto, y tú puedes seguir adelante.

—Lo deseo con todas mis fuerzas.

—Así que vas a volver al mar.

—No. Voy a reconstruir la casa de Vingulmark, la que quemaron Steingrim y sus hombres.

—Entiendo.

—Ya ha habido suficientes muertes y suficiente destrucción. Creo que sería bueno reconstruir algo, para variar.

Ella sonrió débilmente.

—Sería una novedad.

—Sí —dijo él, devolviéndole la sonrisa—. Esperaba que tú me ayudaras.

—¿Cómo?

—Ven conmigo, Astrid. Sé que no me he portado

bien, pero las cosas serán muy distintas a partir de ahora. Te compensaré, te lo prometo.

—Si voy contigo, las cosas serán distintas —dijo ella—, porque no seré tu amante, Leif. Necesito algo más que eso, para mi hijo y para mí.

—Ya te he dicho que voy a reconocer al niño —respondió él, mirándola fijamente—. Quiero que vengas conmigo, Astrid. Te necesito, pero…

—Pero no lo suficiente —respondió ella, negando con la cabeza—. Cualquier mujer puede calentarte la cama por las noches.

—No quiero a ninguna otra mujer. Solo te deseo a ti.

—Pues eso ya solo puede suceder de una manera.

Él apretó la mandíbula.

—No voy a ceder en esto.

—Yo tampoco deseo que tengas que ceder. Esperaba que tus sentimientos por mí fueran tan fuertes como los míos por ti, pero no lo son.

—En diez años no había sentido nada tan fuerte, pero lo que me estás pidiendo no es posible. Todavía no. Vamos a esperar y a ver qué ocurre cuando nazca el niño. Tal vez entonces podamos hablar de nuevo de todo esto.

Astrid negó con la cabeza.

—¿Tal vez? Y tal vez no.

—Es la única promesa que puedo hacerte.

—¿Qué promesa? Eso no te compromete a nada.

—Esto no es justo, Astrid. Ya conoces mis razones.

—Sí, las conozco, y sé que te escondes tras ellas.

—¿Qué?

—Te proporcionan una manera muy conveniente de evitar el compromiso.

—Eso no es cierto.

—Sí lo es. Puede que seas muy valiente en el campo de batalla, pero cuando tienes que enfrentarte a tus demonios, eres un cobarde.

Leif palideció.

—Ya basta.

—¿He tocado un nervio?

—¿Tocar? Tu lengua hace sangrar.

Ella no vaciló.

—Si realmente quieres seguir adelante, deja de utilizar el pasado como escudo.

—Nunca lo he hecho.

—Nunca has hecho otra cosa. El dolor no desaparece porque tú no lo permites. Ha convertido tu corazón en algo frío e insensible. El veneno de Thora todavía actúa en ti.

Él se quedó inmóvil, tenso, y permaneció en silencio unos segundos. Después, con esfuerzo, controló su tono de voz.

—Por última vez, Astrid, ¿vas a venir conmigo?

—No.

—Muy bien. Por mí, hemos terminado. He sido un idiota por venir otra vez. Ten por seguro que no voy a volver a buscarte.

Entonces, Leif se dio la vuelta y salió de la habitación sin mirar atrás. Astrid se quedó donde estaba, mirándolo, con el corazón partido en dos. Lo había perdido, y su esperanza de ser feliz había quedado reducida a cenizas.

Al salir, Leif ni siquiera vio a los guardias que custodiaban la puerta. Todo le era ajeno, salvo la rabia y las palabras que reverberaban en su cabeza. Había muchos tipos de venganza, pero la que más dolía era la venganza de una mujer. Pensaba que su conversación con Astrid iba a ser difícil, pero la había subestimado. Ella siempre había sido muy habilidosa a la hora de encontrar una abertura para su cuchillo, exactamente en el lugar en el que más daño podía causar. Y le había hecho daño. Más de lo que él hubiera podido imaginar.

Salió del edificio al patio y se detuvo para tomar aire fresco, mientras caminaba de un lado a otro intentando poner orden en sus pensamientos. Tenía la tentación de agarrar a Astrid y llevársela a la fuerza a Vingulmark, pero sabía que no podía obligarla a ir a ninguna parte en contra de su voluntad. Tampoco podía obligarla a que compartiera el lecho con él; la idea de que tuviera que fingir la pasión le horrorizaba. Era mejor terminar así.

«Cualquier mujer puede calentarte la cama», le había dicho ella. Él sabía a qué mujer deseaba, pero el precio era demasiado alto.

Con solo ver la desolada expresión de su amiga, Ragnhild supo lo que había ocurrido.

—Lo siento, Astrid. Al ver que había vuelto, pensé que…

—Yo también, mi señora. Al menos, tenía esperanza —dijo Astrid—. Pero esa esperanza ha muerto.

—Los hombres pueden llegar a ser muy estúpidos.

—Yo fui la estúpida, por creer que estaría dispuesto a casarse de nuevo. Lo que sucedió hace diez años le hizo mucho daño.

—Y acaba de renunciar a la posibilidad de curarse.

Astrid no respondió. Estaba demasiado entumecida como para llorar. Seguramente, no volvería a ver a Leif y, si lo veía, serían dos extraños. Mientras, no sabía qué podía hacer.

Al darse cuenta de que su amiga necesitaba estar a solas, la reina se retiró y el silencio envolvió a Astrid como un sudario. Nunca se había sentido tan sola, pero tenía que pensar. Tenía que dar con la solución, por el bien de su hijo. Pasara lo que pasara, uno de sus progenitores iba a quererlo mucho.

—¡Leif Egilsson! ¿Qué estás haciendo aquí, en el nombre del Padre?

Leif se giró y vio a Halfdan, que se acercaba a él. Con un esfuerzo, recuperó la compostura e hizo una reverencia a su rey.

—Mi señor.

—Pensaba que te habías marchado a Agder.

—Sí, me marché —respondió Leif—, pero, cuando llegué, me di cuenta de que me había dejado un asunto por terminar aquí.

El rey sonrió.

—Ah, es por Astrid.

—Sí, Astrid.

¿Acaso todo el mundo estaba implicado en la conspiración para esconderla?

—Espero que todo haya terminado de un modo satisfactorio.

—Ha terminado, mi señor, pero no de un modo satisfactorio.

A Halfdan se le borró la sonrisa de los labios.

—Lo lamento. Pensaba que los dos teníais una relación.

—Y yo también, pero parece que no.

—Pero… Ella está embarazada, ¿no?

—Sí. Yo voy a reconocer al niño y a mantenerlo, pero todo lo demás ha acabado entre nosotros. Astrid me lo ha dejado bien claro.

—¿Se ha negado a casarse contigo? Eso es una locura.

Leif frunció el ceño.

—Yo… No, mi señor, ella no se ha negado. Quiere casarse, pero…

—¿Pero qué?

—Yo no puedo ofrecerle el matrimonio.

—¿Por qué no?

—Es complicado, mi señor.

—¿En qué sentido es complicado? —inquirió Halfdan—. Astrid no es una cualquiera. Su nacimiento es tan bueno como el tuyo, y es bellísima. Es más que adecuada para convertirse en tu esposa.

—No discuto su nobleza ni sus cualidades.

—Entonces, ¿por qué no quieres casarte con ella, como deberías hacer?

—Tengo mis razones. Ella sabe cuáles son.

El rey comenzó a mirarlo con frialdad.

—Hasta este momento pensaba que eras un hombre honorable, Leif Egilsson, pero esto es vergonzoso. No voy a permitir que nadie trate a una dama de esa manera.

—Nunca fue mi intención tratarla mal.

—Pues eso es lo que estás haciendo. ¿Acaso debe ella soportar la desgracia porque tú no estés a la altura de la situación.

Leif tuvo que contener su ira.

—He dicho que tenía mis motivos.

—Tal vez quieras explicarme cuáles son.

Leif no se dejó engañar por el tono calmado de su voz. Aunque se le encogió el estómago, trató de pensar bien en la respuesta. Después, respiró profundamente y le dio una explicación breve y objetiva a su rey. Sin embargo, las palabras le sonaron extrañas y distantes, como si todo aquello fuera la historia de otra persona.

Halfdan lo escuchó en silencio; aunque su mirada perdió algo de frialdad, no vaciló.

—Es hora de dejar atrás el pasado, Leif. Tienes la oportunidad de comenzar de nuevo, pero estás utilizando el pasado de excusa para no hacerlo.

Aquello era lo mismo que le había dicho Astrid, y Leif frunció el ceño. El rey continuó:

—Si no te casas con Astrid, encontraré otro marido para ella. No será difícil.

—Mi señor, Astrid me pertenece.

—Entonces, será mejor que te cases con ella, antes de que lo haga otro.

Con aquellas palabras, Halfdan se alejó y lo dejó a solas. Leif se quedó absorto, pensando en que, si el rey casaba a Astrid con otro hombre, la perdería para siempre, y también al bebé. Aquello le provocó una punzada de dolor en el estómago. Y la reacción de Halfdan no le ayudó. El rey había sido un amigo, un hermano en la batalla, y Leif valoraba mucho su buena opinión. La idea de perder aquella estima era muy amarga para él. Además, sabía que el enfado de su amigo estaba justificado. Astrid era digna de ser su esposa y, sin embargo…

Salió del recinto de la casa del rey y miró a su alrededor. No tenía ganas de hablar con nadie, así que no volvió a su barco. Caminó unos minutos y se sentó sobre una roca para calmarse. Lo ocurrido aquel día le había dejado aturdido. Pensó en la acusación que le había hecho Astrid: «El veneno de Thora todavía actúa en ti». Aquella afirmación había abierto una herida en lo más profundo de su ser y, de repente, todo el horror del pasado salió a la superficie como el pus en una herida. Leif lo advirtió con disgusto, pero no pudo negarlo: había llevado consigo esa infección durante todos aquellos años. En parte, había moldeado su persona, y había encontrado la forma de expresarse en la sangre, el fuego, la guerra y la venganza. Una venganza que habían sufrido culpables e inocentes a la vez.

Astrid siempre había sido inocente. Ella se lo había dicho, pero él se había negado a escucharla. Al recordar cómo la había maltratado, se puso enfermo. Por suerte, Astrid había sido valiente y había podido luchar contra él. Tal vez él hubiera poseído su cuerpo, pero, al final, ella había conquistado su corazón. Él temía reconocer su victoria. «Cuando tienes que enfrentarte a tus demonios, eres un cobarde». También eso era cierto. Había sido un cobarde, tan cobarde que había estado a punto de tirar por la borda todo lo que realmente tenía importancia. Solo podía esperar que su toma de conciencia no llegara demasiado tarde.

Veinticinco

Leif volvió al palacio y entró en la sala de audiencias donde había hablado con Ragnhild y con Astrid. Estaba vacía, así que siguió caminando. Algunos de los sirvientes lo miraron con asombro, y uno de ellos, más valiente que el resto, trató de protestar. Leif lo ignoró.

—¿Dónde está mi señora Astrid?

—Estas dependencias son privadas, mi señor. No podéis…

Leif lo agarró por la pechera de la túnica.

—¿Dónde está?

El hombre tragó saliva y señaló una puerta que había al final del pasillo.

—A-llí, mi señor.

Leif lo soltó y continuó su camino, haciendo caso omiso de los murmullos que provocaba al pasar. Cuando llegó a la puerta, respiró profundamente y la abrió de par en par.

Astrid estaba junto a la ventana, pero se giró rápidamente.

—Leif, ¿qué estás haciendo?

Eso fue todo lo que pudo decir antes de que él atravesara la habitación de dos zancadas, la tomara entre sus brazos y la besara apasionadamente.

Cuando, por fin, interrumpieron el beso para tomar aire, él la miró fijamente.

—Lo siento mucho, Astrid. ¿Puedes perdonarme?

—Has vuelto.

—He recuperado el sentido común. Te quiero. Siempre te he querido, pero tenía miedo de admitirlo.

—¿Lo dices de verdad?

—Sí, de verdad. Tenía que habértelo dicho hace mucho tiempo. Y no solo temía admitir eso. Cuando me dijiste que estabas embarazada, sentí terror.

—Lo sé.

—Por eso te dije que abortaras. Agradezco a los dioses que no lo hicieras.

—Nunca podría haber hecho algo así. Quiero a este niño, Leif.

—Yo también, con todo mi corazón, pero… No podría soportar perderte a ti también.

—No vas a perderme.

—Si tuviera una pequeña parte de tu coraje, mi fama sería verdaderamente grande.

—Ya es muy grande.

—Y, sin embargo, en algunas cosas soy un cobarde. ¿Podrás amar a un hombre así?

—Te quiero, Leif. Creía que ya lo sabías.

—He sido un estúpido, pero te compensaré si me lo permites. ¿Me harás el honor de convertirte en mi esposa?

A Astrid se le llenaron los ojos de lágrimas.

—Con gusto, mi señor.

Entonces, volvieron a fundirse en un beso.

Fuera de la habitación se oyeron pasos y voces. Dos guardias armados se detuvieron a la entrada, seguidos por media docena de sirvientes. Al entender lo que estaba sucediendo, los guardias sonrieron.

—¿Qué ocurre aquí? —preguntó una voz femenina, detrás de ellos.

Los guardias dejaron de sonreír y se cuadraron rápidamente. Cuando Ragnhild vio lo mismo que habían visto ellos, sonrió, hizo un gesto para que todo el mundo se retirara y cerró la puerta en silencio.

Leif y Astrid se casaron al día siguiente. Como no hubo tiempo para confeccionar un traje nupcial, la reina le prestó a la novia uno de sus vestidos, de color violeta y oro. Incluso en aquellos momentos, a Astrid le costaba creer que lo que más había deseado se hubiera hecho realidad. Cuando pronunciaron los votos matrimoniales y se besaron, se oyeron vítores en la abarrotada sala. Astrid se ruborizó.

El rey sonrió.

—Felicidades y una larga vida para los dos.

Ragnhild también les dio la enhorabuena y, después, otros se acercaron para darles felicitarlos. Astrid apenas oyó lo que le decían, ni se dio cuenta de lo que hacía; todos sus sentidos estaban concentrados en Leif. Nunca lo había visto más guapo que aquel día, ataviado con una túnica negra y dorada que subrayaba su poderosa constitución y resaltaba el rubio brillante de su pelo. Como, durante los últimos meses, su melena había vuelto a crecer, Leif le recordaba a un león, pero ya no como un depredador, sino como un animal viril y excitante. Parecía que no era la única que lo pensaba, a juzgar por la cantidad de atención femenina que atraía. Astrid sonrió, porque sabía que él era suyo.

Leif sonrió.

—¿Feliz?

—Muy feliz. Más de lo que nunca hubiera imaginado.

—Intentaré ser un buen esposo.

—Y yo trataré de ser una buena esposa.

—Tu naturaleza es buena —respondió él—. Eres una influencia positiva.

—Lo dudo mucho. Además, no quiero cambiarte de ninguna manera.

—Y, sin embargo, eso es lo que has hecho, aunque no lo sepas. Ahora ya no hay vuelta atrás, ni yo deseo que la haya.

—Hay tantas cosas en el futuro…

Astrid lo besó dulcemente, y a él le brillaron sus ojos azules.

—Ten cuidado, esposa, antes de que olvide mis buenos propósitos y dé rienda suelta a mi deseo.

—Eso sería escandaloso, si ocurriera en público.

—Umm… Ya veo que voy a tener que esperar a que estemos a solas.

—¿Pensáis seducirme, mi señor?

Él sonrió.

—Es una forma de decirlo, supongo.

La idea de estar a solas con él la llenó de impaciencia, pero antes tenían que cumplir con las obligaciones sociales, ya que había una fiesta en su honor.

Sin embargo, pronto se relajaron con la alegría que había a su alrededor, y se dejaron llevar por la corriente. A ninguno de los presentes podía pasársele por alto la felicidad que irradiaba la pareja de recién casados.

La celebración continuó durante varias horas, hasta que los asistentes estuvieron en varios estados de embriaguez. Leif había tomado poca cerveza y poco aguamiel, de modo que no estaba ebrio, sino solo ligeramente achispado. A su alrededor, las bromas comenzaron a ser cada vez más subidas de tono. Él sonrió, miró a su esposa y dejó que su mente fuera un poco más allá; mentalmente, comenzó a quitarle la ropa. El resultado fue un arrebato de calor en el cuerpo; su deseo aumentó.

Dejó la copa en la mesa, se levantó y se llevó a Astrid hacia la salida. La tomó en brazos y, en aquel momento, se oyeron silbidos, vítores y risotadas, y los golpes de las copas en las mesas.

Les habían preparado una habitación; Leif dejó a Astrid en el suelo y puso la tranca de madera en la puerta para evitar que algún borracho los molestara de noche. Después, abrazó a su mujer.

—Bueno, ¿por dónde íbamos?

Ella sonrió, le pasó los brazos por el cuello y se ciñó contra él.

—Por aquí, creo.

Entonces, sus labios se unieron seductoramente a los de él. Leif gruñó.

—Te he echado de menos, Astrid.

—Y yo a ti.

Entonces, él se desnudó, y la desnudó a ella. Pasó la mirada por su cuerpo; aunque seguía siendo esbelto, ya mostraba una suave redondez en el vientre. A él se le formó un nudo en la garganta, y sintió un gran amor y un gran orgullo. Con ternura, le acarició el vientre y notó su calidez. Allí crecía una vida nueva. ¿Su hijo? ¿Su hija? No importaba cuál fuera el sexo del bebé, tan solo que fuera un niño sano, y que Astrid estuviera a salvo. De repente, Leif sintió incertidumbre.

—Querida, ¿estás segura de que podemos continuar? No voy a presionarte para hacer el amor si no lo deseas. Lo dejo a tu elección.

—¿A mi elección? —preguntó Astrid, y posó una mano en su pecho—. Deja que lo piense mejor…

Entonces, comenzó a deslizar la mano hacia abajo, por su estómago y su abdomen.

Él se puso muy tenso.

—¿Qué has decidido?

—Ummm…

Ella cerró el puño a su alrededor, y le acarició.

—Es una decisión muy difícil.

A Leif se le cortó la respiración.

—Si sigues así, descarada, no vas a poder opinar.

—Vaya, vaya —dijo Astrid con picardía—, creo que será mejor que nos acostemos ya. Así podré concentrarme mejor.

Leif le hizo el amor con ternura, con delicadeza, deleitándose con las curvas de su cuerpo y con su olor familiar, que se mezclaba con el aroma de las sábanas limpias y las hierbas aromáticas. Todo era embriagador y excitante. La separación solo había servido para aumentar el deseo que sentía por ella, pero lo controló para saborear cada momento y satisfacerla tanto como ella lo satisfacía a él.

Después, la tuvo entre sus brazos, con la esperanza de que aquel sentimiento de conexión y de paz durara para siempre, de que la felicidad que ella le había descrito fuera real.

Sin embargo, antes debían ocuparse de asuntos prácticos.

—Durante un tiempo, tendremos que vivir en el poblado de tu tío, hasta que yo pueda levantar una casa nueva.

Astrid lo miró.

—No le tengo mucho cariño a ese lugar, pero seguro que es más duro para ti que para mí.

—Los recuerdos son desagradables, pero es solo una forma de conseguir un objetivo. Además, Einar ha muerto —dijo Leif y, después de una pausa, añadió—: Otra posibilidad es que te quedes aquí hasta que la casa esté acabada.

—No voy a volver a separarme de ti. Allí donde vayas tú, iré yo también.

Él le besó el pelo.

—Entonces, nos enfrentaremos juntos a nuestros fantasmas.

El viaje fue lento, debido al estado de Astrid. Ragnhild les proporcionó un carromato cómodo y comida para el viaje. Leif cabalgaba junto al carro, y sus hombres, detrás.

Su presencia aseguraba que no hubiera problemas. A ningún ladrón se le ocurriría atacar a un grupo tan numeroso de guerreros. Así pues, el tiempo transcurrió agradablemente.

Los hombres a quienes Leif había dejado vigilando el poblado los recibieron alegremente. Astrid miró a su alrededor; solo quedaban cenizas donde antes estaba la casa de Einar. Los hombres de Leif se habían alojado en las barracas de los soldados de su tío.

Leif la ayudó a bajar del carro.

—Bienvenida, si es que esa es la palabra más adecuada para esto.

Ella sonrió con tristeza.

—Como tú has dicho, esto solo es un medio para conseguir un objetivo.

—Y un incentivo para reconstruir nuestro hogar tan rápido como podamos.

—Exacto.

—Bien. Ahora necesito hablar con mis hombres. ¿Me disculpas un rato?

Ella le dio un beso en la mejilla.

—Solo un rato.

Leif sonrió.

—No podría estar lejos de ti mucho más tiempo.

Ella lo dejó y caminó hacia la casa de las mujeres. Había varias personas fuera, observándolo todo desde la distancia, pero ninguna se acercó a saludarla. Al reconocer a una de las mujeres, Astrid sonrió.

—¡Dalla! Me alegro mucho de verte.

La sirvienta asintió con una sonrisa.

—¡Y yo a vos, mi señora! Los dioses han atendido a mis plegarias. Después de que desaparecierais, temí lo peor.

—Tengo muchas cosas que contarte.

—Estoy deseando escucharlas, pero, seguramente, estaréis cansada del viaje. Venid a descansar un rato.

Astrid le dio una versión concisa de todo lo que había ocurrido desde la última vez que se habían visto, y Dalla le contó lo sucedido la noche que había muerto Einar. La venganza de Leif había sido completa, pero solo contra aquellos que podían defenderse, y había permitido que sus enemigos murieran en combate. Aquella muerte era honrosa, y Leif había sido generoso al concedérsela, teniendo en cuenta lo que ellos habían preparado para él.

—¿Y qué hicieron con el cuerpo de mi tío?

—El *Jarl* Einar está enterrado con los demás, mi señora.

Astrid sintió gratitud. Los enterramientos eran prácticos pero, sobre todo, también eran honorables, y muy diferentes de las cosas que ella había temido. Leif no se había dejado dominar por sus pensamientos malevolentes; sin duda, si Einar hubiera estado en su lugar, no habría dudado en cometer actos atroces con los cadáveres.

—Puedo mostraros el lugar —le dijo Dalla—, si lo deseáis.

La tumba estaba a cierta distancia de los edificios, marcada con una franja de tierra desnuda. Astrid la observó en silencio. No podía lamentar la muerte de su tío; sentía, sobre todo, alivio.

Leif se acercó a ella unos minutos después.

—No quise hacerles un funeral muy elaborado —le dijo.

Ella asintió.

—Tuvieron suerte de que les concedieras cualquier funeral. Podías haberlos dejado a los carroñeros.

—Tuve esa tentación, pero no quería causar enfermedades.

—Sería muy propio de mi tío traer la peste.

—Sí.

—Era de mi familia, pero yo lo odiaba. No tenía bondad, ni piedad. Solo ambición y crueldad.

—Olvídalo —le dijo Leif—. Ya no puede hacernos daño. Nosotros nos construiremos el futuro que queramos.

Astrid sonrió.

—Va a ser un futuro maravilloso, Leif. Estoy segura.

Él la besó suavemente. Después, se alejaron juntos de la tumba.

Veintiséis

Los meses siguientes estuvieron llenos de actividad. Leif y sus hombres descubrieron una enorme pila de leña seca detrás del establo, y comenzaron a reconstruir la casa y los cobertizos.

Un día, Astrid aprovechó un par de horas libres para subirse a uno de los carros de transporte de tablones y acercarse a ver cómo iba el trabajo.

Desde su atalaya, observó la obra con interés. La estructura de la nueva casa ya estaba en su sitio, con algunas de las paredes ya construidas. A cierta distancia, los hombres estaban levantando también un establo. Se oían martillos y sierras por todas partes. Al darse cuenta de que estaba allí, Leif se acercó al carro. Como la mayoría de los hombres, se había quitado la camisa para trabajar. La exposición al sol y al aire le había bronceado la piel y le había aclarado aún más el cabello. Sus ojos tenían un vívido color azul. Era una visión deslumbrante, y ella se sintió orgullosa al saber que Leif era suyo.

Él sonrió y la tomó de la cintura para bajarla de la carreta.

—Qué sorpresa tan agradable.

Astrid inclinó la cabeza para recibir su beso.

—Quería ver cómo ibais.

—Hemos avanzado mucho, pero queda por hacer.

No era ninguna exageración. Aparte de la reconstrucción, había que atender dos granjas y, puesto que estaban a finales de verano, debían cosechar los cultivos. Después, deberían quemar rastrojos y arar. Pronto tendrían que hacer la matanza del cerdo y curar la carne. Las sirvientas estaban ocupadas haciendo queso y mantequilla. Otras hilaban, tejían y teñían las telas. Los hombres pescaban y cazaban. El trabajo no cesaba desde el amanecer hasta el anochecer.

—Cuando llegue el invierno, debemos estar preparados —dijo Leif—. No puedo permitir que nuestra gente se congele o pase hambre.

Ella comprendía aquella urgencia. El invierno sería largo y duro, y todo el mundo iba a desear la llegada de la primavera. Ella se puso una mano en el vientre abultado; en primavera, también, nacería su primer hijo y, al pensarlo, sentía una gran impaciencia.

—Estaremos preparados —dijo.

Leif le rodeó la cintura con un brazo.

—El año que viene, podremos mudarnos a nuestro nuevo hogar.

—Sí, yo también estoy deseándolo.

Él asintió.

Aunque nunca lo decía, Astrid era consciente de que él no estaba esperando el nacimiento de su hijo con una alegría completa. Siempre era cortés y considerado y, a medida que avanzaba el embarazo, ya no le pedía que hicieran el amor tan a menudo. Algunas veces, sin embargo, ella notaba que la estaba mirando con ansiedad, pese a que intentara disimularlo. Lo comprendía. Por muy cariñosa que fuera, aquello no iba a resolverse hasta que naciera el niño. Entonces, Leif se daría cuenta de que sus miedos no tenían razón de ser. Mientras, ella solo podía darle ánimos.

—Todo va a salir bien. Ya lo verás.

Leif quería creerlo. Quería conseguir el sueño que ella le había descrito: una familia con muchos niños que pudieran crecer en el hogar que él iba a construir. Su raciocinio le decía que era posible, pero algunas veces, las dudas y la aprensión volvían y nublaban su mente. Entonces, se enfadaba consigo mismo por permitir que eso sucediera. Astrid era bella, cariñosa y buena; una esposa de la que sentirse orgulloso. Se merecía algo mejor de él.

Se inclinó y le besó los labios.

—Claro que todo va a salir bien.

Epílogo

Astrid se puso de parto una mañana tormentosa de primavera. Los dolores duraron todo aquel día, hasta por la noche. Al principio, Leif había seguido el consejo de Dalla y se había ocupado en varias tareas, pero, a medida que pasaba el tiempo, no pudo distraerse más y comenzó a pasearse de un lado a otro, mirando la pared de madera con inseguridad. Los partos eran peligrosos, y la posibilidad de perder a Astrid le llenaba de temor. Además, albergaba un miedo más profundo: incluso si todo transcurría con normalidad, su felicidad podía terminar.

Al reconocer aquella sombra, hizo un esfuerzo por repelerla. No había percibido ninguna señal de que ella hubiera dejado de quererlo. Astrid era tan cariñosa como siempre. En cuanto al niño, era muy sano; había notado sus pataditas en varias ocasiones. Astrid estaba segura de que iba a ser un niño, todo un guerrero.

Leif se quedó paralizado al oír un grito de dolor, y el estómago se le encogió dolorosamente. Pese al frío, tenía la frente húmeda de sudor. Por instinto, alzó la mano hasta el amuleto que llevaba colgado del cuello. Era el martillo de Thor, Mjollnir. Siempre le había dado suerte… Oyó otro grito y apretó con fuerza el talismán. Después se agachó con la espalda apoyada en la pared, y rezó.

Los gritos de dolor se hicieron más frecuentes, y las voces de las mujeres, más urgentes. Y entonces, por encima de todo aquello, oyó el llanto de un niño. Fue seguido de una serie de exclamaciones imposibles de distinguir. Él se quedó inmóvil, con el pecho atenazado por la angustia. El bebé gritó de nuevo. Las mujeres se quedaron en silencio; pasaron varios segundos antes de que Leif reuniera valor para levantarse. Lentamente, se incorporó y respiró profundamente. Después, se acercó a la puerta de la habitación.

Dalla lo encontró allí. Leif trató de hablar, pero no pudo emitir ningún sonido. Carraspeó y volvió a intentarlo.

—¿Astrid?

—La señora está bien, mi señor. Y habéis tenido un hijo, un niño precioso y muy sano.

Él se quedó mirándola, intentando asimilarlo todo.

—¿Un niño?

—Sí.

—¿Y Astrid está bien?

—Está cansada. Aparte de eso, sí, está bien.

—¿Puedo pasar?

—Por supuesto.

La sirvienta se hizo a un lado, y él entró en la habitación.

Las otras mujeres sonrieron y desaparecieron de

su visión. Leif se humedeció los labios secos. El ambiente era cálido y sereno; Astrid estaba tendida en la cama, apoyada en varios cojines, con el niño en brazos. Alzó la vista al oírlo, y sonrió. Le lanzó una sonrisa dulce y afectuosa, en la que él detectó orgullo y alegría.

—Ven a conocer a tu hijo.

Él avanzó hasta la cama y miró al niño. El bebé lo miró a él, con solemnidad.

—¿A que es precioso? —le preguntó Astrid.

Leif tragó saliva. Tenía un nudo en la garganta.

—Es maravilloso. Perfecto.

—Se parece a su padre.

—Su padre está muy lejos de ser perfecto —dijo él, mirándola a los ojos—. Sin embargo, va a intentar corregirse.

—Yo no lo cambiaría por nada —replicó ella—. Lo quiero exactamente tal y como es, y siempre lo querré.

Leif volvió a mirarla a los ojos, y sus últimas dudas desaparecieron. Solo sintió alegría, y un enorme alivio. Comprendió que, en aquella ocasión, todo iba a salir bien de verdad.

JOANNA FULFORD
Rendida al vikingo

HARLEQUIN™

Siempre nos embarcamos en la aventura de leer un libro con una alegre expectativa, y en este caso no será menos la aventura ni el regocijo a bordo del drakkar *vikingo. La única tristeza es que nuestra autora, Joanna Fulford, ya no estará entre nosotros para seguirnos guiando por su mundo de sugerencias, amores sinceros, suaves matices, encendidas pasiones. Pero permanecerá entre nosotros viva para siempre en sus libros, y este en concreto es su mejor despedida. Por eso tenemos el gusto de recomendároslo.*

¡Feliz lectura!

Los editores

En recuerdo de Jane Croft, escritora con el seudónimo de Joanna Fulford.

Dedicatoria de Brian, su esposo:
A Leonie Martin, Rosie Gilligan, Sue Pacey, Carol Vardy, Ann Norman, Gaynor Roberts y Graham Godfrey, que apoyaron a Jane durante toda su carrera literaria, y a mí desde entonces.

Uno

La bruma cubría las oscuras aguas del fiordo y se enganchaba en las ramas de los árboles que había al pie del promontorio, y los primeros rayos de sol teñían de rosa y oro las lejanas montañas. En cualquier otro momento, Lara habría disfrutado de aquella vista y de la paz que acompañaba al comienzo de un nuevo día. Sin embargo, estaba muy concentrada practicando lo que le había enseñado Alrik. Su hermano estaba ausente, pero ella había estado levantándose muy temprano todos los días para practicar y aprovechar bien sus enseñanzas, hasta que la empuñadura de la espada se había convertido en algo tan familiar como la rueca o el uso.

Nadie iba a despertarse todavía, y el promontorio estaba lo suficientemente lejos como para que no la descubrieran. Si su padre supiera lo que había estado haciendo aquellos meses, se disgustaría, y ya había suficiente tensión entre ellos dos. Casi no se habían dirigido la palabra desde su última discusión, hacía una semana…

—Tienes dieciocho años ya, y vas a convertirte en una solterona si sigues asustando a todos los pretendientes que piden tu mano —le había dicho el *Jarl* Ottar.

—Los hombres asustadizos no son atractivos, ¿sabes?

—No seas descarada conmigo, niña —respondió su padre—. Lo que tienes que hacer es corregirte y tener un poco más de encanto femenino.

—¿No soy encantadora, padre?

—He visto lobas con un temperamento más suave que el tuyo. Ningún hombre quiere casarse con una bruja deslenguada.

—Pues entonces, que se casen con mujeres más dóciles.

—Una mujer tiene que ser obediente.

Lara se indignó.

—Asa era obediente, ¿verdad?

Su padre frunció el ceño.

—Tu hermana hizo lo que debía. Sabía cuál era su deber para con la familia.

—No te escudes en la familia. Obligaste a Asa a casarse para satisfacer tus ambiciones políticas.

—Era necesario conseguir una alianza para evitar más años de guerra.

—Es como si la hubieras echado a un pozo lleno de víboras, pero a mí no me vas a usar como a ella.

Lara tomó impulso hacia delante y clavó la hoja de la espada en la forma imaginaria de su cuñado. Le habría gustado mucho poder destriparlo de verdad, pero, desgraciadamente, estaba fuera de su alcance. Además, tenía que ser realista: si se encontraran en combate, él la habría matado con facilidad. Ella nunca tendría la fuerza ni la destreza con la espada que tenía un guerrero, pero el hecho de aprender los rudimentos de la defensa propia le causaba un sentimiento de poder, como ver huir a sus pretendientes.

—Cumpliré mi promesa, Asa —murmuró—. Te lo juro.

Envainó la espada y recogió su capa. La gente ya estaría despertándose, y tenía que volver; además, no iba a ignorar todas las tareas que le correspondían, y que siempre llevaba a cabo con diligencia para no suscitar críticas. Sonrió. Los hombres, cuando estaban cómodos y bien atendidos, se quejaban poco. Y, de todos modos, a ella le gustaba estar ocupada. La ociosidad nunca le había sentado bien.

Estaba a punto de marcharse, cuando vio un barco que rodeaba el promontorio que había por debajo de ella. Aunque tenía la forma esbelta y la proa curva de un barco de guerra, era más pequeño que el resto de los *drakkars*, los dragones del mar, que ella había visto, y llevaba una tripulación de unos veinte hombres. No había viento, así que el barco avanzaba a remo. Lara reconoció la habilidad de aquella tripulación, que trabajaba como un solo hombre. Miró a los remeros y a la figura que iba en el *steering oath*: era un guerrero con una cota de malla. Lara frunció el ceño y, al mirar con más atención, se dio cuenta de que todos los hombres la llevaban. Su curiosidad aumentó; el esfuerzo de remar era muy grande en circunstancias normales y, con la cota de malla, sería diez veces mayor. Si iban así preparados, era porque habían sufrido un ataque, porque esperaban que iba a suceder o porque eran ellos quienes iban a atacar.

Observó atentamente el fiordo, pero no divisó ningún otro *drakkar*. No parecía que estuvieran persiguiéndolos. Eso no significaba que pensaran atacar el poblado, pero, de todos modos, no era recomendable ser confiado. Por ese motivo, el poblado estaba siempre vigilado. Su padre nunca corría riesgos.

Unos segundos más tarde, oyó el sonido del cuerno del vigía, que anunciaba la llegada de un barco. Para verlo por sí misma, siguió el sendero que descendía por el promontorio, atravesando un bosquete de álamos, hasta la orilla. Al borde del bosque podía permanecer oculta, y había un buen punto de observación.

Cuando llegó al final del bosque, el *drakkar* estaba acercándose al embarcadero. Media docena de hombres armados vigilaban su llegada. Lara oyó el aviso del vigía, que fue respondido al instante. Y, obviamente, la respuesta debió de ser satisfactoria, porque la tripulación recibió el permiso para bajar a tierra.

Dos hombres saltaron al muelle de madera y amarraron el barco, mientras sus compañeros se preparaban para desembarcar. Aunque Lara estaba a unos cincuenta metros, comprobó que su primera impresión era la correcta: aquel era un barco de guerra, y sus hombres iban armados hasta los dientes. Parecía que su líder era el hombre que guiaba el *steering oath*. En aquel momento, estaba de espaldas a ella, dando órdenes, órdenes que fueron obedecidas sin cuestión. Él destacaba, incluso, entre un grupo de hombres tan grandes como aquel. Era más alto que el resto y, como ellos, tenía el cuerpo atlético y poderoso de un guerrero. Además, se comportaba con la confianza del que estaba acostumbrado a mandar y ser obedecido. Seguramente, era un noble.

Lara sonrió ligeramente, con ironía, al pensar en que la mayoría de los hombres de aquella clase pensaban que se merecían la obediencia absoluta. Era intrínseco en ellos, como la arrogancia.

Mientras ella seguía observando la escena, el guerrero se dio la vuelta. Lara creyó ver una cara bien afeitada, de rasgos fuertes y bien definidos, y una melena rubia. Era… destacable, sí. Tenía que admitirlo. Y, probablemente, él mismo lo sabía muy bien.

El guerrero debió de notar que lo estaban observando, porque recorrió con los ojos la fila de árboles. Al verla, se quedó mirándola fijamente y, a los pocos instantes, su seriedad fue sustituida por la diversión en su semblante. Lara miró hacia abajo, y se dio cuenta de que, como llevaba la capa en la mano, la espada que tenía colgada del cinto se veía perfectamente. Aquello la sobresaltó; se sintió molesta consigo misma por haberse delatado. Además, también sintió indignación por haber sido causa de diversión para aquel extraño.

Sin embargo, si él pensaba que iba a causarle desconcierto, estaba muy equivocado. Alzó la barbilla, le devolvió la mirada y la sostuvo durante un momento. Después, calmadamente, se dio la vuelta y se alejó.

Finn permaneció donde estaba, siguiendo con la mirada a la chica hasta que ella desapareció entre los árboles. Su presencia allí había sido inesperada y deslumbrante a la vez, como si hubiera aparecido un hada curiosa que quería investigar su llegada. Su melena castaña y su vestido verde, del color del bosque, reforzaron aquella impresión. El hada era muy bella, pero muy altiva. Su expresión era de desafío, como la espada que llevaba al costado. Él se sintió muy intrigado; en otras circunstancias, habría investigado más.

—Mi señor, ¿querríais acompañarnos?

La voz del vigía devolvió a Finn a la realidad.

—Eh… sí, claro, por supuesto.

Dejó a media docena de hombres en el barco y, junto a los demás, siguió a su escolta. Había poca distancia hasta la residencia del *jarl* Ottar, una impresionante edificación de madera que reflejaba el alto estatus de su propietario. A su alrededor había otras construcciones: establos, un granero, cochiqueras, talleres y una forja. Finn y sus hombres observaron el poblado con admiración.

—Es un sitio muy bonito —comentó Unnr—. Parece que el *jarl* Ottar es un hombre muy rico.

—Esperemos que valore las viejas alianzas —dijo Sturla.

—Pronto lo sabremos, ¿no?

Sus dudas se disiparon rápidamente. En cuanto se anunció su presencia, Ottar salió a recibirlos. Era un hombre de unos cuarenta años, y tenía el pelo rojizo, con algunas canas. Sin embargo, era fuerte y vigoroso, y tenía unos ojos azules llenos de bondad y de astucia. Sonrió a los recién llegados y abrazó calurosamente a su líder.

—Bienvenido, Finn Egilsson, y bienvenidos también vuestros compañeros.

—Os lo agradezco, mi señor.

—Vuestro padre era un gran guerrero, y un aliado fiel. Me sentí orgulloso de llamarlo «amigo».

—Él también hablaba de vos con gran afecto y respeto.

—Os parecéis mucho a él.

—Mi hermano, Leif, también.

—Cuando me enteré de la muerte de vuestro padre, sentí una gran tristeza —dijo Ottar, moviendo la cabeza—. No había muchos como él. Sin embargo, me alegro mucho de ver a uno de sus hijos en mi casa —añadió. Después, se giró hacia los sirvientes y les gritó que llevaran comida y cerveza—.

Cuando hayáis repuesto fuerzas, podréis contarme qué os trae por aquí.

Cuando volvió Lara, la primera persona a la que vio fue a Alrik. Su hermano tenía dos años más que ella, y era mucho más alto. Ambos tenían el mismo pelo rojizo, un rasgo familiar, y los ojos azules. Alrik observó su capa, que ella mantenía bien cerrada sobre el vestido, con un brillo de diversión en la mirada.

—Has estado practicando otra vez, ¿eh? —le dijo, en un susurro conspirativo—. No te preocupes, no voy a decir nada.

—Ya lo sé —respondió ella, y miró a su alrededor para asegurarse de que no hubiera nadie cerca—. Tengo que ir a esconder la espada. Tenemos visita.

—Sí, me ha parecido oír el sonido de un cuerno.

—Acaba de arribar un barco.

—¿Comerciantes?

—No, es un barco de guerra.

Alrik frunció el ceño.

—¿Cuántos hombres?

—Yo he contado veinte.

—Interesante.

—¿No quieres saber por qué han venido?

Él sonrió.

—Quieres decir que tú quieres saber por qué han venido.

—De acuerdo, reconozco que siento curiosidad. ¿Tú no?

—Pues sí, claro que sí —dijo él, y le apretó el

brazo—. Vamos, ve a esconder tu secreto. Yo voy al salón.

Con esas palabras, Alrik se marchó apresuradamente. Lara se dirigió hacia las dependencias de las mujeres; la sala estaba vacía en aquel momento, así que se quitó la capa y guardó cuidadosamente la espada al fondo de su arcón, tapándola con el resto de la ropa. Después, se alisó el vestido, se apartó algunos mechones de pelo de la cara y fue a averiguar qué estaba sucediendo.

Cuando llegó al salón principal, vio que los sirvientes iban de un lado a otro, llevando fuentes llenas de comida y jarras de aguamiel. Su padre y su hermano estaban conversando con los invitados. Los sirvientes estaban cumpliendo su cometido a la perfección, así que ella pudo quedarse en un segundo plano, escuchando.

Finn y sus hombres aplacaron el hambre con pan y fiambres, y con varias jarras de aguamiel. Ottar no trató de iniciar ninguna conversación seria hasta que hubieron comido. Entonces, les indicó a los sirvientes que llenaran de nuevo las jarras, y miró a sus invitados.

—Bien, y, ahora, ¿vais a contarme a qué debo el honor de vuestra presencia?

—No es solo el placer lo que nos ha traído hasta aquí —respondió Finn—, sino, sobre todo, la agitación política que hay en Vingulmark. La casa real no se ha tomado demasiado bien su derrota en Eid.

Ottar lo miró con suma atención.

—¿Estabais allí?

—Leif y yo luchamos junto a Halfdan Svarti. También nuestro primo Erik, y los hombres que veis ante vos. La batalla fue muy ardua, pero al final, vencimos al ejército del rey Gandalf. Heysing y Helsing murieron. Solo sobrevivió el príncipe Hakke.

—Habría sido mejor al revés —dijo Ottar—. Siempre he pensado que él es el más peligroso de los hijos de Gandalf.

—Muchos estarían de acuerdo. Hakke es muy vengativo. Lo siguiente que hizo fue secuestrar a la prometida de Halfdan, lady Ragnhild, para casarse con ella por la fuerza. Por suerte, pudimos rescatar a la dama a tiempo, pero, en mitad del caos, Hakke se nos escapó.

—Mala suerte.

—Pues sí. Esperó pacientemente hasta que pudo tomarse la venganza. Quemó el poblado de mi hermano.

—Eso es una traición en todo orden.

—El poblado y la residencia de mi hermano estaban en Vingulmark, una parte de las tierras cedidas a Halfdan. Fue un regalo del rey a mi hermano, un regalo muy generoso. Sin embargo, por su situación, era también muy vulnerable.

—Lo entiendo.

—Hakke quería rodear todo el poblado y atraparnos dentro antes de prenderle fuego. De no ser porque recibimos un oportuno aviso, lo habría conseguido. Además, nos superaban con mucho en número; así pues, decidimos separarnos para obligar al enemigo a separarse si quería perseguirnos.

—Conociendo a Hakke, eso fue lo que hizo.

—A mis hombres y a mí nos persiguió un gran barco de guerra comandado por Steingrim. Nos hubieran alcanzado con toda seguridad pero, por suerte, bajó la niebla y conseguimos perderlos.

—Mejor para vos.

—Steingrim no va a rendirse con facilidad. Para tener alguna oportunidad de vencerlo, necesitamos refuerzos.

—Ah.

—Esperaba que vos pudierais ayudarnos, mi señor.

Ottar asintió.

—Lo que pueda hacerse, se hará.

—Os lo agradezco.

—Sois hijo de un amigo y un aliado. Vuestros enemigos son los míos.

—No olvidaré esto —dijo Finn—. Ni tampoco espero que me hagáis semejante favor a cambio de nada. Espero que me digáis lo que puedo hacer por vos.

Ottar se quedó silencioso y pensativo. Después, miró a Finn a los ojos y sonrió.

—Lo pensaré. Mientras, os invito a vos y a vuestros hombres, a permanecer aquí unos días, como invitados míos. Esta noche habrá una cena, y mañana daremos una fiesta en condiciones —dijo. Después, miró a su alrededor y se fijó en la persona a la que estaba buscando—. Ah, estás ahí. Ven aquí, niña.

Finn creyó que su anfitrión estaba llamando a uno de los sirvientes, pero, cuando vio a la muchacha en cuestión, la reconoció al instante. A tan corta distancia, se confirmó su impresión de que había visto un hada; la chica tenía los pómulos altos y marcados, la barbilla pequeña y unos preciosos ojos azul verdoso. Su pelo no era castaño, como él había creído distinguir, sino rojizo y con ondas, y le caía en una melena gloriosa por los hombros y la espalda. Tenía la cintura muy delgada, tanto, que él habría podido abarcarla con las manos; sin embargo, también poseía las curvas seductoras de la feminidad. El vestido verde que a él le había llamado la atención estaba confeccionado con lana fina, y tenía como adorno un cinturón bordado en oro. Lo único que faltaba era la espada.

—El *jarl* Finn y sus hombres van a quedarse con nosotros unos días —dijo Ottar—. Encárgate de que todo esté a punto.

—Sí, padre.

Ottar continuó diciendo:

—Esta es mi hija menor, Lara.

Finn hizo una reverencia.

—Es un honor.

Ella lo observó con frialdad; después, inclinó la cabeza.

—El honor es mío, mi señor.

El tono era amable, pero también altivo. Las palabras no fueron acompañadas de una sonrisa; la muchacha no se ruborizó, ni bajó la mirada, tal y como él hubiera imaginado. Era como si cumpliera con las normas básicas de cortesía, pero no le preocupara en absoluto si agradaba o no agradaba a los demás. Su experiencia con las mujeres era muy distinta; claro que, en realidad, las mujeres a las que él frecuentaba tenían un gran interés en agradar a los hombres. Aquella era la hija de su anfitrión, así que le correspondía a él hacer un esfuerzo.

—No sabía que el conde Ottar tuviera una hija tan bella.

—¿No? —preguntó ella.

Finn se quedó asombrado, pero se recuperó enseguida.

—No, lamento decir que no.

—¿Y por qué lo lamentáis?

—Podía haber traído un regalo adecuado.

—No necesito regalos.

—Un regalo no tiene por qué responder a una necesidad. Puede ser una señal de consideración.

—Sí, es cierto, pero como acabamos de conocernos, ese gesto sería excesivo.

Finn sabía que, seguramente, debería dejar pasar el asunto, pero no pudo resistir la tentación de continuar un poco más.

—Entonces, ¿no os gustaría un collar de cuentas de ámbar o un broche de oro?

—Eso depende de quién me lo diera. Si fueran mi padre o mi hermano, apreciaría mucho el regalo.

—Pero no si proviniera de un visitante.

—No, mi señor, sospecharía que había algún motivo oculto.

—Oh, ¿qué motivo?

—Tendría que preguntarme a mí misma qué se espera a cambio de mí.

Una respuesta clara, atrevida y desafiante. Y, nuevamente, él pensó que debería dejar aquella conversación, pero el desafío le resultó irresistible.

—Un regalo no debería exigir contrapartida alguna.

—No, pero sé por experiencia que normalmente es así.

—Entonces, ¿es tan grande vuestra experiencia?

—Lo suficientemente grande como para que recele de los regalos, y de quien los hace.

La muchacha habló con cortesía, pero aquello fue todo un desaire. Obviamente, inmune a los cumplidos, y a él también. Además, no era un ardid para aumentar su interés. Al contrario; Finn estaba seguro de que él no le resultaba agradable en lo más mínimo, y no sabía si sentir diversión o fastidio.

Antes de que pudiera dar con una respuesta, Ottar intervino.

—Por favor, disculpad a mi hija, *jarl* Finn. Tiene un ingenio agudo, y una lengua muy afilada —dijo, y miró a la chica con el ceño fruncido—. Por eso está soltera a los dieciocho años, y es probable que siga así.

Finn se estremeció por dentro al oír aquello, pero la muchacha no se inmutó. A él le pareció, incluso, que veía el brillo de la diversión en su mi-

20

rada. Sin embargo, fue algo tan efímero, que no lo supo con certeza.

—Sí, disculpadme, mi señor. Voy a llevarme mi lengua ofensiva a otro lugar —dijo ella. Inclinó la cabeza con respeto, y añadió—: Padre.

Ottar frunció el ceño. Estaba a punto de decir algo, pero, evidentemente, debió decidir no hacerlo, aunque su irritación era obvia. Finn se sintió más intrigado que nunca. Lo que había ocurrido durante aquellos diez minutos había sido una buena actuación, pero, ¿para qué? Siguió con la mirada a Lara mientras ella se dirigía a la salida. La muchacha avanzaba sin prisas, con calma, y él sonrió ligeramente; debía de saber que iba a observarla. En cualquier momento, miraría hacia atrás. Las mujeres siempre miraban hacia atrás, lo cual significaba que no eran tan altivas como fingían ser.

Lara no miró hacia atrás y, unos segundos más tarde, estaba conversando con un par de sirvientes. Cuando ellos se marcharon a cumplir las órdenes que les hubiera dado, ella salió de la estancia por la puerta trasera. No miró atrás. Finn suspiró con cierta irritación.

Dos

Cuando se alejó del salón, Lara se relajó un poco. Todavía faltaban varias horas para que tuviera que volver a ver a los visitantes otra vez y, entonces, su papel estaría limitado a asegurarse de que la cena se sirviera adecuadamente. No tendría que participar en la conversación. Y eso, después de aquellos diez minutos, era todo un alivio. Finn era un hombre educado y cortés, pero también tenía una gran opinión de sí mismo.

Se le daba muy bien defender sus puntos de vista; en algunos momentos de su entrevista, Lara había tenido la sensación de que el invitado de su padre se divertía, incluso. Seguramente, no era cierto; ella siempre se encargaba de que ningún hombre disfrutara en su compañía.

Al torcer la esquina del edificio, un pequeño cuerpo impactó contra sus piernas como una bala de cañón. El proyectil rebotó y cayó al suelo boca arriba.

—¿Qué ha sido…

Lara se interrumpió al darse cuenta de que se trataba del hijo del administrador.

—Yngvi. Tenías que ser tú.

Él se incorporó y se sentó, algo aturdido. Lara suspiró y se agachó para mirarlo.

—¿Estás bien?

El niño asintió.

—Creo… creo que sí —dijo y, mientras Lara le ayudaba a levantarse, le pidió disculpas—. Lo siento, mi señora. Drifa y yo estábamos jugando al lobo.

Su hermano pequeño asintió.

—Yo quería atraparlo.

—Ya, ya lo veo.

—¿Os he hecho daño, señora?

—No, no. Pero vas a ser tú el que te hagas daño si sigues torciendo las esquinas de ese modo, a ciegas.

—Sí, mi señora.

Lara sonrió.

—Bueno, vamos, marchaos.

Los niños echaron a correr. Al verlos alejarse, Lara agitó la cabeza, pensando que su advertencia había caído en saco roto. Yngvi solo tenía seis años, pero era muy dado a correr riesgos y, allá donde iba, su hermano Drifa iba tras él.

Llegó al cobertizo del telar y siguió tejiendo la tela azul que había comenzado algunos días antes. Mientras trabajaba, recordó los días en que Alrik, Asa y ella jugaban juntos. Eran días felices, despreocupados. Sin embargo, aquella época de su vida había sido muy corta. Que Yngvi y Drifa jugaran mientras fuera posible, porque iban a crecer muy pronto. Cuando ella era niña, siempre soñaba con hacerse mayor. En aquellos tiempos, le parecía que todo iba a ser muy sencillo: se casaría, tendría hijos y se ocuparía de la casa de su marido. Nunca se le había ocurrido cuestionarlo, porque era lo que hacían todas las chicas. Con el paso de los años, había llegado a entender la realidad: el matrimonio era una trampa, y una cara bonita no garantizaba un buen corazón.

Sin motivo, recordó al *jarl* Finn. De mala gana, tuvo que reconocer que tenía una figura imponente y que no era fácil de olvidar. Además, aunque ellos dos hubieran mantenido una conversación ridícula, a ella sí le habían interesado mucho las cosas que él había tratado con su padre. Aunque sabía que el rey Halfdan había conseguido la victoria en Eid, era la primera vez que conocía a alguien que hubiera estado presente en la batalla. Le habría gustado hacerle preguntas a Finn sobre lo ocurrido; esa habría sido una interesante conversación. Le habría preguntado también por el secuestro y el rescate de lady Ragnhild. Parecía una aventura emocionante, llena de acción y de peligro y, además, tenía un componente romántico.

Lara interrumpió aquellos pensamientos. El romanticismo solo era para las niñas bobas que no sabían nada. Sin embargo, el rey debía de querer mucho a su dama si estaba dispuesto a llegar tan lejos por rescatarla. Claramente, Halfdan no era un hombre de halagos vanos y regalos pomposos. Ragnhild era una mujer afortunada, porque era raro conocer hombres como aquellos. La mayoría eran tontos engreídos que ansiaban la fama y los honores. Y algunos de ellos eran muy crueles. Para ellos, las mujeres eran objetos de usar y tirar. El marido de Asa era buena prueba de ello.

Su hermana había sido utilizada como peón en un juego político. La habían casado para sellar un pacto entre antiguos enemigos. Parecía que el *jarl* Finn también tenía enemigos muy poderosos. La quema de un poblado era una venganza brutal, y habían tenido suerte de recibir un aviso oportuno. Ella no le deseaba aquel destino a nadie, aunque fuera una persona tan molesta como él. Por suerte, no iba a estar por allí mucho más tiempo; en cuanto hubiera conseguido los hombres que necesitaba, seguiría su camino.

Con aquel pensamiento, fue mucho más fácil para Lara llevar a cabo sus obligaciones aquella noche. Como la llegada de los invitados había sido imprevista, ella había tenido que improvisar la cena. No era exactamente un banquete, pero, por lo menos, había comida, cerveza y aguamiel suficientes para todos. Y, tal como ella había pensado, su padre iba a agasajar convenientemente al *jarl* Finn al día siguiente, con una gran fiesta.

—He organizado una cacería —le dijo él—. Algunos de los hombres van a salir al amanecer. No estaría mal un jabalí asado, y algo de venado también.

—Cualquiera de las dos cosas estaría bien —respondió ella.

—Pues ocúpate de todo lo demás.

—Por supuesto. Ya he hablado con los sirvientes para que preparen la cerveza y el pan extra.

—Hay que reconocer, niña, que sabes llevar muy bien la casa.

«Sí, claro. Es lo que me han estado enseñando desde que era pequeña».

Hizo un esfuerzo por contener aquel sarcasmo y sonrió.

—Gracias, padre.

Él la miró desconfiadamente, sospechando que era una respuesta irónica, pero ella mantuvo una expresión inocente, así que él gruñó y le tendió la copa. Lara se la rellenó.

—Deberías estar utilizando ya toda esa capacidad tuya en la casa de tu marido —continuó su padre—. Ese es tu papel.

—Mientras, estoy contenta practicando aquí.

Él soltó un resoplido y se alejó. Lara continuó.

—Vuestro padre tiene razón —dijo Finn, mientras le tendía la copa para que ella le sirviera más cerveza.

—¿Con respecto a qué? —preguntó ella.

—A que la comida es excelente.

La jarra se detuvo en el aire un instante, y Lara alzó la mirada, sin dejarse engañar por el despreocupado tono de voz. Aquello no era en absoluto lo que él había querido decir, pero sería mejor que ella fingiera que lo había creído.

—Me alegro de que os haya gustado, milord.

—Claramente, sois una buena organizadora.

—A las mujeres se les enseña a que sean excelentes organizadoras.

—Sí, supongo que sí. Pero, de todos modos, dar de comer a veinte bocas de más es una tarea difícil.

«Vaya, era la primera vez que oía algo así».

—Normalmente, los hombres no piensan en esas cosas. Parece que piensan que la comida va a aparecer como por arte de magia en el momento preciso. Entonces, comen y no vuelven a acordarse de nada hasta que llega la siguiente comida.

Él se echó a reír.

—Hay algo de cierto en lo que decís, aunque, como soy responsable de la tripulación de un barco, yo he aprendido lo importante que son las provisiones.

Su sorpresa aumentó.

«Entonces, no es un completo idiota», pensó.

—Sí, me imagino que sí.

—Yo disfruto de la comida tanto como cualquier otro. Además, una tripulación bien alimentada se queja mucho.

—Así pues, el camino para llegar a su corazón pasa por su estómago.

—Los botines de guerra también tienen algo que ver.

Lara se animó. Aquella era la oportunidad que había estado esperando.

—Vos estabais en Eid, ¿verdad?

—Sí. ¿Cómo lo sabéis?

—Os he oído hablar con mi padre.

A él le brillaron los ojos.

—¿Habéis estado escuchando a escondidas?

—Por supuesto. Era una conversación interesante.

No parecía que le diera vergüenza admitirlo, y Finn notó que una sonrisa le tiraba de los labios.

—Da la sensación de que una batalla no es un tema de conversación muy apropiado para una mujer.

—¿Y por qué no?

—Porque es algo brutal y sangriento. Una mujer bella debería pensar en otras cosas.

Lara suspiró.

—¿Como los collares de ámbar y los broches de oro? ¿O, tal vez, en el coqueteo y el romanticismo?

—¿No es en eso en lo que piensan normalmente las mujeres jóvenes?

Lara se quedó en silencio, entre decepcionada y enfadada. Por un momento, había pensado que él era distinto a los demás. Apartó la mirada.

—Disculpadme por hacer una pregunta inapropiada. Es que esperaba una respuesta inteligente. Debería haber tenido más sentido común.

Mientras Finn la veía alejarse, dejó escapar una carcajada seca y suave, que resumía su incredulidad y su irritación consigo mismo. No se le había pasado por alto el repentino brillo de entusiasmo que había aparecido en los ojos de Lara cuando le había preguntado por Eid. Si él no la hubiera alejado, tal vez ella habría bajado la guardia y podrían haber tenido una conversación animada e interesante. Sin embargo, había hablado sin pensar, y la muchacha se había cerrado en banda de nuevo. Se arrepentía de haber sido tan torpe. ¿Acaso la experiencia no le había enseñado nada?

—Guapa chica —dijo Unnr.

Finn alzó la mirada y asintió.

—Si tú lo dices.

—Pero difícil. Las pelirrojas siempre son difíciles.

—Eso he oído.

«Difícil» era un eufemismo, pensó Finn. «Volátil» era más acertado. Y, cuando ese rasgo estaba combinado con la inteligencia y la rapidez mental, la mezcla resultaba muy estimulante. Era un desafío muy seductor.

—Hace falta un hombre valiente para domarla —continuó Unnr—. Mi hermano mayor, Sveinn, se casó con una pelirroja. Preciosa, pero con un genio endemoniado cuando se enfadaba.

Sturla frunció el ceño.

—¿Se arrepintió de haberse casado con ella? —preguntó.

—No, no. A Sveinn siempre le han gustado los desafíos. Él nunca hubiera encajado con una mujer tímida.

—Bueno, pues a cada cual lo suyo.

—Yo estoy con Sveinn —dijo Vigdis—. Una mujer con un genio vivo hace más interesante la relación.

Todos emitieron murmullos de aprobación.

Unnr continuó:

—Es verdad. A Sveinn le gustaba Halla desde el principio, ¿sabéis? Porque es una preciosidad. Pero mi hermano no entendió lo profundos que eran sus sentimientos hasta que ella fue por él con un hacha.

Vigdis asintió.

—Entiendo que algo así haga que te decidas.

—Pues sí. Mi hermano se enamoró como un loco.

—Entonces, ¿se lo dijo enseguida?

—No, no. Hasta que no consiguió tirarla al suelo y quitarle el hacha, no pudo convencerla. Al final, hicieron las paces, y se casaron a la semana siguiente. Ahora tienen cinco hijos.

Ketill cabeceó con admiración.

—Tu hermano es todo un romántico.

Sus compañeros asintieron.

—Sí, a mí también me lo parece —dijo Unnr—, aunque, claro, él nunca lo admitiría.

—Pero los actos hablan más que las palabras, ¿no?

—Exacto. Y el amor es una cosa muy curiosa. Mira mi primo Snorri, por ejemplo…

Mientras los demás escuchaban las historias de Unnr, Finn se alejó del grupo. La conversación había tomado una dirección inesperada y le había hecho recordar cosas que prefería olvidar. Sin embargo, Unnr tenía razón: el amor era algo extraño.

30

Entraba por los ojos y se metía en el corazón. Y, al quitarlo, dejaba una herida que nunca se curaba. La traición siempre era fea, adoptara la forma que adoptara. El hermano de Unnr tenía suerte con su esposa: era evidente que el engaño no formaba parte de su naturaleza. Uno siempre sabía qué podía esperar de un hacha. Además, era algo que podía verse llegar.

Él, por el contrario, no había sabido nada de la traición hasta que fue demasiado tarde.

Debería haberse percatado de las señales, pero el amor que sentía por Bótey lo había cegado. Cuando, por fin, se dio cuenta de lo ciego que estaba, el amor había dejado paso a los celos y a la rabia. Ella sabía cuál iba a ser su reacción, así que había puesto toda la distancia posible entre ellos. Sin embargo, no había sido suficiente, y la había alcanzado.

Matar a su rival era un asunto de justicia natural, un acto por el que nadie iba a condenarlo. Uno hombre debía defender sus derechos y vengarse de aquellos que le hacían mal. Así eran las cosas, y él no sentía remordimientos por haber matado al amante de su esposa. Sin embargo, lo que había ocurrido después sí le atormentaba y, al menos en su propia opinión, lo que le había valido una condena de por vida.

Sus hombres y él durmieron en el salón aquella noche. O, más bien, durmieron sus hombres, y ruidosamente. Para Finn fue mucho más difícil. No podía dejar de darle vueltas a lo que iba a suceder en el futuro más inmediato. Tenía que ocuparse de Steingrim. De lo contrario, el mercenario los perseguiría y los mataría. Finn no tenía intención de consentir que siguieran llevándoles ventaja. Cuando tuviera las espadas extra que necesitaba, atacaría al enemigo.

Se preguntó qué tal estaría su hermano, y si había conseguido poner a salvo a su mujer. Seguramente, sí; una vez que Leif se había propuesto algo, lo conseguía, aunque alguien tratara de impedírselo.

Al pensar en Astrid, la guapa mujer de su hermano, recordó a Lara. Era extraño que no se hubiera casado aún, a los diecisiete años; no podía ser por falta de pretendientes. Seguramente, entre ellos había hombres de los que no se arredraban ante el desafío que ella representaba. Cualquier hombre que tuviera sangre en las venas. Así pues, Lara debía de haberlos rechazado. ¿Habría usado un hacha?

Finn sonrió para sí. No era difícil imaginarse aquella escena. No parecía que al hada le gustaran mucho los hombres. Él no le gustaba, claramente. Había algunos motivos para aquel desagrado, pero eso no explicaba el porqué de su antipatía por el sexo masculino en general, y Finn sentía curiosidad por averiguarlo.

Cuando su matrimonio terminó, había tardado bastante tiempo en volver a mantener una relación sexual. Al principio, eran favores pagados, sin complicaciones y mutuamente satisfactorios. Más tarde, tuvo aventuras más largas con cortesanas de palacio. Más complicadas y más caras, pero también más placenteras, mientras habían durado. Él estaba a favor de dar y recibir placer, y de recompensar con generosidad a las mujeres objeto de su atención, pero nunca ofrecía nada más que eso. Así, no había malentendidos, y nadie salía herido.

¿Había sufrido Lara una decepción amorosa, y su actitud era un modo de defenderse de otros posibles dolores? Él no sabía por qué seguía pensando en ella involuntariamente. Lamentaba haber pronunciado unas palabras tan desafortunadas antes, porque le habían costado una conversación entretenida. Él nunca había conocido a una mujer que pusiera en cuestión sus opiniones, ni que defendiera su posición con tanta facilidad y le hiciera pensar para responder. Además, Lara no intentaba flirtear y, claramente, le molestaba que él lo hiciera. Eso también era nuevo; las mujeres siempre disfrutaban flirteando con él, y la mayoría de las veces se le insinuaban descaradamente.

No podía imaginarse que Lara quisiera pasar ni cinco minutos a su lado. Y, seguramente, eso era lo mejor que podía ocurrir, porque cualquier aventura con ella estaba fuera de lugar. Él no iba a aprovecharse de la buena voluntad de su anfitrión; eso no sería honorable, y pondría en peligro su misión.

Sin embargo, Lara estimulaba su curiosidad y, para ser sincero, algo más que eso. Vigdis tenía razón: una mujer con genio era mucho más interesante que una mujer tímida. Finn sonrió de nuevo. Si Lara hubiera sido una mujer de la corte, él habría aceptado el reto. Por experiencia, sabía que todas las mujeres podían ser cortejadas y seducidas. Todos los rebeldes podían ser vencidos, al final.

Tres

En algún momento, entre aquellos pensamientos, Finn se quedó dormido y no volvió a despertar hasta el amanecer. Sus hermanos de armas seguían roncando a su alrededor. Él se levantó silenciosamente para estirar las piernas, con cuidado de no molestar a los demás, y salió por una puerta lateral. Olía a rocío y a tierra húmeda. Aquella noche había llovido, pero las nubes habían pasado, y parecía que iba a ser un día resplandeciente. Sin embargo, no tenía importancia, puesto que él debía hacer muchas cosas. Estaba enumerándolas mentalmente cuando percibió un movimiento por el rabillo del ojo.

Se giró y, automáticamente, posó la mano en la empuñadura de la espada. No sería tan raro que Steingrim se hubiera aproximado a escondidas a ellos mientras dormían. Sin embargo, en vez de encontrarse con la corpulenta figura de su enemigo, lo que vio fue una figura femenina y esbelta. Al darse cuenta de quién era, se relajó. Ella no lo había visto a él, y caminaba desde los edificios, por un sendero estrecho, hacia los árboles. Por un segundo, Finn vaciló, debatiendo consigo mismo. Al final, ganó la curiosidad.

Lara llegó al promontorio pocos minutos después de haber salido del dormitorio de las mujeres. Se quitó la capa, desenfundó la espada y comenzó a calentar los músculos como le había enseñado Alrik. Después, se concentró y comenzó a realizar los ejercicios, dejando que cada movimiento fluyera hacia el siguiente, cada vez más rápidamente, hasta que la hoja de la espada se hizo casi invisible y el aire silbaba al pasar. Izquierda, derecha, *thrust*, *parry*… Al ver que había alguien a pocos metros de ella, al borde del bosque, se detuvo en seco. La sorpresa pronto se convirtió en una mezcla de emociones incómodas.

¡El *jarl* Finn! ¿Cómo había podido encontrarla? Debía de estar disfrutando muchísimo de aquel descubrimiento. Seguro que antes del mediodía todo el mundo sabría lo ocurrido. Sería el hazmerreír, y su padre se pondría furioso…

Finn se apartó del árbol en el que estaba apoyado y caminó hacia ella. Lara alzó la espada. Tuvo la tentación de atravesarlo, pero sabía que no sería fácil, porque él iba armado y era un guerrero experimentado en la batalla. Además, era mucho más grande que ella. Él se detuvo a pocos metros de distancia, y ella le lanzó una mirada fulminante, preparándose para sus burlas.

—No está mal —dijo Finn—, pero tenéis que levantar más el codo cuando ataquéis.

Lara pestañeó.

—¿El codo?

—Sí. Así —dijo él. Sacó su espada y le hizo una demostración—. Impide que el enemigo os lance un golpe hacia abajo en el hombro.

—Ah.

Él hizo otra demostración.

—Ahora, probadlo.

Ella se recuperó de la sorpresa, adoptó la postura adecuada e intentó imitar a Finn. No era tan fácil como parecía. Él se colocó a su espalda y puso la mano bajo su codo.

—Así.

Le agarró el codo, y ella sintió su mano cálida y fuerte.

—Ahora, girad un poco la muñeca.

Él la apretó un poco más. No le hizo daño en absoluto, pero ella no tuvo otra opción que mover el brazo tal y como él le indicaba. Él repitió la maniobra, y Lara intentó concentrarse en la espada y no en el hombre que estaba tan cerca de ella. Por los dioses, era muy grande y fuerte. ¿De veras se había enfadado tanto como para pensar en atacarlo? Él la habría partido en dos como a una ramita.

—Así —dijo Finn, y la soltó—. Ahora, repetid la secuencia.

Se alejó para dejarle espacio, y ella vaciló, dividida entre el fastidio por su tono autoritario y el deseo de mejorar. Él la miró y arqueó una ceja. El reto estaba claro. Lara alzó la barbilla al instante, adoptó la postura adecuada y comenzó a repetir los ejercicios bajo la mirada de los ojos grises de aquel hombre que no perdía ni un detalle.

—Mejor —dijo él—. Otra vez.

Ella respiró profundamente y agarró con fuerza la empuñadura de la espada. «Puedes hacerlo. Quieres hacerlo», pensó. En aquella ocasión, se concentró profundamente y realizó la secuencia una vez más.

—Coloca el cuerpo de costado hacia tu enemigo. Recuerda que no tienes escudo, así que tienes que reducir el tamaño de su objetivo.

«Claro. ¿Cómo no se le había ocurrido aquello?». Lara ajusto la posición y siguió repitiendo los ejercicios. Él la observó y comentó los movimientos, dándole instrucciones y animándola, incluso ofreciéndole, de vez en cuando, una alabanza. Ella no detectó ningún tono de superioridad en su voz. Él tenía una actitud calmada, de concentración, y requería la misma respuesta de ella. Poco a poco, Lara comenzó a relajarse un poco y a disfrutar. Era divertido, y durante aquella media hora había aprendido más que durante los últimos tres meses. Conocía los movimientos básicos, pero aquello la había llevado a un nivel superior del arte del manejo de la espada. Escuchó con atención y obedeció todas las órdenes de Finn, y comprendió las razones por las que él le hacía cada una de las indicaciones.

Tenía la tentación de quedarse y continuar un rato, pero el sol ya había subido por encima de las colinas, y el día estaba empezando. Lara bajó la espada de mala gana.

—¿Ocurre algo? —le preguntó él.

—No, no ocurre nada. Es que tengo que volver. Los demás despertarán muy pronto, si es que no lo han hecho ya.

—Tenéis razón. He perdido la noción del tiempo.

—Yo también.

Él observó a Lara mientras ella envainaba la espada.

—¿Quién os ha enseñado a luchar?

—Mi hermano, Alrik.

—¿Cuánto tiempo lleváis practicando?

—Unos tres meses.

—Entonces, no es mucho tiempo.

—Eso debe de ser evidente para vos.

—Sí, en efecto —respondió él—, pero Miklagard no se construyó en un día. Habéis progresado, pero necesitáis más práctica.

Ella asintió. Le agradó el hecho de que él no hubiera mentido para halagarla, y le animó que pensara que había progresado, aunque solo fuera un poco.

—Voy a perseverar.

—Bien.

Lara tomó su capa y envolvió la espada. Después, se la metió bajo el brazo.

—Tengo que irme.

—Y yo tengo que bajar al embarcadero a visitar mi barco.

—¿Teméis que haya podido sucederle algo durante la noche?

La mirada gris se endureció.

—A mis hombres y a mí nos está persiguiendo un ejército de mercenarios. No puedo bajar la guardia.

Ella se mordió el labio.

—Perdonadme. Lo había olvidado.

—Cuando te enfrentas con un enemigo como Steingrim, el día en que te vuelves descuidado es el día en que mueres.

—Disculpadme, mi señor. Vos habláis con una experiencia de la que yo carezco.

Lara habló en un tono de humildad, y él se quedó sorprendido.

—Gracias.

Con esto, él le hizo una reverencia y se alejó. Ella lo observó durante unos segundos y, después, caminó apresuradamente hacia él.

—¿*Jarl* Finn?

Él se dio la vuelta.

—¿Sí?

—Gracias por vuestra ayuda.

Lara parecía sincera, y él volvió a sorprenderse. No obstante, antes de que tuviera tiempo para responder, ella se alejó corriendo por el sendero hacia la casa de su padre. Él la vio marchar y siguió bajando hacia el embarcadero, aunque a un ritmo más calmado. Cuando ella llegó a la bifurcación del camino, se detuvo y vaciló un instante. Finn también se detuvo con expectación. ¿Lo haría, o no lo haría? Lara dio un paso más, y otro. Él suspiró. Entonces, ella miró hacia atrás, por encima de su hombro. Durante un segundo, sus miradas se cruzaron. Después, ella continuó su camino y se perdió entre los árboles. Finn sonrió y siguió bajando por la ladera.

El barco estaba en perfectas condiciones, y los hombres que se habían quedado de guardia le informaron de que no habían avistado ninguna nave enemiga. Finn se relajó un poco. Por el momento, parecía que habían conseguido que Steingrim perdiera su rastro. La próxima vez que se encontraran sería a elección de Finn, y tendría los guerreros suficientes como para terminar de una vez por todas con la persecución. Aquel mismo día iba a ultimar los detalles con Ottar, y sellarían el acuerdo con la fiesta de aquella noche.

Volvió al poblado para hablar con su anfitrión y, durante el camino, fue pensando en su encuentro con Lara. Cuando la había seguido, no sabía lo que iba a suceder, y no esperaba que fuera algo tan agradable, ni que él fuera a sentirse tan impresionado. Su hermano le había enseñado bien y, evidentemente, Lara se había tomado las clases muy en serio.

No le había mentido al decirle que había progresado, pero había sido muy cuidadoso para no darle la impresión de que intentara flirtear o halagarla. Había utilizado el tono de voz que usaba con sus hombres. Era la estrategia adecuada, aunque al principio él no estuviera completamente seguro. No se le había pasado por alto la inicial vacilación de Lara pero, tal y como esperaba, las ganas de aprender le habían hecho olvidar los recelos. Y aprendía rápido: había asimilado a la primera todas las cosas que él le había dicho. Si hubiera tenido alguien con quien practicar, estaría mucho más avanzada en aquel momento.

Agitó la cabeza; no podía creer que hubiera sido cómplice de aquello. A su padre no le gustaría, si lo supiera. Para Ottar, los papeles de los sexos estaban perfectamente definidos. Y él mismo tenía que admitir que le resultaba incongruente ver a una chica tan bella blandiendo una espada. Lara era una mujer hermosa: menuda, esbelta, de huesos finos… exquisita. La idea de verla combatiendo era absurda, y ofendía toda noción masculina de lo que era aceptable. Sin embargo, aquellas prácticas con la espada eran inofensivas, y servían de escape para el espíritu rebelde de la muchacha. Además, en cierto modo, ella le había dado su confianza, y él no iba a traicionarla. De todas formas, no iba a quedarse demasiado tiempo por allí.

Tal y como Finn esperaba, Ottar estaba deseoso de hablar con él y, aquella misma mañana, los dos se reunieron en privado. Finn se sentó y esperó a que su anfitrión empezara la conversación.

—He pensado en lo que estuvimos hablando ayer —dijo Ottar—. Te proporcionaré un *drakkar* y los hombres necesarios para tripularlo. Mi hermano Njall os proporcionará otro.

Finn se quedó sin habla por un momento. Dos barcos de guerra grandes podrían transportar a ciento sesenta hombres. Y, sumados a los suyos, serían más que suficientes para derrotar a Steingrim.

—Eso es muy generoso, mi señor.

—Además, aprovisionaré los barcos y armaré a los hombres.

—Os doy las gracias.

El coste de aprovisionar dos barcos era elevado. Todo aquello superaba con creces sus expectativas, y se sintió muy agradecido. Sin embargo, sabía que aquella generosidad tendría un precio. Ottar debía de esperar algo considerable a cambio.

—Tardaré un poco en organizarlo todo, por supuesto, pero espero que no mucho —continuó el *jarl* Ottar.

—Mientras, yo seguiré la costa hasta mis tierras de Ravndal. Nuestra presencia aquí atraería finalmente a Steingrim, y no quiero que sufráis un ataque por mi culpa.

—Te lo agradezco —dijo Ottar—. Entonces, los barcos se reunirán contigo en Ravndal.

—Muy bien —respondió Finn y, miró a su anfitrión con astucia—. Y, ahora, mi señor, tal vez podáis decirme qué esperáis que haga yo para corresponderos.

Ottar lo miró fijamente.

—Para corresponderme, quiero que te cases con mi hija.

Finn se quedó anonadado. Esperaba muchas cosas, pero no aquella. Casi al instante, se reprendió a sí mismo por no haberlo previsto.

—Tiene una buena dote, tierras y plata —continuó Ottar—. No voy a decir que mi Lara es una joven dócil; los dos sabemos que no es así. Necesitará una mano firme que la guíe. La cuestión es: ¿estás dispuesto a aceptar el desafío?

Finn se quedó en silencio e intentó ordenar sus pensamientos. A primera vista, podía parecer que Ottar solo quería librarse del problema, pero la verdad era mucho más compleja. Un matrimonio creaba una alianza duradera, y su anfitrión era un hombre rico y poderoso. Objetivamente, aquel ofrecimiento de la mano de su hija era todo un honor. Además, Finn no tenía ninguna duda de que la dote de Lara era muy rica. También sabía que conseguir los barcos y los hombres para luchar contra Steingrim pasaba por aceptar aquel matrimonio. Rechazarlo, por otro lado, sería un insulto grave, y él no podía granjearse un enemigo cuando podía tener a un buen aliado. Ottar sabía todas aquellas cosas. Finn reconoció, de mala gana, que lo habían manipulado de manera muy inteligente. Solo había una respuesta viable.

—Sí, mi señor. Acepto encantado.

La sonrisa de Ottar fue resplandeciente.

—Excelente.

—Sin embargo, cabe la posibilidad de que vuestra hija tenga otra opinión.

—Lara se va a poner muy contenta.

Finn lo dudaba, pero no expresó sus dudas al respecto. Todo estaba decidido.

Él no esperaba volver a casarse, y no tenía ganas de hacerlo, pero aquello no era cuestión de apetencias. Era una cuestión de supervivencia, de la suya y de la de su familia, y haría lo que fuera necesario para asegurársela. El futuro inmediato iba a ser más complicado de lo que él había pensado, pero no podía evitarlo. Así pues, se puso a pensar en los detalles prácticos.

—La boda tendrá que celebrarse enseguida. Me gustaría zarpar hacia Ravndal dentro de dos días.

—La fiesta de esta noche puede tener una doble función, si estás tan decidido —respondió Ottar.

Finn asintió.

—¿Por qué no?

—Voy a informar a Lara de nuestro acuerdo, y a decirle que se prepare.

Después de que Ottar se marchara, Finn salió al exterior y se encaminó hacia el promontorio. Se sentó en un peñasco y contempló las vistas mientras pensaba en la reacción de Lara cuando Ottar la informara de su acuerdo. Sonrió con ironía. En parte, le hubiera gustado ser una mosca posada en la pared para ser testigo de aquella conversación. Pese a la tregua temporal de aquella mañana, él no se hacía ilusiones: Lara no sentía ninguna simpatía por él.

Y la noticia de que iban a casarse solo podía añadir resentimiento a lo que ya era una fuerte mezcla de emociones. Ojalá hubiera tenido tiempo para hablar con ella primero, para ofrecerle unas cuantas palabras de ánimo. También hubiera podido decirle otras cosas, como que sentía admiración por su belleza, su inteligencia y su personalidad, pero supuso que ella no habría creído ni una sola palabra y lo habría considerado todo una mera adulación. No lo era.

Decirle que la quería sí hubiera sido una falsedad. Él había amado, sí, pero en otra vida, con una pasión ciega que solo había engendrado dolor y destrucción. No volvería a cometer aquel error. En aquella ocasión, tenía los ojos bien abiertos, y su matrimonio se basaría en cuestiones pragmáticas. Sin embargo, eso no significaba que pudiera nacer el afecto entre ellos dos, con el tiempo. Seguramente, sería difícil no tomarle afecto a Lara.

Por primera vez, pensó en lo que podía depararle el futuro. Sabía que no sería fácil ganársela, pero nada que mereciera la pena resultaba fácil de conseguir. No obstante, tenía intención de ganársela. El desafío le añadía interés a su relación.

Lara se quedó mirando a su padre con incredulidad. «No es posible que lo diga en serio».

—¿Que me voy a casar con el *jarl* Finn? ¿Hoy?

—Sí, exacto.

—Eso es absurdo.

—No, en absoluto. Le he ofrecido tu mano, y él ha aceptado.

Lara se quedó callada, intentando asimilar la noticia. «Tiene que ser una broma». Sin embargo, al mirar a su padre a los ojos, supo que hablaba en serio. Se le encogió el estómago.

—Tú… él… No.

—Es un arreglo excelente, Lara.

—Para vosotros dos, sin duda.

—Y para ti. ¡Por Thor! Tienes dieciocho años. Ya hace mucho que deberías estar casada.

—No voy a casarme según tu voluntad.

—Claro que sí. Ya he aguantado suficiente tus jueguecitos.

—¿Un juego? ¿Acaso piensas que esto es un juego?

—¿No lo es? ¿Vas a decirme que no te lo has pasado estupendamente rechazando a pretendiente tras pretendiente?

Lara alzó la barbilla.

—No, no voy a decírtelo. Sí he disfrutado enviándolos al cuerno a todos ellos, y disfrutaré todavía más cuando lo haga con el *jarl* Finn.

—¿Eres tan boba como para pensar que vas a poder hacerlo?

Lara cerró los ojos, tratando de calmarse. No era fácil pensar mientras tenía que contener el pánico. En el fondo, sabía que lo que había dicho su padre era cierto: Finn Egilsson no era el tipo de hombre al que podía enviarse al cuerno si él no quería ir.

—Este hombre no es como los demás, Lara. Si lo creyera, no le habría ofrecido tu mano.

«No, no es como los demás. No es como ninguno de los hombres que yo haya conocido, y ese es el problema».

—No puedo casarme con él. Casi no lo conozco.

—¿No?

—¿Cómo voy a conocerlo? ¡Si lo vi ayer por primera vez!

—¿Y te parece que le falta inteligencia?

—No, padre. Claro que no.

—Entonces, ¿te ha parecido que sus maneras son zafias?

—No, sus maneras son refinadas, como bien sabes.

—¿Temes que te maltrate?

Ella negó con la cabeza. Aunque lo conocía desde hacía muy poco tiempo, sabía que él nunca sería violento con una mujer. Era algo que le decía el instinto.

—No, no temo eso.

—¿Te parece desagradable a la vista?

Por un momento, vio su rostro; una cara de rasgos fuertes, la nariz recta y la boca firme, la mandíbula cuadrada y los ojos grises y penetrantes. Era una cara difícil de olvidar: deslumbrante, inquietante.

—No es feo.

—Entonces, tal vez sus orígenes o su estatus no te complazcan.

—Es de buena cuna. Lo sé.

—Así pues, ¿qué es lo que no te agrada?

—Lo que no me agrada es que me traten como a un objeto. No soy una posesión que puedas manejar a tu antojo, padre.

—Yo nunca concertaría un matrimonio por capricho, y nunca te he considerado un objeto, ni a tu hermana tampoco, por mucho que te cueste creerlo.

Me vi obligado a hacer aquella alianza, pero la hice de buena fe.

—¿De buena fe? —preguntó ella, con una carcajada temblorosa—. ¿Así lo llamas?

—Yo lamento tanto como tú lo que ocurrió, Lara. Por eso, tu futuro esposo es un hombre distinto.

—No es mi futuro esposo. No voy a casarme con él.

—Sí vas a casarte con él —replicó su padre, con calma—. Puedes hacerlo con dignidad o puedes hacerlo por la fuerza. Tú decides.

Ella apretó los puños y contuvo el impulso de gritar. No serviría de nada. Su padre había dado su palabra, y no iba a incumplirla. Si ella intentaba desobedecer, la casaría por la fuerza y delante de todo el mundo. Peor aún, ante la mirada burlona del *jarl* Finn. La humillación sería indescriptible.

Tragó saliva, y dijo:

—No será necesario que uses la fuerza.

—Me alegro. Además, espero que te pongas tu mejor vestido esta noche, y honres a tu marido. ¿Está claro?

—Muy claro, padre.

—Bien. Entonces, te dejo para que te prepares —dijo Ottar, y se dirigió hacia la puerta para salir. Sin embargo, ella lo detuvo.

—¿Sabes si, al menos, le caigo bien?

—No me ha hablado de eso —dijo él, e hizo una pausa—. Sin embargo, tú tienes la belleza y la inteligencia suficientes para ganarte el cariño de un hombre, si quieres. Úsalas.

—Tal vez no quiera.

—Entonces, eres tonta.

Lara apartó la mirada, conteniendo las lágrimas. Su padre no vaciló.

—El matrimonio no es fácil, ni siquiera cuando ambas partes hacen el esfuerzo. No puedes permitirte el lujo de enemistarte con tu marido.

—La situación no la he provocado yo.

—Es verdad, pero la mitad de lo que ocurra después será cosa tuya. No lo olvides.

Cuando su padre se marchó, Lara agarró la copa más cercana y la arrojó contra la pared. Después, se echó a llorar de frustración. ¡Iba a ocurrir otra vez! A pesar de todos sus esfuerzos, iba a ocurrir otra vez. Ella estaba decidida a evitarlo, y le había prometido a Asa que lo conseguiría, pero, al final, había sido una promesa vacía. Todo se había decidido sin tener en cuenta sus deseos ni sus inclinaciones personales. Ella no tenía ni el más mínimo poder.

Al final, se sentó al borde de la cama y se enjugó las lágrimas con la manga. Las lágrimas eran una señal de debilidad y, al final, no iban a servirle de nada. Tenía que pensar. El problema era que estaba demasiado agitada como para utilizar la lógica. Lo único que veía con claridad era lo ingenua que había sido al pensar que su padre iba a permitir que no se casara. Ella se había negado a elegir, y él lo había hecho en su lugar. «Este hombre no es como los demás». Y, por todos los dioses, era cierto.

Lara tomó aire y recordó el rostro de Finn. Era todas las cosas que ella había admitido durante la conversación con su padre y, sin embargo, no sabía quién era en realidad. Cuando había estado con el *jarl* Finn en el promontorio, él se había comportado como un hombre muy diferente a aquel con el que ella había hablado el día anterior. ¿Cuál era el hombre verdadero? ¿El admirador con labia, o el guerrero? ¿O acaso ambas eran facetas distintas del mismo carácter?

Ella sabía cómo enfrentarse al primero, pero el segundo era otra cosa. Aquel guerrero era carismático y peligroso. En parte, aquello se debía a su físico, pero se trataba también de algo más profundo: era el poder que irradiaba, su capacidad natural de liderazgo, su fuerza. Era un hombre acostumbrado a recibir obediencia sin tener que exigirla. Y, dentro de pocas horas, aquel hombre iba a ser su marido, y tendría un poder absoluto sobre ella. Al pensar detenidamente en todo aquello, el nudo que tenía en el estómago se hizo aún más tenso.

Cuatro

Finn esperaba que su futura esposa se negara a aparecer en el salón aquella noche. Tal y como había dicho su padre, Lara no era dócil, y él sería tonto si pensara que la muchacha iba a aceptar aquel matrimonio de buena gana. Era muy capaz de provocar una escena espectacular, y eso angustiaba a Finn. No sabía cómo podía solucionar un problema así, por mucho que intentara imaginar cuál iba ser la reacción de Ottar si su hija trataba de ridiculizarlo. Aquella situación tenía todos los ingredientes necesarios para convertirse en un desastre. Lo único que podía hacer era cumplir con su parte adecuadamente, y pasar por ello de la mejor forma posible.

Sus hombres habían recibido la noticia de su boda con interés e ironía. Por otra parte, también habían comprendido el motivo por el que él había accedido a casarse.

—Con todos los refuerzos, vamos a aplastar a Steingrim como si fuera un piojo —dijo Unnr—. el *jarl* Ottar está demostrando que es un buen aliado.

—Pues sí —dijo Finn.

—Y os honra al desear una alianza aún más estrecha. De hecho, nos honra a todos.

Los demás hombres asintieron. A ellos les agradaba mucho que su señor tuviera una esposa noble con una buena dote. Dejando a un lado la idoneidad del emparejamiento, era innegable que su anfitrión tenía buena fe.

—Los dioses deben de estar sonriéndonos. Especialmente a vos, mi señor, puesto que aparte de todo lo demás, vuestra novia es bella.

Finn asintió.

«Lara es muy bella, sí, y difícil e impredecible».

—Sí, es cierto.

—Y pelirroja.

Vigdis sonrió.

—Nadie puede predecir el futuro, pero me atrevo a decir que el vuestro no va a ser aburrido, mi señor.

«Aburrido» no era la palabra que él utilizaría para describirlo. Los próximos años ya llegarían; lo que verdaderamente le preocupaba eran las siguientes horas.

Para distraerse, se lavó la cara y las manos, y se peinó. Después, se quitó la ropa gastada que llevaba y se puso su mejor túnica, de color azul, y un cinturón de discos de plata. Después, envainó la espada y el *seax*, y completó el atuendo con una capa roja sujeta con un broche de oro en forma de dragón. Pasara lo que pasara aquella noche, sería evidente que él quería honrar a su novia.

Sus hombres también se prepararon y vistieron sus mejores galas. Estaban de muy buen humor y se hacían bromas. En circunstancias normales, él habría participado en la conversación, pero, a medida que se acercaba la hora, su nerviosismo aumentaba. Además, se dio cuenta de que no tenía ningún regalo para hacerle a su futura esposa en la mañana de su noche de bodas. Los presentes más usuales eran tierras y plata. Habría de ser lo último, ya que era lo único que tenía a mano. Le hubiera gustado ofrecerle un regalo más personal, pero no había tenido tiempo para organizarlo, así que lo haría más tarde. En aquel momento, tenía cosas más importantes en las que pensar.

¿Sería Lara obediente, o lo rechazaría públicamente? ¿Iba a aparecer para la ceremonia, o tendría que ir a buscarla? Aquella incertidumbre le provocaba impaciencia. Se dio cuenta de que estaba dispuesto a ir en su busca. Esperaba no tener que llegar a tanto, pero, de un modo u otro, ella iba a convertirse en su esposa.

Teniendo en cuenta el poco tiempo del que disponían, los sirvientes habían hecho muy bien las cosas: habían conseguido limpiar y barrer todo el salón, y el aire estaba lleno de los aromas de la deliciosa comida que iba a servirse en la fiesta posterior a la boda. Cuando Finn y sus hombres entraron en la estancia, su anfitrión estaba esperándolos para saludarlos. Él también se había vestido con su mejor ropa para la boda. Sin embargo, aunque Ottar sonreía, Finn percibió su tensión, y supo cuál era el motivo: con una rápida mirada a su alrededor, constató que Lara no estaba allí.

—La novia vendrá enseguida —dijo Ottar.

Pasaron cinco minutos más, y ella siguió sin aparecer. Los hombres reían y hablaban, aparentemente muy tranquilos. No parecía que nadie se extrañara. Finn respiró profundamente, tratando de no pensar en el nudo que tenía en el estómago. «No va a venir». Y él no era el único que lo sospechaba, porque Ottar estaba cada vez más inquieto.

—¿Por qué tarda tanto esta muchacha, demonios? —murmuró.

Finn trató de mostrarse confiado, y sonrió.

—La novia tiene el privilegio de hacer esperar al novio, mi señor.

Ottar gruñó con falta de convencimiento. Pasaron otros cinco minutos, y su expresión se volvió de irritación. Los demás comenzaron a mirarse entre ellos. Finn siguió aparentando toda la tranquilidad de la que fue capaz, pero, por dentro, sus pensamientos eran muy distintos. «No va a venir, y la situación es cada vez más incómoda».

Ottar frunció el ceño, y le dijo en voz baja:

—Si no viene, le voy a dar una azotaina delante de todo el mundo.

Finn sonrió de nuevo.

—Vamos a tener un poco más de paciencia, mi señor.

—Sois muy cortés, *jarl* Finn.

—Solo es un pequeño retraso, y seguro que existe un buen motivo.

«El motivo es que no tiene ninguna intención de casarse».

—Dos minutos más —dijo Ottar—. Después, voy a ir a buscarla y voy a traerla de los pelos, si es necesario.

Finn cerró los ojos. Aquello estaba a punto de convertirse en algo desagradable, y tenía que encontrar la forma de contener a su acompañante antes de que el asunto se desbordara.

Pasaron los dos minutos. Ottar estaba congestionado de rabia.

—¡Muy bien! Ella se lo ha buscado. Voy…

Dio dos pasos hacia la puerta, con intención de ir a las dependencias femeninas, pero se detuvo en seco. Finn siguió la dirección de su mirada, y también se quedó asombrado.

¡Lara! Su corazón sufrió una extraña sacudida al verla atravesar la estancia, caminando hacia él. No llevaba el vestido verde, sino un precioso vestido azul oscuro con bordados rojos y dorados en el cuello y las mangas. En la cintura llevaba un cinturón a juego. Tenía el pelo suelto, por los hombros, y se había puesto un fino arco de oro alrededor del cuello y una pulsera. Estaba un poco pálida, pero parecía calmada. Y, por encima de todo, era una mujer deslumbrante.

Por fin, llegó hasta ellos, e hizo una reverencia.

—¿Por qué has tardado tanto, en el nombre de Thor? —inquirió Ottar.

Ella lo miró fijamente.

—Tenía descosido el bajo del vestido, padre. He tardado en coserlo.

Finn recuperó el entendimiento y sonrió.

—Ha merecido la pena esperar.

Lara lo miró.

—Sois muy amable, mi señor.

Al darse cuenta de que el novio no estaba ofendido, Ottar se tranquilizó.

—Bueno, vamos a terminar con esto.

Lara se estremeció. Había pensado desafiar a su padre y no aparecer en la boda. Cada vez sentía más temor y, durante unos minutos, había imaginado varias formas de escapar, cada una más descabellada que la anterior. Al final, había vencido el sentido común. Si trataba de huir, la perseguirían, la atraparían y se ganaría una azotaina.

Y, si eso hubiera sido todo, lo habría intentado. Sin embargo, su padre la obligaría a casarse de todos modos, así que ella había optado por ahorrarse todo lo demás.

Al ver a su futuro marido, se le había acelerado el corazón. Nunca le había parecido más formidable que en aquel instante. Llevaba una túnica que, por algún capricho del destino, era del mismo color azul que la suya, y que destacaba la anchura de sus hombros y lo atlético de su figura. Era imposible no sentirse intimidada por la fuerza que irradiaba.

Los demás sentimientos que él le había provocado eran mucho más complejos, y ella no quiso analizarlos.

Ottar tomó la mano de su hija y la depositó en la de Finn, que era mucho más grande. Finn notó que la mano de Lara estaba muy fría, y que temblaba un poco. La miró, pero ella no lo estaba mirando a él, y su expresión no revelaba nada. «¿Tendrá miedo?», se preguntó. Él no habría asociado la palabra «miedo» con Lara. Un poco de nerviosismo, tal vez, pero eso era comprensible. Le apretó suavemente los dedos. Entonces, ella alzó la cabeza, y lo miró a los ojos durante un momento. Bajó la mirada de nuevo, pero Finn tuvo tiempo para percatarse de las emociones tan fuertes que ella estaba experimentando.

Solo hicieron falta unos minutos para que hicieran sus votos matrimoniales. Ottar le proporcionó el anillo, porque sabía que el novio no había tenido tiempo de encargar uno. Era una alianza de filigrana de oro, delicada y bella. También era diminuta. Finn sabía que a él no le cabría ni siquiera en el dedo meñique, pero, sin embargo, se deslizó en la mano de Lara con facilidad. Después, Ottar los declaró marido y mujer y pidió a todos los presentes que fueran testigos de aquella unión. Después, se hizo el silencio.

Ottar miró al novio.

—¿No vais a besar a vuestra esposa?

Finn tuvo la sensación de que Lara se quedaba

muy rígida, y sus sospechas se confirmaron cuando la tomó entre sus brazos. Sin embargo, no le quedaba más remedio que cumplir con lo que se esperaba de él.

Lara sabía que aquello iba a suceder, y se preparó para soportarlo. Al menos, eso pensaba: que estaba preparada para sentir aquellas manos fuertes en la cintura, y preparada para aquella marca de posesión. Sin embargo, cuando notó el roce de sus labios, se estremeció, y para aquel estremecimiento, que no tenía nada que ver con el nerviosismo, no estaba preparada. Finn continuó besándola con suavidad, casi jugando, y a ella se le aceleró el pulso. Él aumentó la presión sobre sus labios, y ella alzó las manos hasta su pecho para empujarlo. Sin embargo, él deslizó el brazo alrededor de su cintura y la estrechó contra sí, atrapándole las manos. El otro brazo le rodeó los hombros. Ella jadeó al notar su cuerpo apretado contra el de él, pero, antes de que pudiera protestar, él la besó apasionadamente, ignorando su resistencia, hasta que ella abandonó el intento y abrió la boca. Él la rozó con la lengua, de una manera tan íntima y chocante como el súbito arrebato de calor que le provocó por dentro. Un calor que se extendió por todo su cuerpo.

Él no se apresuró; siguió besándola mientras todo el mundo prorrumpía en gritos de entusiasmo. Cuando, por fin, él se retiró, ella no tenía aliento, y la palidez de sus mejillas había sido sustituida por un intenso rubor. Lara vio sonreír a Finn, como si él se hubiera dado cuenta del calor que ella había sentido. «No, no puede saberlo. Me lo estoy imaginando».

Lo que no se estaba imaginando era que él disfrutaba de aquella situación. Y que no era el único; ambos estaban rodeados por un mar de caras sonrientes. Incluso su padre sonreía. El azoramiento se mezcló con la confusión.

Ottar alzó los brazos.

—¡Vamos a brindar por la salud de los novios!

Le hizo un gesto al sirviente que esperaba con la copa de plata ceremonial. Lara la tomó y se la ofreció a Finn. Él bebió el aguamiel y se lo devolvió. Ella tomó un trago de aquel licor; aunque era bueno, también era muy fuerte. Lara sintió cómo le llegaba al estómago vacío. Le entregó la copa a su padre. Emborracharse no entraba en sus planes, porque necesitaba conservar todas sus facultades mentales intactas.

—Bien, y, ahora, vamos a festejar este matrimonio.

Finn le tendió la mano a Lara, y ella, obedientemente, puso los dedos sobre su palma y permitió que la llevara hasta la mesa principal. Finn se sentó a su derecha, y su padre, a su izquierda. El resto de los invitados ocupó su lugar, y los sirvientes comenzaron a servir la cena. Aunque no había comido nada desde aquella mañana, no tenía apetito. Sin embargo, la comida le proporcionaba una excusa para no tener que mirar al hombre que estaba a su lado, así que se obligó a tragar varios bocados de jabalí asado.

Por el contrario, Finn comió con ganas. Era obvio que no sentía la misma ansiedad que ella. Fue atento y le ofreció varios platos, y le preguntó si quería tomar más carne o pan. Lara no quería que él notara su inquietud, así que tomó otra tajada de carne. En circunstancias normales, habría disfrutado de la cena, pero aquella noche las viandas le sabían a ceniza.

La última vez que había asistido a una boda había sido la de Asa y, en aquella ocasión, había tenido los mismos sentimientos de impotencia, ira y resentimiento, en nombre de su hermana. Ni las lágrimas ni las súplicas habían servido de nada: Asa había tenido que casarse con un hombre al que detestaba, y que no se preocupaba en absoluto por ella. Solo había sido un peón en el tablero de la política, y nada más. Lara apretó con fuerza su copa.

—¿Os apetece comer algo más?

Finn la sacó de su ensimismamiento.

—No, gracias.

—No habéis comido demasiado.

—No tengo mucha hambre.

Él se recostó en el respaldo de su asiento y la miró fijamente.

—El día de hoy ha sido difícil para vos, ¿no es así?

—Es una manera de decirlo.

—Lamento lo repentino de nuestra boda, pero las circunstancias así lo demandaban.

—¿Y por qué vais a lamentarlo? Ya tenéis los barcos y los hombres que queríais.

—Sí, es cierto, pero he conseguido más que eso —respondió él.

—Ah, sí, una esposa con una buena dote.

—Una esposa muy bella con una buena dote.

Lara apartó la mirada y tomó un sorbo de aguamiel, tratando de contener el arrebato de resentimiento que le habían causado sus palabras.

—Y no es adulación por mi parte —continuó él, observándola—. Es un hecho objetivo. El vestido os favorece mucho, a propósito.

Ella no respondió, y él sonrió ligeramente.

—Ahora, vos deberíais responder «Sí, ya lo sé».

Entonces, lo miró. Le clavó una mirada fulminante.

—¿Acaso tengo que decir exactamente lo que vos esperáis que diga, para entreteneros?

—No, no tenéis por qué, Lara, aunque vos sois siempre entretenida.

—Me alegra divertiros tanto.

—¿Cómo no ibais a ser divertida, si vuestra compañía es tan estimulante? —dijo él, y añadió, con un brillo en los ojos—: Compañía, por cierto, de la que estoy deseando disfrutar.

—Ojalá yo pudiera decir lo mismo.

A él se le escapó una suave carcajada.

—Eso está mejor. Por un momento, he creído que habíais envainado la espada.

El rubor de las mejillas de Lara se intensificó.

—Si habéis creído eso, os habéis equivocado.

—Estoy encantado de oírlo.

—Os encanta burlaros.

—No, en absoluto. Estoy verdaderamente encantado. El mayor enemigo de una relación es el aburrimiento, pero estoy seguro de que la nuestra nunca sufrirá en ese sentido.

—Posiblemente, no. Puede que Steingrim os mate antes de que aparezca el aburrimiento.

Finn se rio con ganas.

—Siento decepcionaros. Steingrim no me va a matar.

—Tal vez lo haga yo, entonces.

—Vos ya me habéis matado, con vuestra incomparable belleza y vuestra aguda inteligencia.

—Ojalá fuera tan fácil.

—No es fácil matarme, dulce Lara. Vuestro destino es permanecer a mi lado.

—Qué perspectiva más excitante.

—Verdaderamente, espero excitaros, y pronto.

El doble significado de aquellas palabras hizo que Lara enrojeciera de nuevo. «Este hombre es indignante. Es un desvergonzado».

Además, era muy grande y muy fuerte, y era su marido. En realidad, él podía hacer lo que quisiera a partir de aquel momento. Sin embargo, eso no significaba que ella fuera a rendirse fácilmente.

—Vos nunca me excitaréis, mi señor.

—¿Otro reto, Lara? Lo acepto encantado.

«Verdaderamente, es un hombre imposible».

Buscó una réplica ingeniosa y aplastante, pero no dio con ella.

—Sois odioso.

—Siento que penséis así. Haré lo que esté en mi mano para que cambiéis de opinión.

—Nunca cambiaré de opinión.

—¿Apostamos algo?

—No es necesario. Ya habéis perdido la apuesta.

—¿De veras? —preguntó él, mirándola con curiosidad—. Me pregunto si es cierto…

—No es necesario que os estrujéis tanto el cerebro, mi señor. Podéis creerme.

En los ojos grises de Finn apareció un brillo metálico. Lentamente, dejó la copa en la mesa y se puso en pie. Lara pestañeó de la sorpresa. ¿Lo había enfadado, por fin? Sintió una chispa de esperanza en el pecho. Sin embargo, no duró demasiado, porque él se inclinó y la tomó en brazos. Ignorando las risotadas y las miradas de diversión de los demás, se giró hacia Ottar.

—Estoy impaciente por verme a solas con mi esposa. ¿Tal vez nos hayan preparado un lugar privado?

El salón estalló en carcajadas y vítores. Lara sintió calor y frío por momentos, y forcejeó furiosamente.

—¡Soltadme, animal!

Finn sonrió y la estrechó un poco más contra su cuerpo.

—Lo haré, dulce Lara, en cuanto lleguemos a nuestro dormitorio.

Al oír aquellas palabras, Lara siguió forcejeando, tratando de escapar. Él la sujetó con una facilidad insultante y, rodeado por la muchedumbre, que seguía riendo, se la llevó del salón.

Cinco

Habían preparado un pequeño cobertizo para los recién casados, para que, al menos aquella noche, tuvieran privacidad. Lara luchó contra Finn durante todo el trayecto, pero no sirvió de nada. Él la transportó inexorablemente hasta que llegaron a su destino, entró en la cabaña y cerró la puerta con el talón. Después, dejó a Lara en el suelo y atrancó la puerta. Al instante, se oyó un coro de voces indignadas desde el exterior, y alguien dio puñetazos en la puerta. Él ignoró todo y se giró hacia su esposa.

Durante varios segundos, se observaron el uno al otro, en silencio. Lara miró a su alrededor rápidamente: a la luz de las velas, distinguió que apenas había muebles en aquel cobertizo, tan solo una gran cama cubierta de pieles. La ventana estaba cerrada por dentro, y la única puerta era la que había a espaldas de Finn. Se humedeció los labios; en aquel espacio limitado, él parecía mucho más grande que antes, y su presencia era dominante y viril. Además, toda su atención estaba centrada en ella.

—Por fin solos —dijo él, sonriendo. Se quitó la capa y la dejó sobre una silla. Después, miró a Lara y abrió los brazos—. Ven aquí, dulce esposa mía.

Ella no hizo ademán de obedecer.

—No. He accedido a casarme con vos, pero nada más.

Él fingió una completa sorpresa.

—¿Estás diciendo que no vas a compartir el lecho conmigo?

—Sí, estoy diciendo eso precisamente.

—Negarle a un hombre sus derechos maritales es un asunto muy grave.

Su tono burlón era más desconcertante de lo que hubiera sido un estallido de ira.

—Ya tenéis lo que queréis, vuestros barcos y vuestros soldados.

—¿Acaso no he mencionado que tengo algo más que eso? ¿Te sorprendería saber que tienes que llevar mi casa y cumplir con todos los deberes que eso conlleva?

Lara se indignó aún más.

—Por supuesto que no me sorprendería.

—Ah, bueno. Eso nos ahorrará bastantes malentendidos —dijo él, e hizo una pausa, como si estuviera repasando mentalmente una lista—. Además, tengo que mencionar que voy a querer media docena de preciosos hijos para que continúen mi linaje, y que tú debes tenerlos. No todos a la vez, por supuesto —clarificó—. No quisiera parecer poco razonable.

La indignación de Lara estaba a punto de desbordarse.

—Yo no soy una yegua de cría a la que podáis utilizar a placer.

—¿Sabes? Sería con mucho placer —replicó él—. Pese a tu mal carácter, eres una muchacha muy bonita. Acostarme contigo no sería una obligación desagradable.

Lara dio un paso atrás.

—¡Apartaos de mí!

—No lo dirás en serio.

—He dicho que no os acerquéis.

—¿De qué tienes miedo, Lara?

—No os temo a vos.

Él siguió avanzando, despacio.

—¿No?

—No.

Aquello era una mentira. Nunca había estado tan asustada como en aquel momento, pero prefería morir que reconocerlo. Hubiera dado cualquier cosa por tener una espada en la mano.

—Entonces, ven a besarme, esposa mía.

—No voy a besaros.

—Me gustaría mucho que lo hicieras.

A Lara se le encogió el estómago. Entonces, chocó de espaldas contra la pared, y comenzó a moverse sin apartarse de ella, buscando desesperadamente algún arma arrojadiza. Rozó un taburete con la pierna, lo agarró y se lo lanzó a Finn a la cabeza. Él se agachó y lo esquivó con facilidad. El taburete chocó contra la puerta, y ella oyó que él se reía. Por un momento, la ira reemplazó al miedo, y al taburete lo siguieron una jarra y una jofaina de madera. Finn lo esquivó todo con facilidad, y siguió avanzando hacia ella. Lara, con el corazón en un puño, se alejó paso a paso, hasta que llegó al rincón. Al ver el peligro, intentó escabullirse, pero Finn fue más rápido y se colocó ante ella, bloqueándole el paso.

—Me gustaría mucho que me besaras, Lara.

—Nunca.

—Nunca es demasiado tiempo —dijo él, mientras apoyaba las manos en la pared, a ambos lados de los hombros de Lara—. Demasiado.

—¡No os atreváis a tocarme!

—¿Me atrevo? —preguntó él, pensándolo brevemente—. Sí, creo que sí. De lo contrario… ¡qué mundo de placer se perdería!

Ella no tenía ni idea de lo que quería decir, y no le importaba. Lo único que veía era su cara y su sonrisa exasperante.

—Os lo advierto, alejaos de mí.

—No, porque, si lo hago, no podré satisfacerte, y quiero satisfacerte por completo.

Aquellas palabras eran escandalosas, y ella lo abofeteó con fuerza. En los ojos de Finn apareció un duro destello, pero, de todos modos, Lara intentó abofetearlo por segunda vez. Él lo impidió, agarrándole la muñeca con un puño de hierro.

—No sirve de nada, Lara. No vas a espantarme, como has hecho con los demás.

—Soltadme.

—No.

Él tuvo que esquivar una patada. Lara forcejeó con todas sus fuerzas, pero él la sujetó con calma.

Era evidente que se lo estaba pasando muy bien en aquella situación tan horrible para ella, y eso no contribuía a calmar la rabia de Lara.

—¿Cómo os atrevéis a tratarme así?

—Tú eres la que has elegido el método.

—¿Yo? —preguntó ella, intentando darle otra patada—. No tratéis de culparme de vuestros defectos, granuja taimado.

—Duras y ásperas palabras, poco adecuadas para una recién casada.

—¡Palabras bien merecidas! Sois un granuja. Un oportunista, un pirata, un bellaco con mucha labia, astuto, solapado e intrigante.

—Dulce Lara, ¿nadie te ha dicho que debes mostrar respeto cuando hables con tu marido, y que debes obedecer sus deseos?

—Eso os gustaría mucho, ¿verdad?

—Al menos, tendría el valor de la novedad, lo admito dijo él, y caminó hacia la cama, arrastrándola—. Como no vas a besarme, tendremos que omitir eso y retirarnos directamente.

A ella se le formó un nudo de angustia en la garganta.

—No.

Él suspiró.

—O te quitas tú la ropa, o te la quito yo.

Ella lo fulminó con la mirada.

—¡Cuánto os odio!

Finn ignoró aquellas palabras.

—Si lo hago yo, no podrás volver a ponerte ese vestido, y sería una pena. Te favorece mucho.

Ella alzó la barbilla. Quería desafiarlo, pero sabía que él iba a vencerla de un modo humillante, y que le destrozaría el vestido. Le lanzó una mirada de odio y, con las manos temblorosas, comenzó a quitarse el cinturón. Lo dejó caer al suelo, e hizo una pausa. Miró a Finn.

Él arqueó una deja.

—Continúa.

Ella se quitó la túnica, y se quedó tan solo con una fina enagua, esperando, entre el temor y la furia. ¿Acaso iba a obligarla a desnudarse? ¿Aquel iba a ser el castigo por su desafío? Se le ocurrió pensar que tal vez fuera mucho más lejos. Estaba en su poder, y aquel no era un pensamiento tranquilizador. ¿Le pegaría? ¿Tenía intención de hacerle daño? Una vez, ella había pensado que él no sería violento con una mujer pero, en aquel momento, las dudas se apoderaron de ella. Nunca se había sentido tan vulnerable ni tan asustada, pero no iba a permitir que él se diera cuenta. Volvió a levantar la barbilla.

Él no apartó su mirada gris.

—El lecho está esperando.

Ella obedeció de mala gana; se metió cautelosamente entre las sábanas y se abrazó las rodillas, con un gesto protector. Durante un instante, él permaneció inmóvil. Después, se inclinó, tomó la capa y se la echó al brazo. Lara siguió sus movimientos con la mirada, con una expresión de desconcierto.

Él sonrió burlonamente.

—No te preocupes. No voy a violarte, Lara. Prefiero que mis amantes participen por voluntad propia. Cuando te canses de tu cama fría y virginal, y decidas convertirte en una mujer de verdad, avísame. Mientras, duerme sola, si quieres.

Ella se quedó sin palabras. Lo vio quitar la tranca de la puerta y detenerse en el umbral.

—Será mejor que vuelvas a atrancar la puerta cuando cierres. No sé lo que intentarán hacer los bromistas un poco más tarde.

Lara hizo un esfuerzo y consiguió hablar.

—Entonces… ¿no vais a volver?

—No, no voy a volver —dijo él. Su sonrisa dejó de ser burlona y se convirtió en un gesto de resignación—. Buenas noches, Lara. Que duermas bien.

Y, con aquellas palabras, Finn cerró la puerta.

Seis

Lara se quedó demasiado anonadada como para moverse. Al cabo de unos momentos, se levantó, se acercó a la puerta y escuchó atentamente; casi esperaba que aquello fuera una especie de broma pesada. Sin embargo, el sonido de los pasos de Finn, que se alejaban, le confirmó lo contrario. Temblando, aseguró la puerta, mientras intentaba asimilar lo que acababa de ocurrir. Nunca hubiera imaginado que la noche iba a terminar así; lo que había imaginado era que él la aplastaba contra la cama y se salía con la suya.

Tragó saliva al pensar en que Finn podría haberla violado fácilmente, puesto que era un hombre muy fuerte; todavía tenía las marcas de sus dedos en la muñeca. Sus intentos de resistir solo habían servido para provocarle una ligera diversión. Sus pullas todavía le resonaban en los oídos. Incluso su supuesto deseo de tener hijos había sido una provocación. A él no le preocupaban en absoluto los hijos; lo que le importaban eran los barcos y los soldados. Por eso había aceptado aquel matrimonio. No tenía interés en ella; ella ni siquiera era de su agrado.

Seguramente, cuando él hubiera resuelto su problema más inmediato con sus enemigos, la repudiaría alegando que ella se había negado a consumar el matrimonio. Nadie lo culparía, ni cuestionaría su derecho a hacerlo. Entonces, ella tendría que volver con su padre, y las consecuencias serían horribles. Otra opción sería arrastrarse ante Finn y rogarle que la tomara. Apretó los dientes; prefería morir quemada en una hoguera en medio del mar, a medianoche. Nunca se sometería a él, ni compartiría su lecho voluntariamente.

Finn se sentó en una roca al final del promontorio y observó la luna, que se elevaba por encima del mar y lanzaba destellos de plata sobre las oscuras aguas del fiordo. La noche estaba muy tranquila; allí ni siquiera llegaba el bullicio de la fiesta del salón. Seguramente, los demás se imaginaban que estaba compartiendo una noche apasionada con su flamante esposa. Finn hizo una mueca de resignación; eso solo podría haber sucedido si él hubiera cedido a sus más bajos instintos. Había tenido la tentación de darle a aquella pequeña fiera algo en lo que pensar. Si había alguna mujer que necesitaba que le enseñaran quién era el jefe, esa mujer era Lara. En toda la historia del mundo había existido una descarada más irritante, terca y orgullosa que ella.

Finn exhaló un suspiro. Como ya esperaba que

Lara lo rechazara aquella noche, no debería sentirse decepcionado. Era ilógico, y se debía al beso de la boda. Aunque había pensado que iba a disfrutar de aquel beso, nunca hubiera imaginado que le resultara tan excitante.

Y eso no era lo único excitante para él. Habría que estar muerto para no sentirse impresionado por la belleza de Lara, y por el desafío que ella presentaba. Él no había podido ignorar aquel desafío, había sido incapaz desde el principio. Sin embargo, no le resultaba suficiente el dominio físico. Cuando tomara a Lara, sería con su consentimiento. Ella se sometería, se entregaría a él en cuerpo y alma. Era una perspectiva embriagadora, pero también lejana. Mientras tanto, tenía que ocuparse de asuntos más acuciantes. Cuando hubiera derrotado a Steingrim, se ocuparía de conquistar a Lara.

Después de ordenarse las ideas, se dirigió desde el promontorio hacia el poblado. Sin embargo, no podía ir a dormir al salón, así que entró en el establo y se acomodó en un montón de paja. Al menos, estaba seca y era cómoda, aunque aquel no fuera el modo en que había imaginado que iba a pasar su noche de bodas.

Lara se había sumido en un sueño inquieto, y despertó antes del amanecer. Se sintió desorientada durante unos instantes, mientras iba recuperando los recuerdos del día anterior. Y, junto a los recuerdos, llegó el resentimiento. Estaba casada, y con un hombre a quien no le importaba lo más mínimo.

Abrió la contraventana, pero la luz todavía era grisácea. Solo se oía el canto de los pájaros. No era de extrañar, puesto que la fiesta había continuado hasta muy tarde, y todos debían de estar durmiendo. ¿Qué habría hecho Finn? ¿Habría vuelto al salón para continuar bebiendo? Eso era lo más probable. Seguramente, en aquellos momentos estaba dormido sobre una de las mesas, junto a sus compañeros, completamente ebrio. Lara se apartó aquello de la cabeza puesto que no era asunto suyo.

Se vistió y salió del cobertizo. Entró en el dormitorio femenino; tal y como esperaba, todas las mujeres estaban durmiendo, y no tuvo que soportar sus miradas de curiosidad y sus sonrisas. Rápida y sigilosamente, se puso su vestido verde y guardó el azul en el arcón. Al hacerlo, vio la espada, que estaba al fondo, pero se dio cuenta de que aquella mañana no tenía ganas de practicar. Tampoco quería permanecer en el poblado; no quería hablar con nadie ni soportar ninguna broma. El matrimonio se había celebrado, pero ella no iba a fingir que estaba contenta. Hasta que tuviera un control más firme de su ira, estaría mejor alejada de los demás.

Atravesó la pradera y se encaminó hacia la colina que había sobre la granja. Allí podría respirar aire fresco y encontraría la soledad que necesitaba.

Al salir del establo, al amanecer, Finn se acercó al promontorio, pero lo encontró desierto. O Lara no estaba de humor para practicar con la espada, o no quería que él la encontrara allí. Sabía cuál de aquellas dos suposiciones era la más acertada, y lo lamentó, porque su sesión de entrenamiento con ella había sido divertida.

Era una lástima que no hubiera ido al promontorio aquella mañana, porque él necesitaba hablarle de algunas cosas, entre ellas, de su inminente partida. Como era obvio que ella no tenía intención de buscarlo, tendría que ser él mismo quien la encontrara.

Finn fue al cobertizo, pero estaba vacío. Así pues, solo le quedaba ir a las dependencias femeninas. Lara no podía haber elegido algo más incómodo, porque él no podía presentarse allí sin causar un alboroto. Tendría que enviar a una sirvienta a buscarla, y eso provocaría todo tipo de especulaciones. Sin duda, Lara sabía todo aquello, y estaba disfrutando de su disgusto. Finn apretó los dientes. ¿Cómo era posible que aquella muchacha siempre se las arreglara para hacerle la vida más difícil?

Estaba rodeando el cobertizo cuando la vio. Lara no iba a esconderse a las dependencias femeninas, sino que caminaba por un sendero que conducía a una colina. Por un segundo, él se preguntó si estaba escapándose. Sin embargo, Lara no se movía apresuradamente, ni llevaba hatillo, ni iba vestida para hacer un viaje. Fuera cual fuera su intención, no era la de huir. A aquella bruja se le daba muy bien tenerlo en ascuas. Sin embargo, al menos así podrían mantener una conversación privada.

Comenzó a caminar hacia ella; al principio, Lara no se dio cuenta, pero cuando notó que la seguían, miró hacia atrás. Él detectó una expresión de sorpresa en su semblante y, después, de irritación. Sin embargo, ella se detuvo a esperarlo, para sorpresa de Finn. Cuando él la alcanzó, ambos se observaron. Lara se había puesto su vestido verde, y ya no llevaba las joyas. De hecho, todas las galas de la boda habían desaparecido. Lara estaba pálida, pero tranquila, y tenía una expresión impasible.

—¿Adónde vas, Lara?

—A dar un paseo.

—¿Tú sola?

—Como podéis ver, sí.

—Te he ido a buscar al promontorio.

—¿De veras?

—Tenemos que hablar de algunas cosas.

—¿Por ejemplo?

Él suspiró. Claramente, ella no tenía ganas de hablar y, después de lo que había sucedido, no podía culparla. Sin embargo, aquello no podía evitarse. Lara se había convertido en parte de sus planes.

—Mañana me marcho a Ravndal.

Con aquello, captó toda su atención.

—Pero… eso está a varios días de navegación.

—Sí.

A él no se le escapó el brillo de esperanza de sus ojos. La idea de que él se marchara le resultaba muy agradable, eso era obvio. Pero, si Lara estaba esperando que se ausentara indefinidamente, iba a llevarse una decepción.

—No es prudente que siga aquí mucho tiempo —continuó—. Steingrim no debe de estar muy lejos y, cuando me lo encuentre, será en un terreno que yo haya elegido.

Ella lo entendía.

—¿Y los otros barcos?

—Alrik nos acompañará. El segundo se reunirá con nosotros un poco más tarde.

—Ah, entiendo.

—Nos marcharemos muy temprano.

Ella asintió, controlando un arrebato de júbilo. Se marchaba al día siguiente, y estaría muchos días fuera. Varias semanas, con suerte.

—¿Algo más, mi señor?

—No, nada más, por el momento.

—Entonces, os ruego que me disculpéis —dijo ella, y se dispuso a continuar su camino.

—Lara.

Ella se detuvo y lo miró con desconcierto.

—Mi nombre es Finn. Me gustaría que lo usaras.

—Como deseéis.

—¿Sabes? A mí me parece que la vida sería mucho más fácil si no estuviéramos en desacuerdo.

—Por supuesto. Vos preferiríais una esposa dócil y obediente que nunca abriera la boca y siempre cumpliera vuestras órdenes con diligencia.

Él sonrió ligeramente.

—Eso sería toda una novedad, pero creo que pasaría muy rápido.

—Entonces, ¿qué deseáis? No puede ser una esposa como yo, porque ya habéis declarado que no tengo obediencia, respeto ni buen carácter.

—Es cierto. Tal vez desee un término medio entre esas dos mujeres.

—Deberíais haberlo pensado antes. Ahora es demasiado tarde; debéis cargar conmigo.

—Se me ocurren otras cosas mucho peores que pueden ocurrirle a un hombre.

—Ciertamente, vos tenéis la compensación de los barcos y los soldados.

—Sí, también está eso —dijo él, y tomó un mechón de su pelo rojizo, para acariciar su suavidad. Después, lo dejó deslizarse entre sus dedos y lo soltó—. Aunque creo que hay algunas ventajas mucho más grandes que esas.

—Podéis creer lo que os plazca.

—Sí, me place mucho, Lara.

—Bien, entonces, por lo menos uno de nosotros dos es feliz.

Finn arqueó una ceja.

—¿Y no se te ha ocurrido pensar que los dos podríamos alcanzar ese estado?

—¿Cómo? Sé, por experiencia, que el matrimonio no da la felicidad.

Él sintió una gran curiosidad.

—¿Por experiencia?

—Mi padre le arregló un matrimonio a mi hermana para sellar la paz con un antiguo enemigo. Ella no quería casarse; su marido era un hombre brutal, frío y duro, y nuestro padre lo sabía. De todos modos, le entregó a mi hermana.

Finn percibió toda la amargura de su tono de voz, y lo comprendió. La suerte de una mujer de paz no era fácil ni envidiable. Sin embargo, no hizo ningún comentario, puesto que cualquier cosa habría parecido algo trivial. Además, había algo más importante que tenía que preguntar:

—¿Y piensas que yo soy un hombre brutal, frío y duro?

Ella se quedó en silencio, luchando contra una emoción muy fuerte. Entonces, lo miró a los ojos.

—¿Y por qué lo preguntáis? Ya me habéis dejado claro que mi opinión no importa.

Finn hizo un gesto de exasperación. «Sabe cómo darme largas. Se le da muy bien. Pero, de todos modos, no se va a escapar de esta».

—Responde, Lara.

—En lo relacionado a conseguir vuestros objetivos, creo que sois tan duro y tan frío como cualquier otro hombre. Sin embargo, yo… no creo que seáis brutal.

—Vaya, estoy abrumado.

—Sois vos quien ha preguntado.

—Es cierto.

—¿Habríais preferido que mintiera para halagaros?

—No, no deseo que me mientas nunca —dijo él—. Y tampoco deseo mentirte a ti.

—Espero que no lo hagáis. Así, al menos, los dos sabremos dónde estamos.

—Te doy mi palabra de que siempre intentaré ser honrado contigo.

Ella inclinó la cabeza.

—Bien.

—Ahora, si me disculpas, tengo bastantes cosas que hacer.

Lara permaneció inmóvil, observándolo, unos momentos. Después, retomó su paseo. La noticia de su marcha era todo un alivio; aunque ella sabía que terminaría por vencer a sus enemigos, eso no sucedería de un día para otro. Sonrió al pensar en que iba a verse libre de su presencia, y se sintió mucho más animada.

Al llegar a la cima de la colina, se sentó en una piedra. Desde allí, la vista era impresionante, pero Lara estaba pensando en cosas mucho más agradables. Al final, tendría que acompañar a Finn a sus tierras, pero, seguramente, dada la naturaleza de su matrimonio, él estaría ausente muy a menudo. Como ella no pensaba compartir su lecho, él buscaría el placer en otro lugar. Eso era perfecto. De hecho, era lo mejor que podía esperar.

Finn habló con sus hombres y dispuso todo lo que había que hacer al día siguiente. Era bueno tener algo que hacer para quitarse a Lara de la cabeza. No obstante, pese a sus esfuerzos, no podía olvidar la conversación que había tenido con ella. Después de que hubieran hablado, entendía a la perfección el motivo de su rechazo al matrimonio. El destino de su hermana había influido en su opinión al respecto. Resultaba insoportable ver que un ser querido era infeliz, y el hecho de haberse visto obligada a casarse con un completo extraño había aumentado el resentimiento de Lara. Un extraño a quien ella consideraba frío, duro e insensible. Lamentablemente, no era la primera vez que una mujer pensaba lo peor de él.

Bótey no había tenido ninguna duda. Por supuesto, entonces él era mucho más joven, arrogante y seguro de sí mismo, y solo se preocupaba de hacer realidad sus deseos, sin preocuparse de cómo podían afectar a los demás sus actos. Para él, las temporadas que pasaba lejos de casa eran periodos de aventura, de cambios de escenario vital, de compañerismo con sus hermanos de armas. Periodos felices, en suma. Para Bótey, aquellos días estaban llenos de soledad y aburrimiento. Ella no tenía recursos suficientes para conformarse con su propia compañía y, si él no hubiera sido tan egocéntrico, tal vez hubiera previsto lo que podía suceder. Apretó la mandíbula. Ya no podía cambiar el pasado, pero había aprendido algo muy importante: dar cosas por supuesto era una estupidez. No volvería a cometer aquel error.

Los hombres estaban de buen humor aquella noche. El salón estaba lleno de conversaciones y risa. Lara notaba la impaciencia en el ambiente mientras se movía de un sitio a otro, rellenando copas de aguamiel. Aquellos hombres estaban deseando que llegaran las aventuras y la batalla. La posibilidad de morir no les amedrentaba; lo que importaba era obtener fama de gran guerrero. Así, el nombre de un hombre viviría en la tierra después de su muerte, mientras él entraba en el *Valhalla* y celebraba su suerte con los héroes en el gran salón de Odín. Al mirar a los hombres y ver sus caras de entusiasmo, se preguntó cuántos de ellos iban a morir próximamente. Steingrim era un enemigo peligroso y decidido. ¿Y si salía victorioso, y si quien moría era Finn?

Aquello debería provocarle alegría, pero no fue así. Pese a lo que había ocurrido, no podía desear su muerte. Finn estaba lleno de vitalidad y de fuerza, y era difícil imaginarse el mundo sin él. De algún modo, él le había dejado una impresión más fuerte de lo que ella creía. Apenas recordaba las caras de los otros hombres que habían pedido su mano, pero, si Finn desapareciera de su vida al día siguiente, nunca olvidaría su rostro.

—Estás muy pensativa —le dijo Alrik, cuando ella se le acercó para rellenarle la copa—. ¿Estás nerviosa porque tu guapo marido va a ir pronto a la batalla?

—No, claro que no. ¿Por qué iba a estarlo?

—Bueno, porque acabas de casarte.

—Finn parece un hombre que sabe cuidar de sí mismo.

—Sí, es verdad. Tiene una gran popularidad —dijo Alrik, y miró hacia el otro extremo del salón, donde se encontraba Finn—. Los demás hombres lo siguen.

Lara siguió la mirada de su hermano y se fijó en él. Finn destacaría en cualquier grupo, y siempre estaría en el centro de las cosas, como en aquel momento.

Lara sonrió débilmente.

—¿Incluido tú?

—Sí, incluido yo. Sería un honor luchar a su lado.

Lara miró con curiosidad a su hermano. Con veinte años, Alrik ya era un buen capitán. Su tripulación y él iban a acompañar a Finn y, por la sinceridad de su tono de voz y de su mirada, era evidente que lo estaba deseando.

—¿Y por qué estás tan dispuesto a unirte a su causa? —le preguntó a Alrik.

—Ahora somos familia, así que su causa es la mía, pero es algo más que eso. Lo respeto, como el resto de los hombres que están aquí.

—Si apenas lo conoces.

—Pero sé que no podría tener a un hombre mejor cubriéndome la espalda.

—Entonces, ¿confías en él?

—Sí, confío en él.

—¿Cómo se las ha arreglado para inspirarte tanta lealtad en tan poco tiempo?

—Es obvio, ¿no? Ese hombre tiene personalidad, inteligencia y valor.

—Tal vez.

—No, tal vez no. Los tiene.

—Muy bien, pero la posesión de esas cualidades no significa que puedas confiar en él.

—Mira a sus hombres, Lara. No te dejes engañar por sus sonrisas joviales y sus bromas. Están más curtidos que el cuero cocido, y todos se han ganado un nombre en la batalla. ¿Crees que unos hombres así seguirían a otro en quien no confiaran?

—Supongo que no.

Alrik soltó un resoplido.

—Y supones bien. Si tuvieran alguna duda sobre él, le habrían cortado el cuello y le habrían dejado su cuerpo a los cuervos.

—Admito que es un líder natural.

—Y también es afable. Eso es una combinación poco corriente.

Lara no respondió, pero las palabras de su hermano le dieron mucho que pensar. Debido a la presente situación, ella veía a Finn desde una perspectiva poco favorecedora, pero estaba claro que los demás, no. Y el respeto no era algo que uno pudiera exigir. De mala gana, tuvo que reconocer que él se había ganado la buena opinión de los demás.

Lógicamente, él era distinto a ojos de los hombres porque ellos tenían un mundo distinto en muchos sentidos; un mundo en el que la confianza y la dependencia mutua eran muy importantes. La batalla forjaba unos lazos distintos a todos los demás. Los hombres no pensaban en las mujeres de igual manera, sino como objetos para satisfacer sus necesidades físicas, para tener hijos o para conseguir ambiciones políticas. Cosas como la confianza y la afinidad no contaban.

Dejó a Alrik y siguió rellenando copas. De reojo, vio a Finn charlando y riéndose con sus hombres. Él tenía una risa contagiosa, y Lara se dio cuenta de que ella misma estaba sonriendo. Finn alzó la vista y, por un momento, sus miradas se cruzaron. A ella se le aceleró el pulso, y apartó la mirada con desconcierto.

Finn la llamó.

—¿Queda algo de aguamiel en esa jarra, mujer?

Su tono de voz era provocador, y ella se detuvo en seco. Varias caras sonrientes se volvieron hacia ella; los hombres esperaban un estallido por su parte. Ella los ignoró. Miró el interior de la jarra y le dedicó una sonrisa a Finn.

—Sí, hay.

Después de responder a su pregunta, se giró para seguir buscando copas vacías por otras mesas. A Finn le brillaron los ojos.

—Entonces, tráela aquí, y rápido.

Aquellas palabras provocaron varios jadeos de asombro entre los hombres. Lara miró con frialdad a Finn.

—Enseguida, mi señor —dijo ella y, con calma, se acercó a él—. Aquí está —dijo, mostrándole la jarra—. ¿Tal vez queréis que os rellene la copa?

A él se le escapó una sonrisa, y miró a sus hombres.

—Lo que es tener una esposa con ingenio.

Los demás se echaron a reír, y Lara sonrió dulcemente.

—Me alegro de ser apreciada, mi señor.

Él le tendió la copa.

—Oh, me resultaría imposible no apreciaros.

—El sentimiento es mutuo, creedme.

—Tendría la tentación de tomarlo por un cumplido, si fuera un ingenuo.

—Uno de vuestros puntos fuertes es la agudeza de vuestra percepción, mi señor.

Él se echó a reír suavemente, y eso resultó más inquietante de lo que hubiera sido una muestra de irritación por su parte. Ella le sirvió el aguamiel, concentrándose en que no le temblara la mano, consciente de que Finn la estaba observando con atención.

—Con eso, das a entender que tengo más de uno —dijo él.

—Bueno, veamos… —dijo Lara, y fingió que reflexionaba un instante—. Aunque nos conocemos desde hace poco, me he dado cuenta de que sois muy decidido cuando queréis conseguir vuestro objetivo, de que sois astuto y de que tenéis mucha habilidad en el trueque.

Él asintió.

—También me gustan mucho los desafíos.

—Qué suerte.

—Y me gusta ganar.

—¡Vaya! Pues debéis de haber sufrido muchas decepciones.

—No. Yo rara vez sufro una decepción.

—Ese debe de ser el motivo por el que carecéis de toda modestia.

Él sonrió aún más.

—Eso tengo que reconocerlo.

—No importa, la falta está ampliamente compensada con la arrogancia.

—Vaya, un golpe demoledor para mi autoestima.

—Nada podría demoler eso, mi señor.

A Finn se le escapó una risotada.

—Estoy seguro de que, de todos modos, tú vas a perseverar.

Lara se quedó mirándolo fijamente. Aquel hombre era imposible. No había forma de bajarle los humos. No había forma de desalentarlo. Había llegado el momento de retirarse con dignidad.

—Si me disculpáis, tengo que ir a buscar más aguamiel.

—Qué lástima.

—Sí, pero estoy segura de que lo superaréis.

Finn la vio marchar con sentimientos confundidos. Aunque la opinión que ella tenía de su carácter no era precisamente halagador, él había disfrutado mucho de sus agudas réplicas. A pesar de que lo había intentado, no había conseguido apartársela de la cabeza en todo el día, y en un par de ocasiones, incluso se había sorprendido mirando a su alrededor con la esperanza de verla. Se había sentido molesto consigo mismo, y había tratado de concentrarse aún más en lo que estaba haciendo Tenía que luchar contra un enemigo peligroso, y no podía permitirse ninguna distracción. Y menos la de una descarada como Lara.

Ella, por su parte, había estado evitándolo todo el día e incluso aquella noche, en el salón, dejando que las sirvientas rellenaran su copa. Eso no debería haberle importado, pero le importaba. Aunque había tratado de prestar atención a las conversaciones, había estado siguiendo con la mirada, subrepticiamente, el avance de Lara por el salón. Como sabía que ella no iba a acercársele, había tenido que recurrir a la provocación para captar su atención. Había funcionado, aunque ella no le hubiera dado la respuesta que esperaba.

Él nunca sabía cuál iba a ser su reacción. Con ella, se veía obligado a estar siempre en guardia y preparado para cualquier cosa, pero era aquella imprevisibilidad lo que le resultaba tan estimulante. La conocía desde hacía muy poco, pero en ese tiempo había experimentado muchas emociones, y ninguna de ellas había sido el aburrimiento. Lara era un desafío completamente distinto a todos los demás, y él lo había aceptado. En cuanto se librara de Steingrim, ellos dos se verían las caras.

Siete

Al día siguiente, justo después de que amaneciera, sus hombres empezaron a cargar las provisiones y las armas en los barcos. Aunque Lara observó los preparativos a cierta distancia, sintió la emoción que siempre inspiraban los *drakkars*. Eran barcos bellos y mortales. Sus formas alargadas y limpias estaban diseñadas especialmente para alcanzar una gran velocidad y dar caza a sus presas con el poder despiadado de un halcón. Tenían muy poco calado, y eso las convertía en el tipo de embarcación ideal para explorar también las vías fluviales. Su hermano había aprovechado muchas veces aquella ventaja.

—Me despido de ti, hija —le dijo su padre, sacándola de su ensimismamiento. Estaba tan concentrada en los barcos que ni siquiera lo había oído acercarse.

—¿Padre?

Él la agarró de los hombros y le dio un beso en la mejilla.

—Te deseo un buen viaje, y que seas feliz en tu nueva vida.

—Gracias, pero…

—Sé una buena esposa, y obedece en todo a tu marido.

Le apretó los hombros, y se apartó.

—Tu hermano me traerá noticias en su debido momento. Vaya, eso me recuerda que tengo que hablar con él antes de que se marche.

Ella se quedó mirando a su padre con desconcierto. Sin embargo, no tuvo tiempo de pensar, porque Finn apareció junto a ella.

—¿Están tus cosas a bordo?

—No, ¿por qué?

—Vamos a zarpar enseguida. Voy a pedirle a alguien que vaya por tu arcón.

—¿Para qué?

—Bueno, es obvio.

—Para mí no.

Finn la miró fijamente.

—No pensarías que te iba a dejar aquí, ¿verdad?

Lara pestañeó. Eso era, exactamente, lo que había pensado. Nunca se le había ocurrido que él pudiera tener otros planes.

—Pero… si vas a luchar contra Steingrim.

—No te preocupes. Yo te mantendré a salvo.

—No. Estaré más segura aquí, y estoy conforme con quedarme.

—Pero yo no. De hecho, esa idea me desagrada mucho.

—Me halaga que deseéis tanto mi compañía,

91

pero, en realidad, no tengo ningún deseo de entorpecer vuestros planes, milord.

—No vas a entorpecer mis planes. Tú eres parte de ellos.

—Preferiría quedarme aquí.

—Y yo preferiría que vinieras.

Aquello empeoraba a cada segundo. No parecía que él se diera por aludido. Iba a tener que decírselo con claridad.

—No deseo ir.

—Qué contrariedad.

—¿Qué iba a hacer yo en esta expedición?

—Lo que yo te ordenase.

Aquello era una provocación, y Lara se irritó. Su mirada se volvió fulminante.

—No, no es probable.

—Me parece que vas a comprobar que sí. De hecho, los castigos a la desobediencia en un barco son más duros que en tierra firme.

—Yo no voy a subir a vuestro barco.

—El lugar de una esposa está junto a su marido. ¿Dónde está tu baúl?

—En el dormitorio de las mujeres, donde va a permanecer.

Finn llamó a uno de sus hombres, que pasaba por allí.

—Sturla, ve a las dependencias de las mujeres y recoge las cosas de la dama. Una de las mujeres te dirá cuáles son.

—Enseguida, mi señor.

Lara miró ferozmente a Sturla.

—No te atrevas a tocar mis cosas, zoquete.

El hombre la ignoró como si no hubiera hablado, y se dirigió hacia el poblado. Ella se puso furiosa y se giró hacia Finn.

—No podéis hacer eso.

—Acabo de hacerlo.

—Y yo os he dicho que no voy a ir.

Él arqueó una ceja y, entonces, avanzó lentamente. Ella, previendo sus intenciones, se dio la vuelta para echar a correr, pero él la alcanzó en dos zancadas. Hubo unos cuantos segundos de acaloradas protestas, pero Finn se la echó al hombro y la llevó al barco. Llegaron junto a su padre, que estaba en el embarcadero observando la escena, y Ottar asintió.

—Bien hecho. Empezad tal y como vais a continuar.

Lara oyó aquellas palabras con impotencia e ira. Un momento después, estaba en la cubierta del barco. Finn la depositó en la popa y, pese a que ella se resistió con todas sus fuerzas, la sujetó poniéndole una rodilla en la espalda y la ató de pies y manos. Después, la observó fijamente.

—Ya te desataré cuando estemos de camino.

—Y volveré nadando, bellaco.

—Inténtalo, y te ataré para el resto del viaje. Después de haberte puesto rojo el trasero, por supuesto.

Lara le clavó una mirada asesina.

—Solo vos seríais lo suficientemente vil como para pensar semejante cosa.

—Lo suficientemente vil como para pensarlo,

como para hacerlo y como para disfrutar haciéndolo.

En aquel momento, ella no tuvo ni la más mínima duda de que decía la verdad. Y las implicaciones de aquello le provocaron una sensación de calor que se le extendió por todo el cuerpo. Como resultado, reprimió todos los insultos que quería gritarle y se quedó en silencio.

Finn no tuvo problemas para leerle el pensamiento.

—Creo que nos entendemos —dijo él, y se irguió—. Ahora, si me disculpas, voy a poner en marcha este barco.

Y, con esas palabras, la dejó allí. Poco después apareció Sturla con su arcón, y, en cuanto subió a cubierta, se oyeron órdenes y los hombres soltaron amarras. Lentamente, el barco comenzó a alejarse de la orilla; mientras, Lara notó las miradas de curiosidad de la tripulación. Lara luchó furiosamente contra las ataduras, pero los nudos habían sido hechos por mano experta, y no cedieron ni un ápice. Al final, se rindió; se dio cuenta de que iba a estar allí todo el tiempo que quisiera Finn. Era una pequeña demostración de su poder, pero hizo que pensara en cosas más sombrías. Muy pronto estarían en su territorio, un lugar potencialmente peligroso en el que ella no tendría ni un solo lazo familiar. En aquel lugar, la autoridad de Finn sería absoluta.

Pasó una hora antes de que Finn se acercara a ella. El barco estaba en mar abierto, y la costa se había convertido en una mancha borrosa en el horizonte. Lara sabía que iba a ser imposible volver a nado a la orilla. De hecho, no tenía ganas de intentarlo. Se había calmado poco a poco, al darse cuenta de que su furia no iba a servir de nada. Suspiró y se movió un poco para aliviar la presión del hombro que tenía apoyado en el suelo. Lo único que quería era estirar los miembros entumecidos.

Involuntariamente, volvió a mirar hacia la alta figura que estaba en la proa y observó sus líneas duras y largas. Finn estaba en su elemento, era el amo del mundo que habitaba. Y, además, también era su amo.

A Lara se le cortó la respiración al ver que él se daba la vuelta y se dirigía, sin prisas, hacia la popa. Se detuvo a decirles una o dos palabras a sus hombres; ninguno de ellos le había prestado la más mínima atención a la esposa de su jefe.

No era infrecuente que una mujer viajara en barco y, con respecto a la forma de subir a bordo… La tripulación no cuestionaba las órdenes de Finn y, claramente, tampoco iban a cuestionar sus actos. En su opinión, una esposa desobediente debía atenerse a las consecuencias. Seguramente, pensaban que él había sido demasiado indulgente. Cuando pensó en todo lo que podía haberle hecho Finn, Lara pensó que, en cierto modo, sí lo había sido. Hasta el momento, no le había hecho ningún daño físico. ¿Cambiaría aquello a partir de aquel momento? Una vez que estuvieran fuera de la jurisdicción de su padre, Finn no tendría por qué acatar ningún tipo de restricción. Podría hacer lo que quisiera. Aquel no era un pensamiento reconfortante.

Cuando él se acercó, ella trató de leer la expresión de su cara, pero no sacó nada en claro. ¿Había ido a soltarla, o a molestarla aún más? Fuera lo que fuera, Lara no pensaba rogarle nada. Él se detuvo a poca distancia y la miró.

—Si te desato, ¿vas a cometer alguna estupidez? Ella negó con la cabeza.

—¿Me das tu palabra?

—Sí.

Entonces, él se agachó y comenzó a soltar el nudo de sus tobillos. Sus dedos eran fuertes y seguros, y acabaron pronto la tarea. Cuando tuvo las piernas libres, Lara cambió de posición, y él comenzó a desatarle las manos. Estaba muy cerca, lo suficiente como para que ella notara su calor, y percibiera el olor a lana y a humo de su túnica y, por debajo, el inquietante olor masculino que desprendía su cuerpo.

Libre ya de las ataduras, Lara exhaló un suspiro y flexionó las muñecas. Él no la había atado tan fuerte como para cortarle la circulación de la sangre, pero era un alivio tener libertad de movimiento. Sobre todo, quería estirar las piernas, pero cuando se puso en pie, el entumecimiento de su cuerpo y el movimiento del barco hicieron que se tambaleara. Finn la tomó del brazo para que no perdiera el equilibrio.

—Te acostumbrarás enseguida al barco —le dijo.

Ella asintió. Todo su cuerpo notaba la cercanía de aquel hombre y, para defenderse a sí misma, miró hacia la lejana costa.

—¿Vamos a acercarnos a tierra esta noche, o vamos a quedarnos en el barco?

—Bajaremos a tierra. Por las noches hace mucho frío en el mar.

—Debes de estar acostumbrado a eso.

—Sí, todos lo estamos, pero preferimos sentarnos alrededor del fuego siempre que sea posible.

Ella lo miró de reojo.

—¿Eso es una sugerencia de debilidad? No lo creo.

—Incluso a los hombres más duros les gustan las comodidades de vez en cuando.

—¿Incluso a Steingrim?

—Claro.

—La gente dice que es de piedra.

—Seguro que le gusta que la gente piense eso, pero es un hombre como los demás, y no es inmune al atractivo del confort.

—¿Una hoguera, una comida caliente y una copa de aguamiel bastarían para ablandarlo?

—Ayudarían —respondió él—. Pero tendrías que añadir una cama blanda y seca, y una mujer para calentarla.

La conversación iba por derroteros complicados. Era hora de reconducirla.

—¿Conoces a ese hombre?

—Nuestros caminos se han cruzado un par de veces.

—Pero no luchaste contra él.

—Entonces no tenía ningún motivo.

En aquel momento sí tenía motivos, de eso no había duda alguna. El enfrentamiento era inevitable, pero la idea le causaba temor. Finn debió de verlo reflejado en su semblante, porque, suavemente, hizo que se girara hacia él.

—¿Tienes miedo, Lara?

Ella hubiera querido negarlo, pero había prometido que sería sincera con él.

—Un poco.

—¿Dudas de mi capacidad para defenderte?

—No —dijo ella—. No tengo dudas sobre tu valor ni tu destreza con las armas, pero temo la maldad del hombre con el que debes luchar. Creo que es capaz de jugar muy sucio.

—Yo también, y estoy preparado para ello —dijo él, y sonrió ligeramente—. De todos modos, agradezco tu preocupación, y tu buena opinión sobre mi destreza.

—No te burles, Finn. Hablaba en serio.

—Yo también —respondió él.

Aquella noche recalaron en una pequeña playa. Finn organizó un grupo de cuatro hombres que iba a permanecer de guardia en el barco. Lara lo miró con desconcierto.

—¿Temes un ataque?

—No, pero no voy a correr ningún riesgo —respondió él—. Además, siempre hay alguien de guardia en el barco. Así, si se sueltan las amarras y se va a la deriva, o surge cualquier otro problema, alguien puede hacerse cargo.

—Entiendo.

Permanecieron en la cubierta mientras el resto de la tripulación saltaba por la borda y caminaba hacia la orilla. Lara observó dubitativamente el agua. A los hombres les llegaba por los muslos, lo cual significaba que a ella le cubriría hasta la cintura. Aunque no le importaba mojarse los pies, no le apetecía empaparse tanto; el agua salada le estropearía el vestido, y tendría que pasar toda la noche con la ropa húmeda. Por otra parte, no iba a quejarse ante Finn. Después de la anterior experiencia, Lara pensaba que sería capaz de tirarla al mar si volvía a molestarlo.

—¿Estás lista? —le preguntó él.

Ella respiró profundamente y asintió.

—Sí, por supuesto.

—Yo bajo primero. Hay mucha altura.

Entonces, Finn saltó por la borda y miró hacia arriba.

—Ahora.

Lara se sentó con cuidado y pasó las piernas hacia fuera. Finn la agarró por la cintura, y ella posó las manos en sus hombros, preparándose para notar la impresión del agua fría. Entonces, Finn la tomó en brazos.

—Agárrate a mi cuello.

Ella obedeció y le rodeó el cuello con los brazos. Él sonrió ligeramente y se dirigió hacia la orilla.

Lara olvidó el agua fría; todo se desvaneció, salvo el cuerpo duro y musculoso que la sujetaba contra sí. Notó el calor de su nuca en las manos y, desde tan cerca, se dio cuenta de que su pelo no era rubio oscuro, sino dorado y color bronce bajo el sol. Sus mechones le acariciaban la piel, y ella se preguntó cómo sería entrelazar los dedos en aquella melena brillante. La posibilidad le provocó un arrebato de calor en el vientre.

Para tranquilidad de Lara, llegaron a la arena un instante después, y él la dejó en la orilla. Se miraron el uno al otro. Por fin, ella recuperó la voz.

—Gracias.

—De nada.

La mano de Finn reposaba todavía, ligeramente, en su cintura. Y, aunque debería haberle resultado molesto, no le molestaba en absoluto, como tampoco le molestaba su cercanía. El sentimiento que le causaba aquel contacto era muy distinto e inquietante. El instinto instó a Lara a que se alejara. Se humedeció los labios.

—Yo… voy a ayudar a los demás a recoger leña.

—Buena idea.

Finn la soltó, y ella se alejó, exhalando la bocanada de aire que estaba conteniendo e intentando calmar el cosquilleo que sentía en el estómago. Era una reacción exagerada y ridícula ante un mero gesto de amabilidad.

Lara se dio cuenta, de repente, de que Finn había sido verdaderamente amable con ella. Aquel hombre era impredecible. Era imposible saber qué iba a hacer. Por un momento, ella había sospechado que iba a exigirle una contrapartida por haberla llevado a la orilla, pero, nuevamente, se había equivocado. Y, aunque debería sentirse aliviada, no era alivio lo que sentía, y no quería analizar la emoción que había surgido dentro de ella. Se concentró en buscar un poco de leña.

Un rato después llegó el segundo barco. Alrik y sus hombres se reunieron con ellos. Cuando las hogueras estuvieron encendidas y las provisiones repartidas, todos se acomodaron para pasar la noche, hablando en voz baja. Poco a poco, la luz del día desapareció, y empezaron a brillar las primeras estrellas. Lara terminó su pan y su carne y se sentó un rato mirando el reflejo plateado de la luna sobre el mar. Olía a sal, al humo de las hogueras y a los pinos que crecían junto a la bahía. Todos aquellos olores le resultaban familiares y le proporcionaban bienestar.

Alrik se acercó a ella y se agachó a su lado. La miró en silencio un momento; después, volvió la cara hacia el mar.

—¿Estás bien?

Lara asintió.

—Sí, gracias.

—Bueno. Después de lo que pasó antes, temía que te encontraras mal.

—No te preocupes.

—¿No te hizo daño, Lara?

—No.

—Me alegro de oírlo. No podía dejar de pensar en esto.

Aquellas palabras hicieron que Lara se sintiera culpable.

—Siento que te preocuparas. No era mi intención —dijo, y suspiró—. Lo que ocurrió fue culpa mía. No debería haber perdido los estribos. Fui una boba.

—Bueno, en eso estamos de acuerdo.

—No te preocupes —repitió ella—. He aprendido la lección.

—Eso espero. Ahora, el *jarl* Finn es tu marido, y tu lugar está a su lado. No tiene sentido que te rebeles. Si te enfrentas a él, perderás.

Ella no respondió, y continuó mirando la luna. Por muy desagradable que fuera aquello, era la verdad.

—¿Realmente es tan mala elección de marido, Lara?

Ella giró la cara para mirarlo.

—Se te olvida que yo no he podido elegir.

—Entonces, ¿hay otro hombre con el que hubieras preferido casarte? ¿Tal vez, con alguno de tus pretendientes?

—No seas tonto.

—Bien, entonces, ¿te parece el *jarl* Finn igual que ellos?

—Claro que no. Él no se parece en nada a ellos —admitió Lara, y se ruborizó—. Es… es… Bueno, todavía no sé lo que es.

—No, todavía no, quizá.

—Es obvio que tú le has tomado mucha estima.

—Sí, es verdad —replicó él—. De hecho, después de lo de hoy mi estima es aún mayor.

Le apretó el hombro suavemente, y fue a reunirse con sus hombres.

Cuando se quedó a solas, Lara comenzó a reflexionar sobre lo que le había dicho su hermano. Alrik tenía un gran sentido común, y una forma de hablar, calmada y clara, que ella respetaba mucho.

Lara reconoció que su comportamiento había sido petulante y estúpido. Solo ella tenía la culpa de las consecuencias. Finn le había dejado claro que no iba a permitir que lo enfadara, pero, al mismo tiempo, había moderado el castigo. Además, parecía que no le guardaba rencor; de lo contrario, en aquellos momentos ella estaría temblando de frío, con la ropa húmeda. Quizá, para él, su rebeldía solo fuera una incomodidad sin importancia. Así lo parecía. Daba miedo pensar con cuánta facilidad se había encargado de ella.

Miró furtivamente hacia el otro extremo del campamento, donde se habían reunido los hombres, y distinguió a Finn al instante. Estaba hablando con sus compañeros, pero ella no podía oír lo que se decía, ni lo intentó; toda su atención estaba concentrada en el hombre. La luz de las llamas le iluminaba parte de la cara y sumía el resto en sombras. El resultado era dramático y deslumbrante. Finn no era como los demás; era tan distinto a los otros como el aguamiel del agua de un pantano. Sin embargo, ella sabía muy poco de él. De repente, le hubiera gustado saber más, saber lo que era. Presentía que había muchas cosas bajo la superficie, más de las que él había revelado. Nunca había conocido a un hombre tan contenido y que, al mismo tiempo, estuviera tan cómodo en compañía de los demás. Las conversaciones con él siempre eran estimulantes; incluso cuando discutían, ella disfrutaba midiendo su ingenio contra el de Finn.

Al pensarlo con detenimiento, Lara se daba cuenta de que él había aceptado y superado todos los desafíos que ella le había lanzado. Y lo había conseguido sin demasiado esfuerzo. Además, su relación con ella no le había hecho apartarse de su objetivo. Aunque él había tenido un gran impacto en su vida, Lara no pensaba que ella le hubiera afectado personalmente a él.

Por primera vez, se preguntó qué tipo de mujer tendría ese efecto en él. Un hombre así debía de haber conocido a muchas mujeres. ¿Se habría enamorado de alguna? ¿Cuál era su mujer ideal? Seguramente, alta, con un buen busto y rubia, y con una naturaleza plácida. No podía ser una mujer pelirroja, menuda y con mal genio. A ella, algunas personas la consideraban bella, pero la belleza estaba en los ojos de quien miraba. «Tienes la inteligencia y la belleza necesarias para ganarte el corazón de un hombre», le había dicho su padre. Lara suspiró. Aunque quisiera, no sabía cómo ganarse el corazón de Finn.

Ocho

Finn miró al otro lado del campamento, a Lara y a Alrik. Se preguntó de qué estarían hablando, aunque sabía que no era asunto suyo. Si hubiera sido cualquier otro, sí se habría ocupado de ello, pero a ninguno de sus hombres se le ocurriría mantener una conversación en privado con su esposa. Alrik tenía una posición privilegiada, y podía hablar con ella cuando quisiera. Era evidente que los dos hermanos estaban muy unidos.

Aquello no sirvió para mejorar su humor. Aunque Lara se había rendido a lo inevitable, era evidente que no quería estar con él, y que se habría puesto contenta si lo hubiera visto marchar en su barco. Tal vez tuviera la secreta esperanza de que Steingrim lo venciera en una batalla. Suspiró al pensar aquello último; era injusto por su parte, y contradecía lo que había dicho Lara sobre la naturaleza malvada de su enemigo. Él debería agradecer que ella hubiera reconocido su destreza como guerrero. No era mucho pero, por lo menos, le daba a entender que Lara no tenía una opinión absolutamente nefasta de él.

Cuando había decidido que se llevaría a Lara, ni se le había ocurrido pensar que iba a tener que atarla de pies y manos. Sin embargo, ella no le había dejado otra opción. Él no se fiaba de que no cumpliera su amenaza y saltara por la borda para intentar llegar nadando a la costa. De todos modos, él no quería que la suya fuera una relación basada en el sometimiento. Ella tenía que aprender a respetarlo como una esposa debía respetar a su marido, pero él no quería que lo temiera. Quería que cooperara voluntariamente en su matrimonio. Quería que estuviera relajada en su compañía, que deseara su compañía. Finn hizo una mueca al pensar en lo lejos que estaba de conseguir aquel objetivo. Y, sin embargo, era lo que había estado pensado desde que la había llevado a la playa en brazos, aquella tarde. Para darle un escarmiento, debería haber dejado que fuera caminando por el agua y se empapara, pero habría perdido una oportunidad. Durante unos minutos, había tenido a Lara exactamente donde quería tenerla, y sin pelear.

Lo que no había imaginado era que sentiría una reacción tan fuerte a su contacto, a su cercanía. No había imaginado que querría volver a besarla.

Por suerte, no había caído en la tentación. Las cosas entre ellos ya estaban lo suficientemente mal, y él no quería empeorarlas. No iba a forzarla de ningún modo, tal y como había prometido. Necesitaban tiempo para acostumbrarse el uno al otro. Además, tenía que ocuparse de Steingrim…

Vio a Alrik apartarse de su hermana. Lara permaneció donde estaba, contemplando las vistas. Hacía una bonita noche; una noche romántica. Con cualquier otra mujer, habría aprovechado la oportunidad, pero Lara no era cualquier mujer. Era su esposa, y en aquel momento parecía empequeñecida, vulnerable y triste. Aquella imagen despertó su sentimiento de protección. Sin embargo, tenía que ser realista: aquella aparente fragilidad escondía un carácter de hierro. Lo mejor que podía hacer era mantenerse a distancia de ella, mantener su incertidumbre.

Se giró hacia sus hombres e intentó continuar con la conversación, pero no podía dejar de mirar la figura solitaria de la orilla. Hacía frío, y Lara estaba lejos de la hoguera.

Finn vaciló, sin saber qué hacer…

El crujido de las piedrecitas de la orilla avisó a Lara de que alguien se acercaba. Pensó que era Alrik, que volvía a su lado, pero al girarse descubrió a otra persona. Al ver a Finn, el corazón se le aceleró.

—Finn.

—Vas a enfriarte si sigues aquí sentada. Acércate al fuego.

Aquella invitación tenía un ligero tono de autoridad. Sin embargo, estaba en lo cierto, cada vez hacía más frío. No estaría mal acercarse al calor.

—Está bien.

Él le tendió la mano para ayudarla a incorporarse. Después de un breve titubeo, Lara le dio la suya y él tiró suavemente para levantarla. Su mano era fuerte y cálida, y su forma de agarrarla, posesiva y tranquilizadora. Un parte de sí misma quería zafarse de aquel contacto, pero, en el fondo, había algo que anuló aquella urgencia, y Lara permitió que la condujera junto al fuego.

Cuando llegaron, los hombres alzaron la vista. Algunos sonrieron, pero ninguno hizo el más mínimo comentario, y siguieron con su conversación.

Finn le indicó que se sentara en su propio arcón.

—Por favor…

Lara se sentó, con algo de azoramiento, y Finn se colocó a su lado. Era mucho más cómodo que la piedra fría, pero en aquel espacio limitado era imposible no tocarse el uno al otro. Lara acercó las manos a las llamas e intentó no pensar en el muslo fuerte que notaba contra su pierna, y en el brazo que le rozaba el hombro. Sintió un cosquilleo en la piel, y un calor en el rostro que no tenía nada que ver con el fuego.

—¿Mejor? —preguntó él.

—Eh… sí, gracias.

—Sería muy inconveniente que te enfriaras.

Su tono de voz irónico molestó un poco a Lara, pero también hizo que sonriera y lo mirara de reojo.

—Tenía que haberme imaginado que esto no era un acto altruista.

—Sí, tenías que haberlo imaginado. Yo no soy muy dado al altruismo. Prefiero mirar por mis propios intereses.

—Seguramente, la mayoría de las veces, sí. Pero no todas.

—¿Por qué dices eso?

—Si fueras tan egoísta como dices, no estarías luchando por la causa de tu familia. Te habrías marchado a un lugar seguro y habrías dejado que se las arreglaran solos.

—Eso se me pasó por la cabeza.

A ella se le escapó una suave carcajada.

—Estoy segura de que no.

Finn sonrió sin poder evitarlo.

—En realidad, tienes razón —dijo—. ¿Cómo lo sabías?

—Porque eso habría sido cobarde y deshonorable.

Durante unos instantes, él se quedó callado, y volvió la mirada hacia las llamas.

—Entonces, ¿debo entender que me consideras por encima de tales actos?

—Sí.

—Me siento honrado.

Parecía sincero. Y Lara también lo había sido; no podía imaginarse a aquel hombre dejando a sus familiares ni a sus amigos abandonados a su suerte. Podía ser muchas cosas, pero no era deshonroso. Sin embargo, para ella era un misterio el motivo por el que había sugerido lo contrario sobre sí mismo, a menos que hubiera sido una provocación. Eso era muy posible.

—Tenía la impresión de que tu opinión sobre mí era mucho más baja —continuó él.

—No, no tan baja.

Él sonrió de nuevo.

—Vaya, qué alivio.

—No sabía que mi opinión tuviera importancia —dijo ella. Al ver que él no respondía inmediatamente, continuó—: En este momento deberías haber dicho que, en realidad, no la tiene.

—Pero eso no es verdad, y yo te he prometido que iba a ser honrado contigo.

—Y, sin embargo, hoy me has obligado a venir contigo.

—Es cierto.

—No te preocupes, no voy a pelearme más contigo. He aprendido que la desobediencia es inútil.

—No estoy seguro de eso…

—Bueno, yo sí estoy segura de que puedo contar contigo para que me lo recuerdes si se me olvida.

A él le brillaron los ojos.

—Por supuesto. Sin embargo, ese no es el motivo por el que me empeñé en que vinieras.

—¿Porque el lugar de una esposa está junto a su marido?

—Así es. Esa lección la aprendí de una forma muy dura. Y solo un tonto comete dos veces el mismo error.

Lara pestañeó.

—¿Dos veces?

—Sí, yo estuve casado hace años, pero me ausentaba con demasiada frecuencia, y durante demasiado tiempo. Mi esposa terminó por buscar consuelo en otra parte.

—Oh.

Fue como, si de repente, el suelo se hubiera hundido bajo sus pies. Y, sin embargo, ¿por qué iba a ser tan difícil de creer? Él solo debía de tener siete u ocho años más que ella, pero ya era lo suficientemente mayor como para haberse casado. Era guapo, noble y rico. Sería ingenuo pensar que un hombre así no tenía un pasado. Con esfuerzo, Lara se recuperó de su perplejidad.

—Entiendo.

—¿De veras?

—Es evidente, ¿no? Piensas que, si me hubieras dejado en casa, yo me habría divertido a tus espaldas —dijo ella, y lo miró con frialdad—. No es un gran halago hacia mi carácter, pero, por lo menos, es sincero.

—Sacas conclusiones apresuradas.

—¿Tú crees? —preguntó Lara, poniéndose en pie—. Discúlpame.

Se alejó rápidamente del círculo que había alrededor de la hoguera, notando con alivio el aire frío en la cara. Sin embargo, antes de que hubiera podido recorrer un par de metros, alguien la agarró del brazo. Ella se volvió y lo fulminó con la mirada.

—Suéltame, Finn.

—Todavía no hemos terminado la conversación.

—Yo sí.

—¿Quieres calmarte y escucharme, cabeza hueca, en vez de marcharte así?

—Así que, además de una cualquiera, soy una cabeza hueca.

—Yo no he dicho que fueras una cualquiera.

—Lo has insinuado.

—No era mi intención, y siento mucho que lo hayas pensado.

—Entonces, di lo que quieras decir y acaba de una vez.

—Ninguno de los dos buscaba este matrimonio, pero sucedió. Además, las circunstancias no son las más ideales, porque tenemos que enfrentarnos a un enemigo peligroso. Sin embargo, a mí no me parecen obstáculos insalvables; creo que, al final, somos nosotros dos quienes podemos determinar cómo salen las cosas.

—¿Nosotros?

Finn respiró profundamente.

—Yo no quiero fracasar por segunda vez, Lara, pero solo soy la mitad de esta relación.

Aquello era lo mismo que le había dicho su padre; sin embargo, había ciertas incoherencias.

—Tus palabras implican que somos iguales, pero tus actos no.

—Mis forma de actuar de hoy ha sido un último recurso. Prefiero la razón a la fuerza, pero cuando la razón fracasa, estoy acostumbrado a hacer lo que tengo que hacer. Quería que vinieras conmigo, y elegí la forma más expeditiva de conseguirlo.

—No creo que tardes mucho en resolver el problema de Steingrim. Podrías haber vuelto a buscarme después.

—¿Después de unas semanas, o meses? ¿Quién sabe cuándo? Para entonces, podía haberte perdido definitivamente, y no estaba dispuesto a permitir que sucediera eso. El único modo de conocernos mejor es que pasemos tiempo juntos.

—Esas cosas no pueden forzarse.

—No, pero en este punto, estar juntos es más beneficioso que estar separados. Según mi experiencia, la distancia no ayuda al cariño.

—¿Acaso la familiaridad no puede engendrar desprecio?

—Solo si hay algo completamente despreciable en el carácter de alguien. El tiempo lo dirá.

—¿Y no tienes miedo de lo que puedas averiguar?

—No. Prefiero tener la mente abierta —dijo él, y la miró fijamente—. ¿Estás dispuesta a hacer lo mismo?

Ella asintió.

—Está bien.

Finn le soltó el brazo.

—Bien. Entonces, trato hecho.

Volvieron junto al fuego. Poco a poco, las conversaciones se fueron apagando, y los hombres se prepararon para dormir. Algunos utilizaron mantas y su capa, pero otros tenían sacos de dormir hechos de piel de foca, calientes e impermeables. Finn sacó el suyo de su arcón y lo extendió por el suelo; después, enrolló la capa para utilizarla como almohada. Lara observó los preparativos con consternación, puesto que no había llevado nada para pasar la noche.

Su compañero se irguió y sonrió.

—En mi saco cabemos los dos, si quieres. Otra opción es que uses una manta.

Ella tragó saliva.

—Prefiero usar la manta.

—¿Por qué sabía yo que ibas a decir eso?

Finn tomó una manta del arcón y se la entregó. Después, él se metió en su saco, mientras Lara preparaba su lecho en el suelo y se tumbaba.

Finn se puso las manos detrás de la cabeza y la observó con interés.

—¿Sabes? Estarías mucho más caliente aquí dentro.

Lara no tenía ni la más mínima duda. Con solo pensarlo, sentía calor por todo el cuerpo.

—Estoy perfectamente, te lo aseguro.

—Al amanecer hará mucho frío.

—Voy a estar muy bien.

—Bueno, si cambias de opinión…

—No, no —dijo ella, mientras se colocaba de costado y se tapaba los hombros con la manta—. Buenas noches.

A Lara le pareció que Finn estaba a punto de echarse a reír cuando él le deseó que durmiera bien.

Nueve

Lara se despertó al amanecer. Todo estaba en silencio; ni siquiera se oía el canto de los pájaros. Se sentó lentamente y miró a su alrededor. El campamento estaba en calma, y su mirada continuó hasta la orilla y hasta los dragones de las proas de los barcos, que se asomaban como bestias míticas entre la niebla.

Lara estaba entumecida y tenía frío después de dormir en el suelo. El fuego se había apagado, y en la hoguera ya solo quedaban ascuas. Miró con resentimiento la figura durmiente que había a su lado; el rostro de Finn era tan atractivo durante el sueño como en la vigilia. Tenía un aspecto de tranquilidad, como si el frío y la incomodidad no lo afectaran en absoluto. Por un breve momento, se imaginó cómo habría sido el hecho de compartir su saco de dormir la noche anterior, y sintió un temblor que no tenía nada que ver con el frío de la mañana.

Se envolvió en la manta y se levantó. Tenía que atender la llamada de la naturaleza, así que se dirigió a unos matorrales que había al otro extremo de la cala. Después, vaciló. No quería volver al campamento, a sentarse y pasar frío hasta que los hombres se despertaran. Si hacía un poco de ejercicio, entraría en calor. Decidió subir la colina que se alzaba ante ella, y volver enseguida.

La colina no era muy empinada, pero había muchas rocas en la ladera, y el ascenso requería concentración. Se tropezó un par de veces, pero, finalmente, llegó a la cima. La colina formaba una península entre la cala y el mar abierto. A su derecha, el bosque que cubría la ladera se convertía de repente en un terreno de roca gris. La bruma iba descendiendo hacia la orilla, lentamente, y se movía por la superficie del agua. El silencio lo envolvía todo. En aquel momento, hubiera podido pensar que era la única persona que había en el mundo.

Estaba a punto de bajar al campamento cuando captó un sonido. Escuchó con atención, e identificó el ruido suave y rítmico que hacían los remos al hundirse en el agua. Entonces, vio la proa de un *drakkar* entre la neblina. Al principio, pensó que era el tercer barco, que había llegado para reunirse con Finn y Alrik, pero enseguida se dio cuenta de que nunca había visto aquella nave. Sin embargo, el dragón del mascarón de proa y su casco largo y estrecho indicaban que era un barco de guerra, como las filas de escudos de sus costados. Además, llevaba una tripulación grande, al menos cincuenta hombres. Su mirada recorrió las filas de remeros y se fijó en la figura que iba en la popa. El capitán del barco permanecía inmóvil y vigilante. ¿Qué era lo que buscaba?

Mientras ella lo observaba atentamente, el hombre recorrió la orilla con la mirada. Por instinto, Lara se escondió detrás de una roca. ¿La había visto? Nadie dio la alarma, así que no debían de haber descubierto su presencia. Con el corazón encogido, se asomó por un lado de la piedra y, al ver un segundo barco deslizándose entre la niebla, abrió mucho los ojos. Era tan grande como el primero, e igualmente silencioso. Y, de repente, aquellos *drakkar* le parecieron depredadores que iban a la caza, y supo quién era la presa que querían cazar. Rápidamente, comenzó a bajar hacia la playa por la ladera de la colina.

Finn se despertó al amanecer. Casi al instante, se dio cuenta de que el lugar donde había dormido Lara estaba vacío. Se puso en pie y miró a su alrededor. Aunque uno o dos de sus hombres se estaban despertando, el campamento estaba silencioso, y él no la veía. Por lógica, sabía que Lara no podía haberse alejado mucho, pero recordó que ella no quería estar allí. ¿Habría cometido alguna imprudencia? No podía huir a ningún sitio; además, había lobos y osos en el bosque, por no hablar de los depredadores humanos…

Recorrió la playa con la mirada y, al hacerlo, divisó una figura en la colina más alejada. Era Lara, que corría ladera abajo, deslizándose sin preocuparse por su seguridad. Él la observó con angustia, y dejó escapar un suspiro de alivio cuando la vio llegar al suelo de una pieza. Entonces, ella echó a correr por la playa, hacia él, con algo que parecía una capa flotando a su espalda, como una vela hinchada por el viento. Varias miradas de diversión siguieron su avance. Cuando se acercó, Finn se dio cuenta de que lo que había tomado por una capa era, en realidad, la manta que él le había prestado y que ella llevaba agarrada en una mano. Con la otra, lo tomó del brazo.

—Tienes que despertar a tus hombres.

—¿Por qué, Lara?

—Vienen dos barcos de guerra —dijo ella, entre jadeos—. Los he visto desde la colina.

A él se le borró la sonrisa de los labios.

—¿Dos? ¿Estás segura de que eran dos?

—Muy segura. No son aliados nuestros, ¿verdad?

—Lo dudo.

Finn despertó a los dos hombres que tenía más cerca y les ordenó que despertaran a los demás. Al minuto, había una gran actividad en la playa. Los guerreros se pusieron en guardia rápidamente y se acercaron para averiguar qué ocurría. Mientras Finn se lo explicaba, se miraron los unos a los otros.

—¿Y hacia dónde iban los barcos, Lara? —le preguntó Alrik.

—Venían hacia acá —respondió ella—, pero se movían despacio, como si estuvieran buscando algo.

Su hermano frunció el ceño.

—¿Steingrim?

—Tiene que ser él —respondió Finn, y miró a Lara—. ¿Cuántos hombres?

—He calculado que unos cien en total.

Finn apretó la mandíbula. Sin los refuerzos, estaban en inferioridad de número. Su única esperanza era adelantarse al enemigo. Steingrim esperaba que él huyera, así que el elemento sorpresa podía mejorar mucho sus posibilidades de vencer. Miró a sus hombres.

—Armaos y preparaos. Alrik, necesito un par de hombres que cuiden de Lara. El resto, embarcad.

Los hombres no necesitaron una segunda indicación. Finn también comenzó a armarse, poniéndose la cota de malla y envainando la espada. Miró a Lara.

—Tú te quedas aquí, en la cala.

—Déjame ir. Yo puedo luchar.

—Ni hablar. No vas a hacer tal cosa.

—Pero…

—Nada de «peros», Lara. Escóndete. ¿Entendido?

Ella percibió la determinación de su tono de voz, y tuvo que tragarse la decepción.

—Está bien.

—Voy a dejar una pequeña guardia contigo.

—No es necesario. No me va a pasar nada, y tú necesitas a esos hombres.

—Ya nos las arreglaremos.

De repente, Lara recordó con una horrible claridad todo lo que había oído decir sobre Steingrim.

—Ten cuidado, Finn.

—Siempre lo tengo —respondió él, y le dio un suave apretón en el hombro—. Volveré en cuanto pueda.

Se puso el casco, tomó el resto de sus cosas y echó a correr hacia el barco. Ella lo vio embarcar junto al resto de sus hombres. En dos minutos, todos los hombres estaban remando y los dos veleros se alejaban de la orilla. Lara nunca se había sentido tan impotente ni tan asustada, y sabía que aquel miedo no era por sí misma. ¿Y si Finn y Alrik morían? Aquella posibilidad le helaba la sangre. Sin embargo, tenía que pensar de una manera más optimista. Ellos iban a volver, y sus hombres, también.

—Será mejor que busquemos un escondite, mi señora.

Se dio la vuelta hacia sus escoltas, Geirr y Eystein. Los dos hombres eran parientes por matrimonio, y ella los conocía de toda la vida. Se habían criado en el poblado de Ottar y, como tenían la misma edad que Alrik, eran amigos de su hermano desde pequeños. Lara sabía que esa era la razón por la que Alrik los había seleccionado para aquella misión.

—Os doy las gracias por quedaros aquí conmigo —les dijo. Sabía que hubieran preferido ir a los barcos.

—Es un honor que nos haya elegido para protegeros, mi señora —dijo Geirr.

—Lo dudo, pero os lo agradezco de todos modos

—dijo ella. Después, comenzó a evaluar las posibilidades de aquel terreno.

Geirr siguió su mirada.

—Aquellas rocas pueden servirnos muy bien de escondite.

—Sí, es cierto, pero si subimos la colina podremos ver la batalla.

—Las órdenes de mi señor fueron muy claras.

—Vamos a obedecerlas. Allí arriba hay un escondite. Yo lo encontré antes.

Los dos soldados titubearon y se miraron. Lara intentó convencerlos.

—Estaremos a salvo, pero también podremos ver lo que ocurre. Si nos quedamos aquí, solo podremos imaginárnoslo…

Eystein sonrió.

—¿A qué estamos esperando?

Poco después, habían llegado a la cima de la colina. Sin embargo, se quedaron consternados al ver que había un banco de niebla más allá del cabo, y que la visibilidad había quedado reducida a unos cuantos metros.

—Maldita sea —dijo Geirr—. Los va a alcanzar.

Lara frunció el ceño, siguiendo la navegación de los dos barcos. Todos los marinos temían a la niebla, y con razón, porque escondía los peligros.

—¿Veis los barcos de Steingrim?

—No, mi señora, y dentro de poco ya no veremos nada de nada —dijo Eystein.

Lara sabía que tenía razón. Aquel mirador se iba a convertir en una isla de roca rodeada de niebla.

—¿Y qué van a hacer? —preguntó.

—Van a adentrarse en el mar —dijo él—. No podrían hacer otra cosa.

Un momento después, los barcos cambiaron el curso y se alejaron de la costa. Después, lentamente, la bruma los envolvió, y desaparecieron de su vista.

El barco había salido de la cala y estaba rodeando el cabo cuando, súbitamente, la visibilidad disminuyó de manera alarmante. Finn frunció el ceño y miró hacia el barco de Alrik, que iba unos cincuenta metros por delante. Al instante, la niebla ocultó su silueta. No se divisaba más que el agua gris que había ante la proa, y del enemigo no había ni rastro.

—Por el martillo de Thor, esto es lo peor que podía pasar —murmuró Unnr.

—Vamos a aguas profundas —dijo Finn—. En esta parte de la costa hay muchos bancos de arena.

Unnr asintió y movió el timón. Entonces, la nave comenzó a cambiar de rumbo. Recorrieron menos de cien metros antes de que la niebla volviera a alcanzarlos. Finn tuvo que contener un juramento. Les ordenó a sus hombres que dejaran de remar, y ellos se apoyaron sobre los remos y escucharon atentamente. Salvo por el suave chapoteo de las olas, reinaba el silencio.

Finn sabía que Alrik había llevado su barco a aguas profundas, como él. Conocía aquella costa, y sabía que había muchas rocas en el fondo, rocas que

122

podían dañar las embarcaciones. Además, aquel no era el único peligro; aunque sus enemigos también estaban ciegos, cabía la posibilidad de que se toparan unos con otros sin darse cuenta.

—Mantened bien abiertos los ojos —ordenó en voz baja.

Había que evitar las colisiones a toda costa. Aparte del daño que podían sufrir los barcos, se verían obligados a luchar cuerpo a cuerpo, y ellos eran inferiores en número.

El único consuelo era que Lara estaba a salvo. Steingrim no sabía que ella estaba a bordo de su barco, y Finn estaba decidido a que las cosas continuaran así. Si ocurría lo peor, sus dos guardias la llevarían a casa. De ser así, su matrimonio habría sido de los más cortos de la historia. No creía que ella lo lamentara mucho. Entonces, recordó que ella se había ofrecido voluntaria para luchar a su lado. Un ofrecimiento absurdo, aunque muy valeroso.

—Parece que la niebla se está levantando, mi señor —dijo Unnr.

Tenía razón. La bruma se disipó, y constataron que el barco estaba en una zona de aguas despejadas. Poco después, sus compañeros aparecieron a estribor. Entonces, lentamente, empezaron a divisar también parte de la costa. El enemigo no estaba a la vista.

—Vamos a averiguar qué sabe Alrik —dijo Finn.

Cuando se pusieron al mismo nivel del otro barco, su cuñado apareció al costado.

—Hemos oído sus remos. Deben de haber pasado muy cerca, pero no nos vimos. ¿Y tú?

—Nada —respondió Finn—. Deben de haber pasado junto a nosotros sin darse cuenta de que estábamos aquí.

—Eso he pensado yo también —dijo Alrik, con una sonrisa—. Ahora somos nosotros los que vamos detrás de ellos.

—Puedo vivir con eso.

—¿Qué quieres hacer ahora?

—Vamos a dejar que se alejen, y los seguiremos —respondió Finn—. Espera aquí mientras vuelvo a buscar a mi esposa.

—Por supuesto.

Lara y sus guardias estaban esperando junto a la orilla cuando volvió el barco. Cuando se acercaban para recogerlos, Eystein preguntó:

—¿Qué ha pasado?

—Nada —respondió Sturla—. Esos bellacos pasaron de largo junto a nosotros.

Los guardias cabecearon con incredulidad. Lara respiró profundamente. Sentía un gran alivio.

—Vimos que llegaba el banco de niebla —dijo Geirr—, pero, después, no pudimos ver nada más. Tampoco oíamos nada.

—No había nada que oír —respondió Sturla—, salvo el dulce sonido de sus remos al pasar.

—¿Vais a quedaros ahí, charlando todo el día, o vais a subir a bordo? —preguntó Unnr.

Eystein sonrió.

—Vamos, vamos.

—Bien —dijo Finn—. Aparte del placer de vuestra compañía, me gustaría recuperar también a mi esposa. Tal vez alguno de los dos pueda ayudar.

—Con gusto, mi señor —dijo Eystein, y se giró hacia Lara—. Os pido permiso, mi señora.

Claramente, pensó que se lo había concedido, porque antes de que ella pudiera decir una palabra, la levantó del suelo y la llevó hasta un costado del barco. Entonces, Finn la tomó en brazos, y sonrió.

—Bienvenida, mi señora —le dijo.

Sus ojos grises se tornaron cálidos al mirarla y, sin ningún motivo en especial, Lara notó que se le aceleraba el pulso. No parecía que él tuviera mucha prisa en dejarla en la cubierta, y ella notaba la cota de malla a través del vestido. El metal era duro, pero flexible, como los músculos del cuerpo de Finn. Él olía a acero, a cuero y a musgo, y aquella combinación era peligrosa y excitante a la vez.

Ella carraspeó, y dijo:

—Me alegro de haber vuelto, Finn. Creo que los dioses están de nuestro lado.

Él sonrió aún más.

—Sí, creo que hoy sí.

—Son aliados muy valiosos.

—Pues sí. Haré todo lo posible por conservar su favor.

Cuando Geirr y Eystein embarcaron, el *drakkar* comenzó a alejarse de la playa. Finn dejó a Lara en el suelo y la llevó a la popa. Una vez que el peligro más inmediato había pasado, su cuerpo reaccionó y se estremeció.

Él la miró.

—¿Estás bien?

—Sí. Es solo la tensión.

—No me atrevía a preguntarte si estabas asustada.

—Estaba asustada, Finn. No dudo de los hombres, ni de mi hermano, ni de ti, pero la diferencia de número es tan grande que temía lo que pudiera ocurrir.

—Y, sin embargo, si me hubieran matado, tú serías libre.

—¿Libre para qué? —preguntó ella—. Mi padre me encontraría rápidamente otro marido. Además, yo no quiero comprar mi libertad con la vida de los hombres.

—¿Ni siquiera con la mía?

—Por supuesto que no.

Él la miró fijamente.

—A propósito, quiero darte las gracias por ofrecerte para luchar.

—Lo dije en serio.

—Lo sé.

—Supongo que debí de parecerte una tonta.

—No.

—Pero no lo habrías permitido, ¿verdad?

—Mi responsabilidad es protegerte. Steingrim no sabe que estás aquí, y no quiero que lo averigüe. Serías un botín muy tentador.

—Oh.

A ella no se le había ocurrido pensarlo, pero Finn tenía razón.

—Nunca he dudado de tu valor —dijo él.

Lara no supo qué responder, y permaneció en silencio. ¿Lo decía en serio, o no quería herir sus sentimientos? Seguramente, lo segundo. Finn podría haber sido mordaz. Ella había conocido a muchos hombres que lo habrían sido; muchos de sus pretendientes, por ejemplo. «Él no es como los demás». De repente, aquellas palabras le parecieron completamente ciertas.

Diez

Durante los tres días siguientes, siguieron a Steingrim por la línea de la costa. En una ocasión, cuando se detuvieron a pasar la noche, descubrieron los restos de las hogueras de un campamento del enemigo. Finn prefería dejar que sus enemigos los precedieran antes de que llegaran los refuerzos. Cada vez estaba más preocupado por el retraso del tercer barco.

—¿Dónde estarán? —preguntó Unnr—. Ya deberían haber llegado.

—Quizá no vengan —dijo Sturla.

—Claro que sí —replicó Ketill—. Ottar dio su palabra.

—Bueno, pues que se den prisa. Esto no es una expedición comercial.

Se oyó un murmullo de aprobación, y Finn intervino.

—Ketill tiene razón. Vendrán.

Pronunció aquellas palabras con más seguridad de la que sentía. No creía que Ottar faltara a su palabra. Debía de haber ocurrido algo que había retrasado al otro barco; él esperaba que no se tratara de un problema grave. Necesitaban aquellos refuerzos.

Los hombres guardaron silencio, pero él sabía que estaban empezando a dudar. Una cosa era enfrentarse al enemigo con posibilidad de ganar, y otra muy distinta, con la posibilidad de ser aniquilados. Muchas tripulaciones se habían amotinado por tal motivo. Él tenía un vínculo muy fuerte con sus hombres, pero no quería ponerlo a prueba hasta tal punto. Como todos los vikingos, sus compañeros eran valientes, pero no eran tontos. Y, como todos los vikingos, eran básicamente oportunistas que aprovechaban las buenas oportunidades y se alejaban cuando la situación no era tan buena. Si lo pensaba demasiado, empezaría a sudar…

En aquel momento, el tema de conversación cambió, pero Finn sabía que sus hombres no iban a olvidarlo. Miró al horizonte del mar, pero no vio ningún barco, y suspiró. Si ocurría lo peor, iba a necesitar una buena alternativa con la que pudiera convencer a sus hombres de seguir a su lado.

—Estoy segura de que todo va a salir bien.

Finn se giró y vio a Lara.

—Veo que has oído la conversación.

—Sí, la he oído. La incertidumbre es comprensible, pero seguro que es infundada.

—Lo dices con mucha seguridad.

—Mi padre y su hermano están muy unidos. Mi tío no lo abandonará. Además, a él le encantan las batallas. Tiene que haber un buen motivo para que se haya retrasado.

A pesar de la angustia, Finn sonrió.

—Vaya, parece todo un personaje.

—Lo es.

—¿Se parece a tu padre?

—No mucho, aparte del pelo pelirrojo, claro. Debería explicarte que el tío Njall mide lo mismo que la puerta de un establo, y que tiene la fuerza suficiente como para arrancarle la cabeza a un uro.

—Bueno, pues espero que llegue pronto. Es el hombre que necesito. Dime que su tripulación es como él.

Lara se echó a reír.

—Mi tío es único, pero sus hombres son duros, también.

—Vaya, eso me anima mucho.

Y era cierto, le daba ánimos. Sin embargo, ese no era el motivo por el que se le había cortado la respiración; la risa favorecía mucho a Lara. De hecho, era perfecta cuando se reía.

—Una vez, mi tío luchó contra un oso. Había ido a cazar, y el animal lo atacó. Todavía tiene las cicatrices.

—Seguro que sí. ¿Mató al final al oso?

—Sí, pero el oso también estuvo a punto de matarlo a él. Le arrancó la oreja de un mordisco, le desgarró la carne del brazo y del hombro, hasta los huesos. Por suerte, sus hombres tuvieron la buena idea de lavarle las heridas con aguamiel antes de coserlo. Dicen que tuvieron que sujetarlo entre seis.

—Ya me lo imagino.

—Mi padre dice que nunca ha oído juramentos como los suyos. Incluso sus amigos, los guerreros vikingos más feroces, se quedaron impresionados.

Finn se rio.

—Me imagino que tu padre no repitió esa parte de la historia.

—Por desgracia, no, aunque se lo pedimos hasta la saciedad.

—¿Quiénes?

—Asa, Alrik y yo.

—Ah.

—Bueno, al final el tío Njall sobrevivió. Y ahora tiene la piel de oso sobre la cama.

—Entonces, ¿es pragmático además de valiente?

—Se ganó el trofeo.

—Sí, ciertamente, sí.

Lara suspiró.

—Ojalá hubiera estado allí para verlo, pero sucedió antes de que yo naciera.

—¿Te han dicho alguna vez que eres un poco sanguinaria?

Ella lo miró de reojo.

—Puede que un par de veces.

Finn se echó a reír de nuevo. Estaba disfrutando mucho con ella. Tenía una mirada seductora y llena de picardía, y él tuvo ganas de besarla. Sin embargo, resistió la tentación, porque no quería estropear aquel momento.

—¿Fue tu tío quien te inspiró para aprender el arte de la espada?

Ella se puso muy seria.

—No. Eso fue después de que se llevaran a Asa.

Finn titubeó. Aquel era terreno pantanoso, y él no quería alejarla de nuevo, sobre todo después de que se hubiera vuelto tan comunicativa.

—Perdóname, no quería ser entrometido, pero me gustaría entenderlo.

Para su alivio, Lara no se ofendió, sino que se quedó sorprendida. Durante unos segundos, no dijo nada, y él no quiso presionarla para que continuara.

Al final, ella siguió explicándose.

—Fue algo simbólico, porque no hice nada por Asa. Ella murió de todos modos. Aprender a manejar la espada hacía que me sintiera menos indefensa.

—¿Cómo murió?

—En el parto. Su marido la dejó embarazada inmediatamente, y el parto fu muy difícil. Murió entre el dolor y el miedo, rodeada de extraños.

—La querías mucho, ¿verdad?

—Sí, la quería. Y, si pudiera, mataría al hombre que le causó la muerte.

—¿Su marido?

—Sí, él.

—Por desgracia, no es raro que las mujeres mueran durante el parto. Su marido no habría podido evitarlo.

—El parto fue la última parte de la tragedia. Ella murió un poco cada día que pasó con él.

Ambos se quedaron callados, y él notó su ira y

su dolor. Lo entendía. ¿Acaso no había sentido él aquellas mismas cosas? Salvo que las circunstancias eran distintas. Se preguntó si Bótey había muerto un poco cada día que él estaba ausente. Si él hubiera estado a su lado, si hubiera sido el marido que ella necesitaba, no habría ocurrido aquella desgracia. Y no estaba dispuesto a repetir el error.

—No tiene por qué ser así —dijo,

—Es verdad. Conozco gente que está felizmente casada.

En la mente de Finn se formó la siguiente pregunta, pero él no la formuló. Eso sería poner a Lara entre la espada y la pared. Además, él ya sabía cuál era la respuesta. Solo podía esperar que, con el tiempo, las cosas cambiaran.

—Me gustaría…

De repente, se oyó un grito en el campamento.

—¡Barco a la vista!

Inmediatamente, los hombres se pusieron en pie y corrieron hacia la orilla. A Finn se le aceleró el corazón. El velero estaba lejos, así que no podía distinguirlo, pero esperaba que fuera el que estaban esperando.

Lara miró a Alrik, que se había acercado a ellos.

—¿Es nuestro tío? —le preguntó.

—Eso espero.

Finn compartía aquel sentimiento. Cuando tuviera los refuerzos, podría poner en marcha la segunda parte de su plan. Sin ellos…

Se notaba la expectación en el ambiente; todos los hombres se esforzaban por distinguir el velero, que se aproximaba rápidamente. Y, por fin, Alrik sonrió.

—¡Es la Serpiente del Mar!

Hubo vítores, y Finn exhaló un suspiro de alivio, dándoles las gracias a los dioses. Parecía que, verdaderamente, estaban de su lado. La tripulación de la Serpiente del Mar dejó de remar, y la embarcación se deslizó hacia la orilla hasta que se detuvo.

—¿Ves al tío Njall?

Alrik hizo un gesto negativo.

—No; el que está en la proa es Guthrum.

—¿Guthrum? —preguntó Finn.

—Uno de nuestros primos —respondió Lara—. Es el tercer hijo de mi tío, y el que más se le parece de todos.

A Finn no le importaba el lugar que ocupaba su primo en la familia, ni su aspecto físico; lo único que le importaba era su llegada. Guthrum los saludó desde el barco.

—¡Ah del campamento!

—¡Bienvenidos! —respondió Alrik—. ¿Por qué habéis tardado tanto?

—Es una larga historia.

Guthrum saltó al agua y caminó hasta la orilla con sus hombres. Abrazó a Alrik afectuosamente y, después, tomó a Lara por la cintura y la elevó para darle un sonoro beso en la mejilla.

—¡Me alegro mucho de veros! Lara, estás aún más guapa de lo que recordaba.

Entonces, la dejó en el suelo y se volvió hacia Finn. Lara hizo las presentaciones.

Finn sonrió.

—Me alegro de verte, Guthrum. Tus hombres y tú sois bienvenidos.

Guthrum sonrió.

—Y yo me alegro de estar aquí, mi señor.

—Casi pensábamos que ya no ibais a venir —dijo Alrik.

—Recibimos el mensaje del tío Ottar hace tres días, cuando volvimos de Sogn —respondió Guthrum.

—¿Y qué estabais haciendo allí?

—Era un viaje de negocios.

—¿Y ha sido lucrativo? —preguntó Alrik.

Su primo sonrió.

—No ha estado mal. De todos modos, hasta que no volvimos no supimos lo que estaba ocurriendo. Entonces, cargamos provisiones en el barco y emprendimos viaje de nuevo.

—Bueno, más vale tarde que nunca. ¿Dónde está el tío Njall?

—Se cayó de la escalera y se rompió una pierna cuando estaba arreglando el tejado, el mes pasado. Tenías que haber oído cómo juraba.

—Me lo imagino —dijo Alrik.

—Creo que mi padre no va a poder moverse durante una temporada.

—Es una pena. Pero me alegro mucho de verte, Guthrum.

—Yo también —dijo Finn—. ¿Queréis tomar una copa de cerveza con nosotros? —le preguntó, refiriéndose también a sus hombres.

Guthrum asintió.

—Con gusto. Y así podréis contarnos los detalles de esta aventura.

Cuando se sirvió la cerveza y todo el mundo estuvo sentado alrededor de las hogueras, Finn explicó la situación. Los hombres escucharon con expresión grave.

—Steingrim tiene fama de ser un traidor —dijo Guthrum, cuando conoció la historia—. Será un placer darle su merecido al cerdo.

Sus hombres emitieron gruñidos de aprobación.

—Es lo que vamos a hacer —dijo Finn.

—¿Sabemos dónde está?

—Va a medio día de camino por delante de nosotros, o un poco más. Nos pasó por delante en medio de un banco de niebla, sin darse cuenta.

Guthrum sonrió.

—Excelente. Ahora tenemos el elemento sorpresa de nuestra parte.

—Pues sí.

—¿Y cuál es el plan, mi señor?

Lara estaba un poco apartada, escuchando tranquilamente mientras los hombres conversaban. Sentía un gran alivio por la llegada de su primo, y supuso que Finn y Alrik sentían lo mismo. No habían expresado su preocupación, pero ella la había visto reflejada en su semblante. Además, notaba la tensión de Finn. Aquello no era una simple incursión; era un asunto de vida o muerte. Steingrim no iba a abandonar su propósito; ellos debían enfrentarse a él y matarlo o, de lo contrario, tendrían que pasar el resto de su vida mirando hacia atrás, sin poder bajar la guardia. Y ese no era el futuro que ella deseaba.

Hasta aquel momento, no había pensado en el futuro. Su matrimonio había sido traumático, y ella no había podido librarse de la ira ni el resentimiento. Eso solo le había permitido vivir el día a día. Sin embargo, en aquel momento se puso a pensar en un tiempo en el que Steingrim ya no existiría, y Finn y ella se asentarían en la vida de casados. Aunque eso no le provocaba una gran alegría, la idea no era tan desagradable como antes. Sin que se diera cuenta, la tristeza y la ira se habían disipado, y ya no notaba su carga opresiva. Y tampoco tenía ganas de luchar contra lo que no podía cambiarse.

Por otra parte, Finn no era como el marido de Asa, eso estaba bien claro. «No tiene por qué ser así. Me gustaría…». ¿Qué? ¿Tener una casa bien dirigida? ¿Tener armonía doméstica? Lara suspiró. Aquello no parecía mala idea. Finn y ella no se querían, pero podían aprender a llevarse bien. Eso siempre sería mejor que tener peleas continuas.

Se preguntó cómo habría sido su primera mujer. ¿Habría sido muy bella? ¿Finn la amaba, o había sido un matrimonio de conveniencia? Seguramente, lo segundo. Si ella lo hubiera querido, no habría sido infiel. Él no era brutal, ni rudo, así que… ¿Tal vez no satisfacía a su primera mujer como amante?

Lara no tuvo que reflexionar mucho sobre aquello, al recordar su primer beso. Su experiencia era muy limitada, pero, si la mera idea de compartir el lecho con él le provocaba un arrebato de calor, ¿cómo sería la realidad?

Aquella pregunta llevó a otras consideraciones; por primera vez, reconoció que era inevitable tener que mantener relaciones físicas con Finn. Eran marido y mujer, y él quería tener hijos para que continuaran su linaje. El hecho de que no la hubiera obligado a cumplir con sus deberes conyugales era sorprendente, aunque él tuviera otros asuntos en la cabeza. «Cuando decidas ser una mujer de verdad, avísame». Lara se mordió el labio. Finn pensaba que ella no era una mujer de verdad, y no la encontraba deseable. Y, una vez que el resentimiento había desaparecido, Lara pensó en que Finn debía de haber tenido muchas candidatas entre las que elegir amantes. A ella no la había elegido. Ni siquiera le importaba que el matrimonio no se hubiera consumado. Hacía un par de días, la situación le parecía muy satisfactoria, pero en aquel momento, se sentía mortificada.

Guthrum se acercó a ella y la sacó de su ensimismamiento.

—Bueno, primita, me he enterado de que eres una mujer casada.

—Ah, sí. Es verdad.

—Por fin te has decidido, ¿eh? He oído decir que has sido muy dura de pelar.

—¿Tú crees?

—Conozco a algunos de los pretendientes a los que has rechazado, acuérdate.

—Ah.

—Bueno, ¿por qué no ibas a tomarte tu tiempo? Después de todo, una mujer tan bella tiene ese derecho —dijo Guthrum, y se sentó a su lado—. Además, has elegido muy bien.

No había tenido la posibilidad de elegir, pero no lo mencionó. No deseaba detallar lo sucedido. Guthrum podía seguir con sus ilusiones.

—Me alegro de que lo pienses.

—El *jarl* Finn tiene una buena reputación, al contrario que Steingrim. Eres una chica afortunada.

—Como tú digas, Guthrum.

—Me apuesto lo que quieras a que hay muchas otras que querrían estar en tu lugar.

—Seguro que ganarías la apuesta.

—¿Qué mujer no querría compartir su lecho con un hombre así?

Lara sonrió con ambigüedad. Era hora de cambiar de tema.

—Espero que Greta esté bien.

Su primo asintió.

—Sí, muy bien. Ahora está encinta de nuestro tercer hijo.

—¿De veras?

—El bebé nacerá dentro de un mes, más o menos.

—¡Vaya! Enhorabuena.

—Gracias.

—¿Cuánto tiempo lleváis casados?

—Cinco años —dijo él, y sonrió—. A este paso,

puedo decir que vamos a ser una familia numerosa. Supongo que tú no tardarás mucho en tener tus hijos, también.

Ella se ruborizó.

—Guthrum, yo solo llevo casada unos días.

Su primo se echó a reír.

—Se tarda mucho menos que eso en hacer un niño.

Ella se ruborizó aún más. Aquel hombre era incorregible.

—Bueno, acepto tu conocimiento superior.

—Bien hecho.

—Ahora, saca tu mente de esos asuntos, primo, y cuéntame más noticias de la familia —le dijo Lara.

Él soltó una carcajada pero, para su alivio, obedeció y comenzó a hablar de temas mucho menos embarazosos.

Finn estaba conversando con sus acompañantes, pero no podía dejar de mirar hacia el lugar en el que se había sentado Lara. Estaba absorta en sus pensamientos, y él habría dado cualquier cosa por conocerlos. ¿Aparecía él en ellos? Su actitud era cada vez menos arisca. En un par de ocasiones, había sido incluso amigable, pero él no quería hacerse demasiadas ilusiones. Guthrum fue a sentarse a su lado, y estuvieron hablando tranquilamente. Los dos primos parecían estar muy relajados. Aquella conversación, y sus risas, le recordaron el abismo que había entre su esposa y él. También le provocaron una emoción muy parecida a los celos. La combatió. No entendía por qué iba a sentir celos por algo tan trivial. Eran primos, por los dioses.

Sin embargo, también tuvo que ejercer el dominio sobre sí mismo al ver que otros seis o siete hombres se sentaban con ellos. Claramente, todos debían de ser conocidos de Lara, porque ella los saludó con una sonrisa, y la conversación se hizo muy animada. Sin duda, eran miembros de la casa de su tío. Algunos eran mayores, pero no todos; y, aunque eran muy respetuosos, a Finn no se le pasó por alto el hecho de que la miraran con admiración. Le agradó que su mujer le pareciera atractiva a otros hombres, pero hubiera preferido que mostraran su admiración a mayor distancia. Suspiró. Aquellos pensamientos no se le habían pasado por la cabeza en las últimas relaciones que había tenido con mujeres. Las cortejaba, se acostaba con ellas y se despedía. Desde Bótey no había vuelto a sentirse tan posesivo.

El hecho de descubrir su infidelidad había sido como una puñalada en el pecho. Él no había sospechado nada hasta que, al llegar a casa, se había encontrado con su ausencia. Después de interrogar a un sirviente asustado, descubrió los hechos. Aquella aventura debía de haber durado varios meses hasta que, finalmente, ella había decidido que quería compartir el futuro con su amante, y no con su marido. Él se había sentido celoso, y también furioso por aquella traición. Sin embargo, por mucho que se hubiera enfurecido, nunca le habría hecho daño a Bótey. Al perseguirla, su objetivo era obligarla a que volviera a casa, pero nunca herirla. Él pensaba que ella lo sabía, pero parecía que no lo conocía en absoluto. Él debería haber envainado la espada antes de acercarse a ella, pero nunca hubiera pensado que ella creería que iba a matarla.

—Vuestra esposa es muy bella y muy valiosa.

Finn volvió al presente.

—¿Qué decías sobre mi esposa?

—He dicho que es muy valiosa.

—Ah. Sí, sí, lo es.

—Ha sido una decisión muy astuta el traerla, mi señor.

—¿Tú crees?

—Claro. Los hombres luchan mejor si hay una mujer mirando.

—Ella no va a estar presente —respondió Finn—. Va a estar en un lugar mucho más seguro.

—No lo decía literalmente —dijo Unnr—. Es evidente que no la vais a poner en peligro. Pero, de todos modos, todos los hombres querrán luchar bien, porque ella va a ser la primera en oír la historia después.

—Quieres decir que querrán alardear de sus hazañas.

—¿Qué hombre no quiere impresionar a una mujer bella, sobre todo si es la esposa de su *jarl*? Su aprobación le da prestigio a uno.

—¿De verdad?

—Sí, mi señor, y más si su aprobación no es fácil de conseguir.

—A mí me parece que has heredado la vena romántica de tu hermano. O eso, o la cerveza es más fuerte de lo que parece.

Unnr alzó la barbilla.

—Podéis burlaros, mi señor, pero ya veréis como tengo razón.

Once

Al día siguiente, los hombres se despertaron muy pronto para preparar una misión de reconocimiento. Lara observó a Finn mientras él se armaba.

—Deja que vaya contigo.

—No. Te vas a quedar aquí con una pequeña guardia.

Ella reconoció su tono de voz, y no discutió más. Sin embargo, él oyó un suspiro contenido. La tomó de los hombros y la miró a los ojos.

—No sé cómo va a terminar esto, Lara. Quiero explorar y planear mi estrategia cuando sepa dónde está Steingrim, pero si nos topamos con él repentinamente, podría suceder cualquier cosa.

—Lo entiendo.

—Bien —dijo él, y le dio un beso en la frente—. Volveré en cuanto pueda.

Ella asintió. La idea de pasarse todo el día esperando con incertidumbre era angustiosa, pero quejarse no iba a servirle de nada, salvo para molestar a Finn, y ella no quería hacer eso. Aquella misión era importante para él y, si su papel era permanecer en la retaguardia, lo haría sin quejarse.

Así pues, observó en silencio los preparativos de Finn, sin perder un detalle. Era un hombre imponente. De hecho, casi intimidaba. La cota de malla ponía de relieve todas las líneas de su forma viril, y la daga y la espada aumentaban la impresión de fortaleza.

Su bello rostro estaba parcialmente oculto por las protecciones del casco. En suma, Finn se había convertido en un hombre de apariencia peligrosa. A Lara le pareció que tenía un aspecto magnífico y, en algún lugar profundo de su alma, se encendió una chispa de orgullo.

Al notar su escrutinio, él la miró de reojo.

—¿He olvidado algo?

Lara carraspeó suavemente.

—No, no. Estoy segura de que no. El traje de batalla te queda como una segunda piel.

—Me alegro de que te lo parezca.

Finn sonrió, y a ella se le encogió el corazón. Nunca se había sentido tan atraída por un hombre. Su compañía la excitaba y la inquietaba a la vez. Seguramente, a él le parecería muy divertido. «Contente, Lara. Has visto a otros hombres pertrechados para la batalla, por los dioses». Para distraerse de Finn, se fijó en la espada que él llevaba a la cintura.

—Es un arma muy bella. ¿Puedo verla?

—Si lo deseas… —Finn desenvainó la espada y se la ofreció—. Toma.

Ella agarró la empuñadura cuidadosamente, y

levantó la espada. Al instante, se dio cuenta de que era mucho más pesada que la suya. La empuñadura era de plata labrada y adornada con niel. Sin embargo, fue la hoja lo que más la maravilló. La forja había creado espléndidos visos ondulados en la superficie del acero, que brillaba de un color azul grisáceo a la luz del amanecer. Era mágica, como una espada salida de una saga, como la espada de Odín. Lara sabía que el filo podía cortar un cabello en dos.

—Es impresionante. La espada de un guerrero. ¿Tiene nombre?

—Asesina del Enemigo.

Ella sonrió.

—Muy apropiado.

—Eso creo yo.

—¿Hicieron la hoja especialmente para ti?

—Sí. Forma parte de una pareja que se encargó especialmente para mi hermano Leif y para mí. Les pusimos el nombre a la vez. Su espada es Perdición del Enemigo.

—También es muy apropiado —dijo ella, pasando el dedo por la parte central de la hoja—. El forjador era muy buen artesano.

—Uno de los mejores.

—Es obvio —respondió Lara, y le devolvió la espada—. Entiendo por qué lo elegiste para que las hiciera.

Finn envainó la espada.

—Me ha servido mucho y bien y, sin duda, volverá a hacerlo.

—Por muy buena que sea una espada, no puede ser mejor que el hombre que la maneja.

—¿Debo tomarme eso como un cumplido?

—Exactamente.

La palabra salió de sus labios antes de que pudiera darse cuenta. Fue entonces cuando Lara pensó en las implicaciones de aquello: sin saber cómo, su manera de pensar sobre él había vuelto a cambiar. Y, por su momentáneo silencio, Finn también debía de haberse dado cuenta. Bajo su intensa mirada, Lara se ruborizó.

—Voy a esforzarme para merecer tu alabanza —le dijo él—. Ahora debo irme, pero espero no ausentarme durante mucho tiempo, con suerte. Creo que encontraremos muy pronto a Steingrim. Cuando ciento ochenta hombres se están buscando los unos a los otros, es fácil que se encuentren.

Ella trató de sonreír y de ignorar el nudo de angustia que se le había formado en el estómago.

—Que tengas buen viaje, Finn.

Él le acarició la mejilla.

—Y tú, mantente a salvo, Lara.

Al ver alejarse los barcos, Lara se sintió extrañamente sola. Hacía muy poco tiempo, se habría puesto contenta al verlos marchar.

—No os preocupéis, mi señora, volverán.

Ella se dio la vuelta y miró a Torstein. Era uno de los seis guardias que se habían quedado con ella. Eran hombres mayores del contingente que había llegado con Guthrum.

Lara sonrió.

—Claro que volverán.

«Por todos los dioses, que sea cierto».

Aquella mañana, el tiempo pasó muy despacio. Los guardias no le prestaron demasiada atención, y se sentaron a hablar tranquilamente entre ellos. Lara aprovechó la ocasión para lavarse las manos y la cara, y para peinarse la larga melena. Tardó un buen rato, pero no quería hacer las cosas con prisa, porque sabía que la falta de ocupación la empujaría a pensar demasiado.

El campamento estaba muy solitario; echaba de menos la compañía de los hombres, sus bromas y sus risas. Echaba de menos a su hermano y a su primo, y echaba de menos la presencia dinámica y animada de Finn. Cuando él estaba cerca, el ambiente se cargaba de una energía invisible. En su ausencia, faltaban color y luz. El resultado era un desánimo del espíritu.

Al final, no pudo aguantar más la inacción. Si no encontraba algo que hacer, iba a volverse loca. Fue a hablar con Torstein.

—Si no te importa, voy a ir a recoger leña para el fuego de esta noche.

Él asintió.

—Claro, ¿por qué no?

—No me voy a alejar mucho.

—De todos modos, será mejor que Gorm y yo vayamos también, para echar una mano.

Gorm se levantó, y los tres se pusieron en mar-

148

cha. Aunque se alegraba de hacer algo, Lara no pudo dejar de hacerse preguntas. ¿Hasta dónde habría navegado el barco? ¿Qué estaría haciendo Finn? Tal vez estaba caminando por la cubierta, o remando, o tal vez estaba en la proa, escudriñando el horizonte para divisar a Steingrim. Teniendo en cuenta el número de islas que había por aquella costa, no iba a resultarle fácil. Había muchos posibles escondites en los que podía esperar un velero. Finn tenía ventaja en aquellos momentos, pero eso podía cambiar en un instante, y ella no quería pensar en las consecuencias. Suspiró y se agachó a recoger un tronco.

Entre los árboles, se oyó el chasquido de una rama. Lara se giró rápidamente y recorrió el bosque con la mirada. Sus acompañantes hicieron lo mismo.

—¿Qué ha sido eso? ¿Un oso, tal vez? —preguntó.

—No lo sé, mi señora.

Torstein se quedó inmóvil, escuchando atentamente. No se movió nada. Lara siguió mirando a su alrededor; la idea de que hubiera un oso tan cerca era inquietante.

—No oigo nada —susurró.

Incluso el canto de los pájaros se había acallado, pero el silencio no era tranquilo. Y ella no era la única que se sentía inquieta, porque Torstein dejó su brazada de leña, lentamente, en el suelo, y desenvainó la espada.

—Será mejor que volváis al campamento, mi señora, mientras nosotros...

Se quedó callado al ver a media docena de hombres que salían del bosque, todos ellos protegidos con cota de malla y armados con espadas. Con solo una mirada, supieron que no eran amigos. Gorm también desenvainó la espada. Entonces, Torstein volvió a hablar, en un tono de urgencia, en voz baja.

—Marchaos, señora. Ahora mismo.

Lara soltó la leña y echó a correr. Tras ella, oyó chocar el acero de las espadas. Se le quedó seca la garganta al pensar que Torstein y Gorm no iban a tener ninguna oportunidad contra seis hombres. Tenía que avisar a los demás. Sin embargo, no había podido recorrer más de cincuenta metros cuando aparecieron más hombres armados y la rodearon como una manada de lobos con dientes de metal.

Cuando el sol se elevó por encima de las colinas, Finn se sintió completamente frustrado. Aunque habían logrado una buena velocidad, no habían encontrado ni rastro de Steingrim. El mercenario no les llevaba tanta ventaja como para que no hubieran visto sus barcos aún, y eso era un motivo de inquietud para él. No podía subestimar a un enemigo como Steingrim, y menos si no lo tenía a la vista.

Finn miró hacia el horizonte.

—¿Dónde está, en nombre de Frigg?

—Tal vez, escondido entre las islas —dijo Unnr.

—¿El cazador, escondido? —preguntó Vigdis—. Eso no tiene sentido. Lo que quiere Steingrim es luchar y matar.

—A menos que nos esté esperando en algún sitio.

—Si hubiera estado esperando, ya nos habríamos acercado lo suficiente como para que nos hubiera atacado. Eso no cuadra. Ya deberíamos haberlo encontrado.

—Tal vez él haya pensado lo mismo, mi señor —dijo Vigdis—. Tal vez ya se haya dado cuenta de que nos pasó de largo. Y, si se ha dado cuenta, puede que haya vuelto sobre sus pasos…

Finn ya había tenido aquella sospecha. Al oír las palabras en boca de uno de sus hombres, tomaron más significado.

—Si hubiera dado la vuelta, lo habríamos visto —dijo Unnr.

—No necesariamente —dijo Finn—. Steingrim es muy astuto. No se arriesgaría a toparse con nosotros en el mar sin conocer antes nuestra fuerza. Puede que haya navegado a escondidas.

Vigdis asintió.

—Sí, tal vez, por la noche, sin que nosotros lo viéramos, buscando el resplandor de las hogueras de nuestro campamento. Y, cuando lo halló, solo tuvo que esperar, escondido, y planear su siguiente acción.

Finn frunció el ceño. Sabía que aquello era perfectamente posible, y la implicación le causó angustia.

—Dad la vuelta. Vamos a volver al campamento.

Todo terminó muy rápidamente, pese a su furiosa resistencia. Lara fue reducida en menos de un minuto, y uno de los guerreros se la echó al hombro como si fuera un saco de provisiones. Haciendo caso omiso de su forcejeo y sus juramentos, se la llevó al campamento. Una vez allí, la dejó en el suelo, aunque sin soltarle el brazo. Ella, sin aliento, miró a su alrededor. Al ver dos *drakkars* junto a la orilla, se dio cuenta de que sus enemigos habían dado la vuelta y se habían apropiado del lugar. Los cuatro guardias que habían permanecido allí estaban muertos, y no había ni rastro de Torstein y de Gorm.

Su captor la empujó y la dejó ante un guerrero equipado con cota de malla, que estaba sentado en una roca. Era un hombre mayor, de unos cuarenta años, con un rostro curtido, duro y anguloso como un hacha. Tenía el pelo y la barba negros, con mechones canosos. Llevaba la barba trenzada, con una cinta de color rojo entrelazada con el pelo. Su casco descansaba junto a él, en la roca, y su espada, sobre sus rodillas.

Los guerreros quedaron en silencio y fijaron su atención en ella. Lara se puso muy tensa. El corazón se le aceleró angustiosamente al darse cuenta de quién era aquel hombre. Él la observó en silencio y, bajo el escrutinio de aquellos ojos negros y feroces, a ella se le puso el vello de punta. Entonces, él inclinó la cabeza para saludar.

—Bien hallada, Lara Ottarsdotter.

Ella lo miró a los ojos. Pasara lo que pasara, debía disimular el miedo que sentía.

—Estáis bien informado, *jarl* Steingrim.

—Uno oye cosas —dijo él—. Algunas veces, cosas interesantes.

—¿De veras?

—Normalmente, no me interesan demasiado las alianzas matrimoniales, pero cuando concierne a un antiguo conocido mío, siento curiosidad.

Ella permaneció en silencio, con la esperanza de que su expresión no delatara la angustia que sentía. ¿Cómo se había enterado? «No importa», se dijo. «Lo sabe, y eso es todo».

—Tenía ganas de ver a la nueva esposa de Finn Egilsson —continuó Steingrim. La desnudó con la mirada, y se encogió de hombros—. Bueno, cada uno con sus gustos.

Se oyeron las risas de sus hombres, pero Lara guardó silencio. No iba a morder el anzuelo. Si Steingrim quería insultarla, no le importaba lo que pensara. No le importaba lo que pensara ninguno de ellos.

—Por supuesto, puede ser que su primera preocupación no fuera tu belleza. Lo más seguro es que le importaran más los soldados —dijo él, e hizo una pausa—. ¿Cuántos hombres, me pregunto?

A ella se le encogió el corazón al darse cuenta adónde quería llegar. Pasara lo que pasara, ella no iba a darle la información que él buscaba. Sabía que tendría que decirle algo que resultara verosímil, pero no la verdad.

—Suficientes —respondió.

Steingrim se levantó de su asiento y elevó despreocupadamente la espada. Colocó la punta a un par de centímetros del cuello de Lara.

—¿Cuántos?

Ella sabía que no estaba fanfarroneando. Si lo desafiaba abiertamente, la haría pedazos.

—Veinte hombres propios y…

—¿Y?

Lara tragó saliva.

—Y la tripulación de mi hermano. Él… tiene cincuenta hombres.

—¿Y quién más?

—Nadie más.

La punta de la espada se apoyó contra su piel.

—Te lo preguntaré otra vez. ¿Quién más?

«¿Sabe que Guthrum también forma parte de la expedición, o solo lo sospecha? Por los dioses, que sea lo segundo…».

—Ya os lo he dicho, nadie más.

—No te creo.

Steingrim apretó la espada contra su cuello, e hizo brotar unas cuantas gotas de sangre. A ella se le encogió el estómago, pero se obligó a seguir mirándolo fijamente.

—Como queráis. Matándome no vais a cambiar la realidad. Y, de todos modos, cincuenta hombres son más que suficientes para mataros a vos y a toda vuestra tripulación.

A él le relucieron los ojos y, por un momento, Lara pensó que estaba muerta. Sin embargo, la ira de Steingrim fue reemplazada por la admiración, y el mercenario apartó un poco la espada.

—Cincuenta no pueden vencer a ochenta, Lara Ottarsdotter.

—Sí, lo harán, y mi marido os matará a vos, *jarl* Steingrim.

—Tu fe en él es conmovedora, pero la realidad va a ser muy distinta. Yo lo mataré, y venderé a su esposa como esclava.

Aquella idea era espantosa, pero ella disimuló su horror.

—Antes de conseguir la piel del oso, tenéis que cazarlo.

—No, no me va a hacer falta darle caza —dijo él, y bajó la espada—. Ahora vendrá a buscarme, sobre todo cuando sepa que su honor ha sido pisoteado y arrastrado por el barro.

—Su honor está por encima de lo que vos podáis hacer.

—Eso ya lo veremos. Me da la impresión de que no se va a poner muy contento cuando sepa que todos mis hombres han estado con su mujer, por turnos.

Lara palideció. Steingrim tenía razón. Aquel sería un insulto mortal, y ningún hombre descansaría hasta haberse vengado de los perpetradores. Sin embargo, primero tenían que cometer aquella atrocidad. Seguramente, ella no sobreviviría a la terrible experiencia, pero sí sobreviviría lo suficiente como para darle una satisfacción a Steingrim, y para que él pudiera provocar a su contrincante con los detalles mucho después.

Steingrim la miró de una forma especulativa, como si estuviera esperando su reacción. ¿Acaso esperaba que gritara, o que suplicara? Ella notó la tensión y el ansia de los hombres que la rodeaban, y supo que cualquier señal de temor suya los empujaría a atacar como una manada de lobos. Si tenía que morir, ella elegiría la forma, y sería mucho más rápida de lo que ellos esperaban.

—Qué poco original —respondió—. Además, ni siquiera es entretenido.

—A mí me parece que nos va a dar mucho entretenimiento —replicó él.

Se oyeron murmullos de aprobación.

—Dadme una espada, y lo haré mucho más interesante, os lo prometo.

Se oyeron algunas carcajadas. Incluso Steingrim sonrió.

—Tal vez tengamos a una valquiria entre nosotros. Una valquiria muy pequeña.

Las carcajadas se convirtieron en risotadas enloquecidas, pero Lara se mantuvo firme.

—¿Acaso os asusta? —preguntó ella. Miró con frialdad a los hombres, y se volvió hacia Steingrim de nuevo—. Tiene que haber alguien, entre todos estos imbéciles, con agallas suficientes como para enfrentarse a una mujer en combate.

Al oír el insulto, las risas se acallaron. Steingrim frunció los labios.

—Imbéciles, ¿eh? ¿Qué decís vosotros, chicos? Alguien habló.

—Yo digo que ya es hora de darle una lección a esa zorra.

—Si piensas que eres lo suficientemente hombre —dijo ella.

Steingrim enarcó una ceja.

—¿Eres hombre suficiente como para luchar con la valquiria, Kal?

—Sí, y para vencerla rápidamente.

—Muy bien —dijo Steingrim—. Dadle una espada.

Lara sintió un breve arrebato de euforia. Su estratagema había funcionado. Un segundo después, alguien le tiró la espada a los pies. Ella la tomó sin vacilación, agarrándola firmemente por la empuñadura.

Steingrim miró a sus hombres.

—Apartaos. Dejadles sitio.

Ellos obedecieron y formaron un amplio círculo alrededor de los dos combatientes.

Kal miró a sus compañeros y sonrió.

—No voy a tardar.

Los demás respondieron con bromas obscenas y risotadas; claramente, no ponían en duda lo que había dicho Kal. Lara no sintió miedo, sino poder. Al permitir aquel combate, Steingrim le había devuelto el control sobre su destino. Kal tenía razón: aquello no iba a durar mucho, y no era necesario que durara.

Alzó la espada y adoptó la postura de lucha que le había enseñado Finn. El recuerdo le produjo una punzada de tristeza, porque ya no volvería a verlo. Sin embargo, se lo apartó de la mente. Ya era demasiado tarde para eso. Lo mejor que podía esperar era una muerte digna. Así, él podría recordarla con orgullo, al menos.

Kal levantó la espada.

—¿Lista, valquiria?

—Lista, imbécil.

La sonrisa de su contrincante desapareció, y se convirtió en una expresión mucho más fea. Lara respiró profundamente mientras él comenzaba a avanzar.

Doce

Finn y sus hombres se movían sigilosamente entre los árboles, hacia el campamento. Estaban a unos doscientos metros de la playa cuando encontraron los cadáveres de Torstein y Gorm. Ambos tenían media docena de heridas, todas ellas mortales. Era un mensaje horrible, y los hombres se miraron entre sí. Nadie mencionó a los otros cuatro compañeros que se habían quedado en la playa, y nadie mencionó tampoco a Lara, pero su silencio fue de lo más elocuente.

Finn apretó la mandíbula.

—Moveos con sigilo, y no bajéis la guardia. Habrá vigías.

Sin embargo, a medida que avanzaban, nadie dio la voz de alarma ni se enfrentó a ellos. Temieron que fuera una trampa, y miraron recelosamente a su alrededor, pero el único sonido que se oía provenía del mismo campamento. Parecían carcajadas y vítores. Cuando llegaron al borde de los matorrales del bosque, se quedaron mirando con asombro a los hombres de Steingrim, que habían formado un círculo en la playa.

—¿Qué están haciendo? —murmuró Vigdis.

Unnr negó con la cabeza.

—No lo sé. A mí me parece que es una especie de competición.

Nadie se atrevió a preguntar nada sobre la naturaleza que pudiera tener aquella competición. El sonido de las carcajadas y las burlas hablaba por sí solo, y a Finn se le formó un nudo en el estómago.

—Vamos a acercarnos. Los arqueros, delante. Esperad mi señal para disparar.

Al oír otro estallido de risas en la playa, su angustia aumentó. Steingrim tenía fama de ser cruel y brutal, y la idea de que Lara hubiera podido caer en sus manos lo llenaba de terror. ¿Había llegado demasiado tarde? ¿La había perdido?

Ni siquiera en sus más descabelladas imaginaciones hubiera previsto la realidad que observaron al acercarse. Sus hombres se detuvieron en seco.

—Por los dientes de Thor —musitó Unnr.

—¿Cómo pueden haber caído tan bajo como para luchar contra una mujer? ¡Cobardes! —exclamó Vigdis.

A Finn se le cayó el alma a los pies. Al segundo, el miedo se convirtió en ira, y su instinto de guerrero tomó el dominio de la situación.

Alzó la espada y les dio la señal a los arqueros. Una docena de flechas voló desde el bosque hasta las espaldas de los hombres. Con un grupo tan apretado, era imposible fallar. Cuando las víctimas ca-

160

yeron al suelo, los que estaban a su alrededor miraron hacia abajo. Antes de que tuvieran tiempo de gritar, otra lluvia de flechas cayó sobre ellos. Entonces, cundió la alarma, y los hombres de Steingrim se lanzaron por sus espadas. En el aire se oyó el grito de guerra de un centenar de gargantas. Finn y sus compañeros se abalanzaron sobre el enemigo.

Al oír aquel estrépito, Lara alzó la vista. Kal aprovechó aquella distracción y la hoja de su espada golpeó brutalmente la guarnición de la de Lara. Con un grito de dolor, ella dejó caer el arma y se sujetó la mano entumecida. Él sonrió y la amenazó con la punta de la espada.

—Has perdido, zorra. Ha llegado el momento de pagar.

Lara comenzó a retroceder, mirando frenéticamente a su alrededor, pero solo pudo ver un caos de hombres luchando entre sí. Al darse cuenta de que se encontraba atrapada entre la batalla y el agua, se horrorizó. Dio un paso atrás, y otro, hasta que su talón dio con una roca y perdió el equilibrio. Kal la agarró del brazo y se lo retorció, y la tiró al suelo. Después, se arrojó sobre ella y la sujetó con el peso de su cuerpo. Lara luchó con furia y desesperación, y él sonrió de satisfacción, aunque la sonrisa no le llegó a los ojos.

—Resiste todo lo que quieras. El resultado no va a cambiar, zorra.

Ella le escupió.

—Antes tendrás que matarme, imbécil.

—No voy a matarte; al menos, por ahora.

Finn mató a sus tres primeros oponentes sin esfuerzo, impelido por unas emociones que no sabía que poseyera. Entonces, se detuvo brevemente, buscando a Lara desesperadamente. No la veía, y eso le causaba terror. Entonces, por encima del fragor de la lucha, oyó un grito de mujer, y se lanzó en aquella dirección. Abatió a otros dos enemigos de camino y, por fin, la vio. Al asimilar la escena que discurría ante él, su miedo se transformó en furia.

Lara luchó con más fuerza y consiguió liberarse una de las manos. Arañó a su atacante en la mejilla, dejándole tres heridas rojas. Él soltó una imprecación y la abofeteó con fuerza. La boca se le llenó con el sabor metálico de la sangre. Dos segundos más tarde, Kal le había agarrado las manos por encima de la cabeza, y comenzó a subirle la falda por los muslos. Ella gritó, forcejeó con desesperación. Aquello no podía estar sucediendo.

De repente, una sombra oscura se cernió sobre ellos. Lara jadeó. Su asaltante dio un grito y se quedó rígido sobre ella. Después, jadeó como si se estuviera ahogando, y le soltó las muñecas. Al instante, una fuerza implacable se lo quitó de encima, y Lara se vio bajo una espada llena de sangre. Su mirada de espanto se clavó en el guerrero que la sostenía, cuya silueta estaba recortada contra el cielo. Entre sollozos, ella trató de alejarse, arrastrándose, pero él la agarró del brazo. Ella lo pateó.

—¡Suéltame! ¡No me toques!

—¡Lara! ¡Lara! No pasa nada, no tengas miedo.

Al oír su voz, ella se quedó anonadada.

—¿Finn?

Él la levantó del suelo y, con un inmenso alivio, ella se arrojó a sus brazos, pese a que la cota de malla se le clavaba en la carne. Finn la abrazó, y permanecieron así durante unos instantes. Entonces, él la miró.

—¿Estás bien?

Lara asintió. No podía hablar, y no podía creer que hubiera conseguido escapar. Finn había vuelto, y la había salvado. Poco a poco, empezó a tomar conciencia de lo que ocurría a su alrededor: las espadas seguían entrechocando, y los hombres gritaban y corrían.

Los guerreros de Steingrim, en inferioridad de condiciones, se habían dado cuenta de que su única oportunidad de sobrevivir era llegar a los botes y huir. Los que estaban más cerca de la orilla estaban consiguiéndolo, mientras sus compañeros luchaban en retaguardia contra los hombres de Finn. En cuanto llegaban al agua, los mercenarios se daban la vuelta y vadeaban hacia los barcos. Muchos de los fugitivos fueron alcanzados y asesinados. Algunos pudieron llegar a los barcos, y sus compañeros los subieron a cubierta. Después, los barcos emprendieron la marcha rápidamente.

—¡Al barco! —gritó Guthrum—. ¡Vamos a seguirlos!

Sus hombres echaron a correr, entre los árboles, hacia el lugar donde habían atracado.

Alrik le gritó a Finn:

—¡Tenemos que terminar esto, mi señor!

Finn asintió.

—¡Marchad! ¡Yo voy también!

Alrik echó a correr junto a sus hombres. Finn miró a Lara.

—Tu hermano tiene razón. Tengo que terminar esto ahora que mi enemigo está debilitado.

Lara tenía los ojos llenos de lágrimas, pero pestañeó para que no se le derramaran. Las lágrimas eran un signo de debilidad, y no era eso lo que Finn necesitaba en aquel momento. Ella estaba a salvo; Kal había muerto. No había ocurrido nada.

—Lo sé —dijo, esbozando una sonrisa—. Haz lo que tengas que hacer, Finn.

Él la miró con admiración y sorpresa. Le apretó el brazo suavemente.

—Volveré muy pronto.

Finn se dio la vuelta, llamó a sus hombres, y todos echaron a correr entre los árboles. Cinco minutos después, sus barcos estaban persiguiendo a los de Steingrim. Lara se estremeció al verlos marchar. La playa estaba llena de cadáveres, y había algunos cuerpos flotando cerca de la orilla. El agua estaba teñida de rojo. El hedor de la muerte había invadido el aire.

«Esta es la realidad de la batalla. Esto es lo que

envidiabas de los hombres». Exhaló un suspiro entrecortado al darse cuenta de que la imaginación nunca se había acercado a la verdad. Y, peor aún, la batalla no había terminado todavía; Finn estaba en lo cierto al decir que debía acabar una vez por todas. Así pues, mientras él hacía su parte, ella cumpliría con la suya, atendería a los heridos.

Por suerte, las bajas entre los aliados eran pocas. Solo había ocho heridos, pero no de gravedad. Lara se puso a ayudarlos lo mejor que pudo, rasgando camisas para vendar las heridas. Los hombres se sometieron a sus cuidados sin quejarse, y le dieron las gracias con una sonrisa. Todos se llevaron una pequeña alegría al descubrir que Folkvar estaba con vida. Él era uno de los seis guardias que habían permanecido en la isla para protegerla, y había sufrido el ataque de Steingrim. Aunque era más afortunado que sus compañeros, tenía cortes profundos en el hombro, las costillas y la pierna, y había perdido mucha sangre. Lara no iba a tener los instrumentos necesarios para coserle las heridas hasta que volvieran los barcos, así que improvisó.

—Cuando vuelvan los demás, te coseré las heridas —le dijo—. Mientras, quédate quieto y descansa.

Él sonrió débilmente.

—Lo haré, mi señora —dijo, y la miró a los ojos—. He oído cómo os habéis enfrentado a Steingrim y a sus hombres. Ha sido lo más valiente que he visto en toda mi vida. Quería ayudar, pero…

—No pasa nada. No intentes hablar ahora, Folkvar. Conserva la energía para recuperarte.

Él cerró los ojos. Lara lo miró ansiosamente, pensando en que daría cualquier cosa por tener aguja, hilo y un cuenco de bálsamo de miel.

—No os preocupéis, mi señora. Sobrevivirá.

Ella alzó la vista y vio a Ketill, que se les había acercado. Tenía un vendaje ensangrentado en el muslo, y cojeaba.

—Folkvar es mi primo —continuó—. Y en esa parte de la familia se crían muy fuertes.

—Me parece que esa fortaleza no es solo de una parte de tu familia, Ketill.

Él se ruborizó, y sonrió tímidamente.

—Me voy a quedar con él un rato, mi señora, mientras vuelven los demás.

Lara asintió, con la esperanza de que su expresión no delatara la ansiedad que sentía. «Por los dioses, que vuelvan todos. Que vuelva Finn», pensó. De repente, no había nada en el mundo tan importante como eso.

Ya era media tarde cuando volvieron los barcos. En cuanto fueron divisados en el horizonte, Lara se puso en pie de un salto, y siguió su navegación con la mirada. Ketill y los demás heridos que podían caminar se reunieron con ella mientras los *drakkars* se deslizaban hasta la orilla. Lara exhaló un suspiro de alivio al ver a Alrik y a Guthrum. Después, buscó a Finn con la mirada, estirando el cuello para ver mejor. «Tiene que estar ahí. Tiene que estar». Sin embargo, no consiguió verlo, y comenzó a temer lo peor.

Entonces, se oyó la voz de Ketill.

—¿Dónde está el *jarl* Finn?

Unnr respondió:

—Está aquí, con los demás heridos.

Lara palideció. El estómago se le encogió de la angustia.

—¿Está grave?

—Tiene una herida en la pierna —dijo Unnr—. Se la hemos vendado lo mejor posible, pero ha perdido mucha sangre.

—Quiero verlo. Por favor, que alguien me ayude a subir.

Cuando subió a la cubierta, vio a Finn apoyado contra las tracas de la popa. Estaba consciente, pero muy pálido. Tenía vendado el muslo izquierdo. Ella tragó saliva. «Está vivo». Con alivio, con angustia, esbozó una sonrisa trémula.

—¿Finn?

Cuando se arrodilló a su lado, él se percató de su presencia, y sus ojos grises se iluminaron un poco. Por un momento, se miraron en silencio. A ella se le borró la sonrisa de los labios al ver la sangre reseca que él tenía en los brazos y el pecho. Finn interpretó correctamente su expresión, y sonrió débilmente.

—No te preocupes. No es mía.

—Me alegro de saberlo. Me parece que no puedes permitirte el lujo de perder más —dijo Lara, y miró su pierna herida—. Habrá que lavar y coser eso.

—Cada cosa a su tiempo. Primero enterraremos

a nuestros muertos y recogeremos a los heridos. Después, montaremos el campamento en otro lugar. Este tiene muchas connotaciones negativas.

Lo que había dicho Finn era lógico, y ella no quería discutir, pero, al mismo tiempo, quería curarle la herida cuanto antes. Él se dio cuenta de lo que estaba pensando.

—Sobreviviré un poco más.

—Por favor, no me tomes el pelo, Finn. Ahora no. Estas últimas horas han sido las más largas de mi vida.

Él la tomó de la mano.

—¿Me estás diciendo que estabas muy preocupado?

—Por supuesto que sí. Yo… no sabía si iba a volver a verte.

La mirada de Finn se hizo más cálida.

—Si pensabas eso, estabas equivocada, querida —le dijo, y le besó la mano—. Discúlpame por un saludo tan tibio, pero es lo máximo que puedo hacer en este momento. Además, el corte que tienes en el labio parece doloroso.

—No es nada.

—Para mí, sí.

Él le retuvo la mano, y ella no hizo nada por soltarse, porque necesitaba el consuelo del contacto físico.

—Cuéntame lo que ha ocurrido.

—Alcanzamos a Steingrim y matamos a muchos de sus hombres, aunque ellos también asestaron unos cuantos golpes —dijo Finn, y se miró la pierna—. Esto fue un regalo de despedida de uno de ellos. Me lo hizo por la espalda, mientras yo estaba ocupado con uno de sus compañeros. Steingrim también resultó herido, pero en el caos de la lucha, algunos de sus hombres y él consiguieron escapar.

—Oh… —murmuró Lara. Aquello no era lo que quería oír, pero le satisfizo que el enemigo no hubiera escapado indemne—. Espero que ya no sea una amenaza.

—Su ejército ha sido diezmado, eso es seguro.

—¿Vosotros habéis perdido muchos hombres?

—Quince, en total. Una pequeña parte de las pérdidas que ha sufrido Steingrim.

—Lo siento.

—Yo también, pero podría haber sido mucho peor.

Era lo suficientemente malo. Lara no quería plantearse hasta qué punto podría haber sido peor, ni lo que estaría sintiendo en aquel momento si eso hubiera sucedido.

No terminaron de montar el nuevo campamento hasta la puesta de sol. Solo entonces, Lara pudo empezar a ocuparse de la herida de Finn. Era un corte profundo, pero limpio. Finn no emitió ni un solo sonido mientras ella le cosía la herida, pero su palidez preocupaba mucho a Lara. Además, él estaba muy frío. Ojalá tuviera a mano las hierbas y los bálsamos que atesoraba en su casa, porque podría haberle ofrecido un poco de alivio para el dolor. Cuando llegaran a Ravndal, averiguaría lo que podía hacer al respecto.

Mientras, tendrían que conformarse con unos cuantos tragos de aguamiel. Cuando la herida estuvo vendada de nuevo, ella le desabrochó el cinturón de la espada y les pidió ayuda a un par de hombres para quitarle la cota de malla y meterlo en el saco de dormir, junto al fuego.

Dejando a Finn lo más confortable posible, se apresuró a curar las heridas de Folkvar. Él les quitó importancia, pero su palidez hablaba por sí sola. Sin embargo, él consiguió esbozar una débil sonrisa para darle las gracias cuando ella terminó de atarle los vendajes. De nuevo, Lara echó de menos sus medicinas.

Después, preguntó si alguien más necesitaba ayuda, pero parecía que la mayoría de las otras heridas eran leves. Casi esperaba que los hombres respondieran a su ofrecimiento con una sonrisa burlona, o con algún comentario desdeñoso, puesto que los guerreros, por orgullo, trataban de restarle importancia a las heridas, salvo a las más graves. Sin embargo, Lara se sorprendió, porque no hubo ni la más mínima burla y, aunque declinaron su ayuda, lo hicieron de un modo muy cortés. Supuso que debían de estar demasiado cansados como para mantener una conversación o hacer bromas.

Lara recogió sus cosas y se preparó para volver junto a Finn. Ella también se sentía muy fatigada. Estaba de camino hacia el fuego cuando se topó con su hermano. Como el resto de los hombres, estaba sucio y desarreglado pero, por suerte, completamente ileso.

—¿Vamos a llegar pronto a Ravndal? —preguntó—. Necesitamos medicinas y vendas limpias. No quisiera que se les complicaran las heridas y sucumbieran a las fiebres.

Él asintió.

—Deberíamos estar allí mañana por la tarde.

—Me alegro.

Él miró a los hombres, que estaban hablando en voz baja entre ellos.

—El enemigo se ha llevado la peor parte, y me alegro de poder decirlo.

—Pero Steingrim ha escapado.

—Sí, por desgracia. Ese hombre es resbaladizo como una víbora engrasada. De todos modos, ha tenido que guardar las garras, así que no creo que cause problemas en una buena temporada.

—Espero que tengas razón.

—Yo estoy seguro —respondió Alrik—. ¿Cómo está el *jarl* Finn?

—En este momento, mal. Tengo que llevarlo a la civilización para poder curarlo como es debido.

Aquellas palabras provocaron un gran interés en su hermano.

—Vaya, veo que te has convertido en una esposa devota. ¿No será que le estás tomando cariño, Lara?

La respuesta fue concisa.

Él sonrió.

—Vaya, vaya, ¿quién lo habría pensado?

Lara se ruborizó.

—Si lo único que sabes hacer es burlarte, te dejo.

Alrik se echó a reír suavemente. Con toda la dignidad que pudo, Lara se dirigió hacia la hoguera junto a la que descansaba Finn. Realmente, su hermano podía llegar a ser agotador algunas veces. Siempre sabía cómo fastidiarla. Ya debería saber que era mejor no morder el anzuelo.

Lara sacó la manta del baúl de Finn y se la puso por los hombros. Después se sentó a su lado y lo miró. Finn estaba muy pálido, pero en aquel momento estaba durmiendo tranquilamente. Por un momento, siguió observándolo, con el corazón lleno de emociones contradictorias. Él había luchado por ella aquel día. Había matado a Kal y la había salvado de una violación. El deber de un esposo era proteger a su esposa, y ningún hombre decente permitiría que otro cometiera aquel delito, pero, ¿Finn la había rescatado solo por un instinto de posesión? De repente, ella quería pensar que no había sido así.

Tal vez Finn no la quisiera, pero su comportamiento de aquel día sugería algo distinto. Y, por el miedo que había sentido aquel día al pensar en que podía haberlo perdido, Lara debía reconocer algo que había estado tratando de ignorar: «No sientes indiferencia por él. Nunca la has sentido».

Alrik tenía razón.

Aquella admisión era muy perturbadora. No tenía ni la más mínima idea de qué hacer al respecto. Ojalá hubiera podido hablar con Asa; aunque su hermana tampoco supiera qué hacer, habría sido todo un consuelo poder confiar en ella. Por mucho que ella adorara a Alrik, no podía hablar con él de aquel asunto.

«Estás sola», se dijo. Miró de nuevo a Finn. «Bueno, no sola exactamente, pero no es lo mismo».

Si él adivinaba lo que ella estaba pensando, se echaría a reir, y la compadecería. La idea le resultaba insoportable. Finn era la última persona a la que podía contárselo. Y, de todos modos, en aquel momento tenían que ocuparse de asuntos mucho más importantes.

Finn se sumió en un sueño intranquilo, y estuvo despertándose intermitentemente porque el más mínimo movimiento le causaba un tremendo dolor. Tenía frío, pese a que estaba dentro del saco de piel de foca y junto al fuego. Una o dos veces miró a Lara. Ella estaba descansando, y parecía en calma. Lo único que quedaba de aquel día era el corte que tenía en el labio y, al verlo de nuevo, Finn sintió un arrebato de ira. Solo había disfrutado matando dos veces en su vida, y una había sido aquel día. La muerte era lo que merecía aquella bestia, pero había tenido suerte, porque había muerto de una forma muy rápida. Finn imaginó una docena de muertes más lentas y dolorosas, que habrían sido un castigo adecuado para aquel crimen. Y mucho más satisfactorias para él, también. Por mucho que viviera, nunca podría olvidar la visión de Lara en garras de aquel depredador; su vulnerabilidad había despertado en él todo su instinto protector y, al mismo tiempo, una gran admiración por su valor. No sabía qué locura la había empujado a enfrentarse a uno de los matones de Steingrim, pero no podía negar que había sido un acto muy valeroso. Hasta aquel momento, él no sabía que pudieran sentirse terror y orgullo a la vez. A partir de aquel día, cumpliría mucho mejor con su responsabilidad de cuidar de Lara.

Hizo un gesto de resignación, puesto que, en aquel momento, era incapaz de cuidar de nadie, sino más bien todo lo contrario. Tenía la sensación de que las cosas se le habían escapado de las manos, pero no tenía la capacidad de remediarlo.

Trece

A pesar de su preocupación por Finn y de su anhelo por llegar cuanto antes a su destino, Lara disfrutó de la navegación al día siguiente. Hacía una buena mañana y soplaba un viento suave que encrespaba suavemente la superficie del mar verdoso. Olía a salitre y a madera. Se alegraba de haberse alejado del peligro y del hedor de la muerte. Además, ya no se angustiaba al pensar en Ravndal. Por el contrario, quería llegar al poblado para poder disfrutar de la paz y la tranquilidad de una vida más ordenada.

Miró a Finn y lo arropó con la piel de foca. Él se había quedado dormido de nuevo, y todavía estaba muy pálido, pero su piel ya no estaba tan fría. Además, cuando le había examinado la herida, aquella mañana, no había encontrado sangre nueva. Con cuidados y descanso, se repondría. Y, durante aquel periodo de tiempo, ella tendría la ocasión de conocerlo mejor, cosa que cada vez deseaba más. La familiaridad con él no le había provocado desdén, y ya no deseaba que se ausentara del poblado. Sin embargo, ¿y si él no quería llevar una vida doméstica? ¿Y si quería seguir navegando y luchando, y haciendo largas expediciones comerciales, como antes? ¿Por qué no iba a volver a su antiguo modo de vida? Finn se había casado con ella porque era lo que tenía que hacer y, aunque la había tratado bien, eso no significaba que fuera a quedarse junto a ella. Él nunca había fingido que la quisiera, y ella no tenía ningún poder para retenerlo. Ni siquiera su antigua esposa, a la que él amaba, había conseguido eso.

Había muchas preguntas que quería hacerle, sobre el pasado y sobre el futuro, pero tendría que esperar. Lo que importaba en aquel momento era que Finn se recuperara por completo.

Tal y como había predicho Alrik, llegaron a Ravndal aquella tarde. La entrada de tres barcos provocó la alarma en el poblado, pero cuando los vigías los identificaron, fueron recibidos con palabras de bienvenida. Todos ayudaron a llevar a los heridos a tierra firme, y el grupo entero entró en el salón comunal. La mayoría de los hombres dormirían allí por la noche, y el resto, en el establo.

Finn fue trasladado a un edificio separado que, claramente, estaba destinado a la vida familiar. En uno de los extremos había un espacio aislado con una cortina, para proporcionarle al *jarl* un poco de privacidad. Dentro había una cama grande, una mesa con una palangana de madera y una jarra, un taburete y un baúl de madera. Los sirvientes depositaron el arcón de Lara junto a él y dejaron el baúl de Finn en una esquina.

En cuanto tendieron a Finn en la cama, ella pidió agua limpia y vendas, y preguntó dónde estaban las hierbas medicinales. Una de las sirvientas le mostró las que tenían. Por suerte, estaban bien surtidos. Lara pasó la mirada por el pequeño almacén.

—¿Tenéis corteza de sauce? —preguntó.

—Sí, mi señora.

—¿Sabes preparar una infusión?

La mujer volvió a asentir, y Lara le ordenó que la hiciera. Después, pidió que llevaran una cama a la habitación del *jarl* Finn para estar cerca, por si la necesitaba. Si alguien le hubiera dicho, unos días antes, que iba a ofrecerse voluntaria para dormir cerca de aquel hombre, se habría echado a reír. Sin embargo, en aquel momento le parecía lo más normal del mundo, y lo más correcto. No podía soportar pensar que Finn sufriera dolor, y menos cuando ella conocía la manera de aliviar su sufrimiento. Era lo menos que podía hacer, cuando le debía tanto.

Él permaneció en un sueño intranquilo unas horas. Por suerte, no tenía fiebre, pero Lara sabía que no debía confiarse. Cuando abrió los ojos, estaba desorientado, pero ella lo achacó al dolor y a la pérdida de sangre. Aprovechó la oportunidad para que bebiera la infusión de corteza de sauce. Y durmió mejor.

Siguió durmiendo durante casi tres días enteros, y Lara no se separó de su lado. Todavía estaba pálido y demacrado, pero ya no tenía aquel tono cerúleo tan preocupante, ni su piel estaba fría. Solo tenía la frente fruncida, seguramente, a causa del dolor. Ella le acarició la mejilla. Tenía que recuperarse. Iba a recuperarse.

Cuando Finn despertó, tardó unos instantes en saber dónde estaba. Poco a poco, asimiló los detalles familiares de la habitación y fue recordando el viaje, cómo lo habían llevado hasta la orilla y por qué estaba tendido en aquella cama y cubierto con pieles. Tenía una agradable sensación de calor y, aunque todavía le dolía la pierna, si se mantenía inmóvil podía controlar la intensidad del dolor. Miró a su alrededor, y se dio cuenta de que no estaba solo.

—¿Lara?

—¿Cómo te encuentras?

—He estado peor.

—Bébete esto. Es para calmar el dolor.

—¿Qué es?

—Una infusión de corteza de sauce.

Ella le puso la taza en los labios, y él bebió poco a poco. Era un líquido amargo, aunque estaba endulzado con miel.

—¿Tienes hambre? Hay un caldero de sopa.

—Después, tal vez.

—Bien.

Él suspiró.

—Yo no me había imaginado que nuestra llegada a Ravndal fuera exactamente así.

—Si te sirve de consuelo, yo tampoco.

—Seguro que no.

—Pero no importa. Ya estamos aquí.

—Sí.

Se quedaron callados. Aunque había muchas preguntas en el aire, ninguno de los dos quería formularlas. «Ya habrá tiempo para eso», pensó él. «Ahora, no». Aunque hubiera dormido mucho, estaba agotado, seguramente por la pérdida de sangre.

Él ni siquiera había visto llegar aquel ataque. Su atacante ya estaba herido, tendido entre sus compañeros muertos, pero había reunido fuerzas suficientes como para ponerse de rodillas y asestarle aquel golpe malicioso. Como estaba enzarzado en otro combate, tenía toda la atención puesta en su oponente, y no había sospechado que hubiera un peligro a su espalda hasta que había sentido el mordisco del metal en la pierna. Con un grito de furia, había acabado con su contrincante rápidamente y se había girado para rematar al traidor en el suelo. Entonces, había notado el dolor y el calor de la sangre que se derramaba por su pierna. Y, de todos modos, había tenido suerte, puesto que si su atacante hubiera contado con todas sus fuerzas, le hubiera cortado la pierna de un tajo.

—Intenta dormir un poco más —le dijo Lara—. El descanso es lo que te va a ayudar más ahora.

—No te había dado las gracias por coserme la herida.

—No tienes que darme las gracias. Considéralo la devolución de un favor.

Él sonrió, y asintió.

—¿Vas a volver más tarde?

—Por supuesto que sí.

Él la siguió con la mirada hasta que Lara salió de la cortina. Entonces, cerró los ojos, pero no consiguió conciliar el sueño. Realmente, así no era como él había planeado las cosas. Se había imaginado que le haría una fiesta de bienvenida y que le mostraría todo el poblado, y que ella recibiría un trato digno de su estatus. Y, cuando ella hubiera tenido tiempo y ocasión de adaptarse a su nuevo hogar, él se habría concentrado en cortejarla como debería haber hecho en primer lugar, de haber podido. Se sentía insatisfecho con su comportamiento; debería haberla protegido del peligro, y no haberla arrastrado directamente hacia él.

Por increíble que pudiera parecerle, ella no había pronunciado ni una sola palabra de crítica, aunque tuviera motivos para hacerlo. No había despotricado, ni llorado, ni gritado. Bótey sí había hecho todas aquellas cosas. Sin duda, él se lo había merecido, pero el aplomo de Lara le conmovía mucho más que los gritos. Estaba orgulloso de ella, y la admiraba por muchas más cosas que por su belleza. Ella llegaba a una parte de sí mismo que él desconocía. Por algún motivo, no podía definir la sensación. Era elusiva, como la resonancia de las cuerdas de un arpa mucho después de que el arpista hubiera alejado la mano, y encendía una chispa de reconocimiento, como si un espíritu hubiera hablado con otro.

En cuanto la ocasión lo permitiera, iban a hablar. Y, aparte de todo lo demás, él le debía una disculpa.

Lara se hundió en la bañera con un suspiro de alivio. El baño había sido un descubrimiento muy agradable, y deseaba tanto usarlo que ella misma había calentado el agua. Después de tantos días viviendo en estado salvaje, se sentía sucia y desarreglada, y quería remediarlo cuanto antes. Sin embargo, su urgencia por bañarse no solo respondía a la necesidad de recuperar el bienestar, sino también al deseo de estar atractiva para él.

Hacía poco tiempo, no le hubiera importado nada la opinión de Finn, pero, en aquel momento, le importaba mucho. No quería que la considerara solo una parte de un trato, sino que la mirara como los hombres miraban a las mujeres, como la había mirado durante los primeros instantes cuando ella había aparecido en el salón de su padre para casarse. Segundos antes de que hubiera tenido tiempo para ocultar sus pensamientos tras la cortesía y el sentido del humor. Él usaba las buenas formas como una máscara; sin embargo, de vez en cuando, aquella máscara caía y revelaba una persona distinta, alguien que la intrigaba y la atraía, alguien a quien quería conocer mejor.

Lara entendía que él se sintiera consternado. Por primera vez desde que lo había conocido, Finn estaba en una situación vulnerable, incluso un poco incierta. Él no estaba acostumbrado a depender de nadie. En muchos sentidos, era conmovedor ver al hombre que había detrás de la faceta de líder guerrero.

Por otra parte, él no tenía por qué preocuparse por cómo iban a acogerla los habitantes de Ravndal. No le había costado mucho darse a conocer ni establecer su autoridad sobre los sirvientes. Al menos, en eso tenía mucha experiencia. Además, las necesidades de Finn habían dictado que asumiera su papel rápidamente: el de nueva esposa del *jarl*. Lara hizo una mueca. Todavía no era una verdadera esposa.

Aquello hizo que pensara en algo que ya no quería negar: nunca hubiera esperado que le gustaran las caricias y los besos de un hombre, ni que deseara más de ambas cosas. «Cuando quieras convertirte en una mujer de verdad, avísame», le había dicho Finn. Y Lara sabía que lo deseaba. Aunque Finn no la quisiera, aunque no fuera a estar con ella todo el tiempo, ella lo deseaba. Por supuesto, saberlo era una cosa, pero hacérselo saber a él era otra cosa muy distinta. Enfrentarse a Steingrim y a sus matones no era comparable a eso.

Al oír unos pasos detrás de la cortina, Finn alzó la vista ansiosamente. Sin embargo, no fue Lara, sino Unnr quien apareció ante su vista. El guerrero miró a Finn en silencio durante unos instantes y, después, sonrió.

—Tenéis mucho mejor aspecto. ¿Cómo está vuestra pierna?

—Mejor. La infusión de corteza de sauce me ayuda.

—Eso es lo que dice Folkvar.

—¿Folkvar? Temía que hubiera muerto con los demás guardias.

—Tuvo mucha suerte. Sin embargo, le dieron una cuchillada muy fea en el hombro, hasta el hueso, y otra en las costillas.

—Lo siento por él. ¿Sobrevivió algún otro de esos hombres?

—No, él fue el único. Vuestra esposa le cosió muy bien las heridas.

—Tiene talento con la aguja.

—Y no es lo único para lo que tiene talento.

—¿Cómo?

Unnr se quedó azorado.

—Disculpad, mi señor, me he expresado mal. Lo que quería decir es que tiene coraje. Folkvar nos lo contó a todos, y no me importa admitir que nos sentimos impresionados. Es lo más valiente que he oído en la vida.

—¿Y qué es?

—Bueno, la señora Lara le plantó cara a Steingrim de un modo que…

—¿Que qué?

Unnr pestañeó.

—Ella debe de habéroslo contado —dijo. Sin embargo, al ver la expresión de Finn, se quedó más azorado aún—. O, tal vez, no…

—¿Tiene algo que ver con esa descabellada lucha a espada que interrumpimos?

—Bueno, sí.

A Finn le brillaron los ojos como el metal.

—Creo que es mejor que me cuentes lo que sabes.

—Pero… si ella no os ha contado nada, no sé si yo debo…

—Todo, Unnr. Ahora mismo.

Mientras escuchaba la historia, Finn volvió a sentir frío. Se había ocupado de matar a quien estaba intentando violar a Lara, pero después no se le había ocurrido preguntar por qué estaba combatiendo con él. De no haber sido por su inteligencia y su valor, habría sufrido la violación antes de que ellos llegaran al campamento.

¿Acaso Lara había pensado usar la espada para otro propósito completamente distinto? Cuanto más lo pensaba, más probable le parecía. Ella no permitiría que la vejara toda la tripulación de Steingrim si había otra salida.

Finn se quedó asombrado. Aquello le hacía pensar, no solo en su incapacidad para protegerla, sino también en lo cerca que de perderla que había estado. Una vez había pensado que no sería difícil tomarle afecto a Lara.

En aquel momento, se dio cuenta de que aquello era un eufemismo.

—Me alegro mucho de que me lo hayas contado, Unnr.

—No vais a decir que he sido yo, ¿verdad? Porque, si se entera, tal vez intente ensartarme a mí también.

—No te preocupes. Tu secreto está a salvo.

Cuando Lara terminó de bañarse, se cambió de vestido, se peinó la larga melena y fue a ver a su paciente. Finn estaba despierto y sonrió al verla. Si se dio cuenta de que ella se había arreglado, no lo dio a entender. Sin embargo, cuando ella le sugirió que tomara un poco de sopa, aceptó.

—Me ofrecería para dártela —dijo ella—, pero me da la impresión de que no te gustaría.

La expresión de Finn fue muy elocuente.

—Ni lo pienses.

Ella contuvo la sonrisa.

—Entonces, permíteme que coloque los cojines para que puedas incorporarte.

Cuando Finn se acomodó, ella le dio un cuenco de sopa y una cuchara, y se sentó en el taburete mientras él comía.

—Está rica —comentó.

—Te ayudará a crear sangre nueva y a recuperar fuerzas.

—Entonces, es una sopa maravillosa.

—Esperemos —dijo ella—. ¿Te ha ayudado la infusión de corteza de sauce?

—Sí, gracias.

—Después te traeré un poco más. Y hay que cambiarte el vendaje.

—Eres una cuidadadora muy competente.

—He tenido mucha práctica. En casa siempre había algún herido al que atender, con un brazo roto o con una herida del colmillo de un jabalí. Los hombres sois muy imaginativos a la hora de haceros daño.

—No lo había pensado así, pero supongo que es cierto.

Lara sonrió, pero no respondió. Él terminó la mayoría de la sopa y le devolvió el cuenco. Cuando ella se levantaba del taburete, él la detuvo.

—No te vayas todavía —dijo—. Tengo que hablar contigo.

—¿Sobre qué?

—Lo siento mucho, Lara.

—¿Qué es lo que sientes?

—Haberte arrastrado a este viaje en contra de tus deseos. No haber sido capaz de protegerte como es debido. No haber previsto los movimientos del enemigo, y haber permitido que corrieras un peligro mortal. Hay muchos motivos.

Ella lo miró con asombro.

—Tus razones para traerme aquí eran bienintencionadas. Lo que pasó después no fue culpa tuya.

—Eres generosa.

—Pero… si es cierto. Tú no podías leerle el pensamiento a Steingrim.

—No, pero debería haber pensado en que podía dar la vuelta. Han muerto cinco hombres por mi falta de previsión, y tú casi… —Finn se interrumpió, respiró profundamente y dijo—: Los dos sabemos por qué tenías esa espada en la mano, Lara.

186

—¿Tú lo sabes?

—Folkvar se lo ha contado a todos.

—Ah —dijo ella, y lo miró con incertidumbre—. Sé que debe de parecerte una estupidez lo que hice, pero no se me ocurrió ninguna otra cosa en ese momento.

—No, no fue una estupidez, fue muy inteligente y muy valiente por tu parte.

Ella se quedó mirándolo con fijeza, pensando que no había oído bien.

Sin embargo, parecía que Finn hablaba en serio, y eso le produjo una calidez en el pecho a Lara.

—Tenía que convencer a Steingrim para que me diera un arma.

—Y, de ser imperativo, la habrías usado para matarte, ¿verdad?

—Sí, pero no fue necesario, porque tú llegaste a tiempo para salvarme.

—Por la sangre de Thor, ¿es que eso me convierte en un héroe?

—Para mí, sí —dijo ella.

Por un momento, él se quedó en silencio. Era difícil adivinar lo que estaba pensando, y ella hubiera dado cualquier cosa por saberlo.

—No me merezco ese honor —dijo él—, pero te prometo que intentaré hacer las cosas mucho mejor.

—Creo que no podría desear nada mejor.

En los ojos grises de Finn se reflejó una emoción que ella no pudo identificar, y su mirada se hizo muy intensa.

—Entonces, ¿no lamentas por completo haberme conocido?

—No, no lo lamento —dijo ella, sonriendo ligeramente—. Pensaba que el matrimonio iba a ser muy aburrido, pero ha resultado ser todo lo contrario.

Él se echó a reír sin poder evitarlo.

—Lo siento, querida, pero lamento decirte que tengo intención de acabar con todas estas emociones.

La sonrisa de Lara se apagó un poco mientras pensaba en aquellas palabras.

¿Quería decir Finn que iba a dejarla allí mientras él se iba a correr aventuras?

¿Que se convertiría en un inconveniente del que se olvidaría tan pronto como estuviera lejos de su vista?

—Pero no todas las emociones, espero —dijo ella.

—No, no todas.

—Qué alivio.

—Sería más lógico que pensaras que es un alivio estar segura.

—La seguridad es una cosa, el tedio es otra muy distinta.

—Haré lo que pueda para no ser tedioso —replicó él.

—Te tomo la palabra —dijo ella.

—Espero que lo hagas.

Lara asintió y se levantó del taburete.

—Voy a preparar más infusión de corteza de

sauce. ¿Por qué no descansas un poco mientras la hago?

Cuando Lara se marchó, Finn se quedó pensando en su conversación. No se le había pasado por alto su expresión de duda. ¿Qué era lo que temía? Tal vez, temía convertirse en una esposa abandonada… Finn frunció el ceño. Él ya había cometido aquel error, y si Lara pensaba que iba a dejarla sola durante meses, estaba equivocada. No permitiría que se sintiera sola. Con ella iba a tener una relación muy distinta, mucho más íntima.

Aquello hizo que reflexionara sobre otra cosa; aunque no le había dicho nada a Lara, se había dado cuenta de su cambio de aspecto. El vestido lila que llevaba era suave y femenino, y destacaba su belleza de elfo. Él hubiera querido pensar que se había arreglado para agradarle, pero no era tan engreído. Lara lo había hecho para estar a gusto consigo misma, y él no podía culparla. Cualquier mujer preferiría tener la mejor apariencia posible, y no tener que vivir sin comodidades en el bosque, entre un grupo de guerreros. Al empeñarse en que los acompañara, había sido desconsiderado y egoísta. Suspiró. Parecía que, de un modo u otro, tenía muchas faltas que expiar.

Cuando Lara volvió al salón comunal, se encontró con Alrik. Él le preguntó por Finn, y se quedó aliviado al saber que la herida no había empeorado ni le había provocado fiebre.

—Entonces, tiene suerte —dijo.

Lara asintió.

—La herida está limpia. Lo que necesita ahora es descansar y comer para recuperar fuerzas. A propósito, ¿crees que tus hombres y tú podríais ir a cazar algún día? Nos vendría muy bien la carne.

—Déjamelo a mí.

—Con gusto.

Alrik sonrió con ironía.

—Has empezado tu vida de casada por lo más difícil, ¿eh? Primero, una guerra, luego un hogar nuevo, un esposo herido y numerosas bocas que alimentar.

—Me gusta el desafío.

—Es una suerte.

—Parece que Ravndal está razonablemente bien aprovisionado.

—Tienes a tu disposición las provisiones del barco, si es necesario —dijo él.

—Te lo agradezco. Todavía no he podido hacer un recuento exacto de lo que hay. Tengo que echar un vistazo en el granero y en los otros almacenes, y sabré lo que hace falta.

—¿Por qué no lo hacemos ahora?

—¿Te importaría?

—No, en absoluto, si a ti no te importa tener compañía.

—No, al contrario.

Lara se puso contenta, porque Alrik era un compañero muy agradable, y le daría una nueva perspectiva a la tarea.

Durante la hora siguiente, recorrieron la granja. Resultó que lo que pensaba Lara era cierto: Ravndal tenía buenas provisiones y estaba bien dirigido. No era un lugar especialmente grande, pero sí muy próspero. Lara lo constató con satisfacción. Era un buen augurio para el futuro.

Catorce

Cuando la herida empezó a cerrarse, y Finn empezó a recuperar las fuerzas, tomó conciencia de su aspecto.

—¿Podrías traerme una palangana con agua, jabón y un trapo para que pueda lavarme? —le pidió a Lara, arrugando la nariz—. Hasta yo estoy empezando a encontrar ofensivo mi propio olor.

Lara sonrió.

—Como desees.

—No me has llevado la contraria, así que me temo que es cierto.

—Bueno…

—Lo sabía. ¿Podrías traerme también un peine?

Cuando ella le proporcionó lo que había pedido, Finn pasó las piernas hasta el borde de la cama, con mucho cuidado, conteniendo un juramento al notar el dolor de la herida. Posó los pies en el suelo, se sentó y se quitó la camisa. Después, miró a Lara.

—¿Te importaría sujetarme la palangana?

Ella carraspeó.

—No, claro que no.

Lara intentó no mirar, pero le resultaba difícil ignorar el hecho de que Finn estuviera desnudo a tan corta distancia de ella. Sus ojos se fijaban una y otra vez en su torso desnudo, y en la línea de vello rubio que descendía desde su pecho hasta su cintura estrecha, hasta la entrepierna. Era muy bello, como un héroe salido de una saga. Además, parecía que se encontraba muy cómodo en la desnudez, aunque estuviera en presencia de una mujer. Ojalá ella pudiera sentir lo mismo, pero en aquella proximidad, su imaginación no dejaba de producir imágenes sensuales que no contribuían en absoluto a mantener la paz de espíritu.

Finn, que no debía de percatarse de la agitación que le estaba causando, se lavó las manos y la cara y, después, con el trapo, se lavó también el cuello y el torso. Al mirar hacia arriba, sus ojos se encontraron con los de Lara, y sonrió.

—Estoy deseando pasar una hora en la sala de baños —dijo.

Ella reaccionó.

—La herida tiene que permanecer seca un poco más.

—Bueno, por ahora tendré que conformarme con esto.

Tomó la toalla de lino del brazo de Lara y se secó. Cuando terminó, se pasó una mano por la barbilla.

—También debería librarme de esta barba tan áspera.

—Podrías dejártela crecer.

—Lo intenté una vez, pero el picor me volvía loco —dijo él. Miró hacia él rincón donde estaba apilado su equipo de guerra, y pidió—: ¿Te importaría traerme el *seax*?

Lara dejó la palangana en el taburete y fue por la daga. Al igual que la espada, el cuchillo era una magnífica obra de artesanía. La empuñadura era de marfil de morsa y tenía una complicada talla. La hoja de acero medía unos quince centímetros y estaba muy afilada. Lara la observó con vacilación.

—¿Tienes el pulso firme en este momento como para afeitarte tú mismo, o prefieres que lo haga yo?

—¿Tienes miedo de que me corte el cuello?

—Es una posibilidad, y si te cortaras el cuello, sería mucho más difícil de coser que la pierna.

A él le brillaron los ojos.

—Para ser sincero, no me apetece hacer la prueba, así que acepto tu ofrecimiento.

De hecho, le gustaba mucho la idea. Aparte de la seguridad, la idea de tenerla tan cerca era una tentación que no podía resistir. Así pues, se quedó inmóvil, percibiéndola con todos los sentidos. Lara olía a aire fresco y a hierbas aromáticas, tal vez del arcón donde guardaba la ropa. Y, por debajo, estaba su olor dulce, cálido y excitante. Mientras trabajaba, la tela de su vestido le rozaba el brazo y le causaba un cosquilleo en la piel. Casi podía imaginarse que el suave roce de sus manos en las mejillas eran caricias. Y su pensamiento continuó desnudándola y tendiéndola en la cama, estrechándola contra sí. Aquellas imágenes le provocaron un calor en las entrañas, tanto, que tuvo que respirar profundamente y apartárselas de la mente. Si continuaba así, su cuerpo iba a endurecerse en cuestión de segundos.

Por el contrario, parecía que Lara estaba tranquila, que no la perturbaba ninguna fantasía erótica, y siguió deslizando suavemente la cuchilla por su mandíbula. Y lo mejor sería que continuara calmada, dadas las circunstancias. Por mucho que él quisiera alterar su serenidad, no era el mejor momento.

Cuando, por fin, ella terminó de afeitarlo, Finn se secó la cara y se pasó la mano por la barbilla una vez más. Tenía la piel suave y limpia, y sonrió.

—Gracias. Me siento mucho mejor.

—Y tienes mucho mejor aspecto —dijo ella.

—¿Significa eso que prefieres a los hombres sin barba?

—Depende del hombre. Algunas caras están mejor escondidas detrás de una barba.

—Espero que la mía no esté entre ellas.

—No. Es tolerable.

—¿Solo tolerable?

—Deja de pedir cumplidos y péinate. Parece que has estado una semana seguida en medio de una galerna.

Él se echó a reír.

—Siempre puedo confiar en ti para que me mantengas con los pies en la tierra.

En realidad, su afirmación no era demasiado exagerada, y Finn tardó un buen rato en deshacer los nudos de su pelo y restaurar el orden. Se sintió mucho mejor después de hacerlo. Le entregó el peine a Lara.

—¿Podrías traerme una camisa limpia del arcón?

Lara arqueó una ceja.

—¿Es que estás pensando en levantarte?

—Exacto. ¿Estabas pensando tú en discutírmelo?

—No. No perdería el tiempo en una causa perdida. Además, el ejercicio suave te beneficiará.

—Nunca dejas de sorprenderme.

Ella le entregó una camisa y unos pantalones.

—Ponte estos también. Los anteriores solo servían para alimentar el fuego.

Finn se puso la camisa y, después, con mucho cuidado, comenzó a ponerse los pantalones.

—Necesito ponerme de pie. ¿Me prestas tu hombro, por si acaso?

Lara asintió y se le acercó. Él se puso en pie con cautela, e hizo un gesto de dolor al sentir una punzada que se le extendió por toda la pierna. El gesto no pasó inadvertido para Lara.

—¿Todavía te duele mucho?

—No, pero se deja sentir.

—¿Necesitas ayuda?

—No, creo que puedo arreglármelas —respondió Finn. Se metió la camisa por la cintura del pantalón, y se lo abrochó—. Sin embargo, puede que los calcetines y las botas sean otra cosa.

Tenía razón; inclinarse y estirarse le resultó algo

más que incómodo, y no quería que se le abriera la herida. Se sentó de nuevo, y Lara se arrodilló ante él para calzarlo. Finalmente, sacó una túnica limpia del arcón y lo miró mientras él se la ponía y se abrochaba un cinturón. Entonces, lo observó atentamente.

—¿Y bien? —preguntó él.

—Bueno, no estás mal —dijo ella—. Tal vez tengas que usar un bastón hasta que se te fortalezca más la pierna.

Él dio un par de pasos, y asintió.

—Creo que tienes razón.

—Voy a pedirle a uno de los sirvientes que te lo traiga. Hasta entonces, tendrás que apoyarte en mí.

—Peso demasiado.

—No te preocupes, tengo más fuerza de lo que parece —dijo ella. Le pasó un brazo por la cintura y miró hacia arriba—. ¿Listo?

Finn se apoyó ligeramente en sus hombros.

—Sí, si tú quieres, podemos irnos.

Se pusieron en marcha lentamente. Finn notó más que nunca su esbeltez y su fragilidad, e hizo un esfuerzo por no apoyar todo su peso en ella, porque temía aplastarla. Al mismo tiempo, su cercanía y su calor fueron como un antídoto para el dolor de su pierna. Se sentía bien abrazándola.

También fue muy bueno salir del dormitorio y tomar el aire fresco de nuevo. Como no tenía prisa por prescindir de la compañía de Lara, la dirigió hacia un banco que había detrás del salón comunal e hizo una pausa. Lara lo miró con preocupación.

—¿Estás bien?

—Es que he perdido práctica, eso es todo.

—No me extraña.

—Podría haber sido mucho peor —dijo Finn, y la miró a los ojos—. Me gustaría darte las gracias a mi manera.

Le dio un beso ligero, casi con timidez, y evitó rozarle el corte que tenía en el labio. Parecía que se le estaba curando, pero él no quería hacerle daño, así que tan solo la rozó suavemente.

—Tengo que disculparme por otro gesto tan insípido, pero si te beso como es debido, te abriré la herida otra vez.

—¿Me vas a besar como es debido cuando se me haya curado completamente el labio?

Él se quedó inmóvil, mirándola con suma atención.

—Si tú quieres, sí.

—Claro que quiero, Finn.

A él se le aceleró el corazón. Con un esfuerzo, consiguió controlar la voz.

—¿Lo dices en serio?

—Sí, lo digo en serio.

—Entonces, te doy mi palabra de que lo haré.

Lara no sabía de dónde había sacado el valor para decir semejantes cosas, pero ya había pronunciado aquellas palabras y no podía retirarlas. Además, no se arrepentía; con aquel gesto, «insípido», como él lo había llamado, a ella se le había acelerado el pulso. Quería que Finn lo hiciera de nuevo, quería que la besara como la había besado el día de su boda, y no quería que se detuviera. Y, al pensar en cuáles eran sus deseos, Lara se ruborizó.

Poco a poco, fueron acercándose a la puerta del salón, y recibieron un afectuoso saludo de todos los presentes. Rápidamente, alguien le entregó un bastón a Finn, para que pudiera sostenerse en pie por sí mismo. Lara se habría escabullido en aquel momento, para que él pudiera hablar tranquilamente con sus hombres, pero Finn mantuvo el brazo alrededor de su cintura, y se lo impidió. A ella no le molestó aquel gesto, puesto que no quería irse. Además, le sugería que él quería estar con ella, que su compañía le agradaba. Lara quería creerlo, quería pensar que significaba algo más para él y que, algún día, tal vez, pudiera sentir afecto por ella.

Aquella noche cenaron en el salón, con todo el mundo. A Lara le agradó ver a Finn de buen humor, participando en la conversación. Claramente, se alegraba de poder levantarse y recuperar su vida normal, y ella no podía culparlo, porque verse postrado en el lecho podía ser desesperante, aunque Finn lo hubiera soportado con muy buen carácter.

Aunque disfrutó del cambio de escenario y comió con buen apetito, Lara se dio cuenta de que apenas bebió cerveza. Tal vez necesitara tomarse las cosas con calma. Tampoco quiso quedarse levantado hasta una hora tardía; cuando ella se disculpó para retirarse, él se despidió también de los presentes, alegando que estaba fatigado. La mayoría de la gente aceptó la excusa, pero Lara percibió un par de sonrisas escépticas. Era fácil adivinar lo que estaban imaginando. Ella sonrió con melancolía. Si supieran la verdad, se quedarían asombrados y sentirían desaprobación. Después de todo, ¿quién aprobaría que un hombre casado no exigiera sus derechos conyugales?

Finn podía haberlo hecho, pero no la había forzado a nada. Él no era como los demás. De repente, Lara quiso saber cuáles eran sus motivaciones.

Cuando volvieron al dormitorio, Lara lo ayudó a desvestirse y guardó su ropa. Si su desnudez la había turbado antes, en aquel momento le resultó inquietante, puesto que Finn estaba de pie, y las sensaciones que le provocaba no se parecían en nada al temor. Finn se tendió en la cama y se tapó y, una vez que estuvo confortable, se puso las manos detrás de la cabeza y comenzó a observar a Lara mientras ella se preparaba para acostarse.

No era la primera vez que ella se desnudaba ante él, pero en aquella ocasión no sentía ira ni resentimiento. Deseaba captar su interés, quería aumentar su curiosidad y estimular su deseo. Como no tenía experiencia alguna, decidió seguir lo que le dictara el instinto, y comenzó a desvestirse serenamente. Se desabrochó el cinturón y se quitó el vestido, preguntándose si él la estaría observando. No podía alzar la vista para comprobarlo, porque se delataría. Cuando quedó en camisa, se giró un poco y se inclinó para quitarse las medias, con buen cuidado de mostrarle la pierna mientras lo hacía. «¿Estará mirando?». Dejó las medias junto al resto de la ropa, tomó el peine y volvió hacia su cama. La lámpara quedó a su espalda. La tela de su camisa era fina y, con suerte, la luz la haría casi transparente. «Si él se fija, claro». Con calma, se sentó a peinarse la larga cabellera.

Finn no apartó la mirada de la figura que había al otro lado de la habitación, ni de su forma despreocupada de desvestirse. Era sensual y provocativa, y casi parecía que deliberada. Eso, por supuesto, eran imaginaciones suyas.

Sin embargo, fueran imaginaciones o no, para cuando ella iba a quitarse las medias, él sentía una tensión familiar en el cuerpo. La imagen de su figura, iluminada desde detrás por el farol, intensificaba la sensación. Ella apenas había empezado a peinarse cuando él se dio cuenta de que su miembro estaba endurecido. Mentalmente, terminó de desnudarla y la tendió en la cama, con aquella fiera cabellera rojiza extendida alrededor de sus hombros… Finn se mordió el labio para contener un gruñido.

Mientras se peinaba, Lara no miró a Finn directamente y fingió que estaba completamente concentrada en su tarea. Sin embargo, había empezado a notar que tenía toda su atención, y sintió un cosquilleo en el cuerpo. La sensación viajó desde su pecho hasta un lugar entre sus muslos.

Se arriesgó a mirarlo, y se le cortó la respiración, porque sus ojos se encontraron con los ojos grises y brillantes de Finn. No era necesario tener experiencia para entender su expresión, que era ardiente, ávida y excitante. Lara dejó el peine y, sin apartar la vista de él, se quitó lentamente la camisa, y oyó que Finn tomaba aire bruscamente. Con el pulso acelerado, se puso en pie y atravesó la habitación.

Finn apartó la manta y se hizo a un lado en el colchón, para dejarle sitio a Lara. Ella se deslizó a su lado. El lino de las sábanas estaba caliente donde él había estado tumbado. También eran cálidas las manos que la tomaron por la cintura. Él la besó, pero, para no hacerle daño en el corte del labio, lo hizo suave y brevemente. Después, bajó hacia su cuello acariciándole la piel con la nariz. A ella se le entrecortó la respiración. Por todos los dioses, ¿quién hubiera pensado que aquello era tan bueno? «No pares. Por favor, no pares». Y, como si fuera una respuesta a su petición, él le tiró suavemente del lóbulo de la oreja con los dientes y se lo acarició con la punta de la lengua. Lara sintió un escalofrío delicioso por todo el cuerpo.

Él pasó la yema del dedo pulgar por el pico de uno de sus pechos. La sensación fue exquisita. Mientras la caricia continuaba, a ella se le endureció el pezón rápidamente. Él bajó la cabeza y lo tomó con la boca, y lo succionó suavemente, creándole una gran sensación de placer. «¿Cómo hace esto?», se preguntó Lara. «¿Cómo puedo excitarlo yo?».

—Dime lo que tengo que hacer, Finn. Enséñame a satisfacerte.

—Solo tienes que relajarte y hacer lo que yo haga. Si disfrutas de lo que estoy haciendo, lo más seguro es que yo disfrute si me haces lo mismo.

Así pues, ella lo imitó, acariciándolo y explorándolo, notando los movimientos de sus músculos bajo la palma de la mano y deleitándose con su fuerza. Tenía un olor masculino que era tan embriagador como el aguamiel. Le acarició la nuca y, después, hizo lo que había querido hacer desde el principio, acariciarle el pelo y entrelazar los dedos con sus mechones. Aquellas caricias fueron sensuales y excitantes, y le provocaron otras fantasías seductoras.

Lara notó su erección contra el muslo y su mente fue más allá, imaginándose cómo sería tenerlo en su interior. ¿Qué sentiría cuando la tomara, cuando se entregara a él? Aquellas posibilidades aumentaron su deseo y su curiosidad. Quería averiguarlo todo. Sin embargo, en aquel momento, pensó en algo diferente…

—Tienes la pierna herida. Tal vez no debamos…

Él le acarició el cuello con los labios.

—¿Qué pierna? —preguntó.

Entonces, le pasó la mano por la cintura y el muslo, y continuó hasta un lugar secreto e íntimo, algo que fue inesperado y asombroso para Lara. Y, también, delicioso. No sabía qué estaba haciendo Finn, pero quería más. Él deslizó los dedos, lentamente, por sus pliegues húmedos, provocándole una sensación de placer y calor. Lara relajó un poco los muslos para facilitarle el acceso, y arqueó las caderas. Él halló con los dedos el nudo endurecido que había estado buscando, y siguió acariciándola. Lara jadeó. Y, en aquel momento, al recordar lo que él le había dicho, deslizó la mano por su vientre y cerró los dedos alrededor de su miembro, acariciándolo con delicadeza. Él tomó aire con brusquedad, y sonrió.

—Aprendes rápidamente, cariño.

Ella quería aprender, quería averiguar lo que le agradaba y le excitaba… Sus pensamientos terminaron con un jadeo, cuando la espiral de tensión se tensó más, y el calor de su cuerpo estalló y causó profundas ondas de placer. Rápidamente, sintió otra explosión, y otra, más profunda y más fuerte, hasta que su cuerpo se estremeció contra la mano de Finn.

—¡Por los dioses! Por favor, Finn…

Él se movió y le separó los muslos. Ella sintió la primera acometida de su penetración y, después de una breve sensación de incomodidad, lo acogió por completo en su cuerpo. Durante un par de segundos, Finn se mantuvo inmóvil, clavándole una mirada ardiente, hambrienta. Después, Lara notó que comenzaba a moverse dentro de ella, con lentitud, como si estuviera conteniendo su necesidad. Poco a poco, el ritmo aumentó, y los movimientos fueron cada vez más fuertes y seguros. Sin darse cuenta, ella cerró las piernas a su alrededor y comenzó a moverse con él. Su cuerpo tembló por el gozo que le producía su posesión, hasta que, por fin, lo oyó gemir, y sintió el espasmo de su clímax mientras él derramaba su simiente cálida dentro de ella.

Finn se tendió de costado, con la respiración agitada y con una sonrisa.

—No sabes cuánto deseaba hacer esto…

—¿De veras? Yo creía que…

—¿Qué creías, cariño?

—Que no te importaba si me acostaba contigo o no. Él se echó a reír.

—Tenía que conservar un ápice de orgullo intacto.

—¿Quieres decir que habrías… que querías…

—Sí, exacto. Te he deseado desde el primer día en que te vi.

—Lo disimulabas muy bien.

—Por autoprotección, querida, de tu intransigente resistencia a mis intentos.

—Estaba enfadada y confusa.

Él la besó suavemente.

—Lo sé.

—Lo siento.

—Shh. No tienes por qué disculparte de nada. Soy yo quien debería pedir disculpas.

Ella hizo un gesto negativo.

—No. Tú has tenido mucha paciencia.

—Ha merecido la pena.

—¿De veras? ¿Para ti, quiero decir?

—Por supuesto.

—Me alegro. No quería que te sintieras decepcionado.

—«Decepcionado» es la última palabra que yo utilizaría —dijo, estrechándola contra sí—. De hecho, siempre consigues asombrarme.

Acababa de decir la verdad. Aunque pensaba que, al final, ella capitularía, nunca se hubiera imaginado las circunstancias en las que iba a ocurrir, ni que él sería el seducido. Hasta que ella se había quitado la camisa, él no tenía idea de que estaba observando una actuación deliberada. Le acarició distraídamente el pelo, y sonrió. Había sido una actuación calculada para volverlo loco de deseo. Aquella pequeña bruja sabía hacer poderosos hechizos; él no recordaba haber deseado tanto a otra mujer, nunca en la vida.

Y había merecido la pena esperar. La realidad había superado todas las expectativas, pero, en vez de saciarlo, le había provocado más deseo. Tuvo que hacer un gran esfuerzo para controlarse. Su mente avanzó y exploró otras posibilidades con ella, pero eso solo sirvió para alimentar la pasión. Sin embargo, controló su urgencia, porque era demasiado pronto. Lo que acababan de compartir había sido increíblemente bueno, pero repetirlo en aquel momento sería un error. No quería hacerle daño a Lara, ni causarle rechazo siendo descuidado o egoísta. La próxima vez que le hiciera el amor, quería que ella estuviera tan dispuesta como lo había estado aquella noche.

Quince

Lara se despertó después del amanecer, con una sensación de bienestar. Se estiró perezosamente y giró la cabeza para mirar a Finn. Él la estaba observando, y sonrió.

—Buenos días.

—Buenos días —respondió ella, y preguntó, con curiosidad—: ¿Me estabas mirando?

—Sí.

—¿Por qué?

Finn sonrió.

—Porque me agrada.

—¿Y siempre haces lo que te agrada?

—Siempre que puedo —dijo él, acariciándole la cintura—. Pero también me gustaría hacer lo que te agrade a ti.

—¿De verdad? —preguntó Lara, devolviéndole la sonrisa—. Bueno, pues tengo algunas ideas con respecto a eso.

—¿Ah, sí? ¿Qué ideas?

—No sé si debería decírtelo…

De hecho, estaba segura de que no debería, teniendo en cuenta que a ella le estaban acelerando el pulso. ¿Desde cuándo se había vuelto tan desvergonzada? «Desde anoche. Claramente, desde anoche».

Él le acarició el pecho.

—¿Y por qué no?

—Me temo que, si lo hago, te causaré dolor.

—¿Qué dolor?

—Una actividad tan vigorosa te puede abrir la herida.

—¿Qué herida?

Ella comenzó a temblar. Cada vez le resultaba más difícil pensar.

—Podrías… podrías tener una recaída.

Él rodó por la cama y se colocó encima de su cuerpo.

—Yo me hago completamente responsable de lo que ocurra.

El sol estaba muy alto en el cielo cuando salieron del dormitorio. Al contrario de lo que pensaba Lara, Finn no dio muestras de querer librarse de su compañía, y se ofreció a enseñarle el poblado. Ella asintió de buena gana, sin mencionar que ya lo había explorado el día anterior con Alrik. La idea de pasar tiempo con Finn era muy agradable y, como él tenía que caminar despacio, seguramente les tomaría un buen rato. En cualquier caso, Lara no quería que él se hiciera daño; sin embargo, cuando se lo mencionó a Finn, él respondió:

—Sinceramente, la pierna me duele menos cuando me estoy moviendo. Si me quedo tumbado o sentado, los músculos se me agarrotan.

—Está curándose muy bien.

—Eso es porque he recibido cuidados expertos.

La sonrisa de Finn, y su cercanía, le produjeron a Lara un suave calor en el pecho. Pasearon un poco en silencio, pero, al cabo de unos minutos, la curiosidad pudo con Lara.

—¿Lleva mucho tiempo Ravndal en tu posesión?

—Desde que murió mi padre, unos nueve años.

—Es un poblado muy bonito.

—Me alegro de que te guste. No todo el mundo opina lo mismo —dijo él, con un suspiro—. Mi primera esposa lo odiaba.

—¿Y por qué?

—En realidad, no era el lugar lo que odiaba Bótey. Era el hecho de que yo me ausentara por largos períodos de tiempo.

Lara se mordió el labio. Ella había pensado lo mismo, y él acababa de darle la oportunidad de hablar de aquel tema.

—Entiendo por qué detestaba estar sola. Creo que a mí tampoco me gustaría.

—Tú eres más fuerte que ella. Ella no tenía los recursos necesarios para soportarlo.

Lara lo miró de reojo. ¿Acaso aquella conversación tenía como objetivo prepararla para su próxima marcha? Aquella posibilidad la consternó.

—Una vez dijiste que, en tu opinión, la ausencia no favorece el cariño.

—Es cierto. Para Bótey y para mí fue un desastre. Admito que yo tuve casi toda la culpa. Si hubiera escuchado, las cosas habrían sido muy diferentes.

—Todavía estarías casado con ella. ¿La echas mucho de menos?

—Antes sí, pero ya no. Es un recuerdo que tengo, algunas cosas buenas y otras malas.

—Me dijiste que ella había conocido a otro hombre.

—Sí.

—¿Y qué hiciste tú cuando te enteraste?

—Los perseguí y, cuando los alcancé, reté a un combate a su amante. Lo maté.

Lara se estremeció. Aquella era una faceta suya que no conocía: un hombre despiadado, vengativo e implacable. Sin embargo, no era sorprendente que él, o cualquier otro hombre, quisieran conservar lo suyo.

—Estabas en tu derecho.

—Sí. En aquel momento, ni lo pensé.

—¿Nunca consideraste la posibilidad de dejar que se marcharan?

—No, quería recuperarla, y quería derramar la sangre del hombre que había intentado quitármela.

—Pero ella se negó a volver contigo.

—Exacto.

—Así que tú… te divorciaste de ella por su infidelidad.

—No, no nos divorciamos.

—No lo entiendo.

—Bótey también murió aquel día.

Lara pensó rápidamente en todas las implicaciones. No podía ser que… No, él no haría tal cosa. Sin embargo, ¿cuánto sabía ella de Finn? ¿Quién era él realmente? Temía hacerle preguntas sobre aquello, pero ya no había forma de evitarlo. Y, de todos modos, era mejor saber que vivir con incertidumbre, por muy fea que pudiera ser la verdad.

Se humedeció los labios, y preguntó:

—Tú… ¿la mataste a ella también?

—No, no la maté. Ella se quitó la vida.

Lara sintió un gran alivio, pero la respuesta le suscitó más preguntas, todas ellas tan difíciles como la primera. Finn le ahorró la necesidad de formularlas.

—Eso también fue culpa mía —continuó—. Yo solo quería hablar con ella, traerla a casa otra vez. Tenía la estúpida idea de que, si volvíamos, podríamos arreglar las cosas entre nosotros. Solo los dioses saben lo que estaba pensando en aquel momento.

—No debía de ser fácil tener las ideas claras en una situación así.

—Pero, de cualquier modo, yo debería haber sabido que no tenía que acercarme a una mujer enloquecida con una espada manchada de sangre en la mano —dijo él, y tomó aire antes de seguir—. Ella pensó, equivocadamente, que yo iba a matarla también, de una forma dolorosa y lenta, sin duda.

—Oh…

—Se mató con el puñal de su amante. Yo no me di cuenta de lo que iba a hacer hasta que fue demasiado tarde. Murió entre mis brazos, unos momentos más tarde.

Lara tragó saliva.

—Lo siento muchísimo. No quería hacerte recordar cosas tan dolorosas, pero me alegro de que lo hayas contado.

—Bueno, por lo menos así sabes que no soy un asesino de esposas.

—No quería pensar eso de ti.

Él se relajó un poco.

—Supongo que es un recelo normal, en estas circunstancias —dijo, sonriendo con tristeza—. Bótey lo creyó.

—Me imagino que ella tampoco podía pensar en ese momento.

—A mí nunca se me ocurrió que pudiera pensar eso. Que se imaginara que yo iba a hacerle daño.

—Era presa del pánico, Finn. Tú mismo has dicho que estaba enloquecida.

—Eso ilustra muy bien el abismo que se había creado entre nosotros. Ella no me conocía en absoluto —dijo él, con un suspiro—. Pero la realidad es que no estuve mucho tiempo en casa, como para que pudiera conocerme.

—Ella debía de saber que estabas explorando el mundo antes de casarse contigo.

—Pero siempre mantuvo la esperanza de que yo lo dejara.

—A mí me parece poco realista.

—Sí. Yo era joven, obcecado y egoísta. No estaba preparado para escuchar a los demás, ni para prever lo que podía ocurrir, hasta que fue demasiado tarde.

—Es fácil ser tan sabio cuando ya han pasado las cosas.

—Pero, si hubiera sido un poco más sabio en esos momentos, no la habría perdido.

—La querías mucho, ¿verdad?

—La quería con la pasión de un hombre joven, de una manera ardiente y salvaje. Por suerte, ya he superado esas tonterías.

A ella se le encogió el corazón.

—Entonces, ¿amar es una tontería?

—El amor no es duradero. El afecto y el respeto son una apuesta más segura.

«Yo no te quiero a ti más de lo que tú me quieres a mí». Antes, aquella afirmación habría sido cierta. Lara no sabía exactamente cuándo había empezado a cambiar lo que sentía por él. Aunque Finn nunca le había resultado indiferente, lo que no era más que atracción física se había convertido en algo mucho más fuerte. Y se había fortalecido con la increíble noche que habían pasado juntos. Él había despertado algo más que su sensualidad, y ella corría un gran peligro de perder el corazón. Por desgracia, él no lo quería. Su amor estaba muerto, en el más amplio sentido de la palabra.

—Muchos matrimonios están construidos con menos que eso —respondió.

—Pues sí —dijo él, y la miró con atención—. Pero yo creo que nosotros sí tenemos esas dos cosas ahora. ¿Me equivoco?

No, era cierto. En parte. Ella lo respetaba; sin embargo, la palabra «afecto» no servía para describir lo que sentía por él. Confesarlo sería una estupidez, y la haría vulnerable. Finn no iba a permitir que ella se acercara más. Acababa de dejarle claro que sus días de grandes pasiones habían terminado. Por lo menos, había cierto consuelo en el hecho de saber que tenía su afecto.

—No, no te equivocas.

—Entonces, es suficiente. Estoy satisfecho.

Siguieron caminando en silencio, pensativamente. Al final, Lara pensó que podía aprovechar el momento para averiguar lo que realmente quería saber.

—¿Tienes intención de seguir viajando?

—No. Por lo menos, no del modo al que te refieres. No voy a volver a ser un vikingo, a explorar y hacer incursiones ni saqueos. Los viajes que haga serán comerciales, y no tendrán una duración larga.

—¿Y entre viaje y viaje?

—Estaré aquí. Quiero trabajar en la granja y formar una familia.

Ella sintió alivio al oírlo. Finn había aceptado aquel matrimonio de conveniencia no solo a cambio de los hombres y los barcos, sino también para tener hijos. Supuso que, una vez que había compartido el lecho con él, sus atenciones serían más asiduas en aquel sentido. Finn sabía satisfacer a una mujer, pero también tenía un objetivo más allá del placer.

—¿Esos hijos tan preciosos de los que me hablaste?

—Exacto.

Al menos, era sincero. Y la idea de tener hijos con él no le desagradaba. Por el contrario, sería maravilloso crear una nueva vida, ver a una generación nueva nacer y crecer, y construir un hogar de verdad. Si él la amara, además de eso, todo sería perfecto. Sin embargo, la vida no era perfecta, y el respeto y el afecto eran mejor que nada.

—Algunos de esos hijos pueden ser hijas, también.

Él sonrió.

—No tengo ninguna objeción, siempre que sean hijas pelirrojas con la belleza y la personalidad de su madre.

—Pero, tal vez, no su genio.

—Creía que eso venía con el pelo rojizo.

—Eso es una generalización. Estoy segura de que tiene que haber pelirrojas con muy buen carácter.

—Puede ser, pero a mí no me atrae esa idea. Una pelirroja con buen carácter me suena insípido.

—Sería dócil y obediente.

Él se echó a reír.

—Qué aburrido. Prefiero mil veces la versión ardiente.

—Entonces, estás satisfecho con el trato que hiciste.

—Mucho. Pero yo solo soy la mitad del trato, Lara. Ahora lo sé, y te prometo que voy a cumplir con mi parte.

Aquello le recordó lo que le había dicho su

padre: «La mitad de lo que ocurra a partir de ahora será cosa tuya». Aunque no fuera perfecto, ella quería que aquel matrimonio funcionara. Quería construir un futuro con Finn.

—Y yo cumpliré con la mía.

Él se llevó su mano a los labios y se la besó.

—Entonces, todo irá bien.

Lara sonrió.

—Sí, todo irá bien.

Dieciséis

Cuando volvieron al salón comunal, después de terminar su paseo, se encontraron con Guthrum. Él los saludó con su acostumbrada sonrisa.

—*Me alegro de veros tan recuperado, jarl Finn.*

Finn también sonrió.

—Sí, es una buena cosa.

—Necesito hablar con vos de un asunto.

Lara los miró.

—Entonces, os dejo a solas.

—No, Lara, no es necesario. Lo que tengo que decir no es privado. Es solo que mis hombres y yo estamos pensando en volver a casa.

—Ah. Entiendo.

—Ahora que Steingrim ha perdido su poder, no hay motivo para que sigamos aquí —dijo Guthrum—. Y, para ser sincero, todos estamos deseando volver con nuestras familias.

—Por supuesto. Es comprensible.

Finn asintió.

—Lara tiene razón. No quiero retrasaros más. Y no

olvidaré la ayuda que me habéis prestado. Sin vos y vuestros hombres, el resultado habría sido muy distinto.

—Ha sido un placer, de veras —respondió Guthrum—. Lo único que lamento es no haber puesto la cabeza de Steingrim en una pica.

—Bueno, no se puede tener todo.

—Cierto. Además, tal vez me encuentre con él algún día.

—¿Cuándo tenéis pensado zarpar?

—Mañana, al amanecer.

Finn le dio una palmada en el hombro.

—Entonces, os daremos una fiesta de agradecimiento esta noche.

Fue una reunión muy animada. Los hombres conversaron y rieron. Lara no participó mucho en la conversación, puesto que estaba ocupada rellenando copas y asegurándose de que la comida se sirviera adecuadamente. Por suerte, los sirvientes eran competentes y bien dispuestos. Nadie cuestionó su derecho a tomar decisiones y llevarlas a cabo. Era la señora de la casa de Finn, y ellos debían obedecerle.

—Esto se va a quedar muy silencioso cuando se vaya Guthrum —dijo Alrik, mientras ella le rellenaba la copa—. Voy a echarlo de menos.

—Yo también.

—Siempre fue un gran tipo.

—Quiere volver con Greta. Ella va a tener pronto a su tercer hijo.

—¿El tercero? Pero ¿no acababan de tener el primero?

Lara se echó a reír.

—Eso fue hace un tiempo, hermanito.

—Sí, supongo que sí.

—¿Y tú? ¿No hay ninguna dama que te haya robado el corazón?

—Hay damas, pero ninguna de ellas tiene mi corazón.

—Todavía tienes tiempo.

Él sonrió.

—Algún día me enamoraré como un loco, pero todavía no.

—Estoy deseando que llegue ese día.

—Te avisaré, no te preocupes.

Lara le devolvió la sonrisa, moviéndose entre los grupos de hombres para llenarles la copa y charlar un poco. Entre ellos estaba Folkvar, que ya caminaba, aunque con una muleta.

—Dentro de muy poco no la necesitaré —le dijo a Lara.

—Pero no demasiado pronto —respondió ella—. Dale una oportunidad a la naturaleza.

—Así lo haré, mi señora.

—Es que no soporta las bromas —dijo Ketill—. Los chicos le llaman Folkvar el Cojo.

Folkvar lo miró desdeñosamente.

—Bueno —intervino Lara—, para mí siempre serás Folkvar Corazón Fuerte.

Folkvar se ruborizó, pero su agrado fue evidente. Sus compañeros lo miraron con resentimiento.

—Ahora no va a haber quien lo aguante —dijo Ketill.

Vigdis fingió que estaba consternado.

—¿Va a ser todavía peor que antes?

—Imposible —dijo Sturla.

Lara se echó a reír, y ellos se rieron también, incluido Folkvar. Miró a los demás.

—Es que estáis celosos.

—Por supuesto que estamos celosos, patán —le respondió Sturla—. No sabemos cómo te las has arreglado para conseguir la buena opinión de esta dama.

Ketill cabeceó.

—Es demasiado. En realidad, es estomagante.

—Sí, cierto —dijo Vigdis—. Sírvanos más bebida, mi señora, para que podamos ahogar nuestras penas.

Finn estaba observando la escena desde el otro extremo del salón. No oía lo que estaban diciendo, pero sí las carcajadas. Era evidente que sus hombres disfrutaban de la compañía de su esposa, y viceversa. Sabía que la conversación no era más que una sucesión de bromas, y le parecía ridículo sentirse excluido. Pero, en realidad, no se sentía excluido, sino celoso. Aunque su relación con Lara hubiera mejorado mucho, ella nunca se reía con tantas ganas cuando estaba con él, y nunca estaba tan relajada en su compañía.

Sin embargo, todavía eran los primeros tiempos

de su relación, y habían pasado por un camino difícil. Era ridículo comparar una conversación trivial entre amigos con la conversación entre esposos. Lara era una buena anfitriona, nada más. Se oyó otro estallido de risas. Finn tomó un trago de aguamiel y se obligó a sí mismo a sonreír. «Vamos», pensó, «¿qué te pasa? Déjalo ya».

Poco después, vio a Alrik acercarse al grupo. Vio sonreír a Lara, y pasarle un brazo por la cintura. Alrik sonrió y le besó la mejilla. Finn respiró profundamente. «Alrik es su hermano, idiota. Lo quiere. Es su derecho». Entonces, se le ocurrió pensar que Lara tenía una gran capacidad para amar, y no solo a Alrik. También había querido a su hermana Asa, y mucho. Suspiró al pensar que lo que sentía por él era muy distinto. Por otra parte, el afecto y el respeto eran más de lo que hubiera podido esperar. Hacía pocas horas, había declarado que se conformaba con ellos. En aquel momento, se dio cuenta de que no era verdad.

Cuando, por fin, se retiraron al dormitorio, Finn desnudó a Lara y la llevó a la cama. Lo que siguió fue apasionado, pero contenido. Un encuentro lento e intenso, durante el cual él hizo uso de toda su habilidad para excitarla. No le bastaba con la entrega física; lo quería todo de ella. Lara era suya. Debía ser él quien ocupara su pensamiento, sus caricias las que encendieran su pasión. Lara debía desearlo con todas sus fuerzas. La posesión debía ser absoluta.

La única vez que había sentido algo parecido por una mujer, la había perdido por su propio descuido. Eso no iba a volver a suceder, así que Finn utilizó todos los medios que tenía a su disposición para reavivar el deseo de Lara. La acarició y jugueteó con ella, y se deleitó con sus respuestas. La hizo esperar hasta que ella le rogó que continuara, y solo entonces le concedió sus deseos. Y, cuando la tomó ella gritó de pasión, con sus ojos verdes oscurecidos de deseo, con una expresión tensa y extática, con el cuerpo arqueado hacia él, arañándole la espalda. Y él sintió que todo su cuerpo respondía con júbilo.

Después, permanecieron abrazados, disfrutando plácidamente de una saciedad temporal. Él la miró, asimilando todos los detalles de su desnudez, de su piel blanca y sonrosada, inhalando su dulce olor. Entonces, el deseo volvió a despertar, y volvieron a hacer el amor. Cuando se durmieron, la noche estaba bien avanzada.

Lara se despertó con un suave latido por todo el cuerpo. Tenía todos los detalles de la experta posesión de Finn grabados en la piel. Él la había excitado con ternura y con apasionamiento, le había provocado un deseo tan intenso que todo lo demás había dejado de existir. En aquellos momentos, ella solo conocía un anhelo feroz que solo él podía satisfacer. Y Finn lo había hecho en dos ocasiones, hasta que todo su ser estaba vibrando con él. Se había sentido exultante y viva. La alegría que le había causado aquello la ataba más a él que las cadenas. Finn había despertado en ella algo que desconocía, y que solo moriría cuando ella muriera.

Aquellos pensamientos eran agridulces. Finn hacía el amor con ella para tener hijos y, si seguían a aquel ritmo, no tardarían en conseguirlo. Tal vez ya estuviera encinta. Su única tristeza era que la motivación de su marido no fuera el amor.

Más tarde, fueron juntos a despedirse de Guthrum y de sus hombres. Lara se entristeció al verlos marchar, aunque entendía sus deseos. Los lazos con su hogar y sus familias eran muy fuertes, y ya habían cumplido con creces su trato con Finn.

—Volveré pronto —dijo Guthrum.

—Con la noticia de que has tenido otro precioso hijo —dijo ella.

—Eso espero —respondió Guthrum, sonriendo—. Tal vez tú también tengas una buena noticia que darme, ¿eh?

Ella se ruborizó.

—¿Quién sabe? Por el momento, acuérdate de darle un abrazo a Greta y a los niños de mi parte.

—Lo haré.

Guthrum le dio un afectuoso abrazo y se volvió hacia Finn.

—Espero que nos veamos muy pronto.

—Yo también —dijo él.

Cuando se hubieron despedido, la tripulación embarcó y, poco después, la Serpiente del Mar se alejaba del embarcadero. Lara se dio cuenta de que Alrik también se marcharía muy pronto y, con él, el último vínculo con su familia y su casa. Aquellas dos semanas habían sido solo un interludio; después, Finn y ella estarían solos y verdaderamente casados. Tendrían que establecer sus costumbres diarias, descubrirían más cosas sobre ellos dos y aprenderían dónde estaban los límites de la tolerancia cuando surgiera algún desencuentro. Seguramente, sus peleas serían airadas, pero las reconciliaciones también serían apasionadas. Lo miró de reojo; sin duda, Finn intentaría salirse con la suya de un modo u otro.

Él captó su mirada y arqueó una ceja.

—Tienes una expresión muy especulativa. Me gustaría preguntarte por qué, pero me temo que no vas a decírmelo.

—En realidad, estaba pensando en el futuro.

Él le pasó un brazo por la cintura.

—¿Y qué estabas pensando?

—En que este es el verdadero comienzo de la vida de casados.

—Sí, supongo que sí, porque lo que ha ocurrido hasta ahora no puede considerarse muy normal.

—No, pero ha sido emocionante, ¿no?

—¿No has tenido ya suficientes aventuras?

—Podría pasar sin los peligros mortales, pero no, en absoluto.

—Bueno, nos quedan otras opciones. Hay muchas posibilidades emocionantes —dijo él, y se inclinó para acariciarle el cuello con la nariz—. Como las que experimentamos anoche.

Ella entendió lo que quería decir Finn. Ya se había librado de sus enemigos, así que su siguiente objetivo sería dejarla embarazada. Haría que todo fuera agradable, pero lo que en realidad quería era tener hijos. ¿La querría si ella se los daba? ¿Podía ser condicional el verdadero amor? Ojalá ella también pudiera ser tan objetiva, porque las cosas le importarían menos, y no le harían daño. Sin embargo, tal y como era la situación, lo único que podía hacer era tomarse las cosas con fortaleza y valentía.

Con una sonrisa, le dijo:

—Eres insaciable.

—No te haces una idea.

—Creo que sí.

—Bueno, entonces, ahora que ya conoces la idea general, tendré que explicarte los detalles.

—¿Solo explicármelos?

—Explicártelos y demostrártelos minuciosamente.

A pesar de su estado de ánimo, aquellas palabras le provocaron un pequeño estremecimiento de impaciencia. Él tenía la llave del placer, de unas sensaciones que ella quería experimentar de nuevo. Eso le molestaba; le molestaba estar aferrada a la esperanza de que la intimidad física llevara a Finn a amarla algún día.

Además, sentía miedo de no conseguirlo, y algo de resentimiento por el hecho de que ya no le quedara más remedio que intentarlo. Él había conseguido tomarle ventaja con muy poco esfuerzo. Aquello era una combinación de emociones muy contrarias, y tenía el poder de aumentar su confusión.

Tal y como Lara había pensado, después de la marcha de Guthrum, Alrik y sus hombres empezaron a considerar marcharse también. Ahora que aquella aventura había terminado, irían a buscar otra.

Lara sintió una punzada de envidia, porque ellos tenían la libertad de ir donde se les antojara, mientras que una mujer nunca tendría aquel tipo de opciones. Su destino era el matrimonio que, además, era decidido por otros. Aquello hacía que ella se sintiera atrapada. Seguramente, debía de ser lo mismo que sentía un animal cuando lo atrapaban y lo enjaulaban.

—Esta vez debemos encontrar algo lucrativo —dijo Alrik.

—Ten cuidado, hermano. No dejes que el hambre de riquezas te nuble el sentido común.

Él sonrió.

—Haré caso de tu advertencia.

—Te voy a echar de menos. Vuelve pronto, por favor.

—Claro que sí. Después de todo, no estamos tan lejos de casa.

—Tus hombres y tú siempre seréis bienvenidos aquí.

Alrik la miró fijamente.

—Y tú, cuídate también mientras yo estoy ausente. Nada de más aventuras. Tienes que asentarte y ser una buena esposa.

Lara oyó mentalmente el portazo de la jaula al cerrarse. Con esfuerzo, sonrió.

—¿Es ese mi deber?

—Por supuesto. Después de todo, tienes un buen marido, ¿no?

—Sí, creo que sí.

—Bueno, entonces, no tienes motivos para quejarte.

—No, no tengo queja.

—Bien. Creo que él también está contento con el arreglo. He visto cómo te mira.

—¿Ah, sí? ¿Y cómo me mira?

—Como un hombre embelesado —respondió su hermano.

«No, como un hombre que desea tener un hijo».

—Creo que me ha tomado cierto afecto.

—Yo diría que te ha tomado algo más que afecto. Le vi la cara cuando se dio cuenta de que estabas entre las garras de los matones de Steingrim. Nunca había visto palidecer a un guerrero.

Lara siguió pensando en aquella conversación durante mucho tiempo después de que Alrik y sus compañeros se hubieran marchado. En la melancolía que le produjo la separación de su hermano, se aferró a sus palabras, intentando creer que eran ciertas.

Finn se había enfurecido al ver que otro hombre

le había puesto las manos encima a su esposa, pero, ¿había algo más que eso? ¿Le había importado por algún otro motivo, aparte de la violación de sus propios derechos?

Y, si eso era cierto, ¿cabría la posibilidad de que su afecto se convirtiera en amor?

Era imposible negar que ella ya había perdido su corazón. Lo había comprobado el día que el barco había vuelto y, al no ver a Finn, ella había pensado lo peor y había sentido un horror espantoso. El mundo sin él sería un lugar mucho más frío y desagradable.

Si le hubiera ocurrido algo, también habría muerto una parte de sí misma. Sin embargo, si no conseguía su amor, también moriría, aunque de otra forma más lenta y cruel.

Cuando los bardos recitaban poemas de amor, siempre describían una pasión mutua, la de un hombre y una mujer tan unidos que solo podía separarlos la muerte, y no siempre. Un gran amor, a veces, trascendía la muerte.

¿Acaso el guerrero Helgi no había vuelto del más allá para pasar una última noche con su amada Sigrún? ¿Y no había derramado ella lágrimas de sangre al tener que separarse de él? Aquella era una pasión enorme y trágica.

Los poemas no mencionaban el amor no correspondido. Tampoco hablaban de afecto ni de respeto, aunque esas emociones estaban implícitas en las relaciones que describían.

Lara suspiró.

¿Cómo conseguía una mujer inspirar el amor en un hombre? ¿Cómo conquistaba su corazón? Y, después de haber conseguido su amor, ¿cómo conseguía conservarlo? En aquel momento, hubiera dado cualquier cosa por saberlo.

Diecisiete

Después de la partida de los dos barcos, el poblado quedó muy silencioso. Los hombres se dedicaron a trabajar en la granja, a pescar y a practicar con las armas. Finn pasaba muchas horas con ellos y, en su ausencia, Lara se involucró inevitablemente en la organización doméstica. Él la animó a que lo hiciera.

—Es tu hogar, así que puedes gestionar la casa como mejor consideres.

A ella le agradó que él tuviera aquella opinión, porque le proporcionaba autonomía en aquel ámbito, al menos.

—Gracias.

Él extendió la mano.

—Vas a necesitar esto.

Ella miró hacia abajo, y se dio cuenta de que él le estaba entregando las llaves de los almacenes. Era un gesto simbólico y significativo. Le hacía un honor, porque demostraba que confiaba en sus habilidades, y le confería importancia a su papel de esposa. Por otra parte, dejaba clara la división del trabajo en la granja, y revelaba lo que se esperaba de ella a partir de aquel momento. Era una ocasión trascendental, y requería una respuesta adecuada.

—Espero que mi forma de organizar la casa cuente con tu aprobación.

Él le dio un beso en la mejilla.

—Seguro que sí.

Lara se ató las llaves al cinturón. Notó su peso, como si la responsabilidad, de repente, hubiera tomado masa y volumen. «Se acabaron las aventuras para ti, querida». Respiró profundamente. A partir de aquel momento, debía ser una buena esposa, como le había dicho Alrik.

—A propósito —dijo él—, mañana me marcho de caza a las montañas con algunos de los hombres. Estaremos fuera un par de días.

El tono despreocupado de aquellas palabras no ocultó su importancia. «Yo, nosotros», pensó Lara, «pero no tú. Yo puedo decidir adónde vamos nosotros, pero tú, no». Se sintió herida y molesta.

—Entiendo.

—Hace bastante tiempo que no vamos a cazar, y creo que todos lo hemos echado de menos.

Ella mantuvo la calma.

—Supongo que sí.

—Estoy seguro de que Ravndal estará en manos muy capaces durante nuestra ausencia.

Una buena esposa se sentiría muy contenta de que su marido pensara así. No sentiría decepción ni fastidio por tener que permanecer en casa, ocupándose de las tareas domésticas, mientras su marido se iba a pasarlo bien con sus amigos. Así eran las cosas. Lara consiguió sonreír un poco.

—Me alegro de que tengas tanta confianza en mí.

Él le devolvió la sonrisa.

—Por supuesto que sí. Ya me ha quedado claro que estás más que capacitada para desempeñar tu nuevo papel. Nadie podría hacerlo mejor.

Lara se alisó una arruga de la falda del vestido. Una buena esposa no tendría ganas de abofetear a su marido.

—Eres muy amable por decírmelo.

—Vamos a ir a cazar ciervos y jabalíes. Es obvio que querrás asarlos cuando volvamos, pero, con suerte, también habrá carne suficiente para curar con sal.

—Estoy deseando hacerlo.

Una buena esposa no utilizaría el sarcasmo, pero no había podido evitarlo. Por suerte, no pareció que Finn se percatara de ello.

—Vamos a necesitar algunas provisiones para llevar en el viaje.

—Les diré a los sirvientes que lo preparen todo.

—Muy bien. Creo que eso es todo.

Ella mantuvo una expresión impasible.

—Si se te ocurre algo más, dímelo.

Finn se marchó al amanecer. Lara todavía estaba dormida, y no quiso despertarla. Había estado muy ocupada desde que se habían marchado Guthrum y Alrik y, seguramente, ese era el motivo por el que parecía un poco cansada últimamente. También había estado muy callada. Sin duda, estaba aclimatándose a su nuevo hogar. Tardaría un poco, pero Lara era valiente y fuerte, y lo conseguiría. Le dio un beso en la frente; ella se movió, pero no se despertó. Iba a echarla de menos, pero solo iban a ser dos días de separación, y recuperarían el tiempo perdido cuando volviera. Recogió sus cosas y fue en busca de sus compañeros.

—Hace muy buen día para salir a cazar, mi señor —dijo Vigdis.

—Es verdad.

—Estoy deseando empezar. Será un buen cambio.

—Los cambios son igual de buenos que el descanso —comentó Unnr—. Eso es lo que decía mi padre. Después de pasar el invierno en casa, uno siempre está deseando salir a la mar.

—Sí, tienes razón —dijo Vigdis—. Todos necesitamos un cambio de vez en cuando, ¿no?

—A mí no me gusta estar siempre en el mismo sitio —dijo Unnr—. Supongo que necesito más aventuras antes de sentar la cabeza. No os molestéis, mi señor.

—En absoluto —dijo Finn—. El matrimonio es una aventura distinta, eso es todo.

—Mi hermano Sveinn estaría de acuerdo con vos.

—¿Y tú no?

—Yo estoy dispuesto a dejarme convencer, pero todavía no —respondió Unnr, con una sonrisa—. Y, mientras, vamos a divertirnos un poco.

Cuando Lara se despertó, Finn ya no estaba en el lecho. Ella no lo había oído marchar, pero, seguramente, sus compañeros y él ya estarían lejos.

Suspiró y se levantó. Tenía que trabajar y dar instrucciones a los sirvientes. Repasó la lista de tareas mientras se vestía.

Ya se había familiarizado con Ravndal y su gente. A la mayoría los conocía por su nombre, y pronto los conocería a todos. Su deber era conseguirlo. Mientras, tenía muchas cosas de las que ocuparse. Aunque, como a todas las mujeres, le habían enseñado a llevar una casa, no era un trabajo estimulante ni difícil, y le dejaba tiempo para pensar.

Se imaginó a Finn caminando por el bosque con sus compañeros, deteniéndose a admirar una vista hermosa o a examinar el rastro de un animal. Seguramente, cuando se detuvieran a montar el campamento, los hombres conversarían y se reirían. Los pensamientos de Finn estarían en ese lugar y ese momento; el poblado quedaría relegado, y ella también, a un segundo plano. En realidad, ella no era más que una administradora en su ausencia.

Se preguntó dónde estaría su hermano y qué estaría haciendo. Seguramente, no estaba batiendo mantequilla ni haciendo queso, ni hilando. Aquellas tareas repetitivas hacían que cada día se confundiera con el siguiente y eso, después de haber probado la vida de aventuras, era más difícil de aguantar. Intentó apartarse todo aquello de la cabeza, porque no iba a ayudarla ni iba a cambiar la situación. Así iba a ser siempre su vida.

«No, en absoluto. Muy pronto quedarás embarazada, y entonces, tendrás que cuidar a los niños también».

Eso habría sido una perspectiva agradable si contara con el amor de Finn, pero él no la quería. En ese sentido, era como una yegua de cría.

Se preguntó si no habría sido mejor que Kal acabara con ella. Casi al instante, renegó de aquel pensamiento.

«Compadecerte de ti misma no te va a servir de nada. Tienes que dejar de hacerlo y aceptar el destino que te han asignado los dioses. Es el mismo que les dan a las demás mujeres. A nadie le importa que te guste o no».

Aquel estado de ánimo le dio una pista sobre lo que debía de haber sentido Bótey. Si un breve viaje de caza podía causarle unos pensamientos tan sombríos a ella, ¿qué le habrían causado varios meses de soledad? Lara tragó saliva y se repitió a sí misma que solo se trataba de una expedición de dos días, y que los hombres iban a cazar algunas veces. Eso era todo. Finn volvería pronto.

Sin embargo, ella no había pensado que lo echaría tanto de menos. Era una boba porque, seguramente, él no estaba pensando en ella. Estaría disfrutando de la compañía y la camaradería de sus hombres. Solo pensaría en ella cuando volviera.

El resto del día pasó sin más novedades, y Lara se retiró cansadamente a su dormitorio. Entonces, abrió su arcón y sacó la espada. Se sintió bien al empuñarla de nuevo. No había vuelto a practicar desde que había llegado a Ravndal. Una buena esposa no tenía por qué jugar con espadas, y su abstinencia había sido debida a aquella idea de lo que era el comportamiento adecuado de una mujer. Una chispa de rebeldía se encendió en ella, y sonrió. Finn no estaba allí y, si no se enteraba, no se molestaría.

A la mañana siguiente, se levantó temprano y salió del dormitorio sin que nadie la viera. Encontró un lugar un poco alejado del poblado, tranquilo y protegido, desenvainó la espada y pasó una hora practicando los ejercicios. Fue algo liberador; al menos, durante aquel tiempo volvió a ser ella misma.

No sabía cómo iba a reaccionar Finn si se enteraba de aquello, puesto que no habían vuelto a hablar del manejo de la espada desde que habían llegado, y ella no se lo había mencionado. ¿Lo consideraría incompatible con su papel de esposa? «Yo estoy dispuesta a ocuparme de esta casa y hacer lo necesario, pero necesito algo para mí misma, y es esto». Estaba dispuesta a defender su postura. De lo contrario, la antigua Lara se perdería por completo, se convertiría en poco más que una sirvienta. Apretó los dientes mientras cortaba de una pasada las cabezas un grupo de cardos. «Por encima de mi cadáver».

Finn miró los dos jabalíes muertos con satisfacción. La caza había ido bien, y no solo para su grupo; Vigdis y Folkvar habían cazado un buen ciervo. Tendrían carne suficiente para varios días. Nadie pasaría hambre.

Pensó en Ravndal y en Lara, y sonrió. Sin duda, ella lo tenía todo bajo control. Era un alivio saber que el poblado estaba en buenas manos. Por mucho que hubiera disfrutado de aquella expedición de caza con sus hermanos de armas, había echado de menos a Lara durante aquellos dos días. Había echado de menos su belleza, su inteligencia y su sonrisa de picardía. La había echado de menos a su lado, por las noches. Sonrió. Se alegraba de volver a casa.

Lara estaba en el cobertizo del telar cuando un sirviente anunció el regreso de la partida de caza. Al instante, olvidó toda su tristeza. «Finn ha vuelto». Se tomó un momento para arreglarse el pelo y el vestido, y salió corriendo. Los cazadores estaban en grupo, junto al abrevadero. La mayoría se habían quitado la túnica y la camisa y estaban lavándose el sudor y la suciedad de la expedición. Vio a Finn al instante y, por un momento, lo observó sin que él se diera cuenta. Tenía la piel ligeramente bronceada, y el pelo dorado, y con su sonrisa relajada estaba increíblemente guapo. Su cuerpo atlético exudaba salud y energía. Las gotas de agua le brillaban en el pecho, y hacían relucir su poderosa musculatura. Con solo mirarlo, sintió un aleteo en el estómago.

Él debió de notar su mirada, porque se giró hacia ella. Al verla, sonrió aún más. Se separó de sus compañeros y se acercó. El aleteo aumentó, y ella tuvo que hacer un esfuerzo para controlarlo.

—Bienvenido a casa, Finn.

Él la abrazó y le dio un sonoro beso en la mejilla.

—Me alegro de haber vuelto. ¿Me has echado de menos, esposa mía?

Lo había echado de menos terriblemente, y no tenía sentido negarlo cuando todo su cuerpo vibraba con su cercanía.

—Por supuesto.

—Me alegro de saberlo. Yo también te he echado de menos.

—¿De verdad?

—¿Lo dudas?

Sí, lo había dudado. Y una parte de sí misma seguía dudándolo.

—Pensaba que estarías demasiado ocupado.

—No tanto.

—¿Ha sido buena la caza?

—Sí, muy buena. Dos jabalíes y un ciervo. Algunos de los sirvientes están desollando los animales.

—Ah —dijo ella y, recordando lo que él le había dicho en una conversación anterior, añadió—: Tal vez debería ir a supervisarlo.

—Eso puede esperar. Vamos dentro. A mis hombres y a mí nos gustaría tomar un poco de cerveza.

—Sí, por supuesto.

Fueron juntos al salón, y Lara indicó a los sirvientes que llevaran la bebida. Los hombres le sonreían cuando ella les servía las copas; después, retomaron su conversación. En un par de ocasiones, vio que Finn la miraba y le sonreía también, pero él no hizo ningún esfuerzo por tenerla a su lado. Lara sintió una gran desilusión. No la había echado de menos en absoluto. Lo que le había dicho había sido solo una muestra de cortesía. De repente, tuvo un absurdo deseo de llorar, y se sintió furiosa consigo misma. Miró a su alrededor y vio que todo el mundo tenía su copa, y que los sirvientes se estaban encargando de atender a quienes pedían más cerveza. La sala estaba llena de conversaciones animadas y de risas. Era un buen momento para escabullirse. Nadie iba a darse cuenta.

Se había alejado unos cincuenta metros de la puerta cuando oyó a Finn, que la seguía.

—Lara, ¿adónde vas?

Ella se giró hacia él.

—Iba a supervisar el despiece de la carne.

—Muy diligente, pero no hay prisa.

—Ahora o más tarde, no hay diferencia. Hay que hacerlo de todos modos.

—Bueno, entonces, ¿por qué no lo dejas para más tarde?

Había varios motivos que podía darle, pero no iba a hacerlo. Después de todo, tenía su orgullo.

—No, creo que voy a hacerlo ahora. Será una cosa menos en la que pensar.

Finn se acercó a ella. Por un momento, la miró con los ojos entrecerrados.

—Estás un poco pálida, cariño. ¿Te encuentras bien?

—Eh… sí, muy bien.

Él le pasó un dedo, con delicadeza, por el labio.

—Parece que por fin se te ha curado la herida del labio.

—¿Qué herida? —preguntó ella, con la voz entrecortada—. Ah, sí, el corte. Sí, se me ha curado.

—Me alegro mucho de saberlo.

—Gracias.

—No, no me des las gracias. Mis razones son completamente egoístas —dijo Finn. Al ver su cara de confusión, sonrió, y añadió—: Ahora puedo besarte como es debido, ¿sabes?

A ella se le aceleró el corazón. Él estaba demasiado cerca, y aquella conversación se estaba convirtiendo en algo demasiado peligroso.

—¿Antes no me has besado como es debido?

—No podía. No quería hacerte daño.

«No son los besos lo que me hace daño».

—Eso es muy considerado por tu parte.

Él le pasó un brazo por la cintura y la estrechó contra sí.

—Me ha costado mucho. Tienes unos labios muy apetecibles.

Ojalá pudiera creerlo. Ojalá no lo hubiera echado de menos, y ojalá sus caricias no le importaran.

—¿De veras?

—Sí, los tienes, entre otras cosas, por supuesto. He pensado mucho en esto últimamente.

—Yo creía que habrías pensado mucho en los jabalíes.

—Y, sin embargo, no he tenido ganas de besar a ninguno.

—Pues me alegro.

A él le relucieron los ojos.

—¿Temes por mi seguridad?

—Bueno, obviamente, sí, pero también sería mortificante descubrir que tengo que competir por tu afecto con un cerdo.

Finn se echó a reír suavemente.

—Por Thor, te he echado de menos.

Sin más ambages, él la besó. Y no hubo nada suave ni tímido en el beso. Por el contrario, fue un beso lleno de seguridad, persuasivo, el beso de un hombre experimentado con las mujeres. Tenía una pasión contenida que buscaba su respuesta. Y la pasión de Lara se despertó también; abrió los labios, y sus lenguas se acariciaron. Finn sabía a cerveza, fuerte y embriagador. Ella se apoyó en él, le rodeó el cuello con los brazos y le acarició la piel cálida de la nuca, inhalando su olor masculino y erótico. Su caricia hizo temblar a Finn, y él la estrechó con fuerza entre sus brazos, hundiendo la lengua más profundamente en su boca. A Lara le ardió la sangre. Si continuaban así, aquello se convertiría en algo más que un beso. El establo estaba a pocos metros y era un lugar privado, perfecto para un encuentro entre amantes. «Salvo que él no te ama. Lo que quiere es tener un hijo». Para él, aquello no sería más que un agradable paso más en aquel camino. Haría el amor con ella, le proporcionaría placer y, después, se iría al salón de nuevo, sin mirar atrás. El deseo de Lara se apagó y, en algún otro lugar, se encendió de nuevo la chispa de la rebeldía.

Finn notó que se ponía tensa y se apartó.

—¿Qué ocurre, Lara? ¿Te hago daño?

Ella le lanzó una gran sonrisa.

—No, claro que no.

«Por lo menos, no del modo que tú piensas».

—Es que… creo que debo ir a hablar con los sirvientes sobre la carne. Y tengo que organizar la cena de esta noche.

—Les dije que asaran una pierna de venado. Seguramente, ya han empezado.

—Es lo más probable, pero me gustaría asegurarme —dijo ella, y dio un paso atrás—. Bueno, te dejo para que vuelvas con tus hombres.

Él la soltó, aunque de mala gana.

—Está bien, pero te prometo que esto solo es por ahora. La próxima vez que te pille a solas, no te vas a poder escapar.

Las implicaciones de aquello no sirvieron para calmarla, precisamente. Sonrió de un modo ambiguo y se alejó rápidamente.

Finn la observó con el ceño fruncido de desconcierto. También sentía decepción. Ella lo había besado con dulzura, de un modo muy excitante, y él había olvidado el resto del mundo. Le hubiera gustado ir más allá de aquel beso, y se le había pasado por la cabeza llevarla al establo y tomarla hasta que se desmayara. Dos días de abstinencia sexual eran más que suficientes, sobre todo si la mujer en cuestión era Lara. No solo no se había cansado de ella, sino que, cada vez que hacían el amor, él se quedaba impaciente por que llegara la siguiente ocasión. Se le había ocurrido que a Lara también podría apetecerle aquella idea del granero. Él no se había imaginado la calidez de su respuesta. Así pues, ¿qué era lo que le había hecho cambiar de opinión?

Lara se escondió detrás del establo y estuvo paseándose de un lado a otro durante un rato, hasta que se calmó un poco. Estaba enfadada consigo misma. No debería haber reaccionado así; en circunstancias normales, no lo habría hecho. Se había dejado influir por los sueños, y eso era inútil. Los hombres se iban por ahí, de aventuras, y las mujeres se convertían en amas de casa. Así eran las cosas. Finn no era un mal marido; no le pegaba, ni abusaba de ella. Solo esperaba que le diera hijos. Media docena de hijos, según había dicho. Así pues, si le apetecía darse un revolcón en el heno, ¿qué tenía de malo? ¿Qué importaba dónde se concebían los hijos?

Lara suspiró. No se trataba del lugar, sino del motivo. Él solo quería herederos que continuaran su linaje, y ella solo podía pensar en su amor. Finn no la amaba. Le había dicho lo que podía esperar de él: afecto y respeto. Sería una tonta si deseara lo inalcanzable.

Aquella noche, todo había vuelto a la normalidad, al menos en apariencia. Ni Finn ni ella mencionaron lo que había pasado entre ellos. Cuando se retiraron, él le hizo el amor. Lara sabía que eso era lo que iba a suceder, y no iba a engañarse a sí misma que no lo deseaba, cuando solo con tocarla, Finn la convertía en fuego. Él también fue ardiente y apasionado, como si su deseo fuera la consecuencia de algo más profundo que el mero afecto. Pero ella sabía que no era así. La verdad era que él solo deseaba que fuera una esposa eficiente en el manejo del hogar y que le diera muchos hijos. Aquel era el destino de las mujeres, y ella no era distinta. No quería fallar a Finn, pero, al mismo tiempo, quería ser honesta consigo misma.

—¿Finn?

—¿Umm?

—Necesito hablar contigo de una cosa.

Él bostezó.

—¿Y no puede ser mañana, cariño? Ha sido un día muy largo.

Ella se quedó decepcionada, pero se resignó. Unas cuantas horas no eran una diferencia tan grande.

—Está bien.

Él le besó el hombro y se tendió de costado. A los pocos minutos, estaba dormido.

Lara miró al techo. «No importa. No te lo tomes personalmente. Para sobrevivir, no debes permitir que las cosas te hagan tanto daño. Finn ha aprendido a soportar el dolor, aunque perdiera a Bótey».

El arte de la espada era una parte de su estrategia de defensa, una cosa que podía tener para sí misma y que estaba fuera del ámbito de las tareas domésticas. Y merecía la pena luchar por ello.

Dieciocho

Cuando Finn se despertó, a la mañana siguiente, la cama estaba vacía. Por la luz, calculó que hacía muy poco tiempo que había amanecido y, sin embargo, Lara no estaba allí. Se quedó muy decepcionado, porque, aunque habían hecho el amor la noche anterior, él estaba demasiado cansado como para dedicarle a Lara el grado de atención que hubiera deseado. El grado de atención que quería dedicarle en aquel momento.

Se quedó un poco sorprendido; incluso para Lara, era demasiado temprano. Él ya sabía que era trabajadora y responsable. Se había responsabilizado de sus tareas con facilidad. Se preparaba bien la comida, la ropa estaba bien lavada, la lana se hilaba y se tejía, se ordeñaban puntualmente las vacas y había mantequilla y queso. Además, Lara tenía una autoridad natural con los sirvientes; él no la había oído levantar la voz ni una sola vez, pero ellos le obedecían inmediatamente. Todo aquello era muy satisfactorio, y él no tenía ningún motivo de queja, salvo aquella ausencia de su lecho. Sin ella, no le apetecía en absoluto seguir allí acostado, así que iba a decírselo muy pronto.

Se levantó y se vistió. Mientras lo hacía, recordó que ella le había dado una excusa, el día anterior, para marcharse. Ciertamente, había que ocuparse del despiece de la caza y de la cena, y Lara era muy diligente con esas cosas. Tal vez, ella también tenía un buen motivo para haberse levantado tan temprano aquella mañana. Si el día anterior no la hubiera visto tan tensa, no le habría dado ninguna importancia. Además, ella le había dicho que quería hablar de algo, ¿no? Entonces, ¿por qué se había marchado tan temprano?

Lara estaba terminando la serie de ejercicios con la espada, detrás del establo, cuando apareció Finn. Él no la interrumpió; esperó a que hubiera envainado el arma y, después, caminó hacia ella.

—Así que este es el motivo por el que me has dejado.

Ella lo miró cautelosamente.

—¿Estás enfadado?

—No, no estoy enfadado. Estoy decepcionado.

A Lara se le encogió el corazón.

—¿Tanto te desagrada?

—Claro que me desagrada. ¿A qué hombre no iba a desagradarle?

Así pues, iba a ser más difícil de lo que ella había pensado.

—Quería hablar contigo, pero anoche estabas muy cansado.

—Si me lo hubieras dicho anoche, no habría sucedido, porque te lo habría prohibido.

Lara palideció.

—¿Lo dices en serio?

—Por supuesto. ¿Cómo puedes pensar lo contrario?

—Antes no te importaba, así que pensé que… Esperaba que lo entendieras. Es evidente que soy una ingenua.

Él se quedó mirándola sin comprenderla.

—¿Qué es lo que no me importaba antes?

—Que practicara con la espada. No te molestaba cuando no era tu mujer, pero parece que ahora lo prohíbes, porque lo que quieres en realidad es una mujer que se conforme y se contente con atender solo la casa. No puedo culparte por ello, porque sé que debería ser así, pero…

—Espera, espera un momento. ¿Crees que he venido aquí a prohibirte que practiques con la espada?

—¿No es así?

—Me he despertado y he visto que no estabas conmigo, y he venido a ver por qué has dejado el lecho.

—Oh… Creía que… has dicho que…

—Me parece que tenemos que aclarar unas cuantas cosas —dijo él—. ¿De veras pensabas que soy tan hipócrita?

—Yo… Estábamos hablando de cosas diferentes.

—Pero tenías esa duda, ¿no es así?

—No sabía qué pensar.

—¿Y ahora?

—Ahora me doy cuenta de que estaba equivocada.

—Eso espero.

Ella respiró profundamente.

—Lo siento. Es que no podría soportar perder esto.

—No voy a arrebatártelo.

—Significa mucho para mí que digas eso.

—Me alegro de haberte tranquilizado. Y, ahora, ven aquí —dijo él, y la abrazó.

Ella apoyó la mejilla contra su pecho y se relajó un poco. Aunque se sentía un poco tonta por haber malinterpretado lo que había dicho Finn, estaba muy aliviada. Él había sido bueno, y ella podía seguir conservando algo para sí misma.

Finn la miró, pensando en que todo aquello había sido un malentendido pero, de todos modos, había algo más que no le gustaba. Lara nunca se quejaba, pero él tenía la sensación de que algo no iba bien. Como, en el pasado, había ignorado las señales y eso le había costado perder a su mujer, no podía permitirse cometer el mismo error.

—Yo nunca querría que tú fueras infeliz y, sin embargo, creo que lo eres. No es solo por el manejo de la espada, ¿verdad?

Ella lo miró con inseguridad.

—¿Por qué no me dices qué es lo que ocurre? —preguntó él—. ¿Es algo que he hecho mal?

—No, Finn. Tú no has hecho nada mal. Me tratas bien, y no tengo ninguna queja.

Aquello era una evasiva, pero ¿qué podía decir?, se preguntó Lara. «Quiero que me ames, y no me amas. Quiero tener tu corazón, y tú no puedes dármelo». Por los dioses, eso sería patético. Preferiría cortarse la lengua antes que decir algo así. No quería darle lástima. Sin embargo, Finn era muy perceptivo, y muy persistente. Él se daría cuenta de que estaba mintiendo, así que lo mejor que podía hacer era decirle algo que fuera convincente para él.

—No… no es eso. Es que…

—¿Qué? —insistió él.

—Echo de menos mi casa, y he tenido un poco de nostalgia desde que Alrik y Guthrum se marcharon —dijo. Al menos, eso era cierto.

—Es normal que eches de menos tu hogar, y a tu familia, cuando has tenido que dejarlo todo e irte a vivir a un lugar extraño.

Ella volvió a respirar profundamente, y continuó:

—Bueno, y yo… también echo de menos las aventuras. He hecho todo lo posible por mantenerme ocupada, pero no es lo mismo. Sé que es una tontería, y sé que no va a haber más aventuras, porque tú me lo has dicho. Así que estoy segura de que, al final, me acostumbraré —dijo, y lo miró ansiosamente—. ¿Te has enfadado?

—No, cariño, no me he enfadado —dijo él, y le acarició el pelo—. Yo no he dicho que no vaya a haber más aventuras, solo que no va a haber aventuras en las que puedas morir.

—Ah —dijo ella. Aquellas palabras le dieron un poco de esperanza—. ¿De verdad?

—Sí, de verdad —respondió él, y sonrió—. Tengo que ir navegando por la costa, el mes que viene, a recoger un cargamento de hierro y de sal. ¿Por qué no vienes conmigo?

Lara empezó a animarse un poco.

—Eso me gustaría mucho.

—Entonces, no se hable más.

—Me vendrá muy bien tener un cambio de aires —dijo ella. Entonces, se dio cuenta de cómo podía interpretarse eso, y añadió, rápidamente—: No quería decir que Ravndal tenga nada de mal. Lo que quería decir es que…

Él le puso un dedo en los labios para acallarla.

—No pasa nada. Sé lo que querías decir, cariño.

Finn se lamentó de no haberse dado cuenta de que ella podría tener nostalgia. Debería haberse dado cuenta de que las tareas domésticas no serían suficientes para alejar el aburrimiento y la infelicidad. Lara era distinta a todas las demás mujeres que él había conocido, y Finn supo que, si no tenía en cuenta aquella diferencia, iba dirigido al desastre. Lara no solo era bella, sino también inteligente, apasionada y enérgica. Esas no eran las cualidades de una esposa dócil, pero eran las cualidades que lo habían atraído desde el principio, y no quería cambiarlas.

Que Lara tratarse de reprimir su verdadera naturaleza para adaptarse a un ideal abstracto de mujer no solo era doloroso, sino peligroso. Un espíritu como el suyo, al final, volaría hacia la libertad, y él la perdería. Ya había perdido a una esposa por no tener en cuenta sus necesidades, y no iba a permitir que sucediera de nuevo. Se alegraba de haber preguntado cuál era el problema y de haberlo sacado a la luz.

—Sé que eres una perfecta señora de la casa —le dijo—. No creo que nadie pueda hacerlo mejor que tú. Pero no debes pensar que solo vas a ser eso. Ravndal es tu hogar, no es una prisión.

Ella bajó la mirada, y él se dio cuenta de que Lara había pensado eso, exactamente. Notó una punzada de angustia en el pecho. Si él necesitaba un escape de vez en cuando, tal vez para una mujer también fuera necesario.

—Siento que hayas creído eso —le dijo—. Nunca fue mi intención.

—Creía que iba a poder aclimatarme más rápidamente. Quiero ser una buena esposa para ti, Finn.

—Eres una buena esposa para mí. Siempre lo has sido.

—Bueno, no siempre. Al principio, no, pero estoy intentando mejorar.

—No hay nada que mejorar, Lara, y yo no quiero cambiar nada. Me gustas exactamente como eres. Siempre me has gustado.

—¿Lo dices de verdad?

Su expresión dubitativa le llegó al alma; Finn se preguntó cómo era posible que lo dudara. ¿Acaso él le había dado la impresión contraria? De ser así, había llegado el momento de arreglarlo.

—Sí, lo digo de verdad —respondió, y la tomó de la mano—. Ven conmigo.

—¿Adónde vamos?

—Al dormitorio.

Entonces, tiró de ella suavemente, y la llevó hasta el edificio que compartían. Allí, Lara esperaba que él le pidiera que se acostaran inmediatamente. Sin embargo, Finn le soltó la mano y se giró hacia su arcón. Abrió la tapa y sacó algo; entonces, se acercó a ella de nuevo.

—Quiero darte una cosa —le dijo—. Espero que te guste, y que te demuestre que lo que te he dicho es cierto.

Ella lo miró con una gran sorpresa.

—¿Es un regalo?

—Sí. No te di el regalo de la mañana de bodas, así que ya era hora. Además, quería que fuera algo personal y único para ti.

Le ofreció lo que tenía en la mano; era un paquete largo y estrecho, y muy pesado en relación a su tamaño. Ella se sentó al borde de la cama y quitó con cuidado la envoltura de tela. Al abrirla, no pudo contener un jadeo de asombro. Era una espada con una funda de cuero y plata.

—Oh, Finn…

Por un momento, Lara se quedó boquiabierta mirando el regalo. La espada tenía el pomo de plata labrada, la empuñadura de madera de boj, protegida con un magnífico cuero. La guarda era curva, de plata labrada. Ella agarró la empuñadura. Era más pequeña de lo normal, pero perfecta para su mano.

Lentamente, se levantó y desenvainó la espada. Era más ligera que el arma de un hombre. Lara observó el suave brillo del metal gris de la hoja, que tenía maravillosos grabados en toda su longitud.

Finn la estaba mirando atentamente.

—¿Te gusta?

—Es preciosa —susurró ella—. Nunca había visto nada tan bonito.

—Le di instrucciones muy precisas al forjador, y por eso ha tardado algún tiempo en terminarla. La recogí ayer, de vuelta de la expedición de caza.

—Es la mejor sorpresa del mundo. Gracias, gracias —dijo ella. Envainó la espada de nuevo, la dejó cuidadosamente sobre la cama y abrazó a Finn—. Nadie me había hecho un regalo tan bonito.

Él la tomó por la cintura.

—Me he dado cuenta de que has abandonado un poco la práctica, así que, con esto, tal vez tengas más motivación.

A ella se le iluminó la cara con una sonrisa.

—Lo será, créeme. Gracias, mil veces gracias por esto. No puedo explicarte lo mucho que significa para mí.

—Sé lo mucho que significa para ti, cariño.

—Intentaré hacerle justicia al regalo.

—Entonces, ¿quieres retomar las clases?

—¿Tú todavía quieres enseñarme?

—¿Y quién, si no?

—Eso sería maravilloso.

—Entonces, no hay más que hablar.

Lara respondió con gravedad.

—Dejé de practicar porque pensaba que a ti no te gustaría.

—¿Y por qué pensaste eso?

—Porque no es lo que los hombres esperan de sus mujeres.

—Los hombres son distintos unos de otros, y les satisfacen cosas distintas. Tú eres mi esposa y estoy orgulloso de ti, y no quiero cambiarte. No quiero que finjas ser alguien que no eres, Lara, porque creas que yo deseo esto o lo otro. No es eso lo que quiero, bajo ningún concepto.

—Entonces, ¿qué es lo que quieres?

—Quiero que seas tú misma, y que seas feliz —dijo él, y le dio un beso—. Nunca lo pongas en duda.

Lara lo abrazó con fuerza.

—Te quiero mucho, Finn.

La mano que le había estado acariciando la espalda a Lara se quedó inmóvil, y se hizo el silencio. Lara cerró los ojos contra su pecho, y se encogió por dentro. «¡Idiota! ¿Cómo es posible que hayas dicho eso, cuando todo iba tan bien?». De hecho, había sido un acto involuntario. Había pronunciado aquellas palabras antes de poder contener la lengua. Aunque fuera lo cierto, se había colocado a sí misma en una situación muy embarazosa, porque él no podía corresponderle. Finn había sido bueno y generoso, y siempre sería un buen marido, pero no podía darle su amor. Lo que le ofrecía era afecto y respeto. Ella lo sabía y, sin embargo, había quedado como una tonta y había estropeado un momento muy especial.

«Di algo. Disimula de alguna manera. Finge que no ha ocurrido nada».

Sonrió, y adoptó un tono de voz muy animado.

—¿Podemos practicar mañana?

Finn carraspeó.

—Sí, por supuesto que sí.

Ella mantuvo la sonrisa.

—Me temo que voy a estar un poco oxidada, al contrario que la espada.

—Tal vez, pero te recuperarás muy pronto.

—Con un maestro como tú, seguro que tienes razón.

—Te advierto que soy muy severo.

A ella no le importaba en absoluto; solo le importaba estar con él y tener toda su atención durante un rato.

—Lo haré lo mejor que pueda.

—Ya lo sé.

Más tarde, cuando estaba echándoles heno a los caballos, Finn intentó poner en orden sus pensamientos. Le agradaba mucho que su regalo hubiera sido tan bien recibido. Había hecho la elección correcta, y merecía la pena hasta la última moneda que había gastado en él. Por eso, imaginaba que iba a causarle sorpresa y deleite a Lara. Lo que no esperaba era el comentario que ella había hecho al final. ¿Era solo una expresión espontánea de placer general, o significaba algo más? Le había tomado por sorpresa, hasta tal punto, que se había quedado mudo. Cuando se había recuperado lo suficiente como para hablar, la conversación había continuado con un tono muy ligero, que sugería que no debía darle importancia a aquel comentario. Si le hubiera pedido que lo aclarara, solo habría creado un ambiente de azoramiento. No quería que ella se viera obligada a expresar más de lo que sentía solo para contentarlo. Quería que Lara le dijera aquellas palabras, sí, pero sintiéndolas de verdad.

Suspiró. Cuando había aceptado aquel matrimonio, no sabía que Lara iba a conquistarlo de aquel modo. No sabía que iba a reavivar en él pasiones que pensaba que habían muerto. No sabía que se enamoraría tanto por segunda vez. Sin embargo, había sucedido; Lara se le había metido en el corazón, en un hueco que nadie más podía llenar. Algún día le diría aquellas cosas, pero todavía no. Antes, quería estar seguro de cuáles eran sus verdaderos sentimientos por él. Hacer otra cosa sería demasiado peligroso y le dejaría en una posición muy vulnerable, demasiado expuesta. Lara tenía el poder de hacerle daño, y él no estaba seguro de que su corazón pudiera soportar otro desastre.

Diecinueve

Con respecto a las lecciones del manejo de la espada, Finn cumplió su palabra. A la mañana siguiente, despertó a Lara sin contemplaciones, apartando la manta de golpe y dándole un azote en el trasero. Ella soltó un grito de asombro, abrió los ojos y lo vio de pie, encima de ella. Ya estaba completamente vestido.

—Tu clase empieza dentro de diez minutos. Si llegas tarde, te las verás conmigo.

Y, con eso, se marchó.

Lara agitó la cabeza; en cuanto se hubo despertado por completo, se levantó y se vistió apresuradamente. En un par de minutos, se había puesto una túnica y unas mallas. Después, se recogió el pelo en una coleta, tomó la espada nueva y corrió detrás de Finn.

Él estaba sentado en un tocón, junto al establo, observándola mientras ella se acercaba. Al sentir todo el poder de su mirada, Lara se sintió azorada. Se había arriesgado mucho al ponerse aquella ropa, pero era cómoda y práctica, y le daba más libertad de movimientos que el vestido. ¿Pondría objeciones Finn? A su padre le habría dado un ataque. Ella solo se atrevía a ponerse aquella túnica cuando Ottar estaba bien lejos. Alrik era el único que lo sabía, pero a su hermano no le molestaba en absoluto. ¿Y Finn? Lara respiró profundamente y esperó su reacción.

Sin embargo, Finn no hizo ni el más mínimo comentario sobre su vestimenta. Desenvainó la espada y dijo:

—Primero hay que calentar los músculos. Ya conoces los ejercicios.

Lara se calmó al oír su tono serio, y asintió. Desenvainó su espada y, durante los diez minutos siguientes, realizó la serie de ejercicios en silencio. Lara perdió su azoramiento y se concentró en aquel ritmo familiar. Se dio cuenta de lo mucho que había echado de menos aquello. Y no tardó mucho en acostumbrarse a su nueva espada: era fuerte, pero también ligera, y parecía que estaba hecha para su mano.

Después del calentamiento, la clase empezó en serio. Ella esperaba que sus habilidades estuvieran oxidadas después de haber pasado semanas sin practicar, pero, después de un par de repasos, recuperó los movimientos rápidamente, y todo fluyó de nuevo. Cuando él vio que había recuperado el paso, le enseñó un par de nuevos movimientos e hizo que los repitiera, observándola críticamente, deteniéndola y corrigiéndola cuando era necesario. Cuando quedó satisfecho, empezó a practicar con ella.

En aquel momento, la clase cambió, y se convirtió en un desafío mucho más excitante. Lara hizo lo que pudo, pero, por mucho que lo intentara, no consiguió romper su defensa. Él, por otra parte, podría haberla matado varias veces, de haber querido. Además, Lara sospechaba que ni siquiera tenía que esforzarse. Al final de la clase, ella estaba sudorosa, y él ni siquiera se había inmutado. Aquello era humillante, pero también estimulante, y ella no se lo hubiera perdido por nada del mundo.

Finn envainó la espada.

—Vamos a dejarlo aquí por hoy.

—Ha sido divertido.

Él sonrió.

—Lo has hecho bien.

Su alabanza emocionó a Lara.

—Lo he recuperado más rápidamente de lo que pensaba.

—Cuando se aprende, ya no se olvida. Pero, para ser más rápido y mejor, hay que practicar.

—Vaya, me gusta cómo suena eso —dijo ella, y suspiró—. De todos modos, si hubiera sido un combate real, yo habría muerto una docena de veces.

—Con una habría sido suficiente.

Ella se echó a reír sin poder evitarlo.

—Sí, es cierto —dijo, y envainó su arma—. Todavía no he encontrado nombre para mi espada.

—No es necesario —respondió él—. Cuando llegue el momento, la espada te dirá cómo se llama.

Ella lo miró de reojo.

—Entonces, ¿una espada puede hablar?

—Sí, sí puede. Tú solo tienes que escucharla.

Por un momento, Lara se preguntó si Finn estaba bromeando, pero, por su expresión, supo que hablaba en serio, y se estremeció. Todo el mundo sabía que la relación entre un guerrero y su espada era algo especial y místico. La llevaba siempre consigo, desde el día en que dejaba de ser un niño y se convertía en un hombre. Incluso dormía a su lado. Cuidaba de su espada, y su espada cuidaba de él. Cuando moría, la espada lo seguía a la tumba, o pasaba a pertenecer a su hijo. Así sucedía durante generaciones. Los nombres de las grandes espadas pasaban a formar parte de la leyenda. Cuando los bardos recitaban versos, recordaban en ellos los hombres de Hrunting, Naegling, Gram y Turfing, y las espadas conseguían la inmortalidad, como los guerreros que un día las blandieron.

En aquel momento, Lara entendió de verdad el significado del regalo que le había hecho Finn. Ella nunca tendría su fuerza ni su habilidad, pero, al regalarle la espada, él le había hecho simbólicamente el honor de convertirla en su igual. Era un acto de respeto y de afecto verdadero, porque debía de haberle costado una fortuna. Aquello también era emocionante; casi ninguna mujer tendría aquella consideración de su marido. Él le había dado todo lo que había podido, y le estaba enseñando todo lo que podía. ¿Cómo iba ella a compadecerse de no tener su corazón?

—Escucharé —dijo.

Él asintió.

—Lo sé.

Aquellas palabras la llenaron de orgullo. Hubiera querido acercarse a él, para darle las gracias de un modo más personal, pero temió que eso estropearía el ambiente. Además, estaba fascinada por lo que él le había dicho, porque le ofrecía información sobre un mundo en el que las mujeres no participaban.

—¿Fue así como tu hermano y tú conocisteis los hombres de vuestras espadas?

—Exactamente.

—Debe de ser un momento mágico.

—Sí, lo es. Es el comienzo del vínculo entre el guerrero y su espada.

—Lo entiendo.

Comenzaron a andar hacia la casa. Ella lo miró.

—¿Has tenido noticias de tu hermano o tu primo desde que te separaste de ellos?

—No, todavía no, pero las tendré en cuanto puedan enviarme un mensaje.

—¿No temes por ellos?

—Tengo un gran interés en su bienestar, pero son hombres fuertes y resistentes. Son supervivientes, en otras palabras. Saldrán de esta también.

—Me gustaría conocerlos, algún día.

—Los conocerás.

—Sé muy poco de tu familia. ¿Tu hermano está casado?

—Lo estuvo, pero su matrimonio acabó mal.

—¿Qué ocurrió? —preguntó ella. Sin embargo, se dio cuenta de que se había apresurado—. Perdóname. Ha sido una pregunta indiscreta. No tienes que responder, si no quieres.

—No te preocupes. De todos modos, ahora es historia.

—Pero una historia dolorosa, quizá.

—Sí, es cierto. Su esposa cayó en una negra melancolía después del nacimiento de su hijo, y su mente se desequilibró. Intentó matar a Leif y al bebé.

—¿Qué?

—Leif sobrevivió, pero el niño no.

—Oh, Finn, es horrible.

—Sí, fue horrible. Después de eso, Leif se convirtió en otro hombre.

—No podía haber sido de otra manera —dijo ella—. ¿Y se… se vengó por lo que había hecho ella?

—Se le pasó por la cabeza, pero no pudo hacerlo. Leif nunca ha usado su espada contra una mujer. Eso siempre ha sido algo prohibido entre los hombres de mi familia. Se divorció de su esposa, y su familia se hizo cargo de ella.

—Fue muy clemente. Creo que es un hombre bueno.

—Sí, lo es. Además, la había querido mucho, y no pudo olvidarlo.

Lara sonrió con tristeza. «Como tú quisiste a Bótey, y ahora tampoco puedes olvidarla».

—Entiendo que no volvió a casarse.

—No, aunque creo que hay una mujer que puede curarlo, con el tiempo —dijo Finn—. Ella fue quien nos avisó del ataque que habían planeado los hombres del príncipe Hakke contra nosotros.

—Parece que a ella le importa tu hermano.

—Sí, creo que sí. Sin embargo, la situación era complicada, y tuvimos que separarnos rápidamente, así que no sé si las cosas han salido bien entre ellos.

—Si él la apreciaba tanto como ella a él, no la habrá dejado.

Él sonrió.

—¿El amor siempre sale victorioso?

—Sí, claro.

—Tienes una vena romántica muy fuerte, ¿no?

—¿Y te parece mal?

—No, mal no —respondió él—, pero la vida real no es romántica.

Lara apartó la mirada, pero captó el mensaje. El amor y el romanticismo no cabían en la vida de Finn. Tal vez tuviera razón. Tal vez, esas cosas solo ocurrían en las canciones y las historias. Si ella pudiera convencerse de eso, la vida sería mucho más fácil.

—Digamos que, en este caso, soy optimista, y deseo que todo salga bien.

—Espero que tengas razón.

—Pero lo dudas.

—Como he dicho, las circunstancias eran difíciles —afirmó él, y sonrió—. Por otra parte, mi hermano no pudo resistirse, y es un hombre muy tenaz. Si quiere algo, no para hasta conseguirlo.

—Como un héroe de leyenda.

—Le encantaría oírte decir eso.

—¿Es guapo? —preguntó ella.

—Supongo que sí, ¿por qué?

—Oh, por nada.

Él entrecerró la mirada.

—Te estás interesando mucho por él. Estoy empezando a sentirme celoso.

—¿Yo tengo el poder de hacer que te sientas celoso?

—Pues sí, demonios. Tal vez no te permita acercarte a mi hermano, después de todo.

Lara lo miró con picardía.

—¿Y tu primo? ¿También es guapo?

—¿Erik? —preguntó él, y se encogió de hombros—. Tal vez algunas mujeres lo hayan pensado así, pero eran noches sin luna y estaban ebrias. Pensándolo bien, Leif también tiene mejor aspecto en la oscuridad.

Aquellas palabras hicieron reír a Lara.

—Cuando los conozca, voy a contarles lo que has dicho.

—¿Y arriesgarte a ser viuda tan pronto?

—Umm… Bueno, tal vez no, entonces. ¿Qué me vas a dar para comprar mi silencio?

—¿Un beso?

—Oh, me parece que quiero algo más que eso.

—¿Dos?

Ella cabeceó.

—No pienses que te vas a escapar tan fácilmente.

—¿Tres? ¿Cuatro?

—Como mínimo.

—Negocias muy duramente, pero, como mi vida pende de un hilo, supongo que tendré que pagarte.

—Exacto. Por supuesto, yo elijo el momento y el lugar.

—De acuerdo —dijo él, con los ojos brillantes—. Te advierto que no voy a olvidar esta ofensa, ni la vergonzosa manera en que he sido explotado, y que buscaré venganza.

Al imaginarse las posibles formas de aquella venganza, Finn notó que se le aceleraba el pulso. Ella lo miró especulativamente.

—¿Debería preocuparme?

—Oh, sí —respondió él.

Volvieron a su dormitorio para guardar las armas. Lara miró su ropa.

—Tengo que vestirme respetablemente —dijo.

Él se sentó, y estiró las piernas.

—Por favor, adelante.

Ella enarcó una ceja.

—¿Es que vas a mirar?

—Por supuesto que voy a mirar. Es uno de mis privilegios, porque soy tu marido.

Lara se quitó la túnica.

—¿Un privilegio de esposo?

—Exactamente.

—¿Y yo no tengo nada que decir al respecto?

—No, claro que no.

Ella se quitó las mallas lentamente, y se quedó vestida, tan solo, con la camisa. Entonces, miró a Finn con frialdad.

—Hay algo que no has previsto.

—¿Y qué es?

—Tienes cierta deuda conmigo.

—¿Qué deuda?

—Es lo que debes pagarme a cambio de mi silencio.

—Ah, sí. Eso.

—Sí, eso. Exijo el primer pago ahora.

—¿Ahora?

—Sí.

—Muy bien —dijo él, y se levantó lentamente de su asiento—. Accedo a vuestras demandas, señora.

—Como es debido. Además, debo quedar totalmente satisfecha. El pago debe ser justo.

—Intentaré no decepcionaros.

Él la abrazó con fuerza y la besó. Le acarició los labios con suavidad, y le pasó la lengua por el labio inferior. Aquel contacto envió una descarga de impaciencia por todo el cuerpo de Lara. Él le mordisqueó el labio y, después, el beso se volvió más fuerte y persuasivo. Ella abrió la boca y sintió el roce de la lengua de Finn en la suya. Entonces, el deseo se desató dentro de ella. Finn le pasó la yema del dedo pulgar por uno de los pezones, y ella tomó aire bruscamente.

Finn se separó un poco.

—¿Os satisface, mi señora?

—No ha estado mal —respondió ella—, pero no estoy completamente satisfecha todavía. Quisiera recibir el segundo plazo ahora.

—Como ordenéis.

Entonces, él volvió a besarla, mientras le acariciaba el pecho. Ella se apoyó en él y lo rodeó con los brazos, inhalando su olor, saboreándolo, rindiéndose a él. El beso se hizo más profundo, y Lara gruñó suavemente.

Él hizo una pausa y la miró a la cara.

—¿Mi señora?

Ella carraspeó, y dijo:

—El tercer pago. Ahora.

Entonces, Finn la estrechó contra su cuerpo, y la besó apasionadamente. Ella notó el principio de su erección, algo sugerente y excitante. Solo quería continuar con aquello, conseguir que Finn ardiera de deseo, que olvidara todo lo demás.

Provocativamente, Lara se frotó contra él. La respuesta fue un gemido gutural, casi animal, que a Finn se le escapó sin que pudiera evitarlo. Él la estrechó aún más, y bajó las manos para agarrarle las nalgas y ceñirla contra la dureza de su cuerpo. El calor inundó la pelvis de Lara y le provocó un calor entre los muslos. Ella le agarró del pelo mientras le devolvía el abrazo con avidez, con hambre. Entonces, olvidaron toda contención y se besaron hasta que sus labios ardieron y quedaron sin respiración. Ella lo miró, y vio en su rostro una expresión peligrosa, depredadora, determinada.

—¿Finn?

Él la tomó en brazos y la llevó hacia la cama.

—Te advertí que iba a vengarme, ¿no es así?

Veinte

A partir de aquel momento, la práctica con la espada se convirtió en una parte del día. El atuendo de Lara, tan poco convencional, provocó alguna cara de sorpresa, pero nadie hizo ningún comentario.

Al *jarl* le satisfacía enseñar a su esposa a luchar y, si le permitía llevar aquella ropa, era cosa suya. Además, todos sabían ya que la dama era poco corriente, así que nadie tuvo problemas para acostumbrarse a su forma de vestir. Algunos de los hombres, incluso, comenzaron a levantarse más temprano para observar las clases en secreto, a distancia.

—Es normal, si lo piensas detenidamente —dijo Unnr—. Después de todo, ella es una pelirroja, y ya sabemos que las pelirrojas son muy guerreras, ¿no?

Folkvar sonrió.

—Por supuesto que lo sabemos.

—Aprende rápido. Él acaba de enseñarle ese juego de piernas, y ella ya lo ha captado.

—Y ha mejorado mucho en el ataque, también —dijo Vigdis.

Unnr asintió.

—Mucho mejor.

—Aunque necesita ser más rápida en las estocadas —comentó Sturla.

Los otros se quedaron en silencio y, al recibir varias miradas de frialdad, el guerrero se corrigió.

—Pero, bueno, todavía lleva muy poco tiempo, y ha progresado mucho. Cualquiera puede verlo.

Eso aplacó a sus compañeros, y todos volvieron a mirar a los combatientes.

Lara se lanzó al ataque, y sus movimientos se hicieron más frecuentes y rápidos. Finn los repelía con destreza. Ella se concentró, olvidándolo todo salvo las espadas, y se movió por instinto, buscando el hueco que le permitiera atravesar la defensa del contrario. Y, entonces, casi sin que ella se diera cuenta, la punta de su espada consiguió posarse en el hombro de Finn. Ella se quedó mirándolo con incredulidad.

—¡Un golpe! ¡Por fin!

—Sí, pequeña bruja, lo has conseguido —respondió él.

Ella sonrió.

—¡Lo he conseguido! ¡Lo he conseguido de verdad!

—No vas a dejarme olvidar esto, ¿verdad?

—No, no es probable.

Los espectadores aplaudieron espontáneamente. Unnr dio un brinco y prorrumpió en vítores.

—¡Por Thor, lo ha golpeado!

—Una estocada como esa le habría dolido —dijo Vigdis.

—Sin duda. Lo habría dejado en cama más de quince días, supongo.

Sturla asintió.

—Ya os dije que estaba progresando.

Los dos combatientes se dieron la vuelta, sorprendidos, y vieron que tenían público a unos treinta metros de distancia. Los hombres estaban escondidos junto a uno de los almacenes. Lara miró a Finn y se echó a reír. Ambos envainaron sus espadas.

Él suspiró.

—Te darás cuenta de que esto ha causado un daño incalculable a mi reputación. Es posible que nunca lo supere.

—Yo no lo voy a contar.

—No será necesario —dijo él, señalando con la cabeza a los hombres—. Ellos estarán encantados de hacerlo en tu lugar.

—Yo no sabía que estaban ahí. ¿Y tú?

—Por desgracia, no, o antes los habría ensartado a todos para asegurarme su silencio.

Ella se echó a reír.

—Pareces muy ofendido.

—Estoy ofendido, y exijo venganza. Ven aquí.

—No.

Finn arqueó una ceja.

—Ven aquí.

Trató de atraparla, pero Lara se le escapó.

—No, no.

—Oh, claro que sí.

—No puedes obligarme.

—¿Te apuestas algo a que sí? —preguntó él, avanzando amenazadoramente.

Ella sonrió y se retiró, sin dejarse alcanzar.

—Me apuesto lo que quieras a que no puedes atraparme.

—Pues vas a perder. Te voy a atrapar, descarada, y cuando lo consiga…

—¿Qué?

—Lo sabrás muy pronto.

Sin previo aviso, se lanzó hacia ella, pero Lara lo esquivó y huyó. No tenía intención de permitir que la atrapara, al menos por el momento. Corrió hacia el final del establo, pero, después de recorrer unos diez metros, se detuvo tan bruscamente que Finn estuvo a punto de chocar contra ella.

—¿Qué demon…

Se interrumpió, y la sonrisa se le heló en los labios al ver el motivo por el que ella se había parado en seco. Había seis guerreros armados en su camino. Todos ellos eran desconocidos, salvo uno.

A Lara se le cortó la respiración.

—Steingrim.

El mercenario la miró fríamente. Después, miró a Finn.

—Bien hallado, *jarl* Finn.

—Tus hombres y tú sois más difíciles de erradicar que los piojos. ¿No fue suficiente para ti nuestro último encuentro?

Los mercenarios lo fulminaron con la mirada y se llevaron la mano al pomo de la espada. A Lara se le encogió el estómago.

A Steingrim le brillaron los ojos con la dureza del metal.

—¿Acaso pensabas que iba a serlo?

—No creía que fueras tan tonto como para volver por más.

—Te equivocabas. Llevo un tiempo esperando toparme contigo, pero tú me lo has puesto muy fácil.

Sus compañeros asintieron. Todos ellos tenían una sonrisa feroz y una luz fría en los ojos.

—Me alegro de haberte complacido —dijo Finn. Agarró del brazo a Lara y la colocó a su espalda. Entonces, le dijo en voz baja—: Corre, Lara.

—No voy a dejarte solo.

—Ve a buscar refuerzos. Yo intentaré contenerlos.

A ella se le quedó la garganta seca. Sabía muy bien que no tendría tiempo suficiente de ir en busca de los hombres y volver. Sería demasiado tarde, y los mercenarios habrían matado a Finn. Con el corazón en un puño, corrió hacia el almacén, pero Unnr y los demás ya no estaban allí.

Finn sacó la espada.

—Ven, Steingrim. Vamos a terminar ya con todo esto.

Steingrim sonrió.

—Claro que vamos a terminar. Todas las deudas deben pagarse.

Entonces, él también desenvainó y, flanqueado por sus hombres, comenzó a avanzar.

Lara abrió mucho los ojos. Aquello no podía estar sucediendo. Tomó aire, y gritó con todas sus fuerzas:

—¡Unnr! ¡Folkvar! ¡Vigdis! ¡Ayuda!

No hubo respuesta, y Steingrim se echó a reír al oír que Lara volvía a gritar sus nombres.

—No va a venir nadie a salvarte esta vez.

Finn miró de reojo a Lara.

—¡Corre!

Ella hizo un gesto negativo con la cabeza.

—No. Me quedo contigo.

Finn se puso furioso.

—Lara, en nombre de todos los dioses, te ordeno que te vayas.

Por un momento, solo hubo silencio. Steingrim la miró con admiración, a su pesar. Entonces, asintió.

—Como quieras. Te daré una muerte rápida. Te lo mereces.

—¡No! —gritó Finn—. Tú no tienes nada contra la mujer. Tu enemistad es conmigo —dijo, y miró a Lara—. Tu lealtad es innecesaria. No renuncies a tu vida por un gesto romántico y estúpido.

Ella frunció el ceño.

—Soy tu esposa. ¿Cómo va a ser estúpido?

—Porque yo no valgo eso. La mujer a la que amo ya murió, y tú nunca vas a poder ocupar su puesto. Porque no quiero tener tu muerte sobre mi conciencia. Vamos, ¡márchate!

Él nunca le había hablado en aquel tono, y sus palabras acabaron con todas sus esperanzas y sus fantasías. Fue algo más doloroso que un golpe físico, porque impactó directamente contra su alma. No pudo decir nada y, durante unos segundos, tampoco pudo respirar.

Steingrim frunció el ceño y señaló con la cabeza hacia la vía de escape.

—Es un buen consejo, muchacha. Deberías hacerlo. En realidad, no me gustaría nada tener que matarte.

Ella comenzó a retroceder, tambaleándose. Se retiró hasta el final del establo y se desplomó contra la pared, pestañeando para liberarse de las lágrimas.

Steingrim se giró hacia su oponente.

—No creí que viviría para ver este día, pero, por una vez, estoy de acuerdo contigo. No estás a su altura. Matarte será un placer.

—Bueno, ya lo veremos, ¿no? —preguntó Finn.

El acero de su espada atravesó el aire cuando él se abalanzó sobre Steingrim.

El mercenario se apartó para esquivar el mandoble.

Hubo una lucha feroz, pero los dos contrincantes eran experimentados y fuertes, y ninguno consiguió la ventaja. Steingrim era fuerte, y tenía unos reflejos muy rápidos.

El guerrero se defendía y atacaba alternativamente, manteniendo la presión y esperando una buena oportunidad de herir al enemigo.

Sus compañeros observaron la lucha sin interferir; sin duda, esperaban que su jefe venciera a su oponente, como de costumbre. Sin embargo, aquello no ocurrió y, a cada minuto que pasaba, había más peligro de que los descubrieran, debido al estruendo que producía el choque de las espadas. Si llegaban refuerzos del poblado, todos ellos morirían. Cuando quedó claro que no iba a producirse la rápida victoria que esperaban, los mercenarios comenzaron a cerrar el círculo.

Finn sonrió con tristeza. Tenía intención de vender muy cara su vida, pero supo que aquel era el día de su muerte. Lo que importaba era que Lara iba a vivir. Había merecido la pena mentir, con tal de conseguirlo. La expresión de su rostro le dolía más que cualquier cosa que pudieran hacerle Steingrim y sus hombres. Su único consuelo era que no le angustiaría durante mucho más tiempo.

Lara cerró los ojos y tomó aire. Finn nunca le había mentido sobre sus sentimientos. Ni siquiera al final. Sin embargo, se equivocaba en una cosa: él sí valía eso, y más. Para ella, no había un hombre más valioso. Merecía la pena vivir con él, y morir con él. No sería muy largo. Además, la alternativa era vivir sin él.

Volvió hacia el grupo y desenvainó la espada. El

acero susurró contra el cuero: Beso de la Muerte. Lara notó que el vello se el ponía de punta.

—Te he oído —murmuró.

Entonces, agarrando con fuerza la empuñadura, saltó a la batalla.

El hombre que estaba acosando a Finn por la izquierda ni siquiera la vio llegar. Lo primero y último que conoció de su presencia fue la cuchillada del acero frío en las costillas. Se quedó inmóvil y emitió un grito ahogado. Lara apretó los dientes y sacó la hoja de la espada de un tirón, y se giró justo a tiempo para rechazar un golpe dirigido a su cabeza. Su fuerza hizo que le vibrara todo el brazo. Su atacante rio despreciativamente.

—Vaya, vaya, ha vuelto la valquiria en miniatura.

Lara respondió:

—No he podido resistirme a la tentación de matar unos cuantos idiotas gigantes.

A él se le borró la sonrisa de la cara.

—Deberías haber huido cuando tuviste la oportunidad, zorra. Ahora te voy a hacer pedazos.

—Estoy temblando —dijo ella. Y era cierto, temblaba. Sin embargo, su temblor era debido a la ira, y no al miedo. Solo un imbécil aceptaría el deshonor de participar en una lucha tan desigual. Aquel cobarde no se merecía ningún respeto.

—Vas a temblar —dijo él.

—Ni lo sueñes, cuervo.

Él se abalanzó sobre ella. Lara se mantuvo firme y luchó para salvar su vida y la de Finn, valiéndose de todo lo que su marido le había enseñado. Esquivó unos doce golpes mortales; sin embargo, su enemigo era mucho más fuerte y, poco a poco, la hizo retroceder. Por el rabillo del ojo, vio acercarse a otro hombre por su derecha. «¿Dónde están los demás, por todos los dioses?», se preguntó.

Su contrincante atacó con más fuerza, y ella tuvo que retroceder hasta que su espalda tocó la pared del establo. Entonces, el mercenario sonrió y alzó el brazo para darle una estocada mortal. Ella alzó la espada instintivamente, para rechazarla. La fuerza del mandoble hizo que le vibrara el brazo, hasta el hombro, y la empujó con fuerza contra la madera.

—Te voy a hacer trocitos, zorra —dijo él.

Lara le escupió en la cara.

—Imbécil.

Él apartó el brazo. Un segundo después, abrió desorbitadamente los ojos y se desplomó con un gruñido de dolor, porque ella le dio un rodillazo entre las piernas. Sin vacilación, giró la espada y le cortó el cuello. La sangre le salpicó la túnica y, al mismo tiempo, oyó el sonido de alguien que corría, acercándose, y unos gritos. Momentos después, vio a Unnr y a Vigdis, y su corazón se alegró. Todavía no estaba todo perdido.

Con la respiración agitada, se giró para mirar a Finn, pero su visión estaba bloqueada. Tuvo una rápida impresión de un casco, una cara barbuda y un peto de cuero remachado con metal, antes de que el pomo de una espada le golpeara salvajemente un lado de la cabeza. Entonces, todo se volvió oscuro.

Finn se apartó del cadáver de Steingrim y se giró bruscamente, sintiendo un dolor lacerante en la vieja herida de la pierna. En vez del enemigo al que esperaba encontrarse, vio que sus hombres habían acudido al oír el fragor de la lucha, y que se habían hecho cargo de sus enemigos. En dos minutos, todo terminó. Los mercenarios habían muerto.

Él buscó frenéticamente a Lara. Había vuelto, incluso después de todo lo que él le había dicho. La había visto acabar con uno de sus enemigos e ir por el segundo, pero no había podido mirar más. Y, en aquel momento, ya no podía verla. Se le formó un nudo de miedo en el estómago. «Padre sagrado, no permitas que le haya sucedido nada».

—Estáis herido, mi señor —dijo Unnr.

Finn bajó la mirada y se dio cuenta de que tenía cortes en el pecho y el brazo.

—No es nada. Arañazos —dijo—. ¿Dónde está Lara?

—Aquí, mi señor —respondió Folkvar.

Entonces, Finn la vio a los pies del otro guerrero, tendida en el suelo, con la espada ensangrentada a su lado. Apretó la mandíbula. «No, no puede estar muerta».

Se arrodilló a su lado y la giró con mucho cuidado, aterrorizado por lo que iba a ver. Ella tenía un color cerúleo, y la túnica llena de sangre. ¿Dónde tenía la herida? ¿Y hasta qué punto era grave? Hizo un rápido examen, y comprobó que la sangre no era suya. Entonces, vio que tenía un corte en la cabeza, y el pelo pegajoso por la sangre que había perdido. Con el corazón en un puño, le tomó el pulso y, por un horrible momento, no lo encontró. Entonces, lo detectó. Era muy débil, pero, al menos, allí estaba.

—Necesito llevármela para curarla. Vosotros enterrad a Steingrim y a sus buitres.

—Consideradlo hecho —dijo Unnr.

—Traed la espada de Lara cuando volváis —les dijo.

Finn levantó a su esposa cuidadosamente, tomándola en brazos con el mismo esfuerzo con el que hubiera tomado a un niño. Sintió algo que le atenazaba la garganta. No pesaba nada, y nunca le había parecido más frágil y vulnerable que en aquel momento.

La llevó al dormitorio y les dio una serie de órdenes a los asombrados sirvientes. Mientras ellos se apresuraban a ir en busca de agua y vendas, él depositó a Lara en la cama y comenzó a desnudarla. Utilizó su *seax* para cortarle la túnica y la camisa. Estaba muy fría y muy pálida, pero no tenía magulladuras ni marcas. Así pues, era cierto; la sangre de la túnica no era suya. Al menos, eso era algo positivo. Con sumo cuidado, le giró la cabeza y examinó aquel corte. Como todas las heridas de la cabeza, había sangrado profusamente, pero eso no le angustió tanto como la hinchazón negra y roja que había alrededor del corte. Debía de haber sido un golpe muy fuerte. ¿Le habría fracturado el cráneo? ¿Le habría causado heridas internas?

Le lavó la herida lo mejor que pudo, y la tapó con mantas y pieles para que estuviera caliente. Después, se sentó a esperar.

Un poco después, Unnr apareció en el umbral, con la espada de Lara.

—Os he traído esto, mi señor, como habíais pedido.

Finn asintió.

—Gracias. Ponla en aquella esquina.

Unnr obedeció, y miró a Lara.

—¿Cómo está?

—Como ves.

—Se va a poner bien, ¿no? Los muchachos querrán saberlo.

Finn apenas pudo sonreír.

—Es una luchadora. Lo superará. Tiene que hacerlo.

—Claro que sí.

—Os avisaré cuando despierte.

—Bien —dijo Unnr, y vaciló un instante—: Será mejor que os curéis también los cortes, mi señor. No le serviréis de mucho si os ataca la fiebre.

—Tienes razón. Lo haré enseguida.

En realidad, a Finn se le habían olvidado las heridas. Sin la protección de la cota de malla, no había podido salir indemne, pero las cosas podían haber sido peores. Sin embargo, el peligro había sido mucho mayor para Lara. Ella había acabado con dos oponentes.

El miedo que había sentido al verla volver le había proporcionado fuerza a su brazo. O, tal vez, Steingrim estaba tan confiado que había cometido un descuido. Finn había aprovechado la oportunidad y le había atravesado el estómago de una estocada.

Sin embargo, no había tenido mucho tiempo para celebrarlo, porque otros dos oponentes se habían lanzado contra él, y no había podido librarse de ellos hasta unos minutos después, cuando habían llegado sus hermanos de armas. Ese tiempo había sido suficiente para que se hiciera aquel daño.

Finn miró a Lara, con una opresión en la garganta. «¿Por qué volviste? ¿Por qué no te pusiste a salvo?».

Él había hecho lo que había podido para ahuyentarla, para que lo abandonara. Para conseguirlo, hubiera dicho cualquier cosa, por cruel o falsa que fuera. Al principio, creía que lo había conseguido, pero ella había regresado.

Lara había vuelto, contra toda razón y contra todo pronóstico. Ella no era engreída con respecto a sus habilidades en la lucha, así que debía de saber que lo más probable era que la mataran, que los mataran a los dos. Así pues, había elegido morir con él.

«Te quiero mucho, Finn», le había dicho. Cerró

los ojos al recordar aquella conversación. No había sido un comentario superficial, sino absolutamente verdadero; sus actos de aquel día lo demostraban. No había un amor más grande.

Aquello le dolía más que cualquier herida que hubiera recibido en combate. Él también debería haberle dicho la verdad. Había tenido la oportunidad de hacerlo, y la había dejado pasar. Tal vez no tuviera otra y, tal vez, Lara muriera creyendo la mentira que él le había dicho aquel día.

Se quedó a su lado largo tiempo, pero no hubo ningún cambio en el estado de Lara. Por fin, él permitió que un sirviente le lavara y le curara las heridas. Después, se puso ropa limpia y colocó un camastro junto al lecho. No quería molestar a Lara, así que dormiría en el suelo por el momento, para estar siempre a su lado por si necesitaba algo.

Aquel día, y aquella noche, vigiló a Lara, pero ella no se movió ni se despertó. El hematoma se había oscurecido y se había extendido por su cabeza; era una mancha roja y negra que le había cubierto la ceja, la sien y la mejilla. La hinchazón era del tamaño de la palma de su mano. Él le puso una compresa fría con un gran cuidado, y se la cambió regularmente. Ella no se movió. Algunas veces, Finn le tomó el pulso para asegurarse de que seguía viva.

—No te mueras, mi amor. Por favor, no te mueras.

La idea de pasar toda la vida sin ella lo llenaba de terror. Si la perdía, perdería una parte de sí mismo, y ya nada volvería a ser igual. La quería. Si ella sobrevivía, iba a decírselo, e iba a demostrárselo todos los días. Pero, primero, iba a ganarse su perdón.

Veintiuno

Pasaron tres días, pero Lara no recobró el conocimiento. Finn no se apartó de su lado, y rezó a todos los dioses para pedirles que la sanaran. De vez en cuando, recibía la visita de Unnr que, después, iba a informar a los demás al salón. Por su expresión sombría, todos sabían lo que necesitaban saber.

—Siento que la dama no haya mejorado todavía —dijo Folkvar—, pero ¿y el *jarl* Finn? Llevamos días sin verlo.

—Os diré, francamente, que esto no me gusta nada —respondió Unnr—. Nunca lo había visto así. No come ni duerme. Tiene un aspecto horrible. Si ella muere, temo por él.

Los demás se miraron con preocupación.

—Tenemos que hacer algo —dijo Vigdis.

Unnr arqueó una ceja.

—¿El qué?

—He estado pensando. Tal vez debiéramos hacer un sacrificio a Odín, pidiéndole su intercesión.

Sus compañeros se quedaron pensativos. Algunos asintieron.

—Vigdis tiene razón —dijo Sturla—. La señora recibió la herida en la batalla, así que, si alguien puede salvarla, será el dios de la guerra. Debemos pedirle ayuda a Odín.

Entonces, hubo un murmullo de aprobación en el salón.

—Lo he visto alguna vez —dijo Vigdis—. La gente sacrifica un buen toro y derrama su sangre en una gran pila. Entonces, despedazan el cuerpo del animal y añaden los trozos también. Cuando terminan, ponen al guerrero herido en la pila y lo bañan mientras una maga recita las palabras del ritual. Así, la fuerza del animal pasa al herido, y lo cura.

Los hombres se miraron pensativamente.

—Impresionante —dijo Sturla.

—Es una medicina muy poderosa —dijo Folkvar—, pero ¿servirá también para curar a una mujer?

—Ella es una guerrera, pero no sé si en este caso es apropiado sacrificar un toro. No sé si es adecuado transmitirle la fuerza de ese animal a una mujer.

—Es cierto. Y, en relación a eso, ¿Odín es la deidad adecuada para hacer los ruegos? ¿No sería mejor acudir a una de las valquirias? Eir, por ejemplo.

—Eir es una gran sanadora —dijo Sturla.

—Y, siendo una de las sacerdotisas de Odín, ella podría interceder ante él, si fuera necesario.

Los demás asintieron con solemnidad.

—Tenemos que consultárselo a la maga para poder estar seguros —dijo Sturla.

—Hay una maga y curandera, Gyrda, muy conocida por sus grandes habilidades, que vive a una hora de navegación desde aquí. Podríamos ir a buscarla para que dirigiera el rito —propuso Folkvar, mirando a sus compañeros—. ¿Qué decís?

—Yo digo que lo intentemos —respondió Unnr—. Los que estén a favor, que levanten la mano —añadió, y miró a su alrededor—. Bueno, por unanimidad, aprobado. Obviamente, es el *jarl* Finn quien tiene la última palabra. Voy a hablar con él inmediatamente.

Finn escuchó a Unnr en silencio. No esperaba nada parecido a lo que le estaba sugiriendo el guerrero, pero era un asunto sagrado y serio, y merecía que lo sopesara con detenimiento.

—Lo pensaré —dijo—, y os contestaré por la mañana.

—Como queráis, mi señor.

Finn conocía aquellos rituales de curación, y había visto algunos de ellos. El hecho de que sus hombres hubieran planeado algo así para su esposa hablaba de la estima que sentían por ella, y él les estaba muy agradecido. Además, le enorgullecía el hecho de que hubieran pensado en el sacrificio de un toro, porque aquel era un honor reservado, normalmente, para guerreros de alto rango. Él ya le había pedido ayuda a Odín, pero el dios no había respondido a sus plegarias. Por supuesto, eso podía deberse a que sus hermanos de armas tenían razón, y no era apropiada la energía masculina para sanar a Lara. Tal vez, si acudían a Eir, tuvieran más éxito.

Miró la figura inmóvil que yacía en la cama. Nunca se había sentido más impotente. Nunca, en toda su vida, había tenido que quedarse sentado a esperar que ocurriera algo. Siempre había sido lo contrario; en su mundo, si alguien quería algo, tenía que hacer que sucediera. Aquella espera era un tormento.

La oportunidad de hacer algo, cualquier cosa, avivaba su esperanza. Si había la menor posibilidad de que Lara se curara por medio de un ritual religioso, estaba dispuesto a intentarlo. Sabía cuál era la respuesta que iba a darles a sus hombres al día siguiente. Con un poco más de ánimo, volvió a sentarse junto a la cama.

La maga, Gyrda, llegó al día siguiente, respetuosamente escoltada por seis guerreros. No era la anciana que Finn había imaginado; era una mujer de mediana edad, alta y majestuosa, poseedora de una autoridad innata. Tenía un rostro distinguido, y lucía tatuajes místicos en la frente y los pómulos. Sus ojos oscuros no dejaban escapar nada. Iba vestida con una túnica azul y una capa de cuero decorada con plumas, abalorios y calaveras de roedores y pájaros pequeños. Tenía más plumas en el pelo castaño, que llevaba suelto por los hombros. De su cinturón colgaba un pedazo de cuero con una escritura.

Gyrda examinó a la paciente cuidadosamente, y entrecerró los ojos al ver la herida.

—¿Decís que fue el pomo de una espada?

Finn asintió.

—¿Podéis ayudarla?

—Si los dioses lo quieren, sí —dijo ella.

Cuando terminó de examinar a Lara, volvió al salón para hablar con los hombres. Los miró con seriedad, y dijo:

—En circunstancias normales, para tratar una herida como esta, invocaría a Odín —dijo la maga—. Pero este caso es inusual y muy complejo. Tenéis razón al pensar en que debemos pedir la ayuda de Eir.

Los hombres se miraron con satisfacción, al ver su opinión refrendada por una curandera tan respetada.

—Además —prosiguió ella—, debemos invocar la ayuda de Gmot y de Ran.

—Una poderosa trinidad —dijo Finn.

Gyrda asintió.

—Decís la verdad, mi señor. Gmot no solo controla las mareas del mar, sino también los ciclos femeninos y las energías relacionadas con él.

Entonces, todos comenzaron a entender sus palabras.

—Debemos pedirle al dios de la luna que le dé equilibrio a las energías desordenadas de la paciente —dijo ella—, y pedirle a la diosa Ran que envíe las olas purificadoras y lave el mal que impide a Eir curar la herida.

Los hombres escucharon con atención.

—Dinos lo que tenemos que hacer.

—Cuando salga la luna, debéis llevar a la paciente al mar sobre vuestros escudos. El número de escudos debe ser nueve, uno en su cabeza y el resto bajo su cuerpo, porque nueve es un número poderoso y posee una gran magia.

—Así se hará.

—Los portadores deben llevar hierro y acero para contrarrestar la fuerza del arma que causó la herida —prosiguió Gyrda—. Entonces, vos, mi señor, debéis llevar a la paciente entre las olas y sumergirla tres veces, mientras yo recito las palabras del ritual de curación. El mal será purificado y la fuerza del marido se transmitirá a la esposa.

—Eso también lo haré.

—Finalmente —dijo Gyrda—, la paciente debe beber una poción que voy a preparar. Es un poderoso brebaje de hierbas especiales que se recogen en luna llena. Debe seguir bebiéndola durante tres días más.

Por primera vez, Finn sintió esperanza. Estaba dispuesto a arrojarse a luchar contra una manada de lobos hambrientos, si con eso recuperaba a Lara.

—Todo se hará siguiendo vuestras órdenes.

Lara flotaba lentamente hacia el horizonte oscuro del mar, bajo un orbe pálido que apenas podía discernirse. Quería alcanzar aquella luz, pero sus miembros eran pesados y torpes, y la cabeza le dolía insoportablemente. El sonido de las olas era muy fuerte. Pese a que estaba en el mar, tenía mucha sed. Gruñó, tratando de alcanzar la luz nuevamente. El agua estaba muy fría, y se estremeció. Oyó una voz femenina, pero pronunciaba unas palabras que ella no entendía en un cántico extraño. Entonces, el agua se cerró sobre ella, y pensó que estaba perdida. Luchó contra la oscuridad, intentando ascender. Milagrosamente, reflotó de nuevo. Eso sucedió dos veces más, pero siempre salió a la superficie.

Abrió los ojos, pero solo pudo ver un resplandor borroso y plateado. De repente, oyó otras voces, masculinas en aquella ocasión, pero tampoco entendió lo que decían. Los cánticos se intensificaron, y muchas voces rugieron los nombres de Gmot, Ran y Eir. Rugieron tres veces. El fragor le atravesó la cabeza dolorosamente. Entonces, el ruido cesó súbitamente, y ella pensó que alguien la llamaba. Era la mujer, pero la voz sonaba distante. Volvió a hablar y, en aquella ocasión, ella la entendió.

—Lara, debes volver. Ya es la hora.

Pestañeó, e intentó ver algo entre el resplandor, pero el esfuerzo le causó más dolor, y volvió a gruñir.

—Está despertándose.

—Los dioses han oído nuestras plegarias.

—Todos alabad y mostrad vuestro agradecimiento a los dioses.

Muchas voces gritaron el nombre de Eir con júbilo. Unos brazos fuertes la sacaron del mar frío.

Alguien le puso una copa en los labios, y la obligó a beber. El líquido estaba caliente y era amargo. Después, se la llevaron, y la oscuridad se transformó en una luz suave. Tuvo la sensación de que le quitaban la ropa empapada y le ponían algo suave y cálido. Se sintió bien, segura. Sabía que no iba a ahogarse.

—¿Lara?

Era una voz conocida. Al menos, la había oído antes. Poco a poco, su vista fue aclarándose, y pudo ver a un hombre que estaba inclinado sobre ella.

—Lara, amor mío.

Intentó hablar, pero solo pudo emitir un graznido. Él le levantó la cabeza con mucho cuidado, y puso la copa en sus labios. Ella bebió un poco de agua. Sabía dulce, y ella quiso beber un poco más, pero él apartó la copa.

—No, no mucho de golpe.

Ella se apoyó en la almohada.

—Me duele la cabeza.

—No me sorprende. El golpe fue muy fuerte.

—Ah.

—¿No te acuerdas?

—No.

Él sonrió.

—No importa. No tiene importancia. Lo importante es que has vuelto.

Ella lo miró con curiosidad.

—Me… me resultas familiar, pero no recuerdo tu nombre.

Por un instante, a él se le borró la sonrisa de los

labios, y ella vio una emoción distinta reflejada en sus ojos. Sin embargo, antes de que pudiera identificarla, había desaparecido.

—Soy Finn, cariño.

—¿Finn?

—No te preocupes ahora por eso. Ya lo recordarás más tarde. Solo tienes que descansar.

Descansar le parecía algo muy apetecible, así que cerró los ojos y dejó que aquel calor tan delicioso la durmiera.

Finn miró con el corazón lleno a Lara, que estaba dormida. Después de cinco días de miedo y temor, la había recuperado. Los dioses habían sido clementes, y habían respondido a sus plegarias. Habían sacado a Lara del limbo oscuro en el que flotaba, entre la vida y la muerte y, a partir de aquel momento, el proceso de curación podía empezar de veras.

Al principio, se había consternado al ver que ella no recordaba su nombre, pero después pensó que no era extraño, después de un golpe tan fuerte, que estuviera confusa. Muy pronto, recuperaría la memora. Solo debía ser paciente.

Él aprovecharía la ocasión para lavarse, afeitarse y cambiarse de ropa. Después, comería algo. No recordaba la última vez que había comido, ni lo que había comido. Entonces, iría a hablar con sus hermanos de armas. No les había prestado ninguna atención últimamente, pero su afecto por ellos no había disminuido. La maga, Gyrda, ya había vuelto a su casa, con el bolso lleno de plata en pago por sus servicios. Era lo menos que podía hacer.

Llamó a un sirviente para que se sentara junto a Lara en su ausencia, y se dirigió al baño con el espíritu animado.

Cuando Lara volvió a despertar, había amanecido. Todavía le dolía la cabeza, pero no tanto como antes. Cuando su visión se aclaró, se fijó en los detalles de la habitación. En el techo había vigas de madera, como las paredes, y había unas cortinas rojas junto a la entrada. La estancia le resultaba vagamente familiar.

Junto a su cama, había un hombre dormido en el suelo. Era el hombre al que había visto antes. Finn. En una esquina, tras él, había equipo y armas de guerra. Lo miró todo, y frunció el ceño; le parecía que era importante, pero no sabía por qué. Cerró los ojos e intentó recordarlo, pero no pudo.

Se llevó una mano a la cabeza, y se sorprendió al notar un enorme chichón y una costra de sangre. Explorando un poco más, notó que tenía más sangre seca en el pelo. ¿Era consecuencia del golpe que él había mencionado? Posiblemente.

Se miró la mano y el brazo, y frunció aún más el ceño. Qué extraño; no eran diferentes, pero notaba la piel más seca de lo normal, y olía ligeramente a salitre. Tenía el pelo pegajoso y enredado. Se preguntó qué había ocurrido.

Antes de que pudiera dar con la respuesta, Finn se movió a su lado, y abrió los ojos. Al ver que ella estaba despierta, sonrió.

—¿Cómo te encuentras hoy?

—Creo que un poco mejor.

—Bien. ¿Quieres un poco de agua?

Ella asintió, y él se levantó y atravesó la habitación. Lara pestañeó. Para empezar, él era físicamente impresionante y, para continuar, estaba completamente desnudo, salvo que llevaba un vendaje en el brazo y otro alrededor del pecho. Todo aquello era muy importante, y requería una clarificación.

Lo mejor era empezar por los vendajes.

—Estás herido.

—No, en realidad, no. Son rasguños.

—¿Y cómo te los hiciste?

—En una pelea.

—Ah.

Lo vio verter agua en una copa. Después, él se acercó y se la puso en los labios para que ella pudiera beber.

Teniéndolo tan cerca, percibió su calor, y el olor agradable de su piel. Aquello despertó algo en el fondo de su mente, pero los recuerdos se resistían a salir a la superficie.

—No puedo acordarme de nada.

—Ya lo conseguirás —dijo él—. Solo te hace falta un poco de tiempo.

Ella tuvo una punzada de pánico.

—¿Y si no lo consigo nunca?

—Claro que sí, cariño —dijo él. Apartó la copa,

y le posó la cabeza, delicadamente, en la almohada—. No intentes forzarte.

Ella se puso la mano en la cabeza de nuevo.

—¿Tiene relación con la pelea de la que has hablado?

—Sí. Alguien te golpeó con el pomo de una espada.

—Eso no es nada amable.

Él sonrió con ternura.

—Tu agresor pagó muy caro el precio de su falta de amabilidad.

—Me alegro de oírlo.

—¿Sabes que ya empiezas a ser tú misma?

—¿De veras? En este momento, no sé quién soy.

—Estás muy cerca de saberlo.

Ella lo miró con curiosidad.

—Tú y yo… ¿somos marido y mujer?

—Exacto. ¿Lo has recordado?

—No, pero es fácil deducirlo, porque estás desnudo y sentado en mi cama.

Él se echó a reír.

—Buena observación.

La risa le iluminaba el rostro. Era muy atractivo. Si era su marido, debían de haber compartido el lecho. Aquello le resultaba desconcertante, porque él podía recordar todos los detalles, y ella, no. Tal vez él estuviera recordando cosas en aquel momento. Aquella posibilidad no era muy tranquilizadora. Era hora de cambiar de tema.

—Me gustaría bañarme. Me siento tan desarreglada…

—De acuerdo. Voy a organizarlo. Mientras, ¿crees que podrías comer algo?

—Creo que sí.

Él se vistió, y se marchó. Lara cerró los ojos. «Tengo que acordarme. Debo acordarme».

Veintidós

Finn volvió un poco después, con un cuenco de caldo. Lo dejó en el taburete y ayudó a Lara a incorporarse y apoyarse en los almohadones. El caldo estaba caliente y era sabroso, y ella consiguió tomar la mitad del contenido del cuenco. Finn la observó con aprobación.

—Me alegro de verte comer de nuevo.

—¿Cuánto tiempo he estado inconsciente?

—Cinco días.

—Eso es mucho tiempo.

—Sí. Para mí ha sido una eternidad —dijo él, y exhaló un largo suspiro—. Temía perderte, Lara, pero los dioses han sido bondadosos y te han dejado volver conmigo.

—Bondadosos, sí. Me alegro de haber vuelto.

—Eres lo más precioso que tengo. Creo que no sabía cuánto hasta entonces. Te quiero, y quiero que lo sepas ahora mismo.

Ella se quedó callada, sin saber qué decir. Aquel hombre era su marido y, por lo tanto, estaba bien que la quisiera. Tampoco dudaba de su consideración y su bondad. Debía de haber sido muy afortunada con aquel matrimonio. ¿Cómo habría sucedido? ¿Se habían casado por amor? Le parecía muy posible. No sería difícil amar a un hombre así.

Él se percató de su confusión, y le apretó suavemente la mano.

—Ya tendremos tiempo de hablar de todo esto, cuando estés más fuerte.

Ella sonrió.

—Como tú digas.

—¿Todavía quieres bañarte?

—Sí, por favor.

—Volveré en cuanto esté todo preparado.

Él mismo calentó el agua y la echó en la bañera, mientras una sirvienta iba en busca de toallas y jabón. Tal vez, con un baño caliente, Lara se relajara y pudiera empezar a recordar el pasado. Finn trató de no pensar en la alternativa, y le pidió a Eir que restaurara también la mente de Lara, del mismo modo que había hecho con su cuerpo. Lara tenía que curarse por completo.

Junto a la esperanza, Finn también tenía un fuerte sentimiento de culpabilidad. Eran sus actos los que habían provocado aquella situación. Él le había dado la espada, y le había enseñado a utilizarla. Si no lo hubiera hecho, ella nunca habría resultado herida. Habría sido mejor que él hubiera muerto a que ella quedara irremediablemente enferma.

Respiró profundamente y se repitió que Lara iba a curarse. Eir había sido muy generosa, y él debería sentirse agradecido. Lo único que necesitaban era tiempo.

Cuando terminó de preparar el baño para Lara, fue a buscarla. Por el camino, les ordenó a las sirvientas que cambiaran las sábanas de lino mientras su esposa se bañaba. El hecho de que estuviera más cómoda podía ayudar a su recuperación. Después, entró al dormitorio en su busca.

Cuando vio entrar a Finn en la habitación, Lara sonrió. Qué alto era, y qué fuerte parecía. Su presencia llenaba la habitación.

—Tu baño ya está listo.

—¿Me ayudas?

Él apartó las mantas. Entonces, ella vio que estaba envuelta en una manta que olía ligeramente a moho. Por debajo de la manta, estaba desnuda. Él se inclinó y la tomó en brazos, con manta y todo.

—Permíteme.

Aunque se quedó asombrada, era imposible discutir. Sin embargo, una parte de ella quiso hacerlo, y esa parte tuvo que luchar con el resto, que sabía que necesitaba su ayuda. Ocurría que él era una presencia muy perturbadora, muy masculina. Además, estaba acostumbrado a llevar las riendas, y a ser obedecido. Seguramente, no debería sorprenderle, porque tenía un aura de autoridad natural. No habría sido tan desconcertante si no hiciera que ella se sintiese tan ligera como una pluma, porque le resultaba imposible no disfrutar de aquella sensación.

Él, sin percatarse de aquel conflicto interior, la llevó al baño y cerró la puerta con el talón del pie antes de dejarla junto a la bañera. Ella vio toallas, jabón y un peine.

—Has pensado en todo —dijo.

—Eso espero. De lo contrario, iré a buscar lo que falte.

—No quisiera causarte más molestias.

—No es ninguna molestia.

Ante sus asombrados ojos, él se quitó la túnica y la camisa, y las dejó sobre uno de los bancos de madera que había junto a la pared.

—¿Qué estás haciendo?

—No quiero que se me moje la ropa.

—No, claro que no —dijo ella—. Creía que el baño era para mí.

—Es para ti.

—Entonces, ¿es que pretendes…

—Ayudarte, sí.

—¡No! —exclamó ella. Aunque fuera su marido, también era un extraño, un extraño con un físico imponente y que estaba medio desnudo, y eso no la ayudaba a mantener la compostura.

—¿Disculpa?

—Me baño yo sola.

—No vas a poder.

—Lo intentaré.

—Pero no vas a poder.

El tono de voz era tranquilo, pero inflexible,

como su expresión. Claramente, aquel hombre estaba acostumbrado a recibir obediencia.

—No es decente —protestó Lara.

Él enarcó una ceja.

—Eres mi esposa, y te he visto sin ropa muchas veces.

—Puede ser, pero yo no me acuerdo.

—Tal vez te sobrevenga el recuerdo.

—No.

La idea de desnudarse delante de un hombre era demasiado para ella.

Él suspiró.

—Bueno, vamos a hacer una cosa. Me voy a dar la vuelta mientras te metes en la bañera. Después, si quieres, puedes poner la manta por encima del borde.

Ella titubeó. El agua era muy tentadora, y ella tenía muchas ganas de lavarse.

—Está bien.

Finn se dio la vuelta. Ella lo miró de reojo, para asegurarse de que no estaba mirando, y entró en la bañera. Se hundió en el agua y puso la manta sobre los bordes, de modo que cubriera la mayor parte de su cuerpo.

—¿Puedo girarme ya?

—De acuerdo.

A él le brillaron los ojos.

—Bueno, no ha sido tan horrible, ¿verdad?

Ella fingió que la pregunta era retórica.

—El agua está deliciosa.

—Sí. Muy pronto te sentirás mejor —respondió él—. ¿Quieres que te lave el pelo?

Quiso negarse, pero el sentido común le dijo que sería mucho más fácil con ayuda.

—De acuerdo.

Él sonrió, y se arrodilló junto a la bañera.

—Échate un poco hacia atrás.

Ella obedeció, y él le recogió el pelo por encima de los hombros. Su ligero roce le provocó un cosquilleo en la piel. De repente, fue como si todos sus sentidos se agudizaran y todo su cuerpo sintiera su presencia.

Él tomó una jarra y le vertió agua caliente por la cabeza, hasta que estuvo empapada. Después, tomó un poco de jabón de un cuenco y se lo extendió suavemente por el pelo, con cuidado de evitar tocarle la herida. Tenía unas manos fuertes y delicadas, y le masajeó con cuidado el cuero cabelludo.

—¿Te estoy haciendo daño?

—No —dijo ella, y se quedó callada un momento. Entonces, como el silencio le resultaba demasiado íntimo, preguntó—: ¿Cómo es que estoy tan pegajosa y salada?

—Es una larga historia.

—No voy a ir a ninguna parte.

—Cierto —dijo él. Comenzó a aclararle el pelo, y empezó a lavárselo de nuevo. Mientras trabajaba, fue narrándole los detalles del ritual que habían llevado a cabo—. Los dioses nos escucharon, y tú despertaste.

El asombro empezó a sustituir al azoramiento.

—¿Y tú hiciste eso por mí?

—La idea se les ocurrió a mis hermanos de

armas. Ellos fueron a buscar a la maga. Para ser sincero, yo casi no podía pensar en ese momento, del miedo que tenía a perderte. Habría hecho cualquier cosa con tal de recuperarte.

Su sinceridad era inconfundible. Y el hecho de que sus hombres y él hubieran ido a consultar a una maga en su nombre le causaba una gran humildad.

—Te doy las gracias, aunque parece que eso es poco, dadas las circunstancias. Un ritual como ese ha debido de ser muy caro.

—No tan caro como habría sido perderte.

A ella se le aceleró un poco el pulso. Parecía que le importaba de verdad. ¿No lo demostraban sus actos? Seguramente, su matrimonio había sido por amor. Entonces, ¿por qué se sentía tan inquieta a su lado?

Él terminó de aclararle el pelo y dejó la jarra a un lado. Después, tomó un trapo, lo enjabonó ligeramente y se lo entregó.

—Toma. Me ofrecería para lavarte el resto del cuerpo, pero…

—Puedo arreglármelas, gracias.

—¿Por qué sabía que ibas a decir eso? —preguntó él, con una sonrisa, y volvió a darse la vuelta.

Ella aprovechó la oportunidad y comenzó a lavarse. En un par de ocasiones, miró para asegurarse de que Finn no se movía. Su comportamiento era honorable, aunque su presencia fuera perturbadora. Si no hubiera perdido la memoria, ¿sentiría lo mismo con respecto a él, o habría aceptado su ofrecimiento? ¿Su relación era de verdad tan íntima como él había sugerido? La posibilidad de que él la bañara le causaba un calor que no tenía nada que ver con la temperatura del agua.

—¿Estás bien?

La voz de Finn la sacó de su ensimismamiento.

—Sí, perfectamente.

—Entonces, relájate un rato. Te vendrá bien.

Él tomó un taburete y se sentó junto a la bañera. Ella siguió sus movimientos con la mirada. Incluso sentado, tenía una presencia imponente. ¿Lo sabía? ¿Se haría una idea del efecto que causaba? ¿Cómo podía estar tan relajado?

Ella respiró profundamente.

—Tengo que preguntarte algo.

—Adelante.

—¿Nuestro matrimonio fue arreglado, o fue por amor?

—Fue arreglado. El resto vino después.

Ella asintió pensativamente.

—¿Cuánto tiempo llevamos casados?

—No mucho. Unas cuantas semanas.

—Ah. Y somos… Bueno, quiero decir que… ¿somos compatibles, tú y yo?

—Inmensamente compatibles.

—Ah. Eso está muy bien.

«Sin embargo, sería mejor si pudiera recordar los detalles».

—Sí, está muy bien —dijo él, sonriendo—. Vas a empezar a recordar muy pronto. Pero, por ahora, ¿por qué no te apoyas en el borde de la bañera y te relajas mientras te desenredo el pelo?

Ella sabía que podía confiar en él, y se entregó a

sus cuidados. Finn tuvo muchísimo cuidado y le deshizo todos los nudos del cabello sin rozarle la herida ni una sola vez, y sin darle tirones que pudieran causarle malestar.

—Se te da muy bien —comentó ella—. ¿Has practicado mucho?

—No tanto como espero poder practicar en el futuro.

—Umm... ¿Por qué me da la sensación de que voy a redescubrir que tienes una faceta muy libertina?

—Porque, por desgracia, es cierto. Tengo una faceta libertina, pero puedo reformarme. El proceso ya ha comenzado.

—¿Y cuándo empezó?

—Cuando tú y yo nos casamos.

—¿De veras? ¿Es que soy una esposa muy severa?

—No, eres una esposa perfecta, y nunca te cambiaría.

Aquellas palabras fueron como un eco, pero el sonido estaba demasiado lejos como para poder oírlo bien. Cuanto más intentaba alcanzarlo en su mente, más se alejaba. Sin embargo, era agradable saber que él la valoraba tanto. ¿Cómo se las habría arreglado para ganarse a aquel hombre?

Él terminó de peinarla, y le secó el pelo, suavemente, con una toalla de lino.

—¿Estás lista para salir de la bañera?

Ella asintió.

Él tomó otra toalla y la abrió, formando una pantalla. Entonces, ella se levantó y se envolvió en la tela, sabiendo que él estaba a pocos centímetros de distancia. Él le tendió una mano para agarrarla al salir de la bañera.

—Toma. No quiero que te enfríes.

Entonces, la envolvió con las otras toallas, se puso la camisa y la túnica de nuevo, la tomó en brazos y la llevó al dormitorio. Su cercanía seguía siendo perturbadora, pero, al mismo tiempo, se sentía protegida. Iba a costarle un poco acostumbrarse, eso era todo.

Cuando entraron en la habitación, él le buscó una camisa limpia y se dio la vuelta mientras ella se la ponía. Después, la ayudó a acostarse. Las sirvientas habían puesto sábanas limpias en la habitación, y la cama tenía un olor fresco y dulce. Lara se había fatigado, pero también tenía una maravillosa sensación de bienestar.

—Gracias, Finn.

—De nada —dijo él, sonriendo—. Creo que ahora deberías dormir un poco.

—Sí, creo que sí.

—Muy bien. Después te traeré un poco de comida.

Se inclinó y le dio un beso en la mejilla. Después, se fue. Lara sonrió y cerró los ojos, con la mente llena de él y de cientos de preguntas sin responder.

Veintitrés

Finn se sentó en el viejo tocón que había junto al establo. Aquella hora que había pasado con Lara en el cobertizo del baño había sido una dura prueba para su dominio, pero la había superado. Lara estaba recuperándose, y eso le hacía sentir un enorme alivio. Su cautela hacia él, sin embargo, era algo distinto. Le recordaba a cómo eran los primeros días de su relación, en los que era un extraño para ella. Eso le dolía. Quería ayudarla, pero no forzar las cosas hasta que ella se disgustara y se alejara más aún. Por ese motivo, había tratado de enfrentarse a la situación de una manera relajada y despreocupada, aunque no le había resultado fácil mantener aquella actitud.

Se recordó que era algo temporal. Muy pronto, ella estaría bien de nuevo, y recobraría la memoria. Él lo deseaba con todas sus fuerzas, pero también lo temía. Su recuperación iba a crear nuevos problemas, porque él tendría que dar muchas explicaciones. Suspiró, pensando que no iba a ser una conversación fácil. Esperaba que ella lo entendiera y pudiera perdonarlo.

Lara durmió mucho durante los días siguientes, pero cada vez que se despertaba, se encontraba un poco más fuerte. Antes de partir, Gyrda le había dejado poción de hierbas a Finn, con las instrucciones precisas para su administración. Él las había seguido al pie de la letra, y se había asegurado de que Lara tomara la medicina en los intervalos prescritos. Aunque era un líquido muy amargo, Lara tenía que admitir que la hacía mejorar. Ya no le dolía la cabeza. Lo único que perduraba era un poco de dolor alrededor de la herida, pero cada vez era menor, e iba desapareciendo.

Durante su convalecencia, Finn continuó durmiendo en el camastro, junto al lecho. No le hizo ninguna demanda; al principio, ella había temido que le pidiera mantener relaciones. Al fin y al cabo, era su marido, y estaba en su derecho. Por supuesto, las relaciones conyugales se reanudarían en algún momento, y sería como empezar de nuevo. Ella tendría que aprender y descubrir lo que a él le satisfacía. Sin recuerdos, no tenía referencias, y tendría que actuar por instinto. ¿Sería suficiente?

En otros sentidos, el instinto le había servido en aquella situación. Le había dicho que podía confiar en él, que no le haría daño, y que podía creer lo que él le dijera. Después de todo, su comportamiento había sido honorable hasta aquel momento; además, él había sido bondadoso y paciente, y había puesto sus necesidades por encima de todo lo demás. Tenía suerte de haberse casado con un hombre así.

Se incorporó, apoyándose en un codo, y miró la figura durmiente que estaba en el camastro. Estudió los contornos de su rostro. Era muy guapo, sobre todo en reposo. Observó sus labios. Él le había besado la mejilla, y solo aquel mero gesto le había causado felicidad. ¿Cómo se sentiría si la besaba en los labios? ¿Cómo se sentiría si…

Antes de que aquel pensamiento pudiera formarse, Finn abrió los ojos, y sus miradas se cruzaron. Ella se dio cuenta de que su expresión se hacía muy cálida, casi como si él le hubiera leído el pensamiento. «No, eso es ridículo. No puede saberlo. ¿Cómo va a ser posible?». Entonces, él sonrió, y ella ya no pudo pensar más.

Finn miró el espacio que había a su lado.

—¿Te gustaría venir conmigo?

Finn la vio vacilar, y resistió la tentación de decir algo más. Tampoco se movió. Lara era quien debía ir a él, y no al revés. Debía ser su elección, y debía tomar aquella decisión libremente. Él esperó, casi sin atreverse a esperar que lo hiciera. Pasaron unos instantes, y ella no se movió. «No, no va a venir. Es demasiado pronto».

Incluso sabiendo aquello, la decepción fue muy aguda, más de lo que hubiera creído posible. Cerró los ojos y respiró profundamente. «Todavía hay mucho tiempo. Sé paciente. Merece la pena esperar».

Abrió los ojos al oír un ruido en la habitación. Vio a Lara bajar de la cama y dar unos pasos hasta el camastro. Él, casi sin dar crédito, apartó la manta para invitarla a tenderse a su lado. Ella lo hizo, y a él se le aceleró el corazón.

Cuando la estrechó contra su cuerpo, ella se giró para mirarlo con una expresión enigmática. Entonces, lentamente, sus labios acariciaron los de él. Aquel contacto hizo que su cuerpo se despertara. Había pasado un tiempo eterno desde que habían compartido el lecho, y él la había echado de menos terriblemente. Había echado de menos su calor, sus caricias y su sabor. Sería maravilloso poder dar rienda suelta a la pasión, pero él tenía demasiada experiencia como para hacer eso, y sabía que tenía que permitir que ella marcara el paso.

Lo que siguió le dejó asombrado y maravillado, porque resultó evidente que la carne tenía su propia memoria. Además, las caricias de Lara no habían perdido su poder de excitarlo. Ella se tomó su tiempo para volver a aprenderlo todo sobre él, y su exploración sensual, lenta y relajada, fue embriagadora, como su combinación de curiosidad y erotismo.

Él le correspondió, sin prisas, acariciándola y jugando con ella, y llevándola hasta las cimas del placer. Después, la abrazó, sin querer separarse de ella, pensando en todo lo que significaba para él y en lo espantosamente cerca que había estado de perderla.

—Te quiero, Lara. No lo olvides nunca.

—No lo olvidaré.

—Bien. Tampoco yo lo permitiría.

—Ah, me lo recordarías muy a menudo.

—Muy a menudo. Y te lo demostraría.

—¿Como acabas de hacer? —preguntó ella.

—Y de cualquier otra forma que pueda. No dejaría lugar a dudas.

—¿Y cómo iba a dudarlo, si tú eres tan convincente?

Finn la besó con suavidad, a modo de respuesta. Solo esperaba que ella siguiera estando tan convencida.

Cuando Lara se despertó, estaba sola y, por la luz que entraba en la habitación, se dio cuenta de que el día estaba avanzado. Se oían las voces de los sirvientes desde el salón. No había sido su intención permanecer tanto tiempo en la cama, pero aquella pereza tenía algo delicioso… Se estiró con una sensación de bienestar, y no tuvo ningún problema en recordar lo que había ocurrido un poco antes. Su cuerpo aún vibraba. Sonrió para sí al recordar las palabras de amor de Finn. No podía haber ninguna duda de la fuerza de sus sentimientos.

Miró a su alrededor por el dormitorio, y se fijó en la pila de armas y ropa de guerra que había en un rincón: escudo, lanza, hacha, espada, casco y cota de malla. De repente, como si se hubiera abierto una represa, los recuerdos inundaron su cabeza: el viaje, la pelea con Kal, los refuerzos de Alrik y Guthrum para enfrentarse a Steingrim…

Aquellos recuerdos fueron acompañados de emoción y alivio. Poco a poco, todo iba encajando. Después de haber luchado contra el enemigo, Finn la había llevado a Ravndal, y le había hecho un regalo asombroso. Miró por el dormitorio, intentando encontrarlo, y volvió a fijarse en el equipamiento de guerra. Se le aceleró un poco el corazón; se puso en pie y atravesó la habitación.

Allí había dos espadas. Una era la de Finn, Asesina del Enemigo. La otra era la suya. La tomó por la empuñadura y la sacó de su funda. El metal gris brillaba suavemente, y los grabados fluían por la hoja como si fueran de agua. El acero susurró contra la madera y el cuero. Beso de la Muerte…

En aquel instante, oyó claramente lo que le había dicho Finn: «La mujer a la que amo ya murió, y tú nunca vas a poder ocupar su puesto. Porque no quiero tener tu muerte sobre mi conciencia». Se tambaleó, y tuvo que apoyarse con una mano en la pared para no caer al suelo. Si alguna vez había pensado que su dolor de cabeza era insoportable, aquello no era nada comparado con lo que sentía en el corazón. Finn no la quería, y nunca la había querido.

Aquellas últimas muestras de preocupación eran debidas a un sentimiento de culpabilidad, y nada más. Sus palabras de amor eran mentiras, tal vez para conseguir que ella se sintiera mejor, pero mentiras. Las cosas no habían cambiado. En aquel momento, Lara deseó que él no hubiera pedido ayuda a los dioses.

—¿Lara?

Su voz le llegó desde el otro extremo de la habitación. Ella se quedó inmóvil, como si estuviera contemplando las armas.

—Tenías razón cuando me dijiste que la espada me revelaría su nombre. Se llama Beso de la Muerte.

—Muy apropiado —dijo él—. ¿Te lo ha dicho ahora mismo?

—No. Fue el día que volvió Steingrim —respondió ella. Lentamente, dejó la espada en el suelo y se giró para mirarlo, pero no pudo verlo entre las lágrimas—. Lo he recordado todo.

Él apretó la mandíbula.

—Solo era cuestión de tiempo, amor mío.

—No, Finn. No tienes por qué seguir fingiendo. Soy lo suficientemente fuerte como para aceptar la verdad.

—Me alegro. Hace mucho tiempo que deberíamos haber tenido esta conversación.

—Sí, supongo que sí.

—Lo que dije el otro día fue una mentira, Lara.

—No. Lo que me has dicho esta mañana es mentira. ¿Cómo has podido hacerlo? ¿Acaso esperabas, en secreto, que nunca recuperara la memoria?

—Por supuesto que no.

—Pero habría sido lo más conveniente para ti, ¿no es así?

—Yo nunca he deseado tal cosa. Te lo juro.

314

—Has aprendido a ser muy convincente —dijo ella, con disgusto—. Y yo me lo he creído todo. Te he creído de verdad.

—Y has hecho bien en creerme.

—No. He sido una ingenua, una tonta que estaba ansiosa por oír lo que más deseaba. Tu experiencia con las mujeres debe de habértelo enseñado todo.

—¿De verdad piensas que soy tan malvado?

—Ya no estoy segura de nada, Finn.

Él palideció.

—Yo no te mentí.

—Sí. Tú creías que ibas a morir cuando Steingrim volvió aquel día. Por eso me dijiste la verdad. No tenías nada que perder.

—Tienes razón en lo primero. Pensaba que iba a morir, aunque antes quería hacerles todo el daño posible. Sin embargo, no puedes estar más equivocada con respecto a lo segundo.

—¿Y por qué ibas a mentirme en ese momento?

—Porque quería que te marcharas, y tenía que decir algo para que decidieras hacerlo. Así que elegí lo que más daño podía hacerte.

A ella se le formó un nudo en la garganta.

—Pues elegiste bien —dijo.

—Quería que vivieras. Era todo lo que me importaba.

—Te agradezco ese pensamiento.

—Maldita sea, Lara. No lo he dicho para ganarme tu gratitud. Lo dije porque te quiero —repitió él, y respiró profundamente—. Si hubiera tenido más inteligencia, te lo habría dicho mucho antes. Te lo habría dicho el día que tú me lo dijiste a mí, pero…

—¿Pero qué?

—Temía que solo fuera un comentario despreocupado.

En los ojos azul verdoso de Lara se formó una tormenta.

—¿Un comentario despreocupado? ¿De verdad piensas que iba a decir algo así sin sentirlo?

—No, ahora ya no. Pero, en aquel momento… esas palabras eran lo que más deseaba oír, y cuando por fin las pronunciaste… me pareció que era demasiado bueno para ser cierto.

—No confiaste en mí.

—No confiaba en mí mismo —respondió él, con un suspiro—. Después de lo que me pasó con Bótey, mis relaciones con las mujeres siempre fueron de cierto tipo. Nunca esperé que iba a enamorarme de nuevo. Al principio, me dije que el matrimonio contigo solo era un arreglo muy ventajoso, después intenté convencerme de que no me sentía atraído por ti, y finalmente intenté negar lo que sentía.

—¿Por qué?

—Porque esos sentimientos nos hacen vulnerables, Lara. Un hombre que no ama nada no teme nada. Pero, el día que volvió Steingrim y pensé que podía matarte, tuve mucho miedo, y supe que te quería más que a nada en la vida —dijo Finn—. En vez de salvarte, como una mujer sensata, volviste. Entonces, me di cuenta de que habías dicho la verdad sobre tu amor.

Lara se quedó en silencio. Ella nunca había pensado en aquella interpretación. ¿Sería posible que hubiera entendido tan mal las cosas? Intentó pensar. Desde que conocía a Finn, él rara vez había revelado sus sentimientos, siempre los había ocultado detrás de su ingenio y de su actitud imperturbable. Al desnudar su corazón, se ponía en una situación muy vulnerable, algo que, seguramente, siempre había querido evitar.

Él había dado su corazón antes, y había sufrido una traición. Al ofrecerlo de nuevo, se exponía al riesgo de volver a sufrir. El hecho de hacerlo era una muestra de su confianza en ella. Y, además, Finn había estado dispuesto a sacrificar la vida por ella.

La ira desapareció y, de repente, Lara tenía los ojos llenos de lágrimas.

—Aunque no me quisieras, me parecía mejor morir contigo que vivir sin ti.

Él la abrazó.

—Oh, mi amor. Steingrim tenía razón cuando dijo que yo no te merecía. En el futuro, intentaré hacer las cosas mucho mejor.

—Steingrim se equivocó. Se equivocó de cabo a rabo —dijo ella, mientras las lágrimas se le derramaban por las mejillas—. Lo siento. No quería llorar. Normalmente, nunca lloro.

—Lo sé, y me avergüenzo de ser el culpable de que llores. Te he hecho daño de muchas maneras. Incluso te proporcioné la forma de hacer que te maten.

—No, me diste un regalo que valoro por encima de todos los demás. Nadie habría pensado en ello.

—Cualquier marido medio decente habría sabido protegerte mejor, y no ponerte en peligro.

—Tú no me pusiste en peligro, Finn. Me has enseñado a defenderme.

—Nunca he conocido a una mujer tan valiente ni tan generosa como tú. ¿Puedes perdonarme?

—No tengo nada que perdonarte. Te quiero. Lo único que me importa es que tú me correspondas con tu amor.

—Lo tienes. Siempre lo tendrás.

—Entonces, lo que dijiste sobre Bótey no es cierto.

—No. Ella pertenece al pasado. Yo tuve gran parte de la culpa de lo que sucedió, pero no toda. Me he dado cuenta de que la ausencia y la distancia no pueden alterar el amor, si es de verdad…

—Yo no voy a intentar retenerte aquí, si lo que quieres es marcharte…

—Mis ausencias serán cortas. Eso te lo he dicho muy en serio.

—Me alegro —respondió ella—. Prefiero que estés aquí conmigo.

—Pues eres afortunada, porque te va a costar mucho librarte de mí.

—No quiero librarme de ti. Quiero construir un futuro contigo. Eso es algo que nunca pensé que le diría a ningún hombre.

—Es un honor que no me merezco.

—Sí, Finn. Tú me ves tal y como soy, y me